Helden?
HELDEN.

J&V

Helden? HELDEN.

Erzählungen von
Gefahr, Abenteuer, Bewährung
Illustration: Georg Eisler

Auswahl und Redaktion:
Peter Schneck

Jugend und Volk Wien München

ISBN 3-7141-1406-8 Jugend und Volk Wien
Gestaltung des Schutzumschlages (unter Verwendung einer Graphik von Georg Eisler): Bruno Wegscheider
 4621-83/1/100
Fotosatz: Bergler, Wien; Druck: C. Ueberreuter, Korneuburg

Inhaltsverzeichnis

Kabana und die wilden Hunde

Musa Nagenda

Die Schüler der Kisumbu-Schule waren aufgeregt. Sie bereiteten sich auf den Besuch ihrer Eltern vor, die an diesem Tag mit Autobussen aus den verschiedensten Dörfern angereist kamen. Einer der Schüler, der dreizehnjährige Kabana, sah der Ankunft seines Vaters mit gemischten Gefühlen entgegen. Zwar belegte er unter den 293 Kisumbu-Schülern in der Notenrangliste den siebenten Platz, doch wußte er, daß das für seinen Vater kaum zählte.

Als die klapprigen Fahrzeuge ankamen und Vater Mulangu aus dem Bus stieg, rannte ihm Kabana entgegen. Wie alle anderen Kinder kniete er vor seinem Vater nieder. Der legte seine Hand auf Kabanas Schulter.

»Kaije. - Es ist lang her«, sagte sein Vater.

»Ego. - Ja«, sagte Kabana.

»Buhooro. - Es ist sehr lang her.«

»Ego.«

»Agandi? - Was gibt es Neues?«

»Nimarungi. - Alles in Ordnung. Agandi?«

»Nimarungi«, sagte sein Vater.

»Orairegye sebo. - Wie hast du die Nacht verbracht?«

»Kurungi. - Gut.«

Die Begrüßung war ziemlich freundlich, doch suchte Kabana vergeblich in den Augen seines Vaters nach Stolz und Bestätigung. Immer schienen diese Augen das gleiche zu sagen: Beweise zuerst, daß du jemand bist! Offenbar hatte Mulangu die Geschichte mit der mißlungenen Tapferkeitsprüfung nicht vergessen:

Während der Schulferien im letzten Jahr hatte Kabana mit vierzehn andern Knaben aus seinem Dorf zur Männlichkeitsprüfung antreten müssen. Alle Männer, darunter auch die Dorfältesten, hatten sich auf einer Waldlichtung versammelt. Trommeln ertönten, und zu den schnellen Rhythmen zuckten und tanzten kriegsbemalte Körper.

Dann stellten sich alle auf, um die Jungen bei ihrer Prüfung, dem

Speerwerfen, zu begutachten. Kabana war nicht sehr stark - aber er war bereit, sein Bestes zu geben. Er versuchte, sich auf all das zu konzentrieren, was ihm sein Vater beigebracht hatte. Als endlich das Kommando ertönte, ließen die Jungen ihre Speere schnellen. Zuerst war ein Schwirren, dann das Raunen der Zuschauer zu hören: Alle Speere steckten im Ziel - nur Kabanas Waffe lag vor dem Ziel auf dem Boden. Er wagte kaum aufzuschauen - und als auch die weiteren Würfe das Ziel nicht erreichten, wäre Kabana am liebsten im Boden versunken. Er hoffte auf ermutigende Blicke seines Vaters, doch als er einmal verzweifelt aufschaute, stellte er fest, daß sich dieser bereits aus den Zuschauerreihen entfernt hatte.

Von diesem Tag an konnte Kabana in den Augen seines Vaters nichts mehr recht machen: Er hatte keinen gesunden Menschenverstand, er war schwach und dumm wie ein Mädchen, er stand zu oft bei der Mutter in der Küche herum.

Obwohl sich Vater Mulangu am Besuchstag der Kisumbu-Schule von seiner freundlichen Seite zeigte und sich sogar für Kabanas Leistungen zu interessieren schien, war ihm anzusehen, daß ihn die erlebte Enttäuschung immer noch beschäftigte. Bevor er gegen Abend wieder in den Bus stieg, rief er Kabana zu sich.

Wie jedesmal, wenn sein Vater in der Nähe war, spürte Kabana ein sonderbares Würgen in der Kehle. Recht unterschiedliche Gefühle für seinen Vater stiegen in ihm hoch. Auf der einen Seite schämte er sich für sein einfaches Wesen, sein schlechtes Englisch und sein langes Haar - gleichzeitig bewunderte er seine Kraft, die Art, wie er seine Familie beschützte, und daß er im Dorf eine führende Rolle spielte. Er wurde von den Dorfbewohnern, aber auch von den Europäern geschätzt - für seine Tapferkeit und sein Geschick als Bauer und Händler. Kabana hatte immer das Gefühl, daß er die Erwartungen, die sein Vater in ihn setzte, nie würde erfüllen können.

»Du scheinst deine Schularbeiten gut zu machen, und auch deine Ernennung zum Trommler der Schule ist eine Ehre - aber das ist nur ein Teil deines Lebens. Wie stehst du denn zu unserem Dorf?«

»Im Dorf bin ich zu Hause, Vater. Meine Mutter, meine Schwester, mein kleiner Bruder und meine Freunde wohnen dort«, antwortete Kabana ausweichend.

»Du liebst sie, gut. Aber wie steht es mit unseren Sitten?«

Mulangu schaute Kabana forschend in die Augen. Es war besser, die Wahrheit zu sagen.

»Ich liebte das Leben im Dorf, aber in letzter Zeit ist es anders geworden. Ich weiß nicht mehr recht, wohin ich gehöre. Gehöre ich dorthin, wo ich versagt habe, oder dorthin, wo ich Erfolg habe?«

Mulangus Gesicht verfinsterte sich.

»Dafür also habe ich dich in die Schule geschickt - damit du deine Angehörigen vergißt und ihre Sitten verachtest. Dein Versagen ist wirklich deine Sache. Mit etwas gutem Willen und etwas Anstrengung wäre es für dich leicht, das zu erreichen, was man von dir erwartet.«

Kabana wollte seinen Vater nicht zornig machen - aber er mußte an all die alten Männer denken, die im Dorf herumsaßen und nichts taten als Bier trinken, an die Medizinmänner mit ihren klappernden Kürbissen und an das Gift aus Schlangenzähnen und getrockneten Ziegeneingeweiden. Die häßlichsten Seiten des Dorflebens tauchten vor ihm auf. Sein Vater schien es zu bemerken.

»Du haßt das Dorf, nicht wahr? Aber so wirst du nie ein richtiger Mann werden. Ich bin überzeugt, daß du mich bei der bevorstehenden Männlichkeitsprüfung ein zweites Mal enttäuschen wirst. Ich habe auch beobachtet, daß du gar nicht mehr froh bist, wenn du ins Dorf kommst. Du tanzt auch nicht mehr mit den andern. Bist du denn ein Europäer geworden?«

Sein Vater verabschiedete sich und stieg in den Bus. Kabana senkte den Kopf.

Am letzten Schultag vor den Ferien riß Kabana die Klassenzimmertür auf und rannte den Hügel hinauf bis zu den Eukalyptusbäumen. Im Schatten der Bäume machte er halt. Vor ihm standen drei massive Trommeln von verschiedener Größe, wobei ihm die größte fast bis zu den Schultern reichte. Kabana fuhr mit seinen Händen über die Büffelhäute und betastete die gespannte Oberfläche. Sein Gesicht strahlte, und zwei Reihen weißer Zähne wurden sichtbar. Er liebkoste das weiche Mangoholz. Kabana war stolz auf diese Trommeln. Mit ihnen sandten die Bewohner der umliegenden Dörfer ihre Botschaften hinaus, und mit ihnen konnte man auf solche Botschaften antworten - und unter all den Schülern der Schule war Kabana für diese Aufgabe ausgewählt worden.

Er zog die Schlegel aus dem ledernen Köcher neben dem Baum und hielt sie hoch in die Luft, um sie dann plötzlich hinunter- und hinaufschnellen zu lassen. Ein lauter, regelmäßiger Rhythmus erfüllte das Tal. Kabana wiederholte das Zeichen dreimal, bevor er die Schlegel wieder in ihre Hüllen zurücksteckte. Dann vergingen etwa fünf Sekunden, bis die Türen der verschiedenen Gebäude aufflogen und dreihundert glückliche und schreiende Jungen aus dem Schultrakt der Kisumbu-Schule ins Freie rannten. In den Schlafsälen holten sie ihre Siebensachen und stiegen dann in den Bus. Die Osterferien hatten begonnen.

Vom Hügel aus sah Kabana seinen Schulkameraden zu. Er hatte es nicht besonders eilig. Den ersten Bus würde er verpassen, aber das war ihm egal. Er wollte genügend Erinnerungen an das Leben in dieser Schule mit nach Hause nehmen, damit er während der einmonatigen Ferienzeit davon zehren konnte.

Ohne den Kopf zu wenden, wußte er, wie die Landschaft hinter ihm aussah. Zahllose Hügel mit niedrigem Buschwerk erstreckten sich über mehr als hundert Meilen und stiegen schließlich gegen das Ruwenzorigebirge an. In diesem Hügelgebiet grasten Antilopen und Gazellen. An schönen, windstillen Tagen kamen sie fast bis an die Stelle, wo Kabana saß, dann konnte man sie von den Klassenzimmern aus sehen.

Wenn ihn jemand im Dorf fragte, wo sich denn die Kisumbu-Schule befinde, antwortete er jeweils, daß sie nicht weit vom Dorf Kiboko entfernt liege. Im ganzen bestand die Schule aus elf Gebäuden, wenn man dasjenige des Schulleiters mitzählte. Die schweren Blockhäuser waren aus roten Ziegelsteinen und Ugandalehm gebaut. Die Leute von Kiboko waren stolz auf die Ziegelsteine, hatten sie sie doch gemeinsam mit den Schülern selber hergestellt und geformt. Von der Stelle aus, wo Kabana stand, sah die Schule wie eine Insel in einem grünen Dschungel aus. Die einzelnen Gebäude waren von großen Bäumen, riesigen Bambuspflanzen, Elefantengras und Bananenbüschen umgeben.

Jedesmal, wenn Kabana hierherkam, war er froh, in eine Schule wie die Kisumbu-Schule gehen zu dürfen. Es war schwer genug gewesen, zu einer Ausbildung zu kommen. In der Nähe seines Dorfes gab es keine Schule, und wie andere Jungen war auch er Hunderte von Kilometern unterwegs gewesen, bis er eine Schule fand, die ihn aufnahm. Er hatte Mitleid mit denjenigen, die wegen Platzmangels zurückgewiesen werden mußten.

Kabana stand auf. Er mußte packen, wenn er den nächsten Bus nicht verpassen wollte. Als er zum Schlafsaal kam, wartete sein Freund Emoot auf ihn. In der Hand hielt er einen Brief, den er Kabana hinstreckte.

»Öffne ihn, vielleicht ist es etwas Wichtiges.«

»Er ist wichtig«, bestätigte Kabana. »Aber ich weiß, daß er von meiner Schwester Rugaye ist. Ich werde ihn unterwegs lesen.«

Kabana wußte, daß bei der Lektüre des Briefes das sorglose Gefühl, das er hier in der Schule hatte, verschwinden würde. An die Stelle des Glücks würden die Sorgen und Probleme des Lebens im Dorf treten. Er nahm seinen Koffer und machte sich auf den Weg zum Bus.

Emoot schüttelte den Kopf und legte seine Hand auf die Schulter seines Freundes.

»Weißt du, Kabana, ich habe dich beobachtet. Du wirst immer traurig, wenn es Zeit wird, nach Hause zu fahren. Hast du Schwierigkeiten in deinem Dorf?«

»Ich bin eben der älteste Sohn.«

»Das ist doch gut«, rief Emoot aus. »Da kannst du stolz sein, denn zu deiner Ehre werden Feste abgehalten. Und eines Tages wirst du alle Ziegen deines Vaters, den Kaffee und die Bananen erben. Dazu wirst du viele Frauen und viele Kinder haben.«

»Emoot, du redest über das, was einmal sein wird, ich dagegen über das, was jetzt ist. Hör einmal zu.« Er stellte seinen Koffer ab, öffnete den blauen Briefumschlag und las vor:

»Orairegye, Kabana? - Wie geht es Dir, Kabana? Was gibt es Neues? In Ruti ist alles beim besten. Alle denken an Dich und schicken Dir Grüße. Im Dorf ist gegenwärtig viel los. Jeden Abend gehen Männer und Jünglinge an unserem Haus vorbei zu den Versammlungen. Die Feste sind vorbereitet, die Ziegen ausgewählt und das Bier gemacht. Dein Freund Yuhi wartet auch auf Dich.

Ich bin so froh, daß Du bald ein Mann wirst. Denn ohne das wäre unsere Familie nicht in Sicherheit, und ich würde nächstes Jahr ein sehr unglückliches Mädchen sein. Ich brauche Dir sicher nicht zu erklären, warum.

Der Vater bereitet alles vor, und die Dinge werden für Dich sicher günstiger verlaufen als das letztemal. Ich bin sicher, daß der Vater Dich liebt - aber er will, daß Du ein Afrikaner bist und kein Mzungu. Er möchte zwar, daß Du in der Missionsschule etwas lernst, aber daß Du die Sitten des afrikanischen Dorflebens trotzdem achtest. Bitte, mein Bruder, gib Dir Mühe, ein wenig so zu sein, wie Dein Vater es wünscht.

Alles Gute.

Deine Schwester Rugaye«

»Ich habe nichts bemerkt, über das man unglücklich sein müßte«, sagte Emoot, als Kabana den Brief zu Ende gelesen hatte.

»Das Wichtige ist, daß Rugaye in sechs Monaten verheiratet werden soll. Als ihr ältester Bruder muß ich sie ihrem Bräutigam am Tag der Hochzeit übergeben, doch dazu muß ich ein Mann sein.«

»Das ist doch unmöglich, du bist ja erst dreizehn.«

»Ich weiß, aber in unserem Stamm warten wir nicht. In meinem Dorf werden die Jungen meiner Altersstufe in etwa sieben Tagen ihre Knabenzeit wegtanzen. Wir werden unsere eigenen Hütten bauen und dort während der Zeit der Rituale zusammenleben. In der Nacht sitzen wir bei den Dorfältesten, die uns die Geschichte unseres Stammes erzählen. Wenn die Zeremonien vorbei sind, nehmen wir unsere Plätze als Männer ein.«

»Kannst du das alles nicht auf später verschieben?« fragte Emoot.

»Ich bin der älteste Sohn meines Vaters. Seine Pflichten werden bald die meinen sein. Oh, wie sehr wünsche ich mir, daß ich alles verschieben könnte. Manchmal« - Kabana machte eine nachdenkliche Pause –, »manchmal möchte ich Tom Sawyer sein.«

»Tom wie? Ein Europäer?« Emoot starrte ihn verständnislos an.

»Nein, er war ein Amerikanerjunge«, korrigierte Kabana. »Aber die Wirklichkeit sieht anders aus. In sieben Tagen werde ich ein Mann sein.«

»Die Stammeszeichen machen mir am meisten Eindruck«, sagte Emoot.

»Ich werde froh sein, wenn ich unsere Zeichen tragen kann, aber ich habe Angst, wenn ich an den Moment denke, in dem ich sie erhalte.«

»In sieben Tagen werde ich die Zeichen haben. Sie werden sie mir in meinen Körper und mein Gesicht brennen.« Es schauderte ihn ein wenig, als er daran dachte.

Emoot schüttelte den Kopf. Er mußte ja auch einmal ein Mann werden. »Weißt du denn, wie sie die Zeichen machen?«

»Ich habe es noch nie gesehen, aber ich weiß, wie es geht. Zuerst geben sie dir ein Getränk, das aus den blauen Reben im Wald hergestellt wurde. Dieses Getränk bewirkt, daß es in deinem Kopf zu drehen beginnt und du einschläfst. Wenn du dann träumst, schmieren sie deinen Körper mit Eukalyptusöl ein, und der Majeme - der Medizinmann - streut seinen Puder über dein Gesicht. Es ist seltsam: Du siehst alles um dich herum und hörst dennoch nichts. Du weißt auch nichts. Wenn du ganz weg bist, machen sie das Eisen glühend und schreiben damit auf deine Haut.«

Emoot schauderte bei dem Gedanken. »Tut das weh?«

»Wenn die blauen Reben nicht gut wirken, tut es weh. Aber du darfst nicht schreien, denn sonst wird dein Geist von diesem Moment an ein Feigling sein - und bei der ersten noch so kleinen Verletzung wird er deinen Körper verlassen, und du wirst sterben.«

Aus dem Staub der Landstraße tauchte der Bus auf. Beide nahmen ihre Bambuskoffer auf und schlossen sich den andern Schuljungen an.

Kurz vor Sonnenuntergang erreichte der Bus den Nil. Die meisten Fahrgäste stiegen aus. Die Fähre sollte zuerst das Fahrzeug und dann die Leute ans andere Ufer bringen. Einzelne Reisende nahmen ihre Bambuskoffer vom Dach. Als der Bus langsam auf die Fähre rollte und der Fahrer sah, daß das Boot immer noch ziemlich hoch über dem Wasserspiegel hinausragte, erlaubte er einigen Jungen, schon bei der ersten Fahrt dabeizusein.

Kabana, Emoot und zwei andere Knaben sprangen an Bord. Auf dem Dach neben den Fahrrädern schlief ein alter Mann. Zwei Arbeiter mit nacktem Oberkörper legten hölzerne Pflöcke unter die Räder der Busses - dann fuhr die Fähre los. Als sie sich langsam gegen die Flußmitte zubewegte, waren vom Ufer her plötzlich aufgeregte Rufe zu hören:

»Paßt auf! Die Fähre sinkt!«

Kabana sah sich um und bemerkte, daß das Boot tatsächlich schief im Wasser stand. Es sank nicht - aber der Bus hatte sich etwa einen halben Meter gegen die Rückseite der Fähre verschoben, und deshalb ragte die Bootsspitze etwas höher in die Luft.

»He! Der Bus bewegt sich!« schrie Emoot, der sich vorne am Geländer festhielt.

Das große Fahrzeug rollte langsam gegen den hinteren Teil der Fähre. Kabanas Augen wanderten zu den Hinterrädern, wo die Holzkeile, die sie halten sollten, wegrutschten.

»Stellt den Motor ab, die Keile gleiten«, rief er.

Der Fährmann war zuerst verwirrt. Er sprang von seinem Sitz auf, schaute nach vorn und nach hinten, setzte sich rasch wieder und drehte am Steuerrad. Als er einsah, daß er die ungewöhnlichen Bewegungen der Fähre nicht korrigieren konnte, stellte er endlich den Motor ab.

Hinten stemmten sich zwei breitschultrige Männer gegen die Keile, aber auch sie vermochten nichts auszurichten: Der Bus bewegte sich weiter rückwärts und kippte schließlich über Bord.

Das Wasser spritzte hoch auf – gleichzeitig schnellte das Vorderteil der Fähre in die Höhe, sodaß Kabana in einem hohen Bogen durch die Luft gewirbelt wurde. Als er auf dem Wasser aufschlug, nahm es ihm den Atem. Zweimal zog es ihn in die Tiefe, doch beide Male gelang es ihm, wieder hochzukommen. Ihm wurde übel, Panik erfüllte ihn, verzweifelt suchte er aus den Wasserpflanzen herauszukommen. Langsam gewann er Kontrolle über sich, und er begann zu schwimmen.

Emoot und die Fährleute hatten sich am Geländer festgehalten. Sie riefen Kabana etwas zu und zeigten aufgeregt auf mehrere Krokodile, die etwas weiter flußaufwärts ins Wasser glitten. Doch Kabana blieb ruhig. Als er sich umschaute, entdeckte er zwischen den unherschwimmenden Gegenständen den Kopf und die Arme eines Mannes. Es war der alte Mann vom Busdach, der sich in Unkraut und Kleidungsstücke verstrickt hatte. Kabana half ihm, sich loszumachen, und zusammen schwammen sie zur Fähre zurück.

Unglücksfälle wie dieser, bei denen Menschen in Gefahr gerieten und Leute ihr Hab und Gut verloren, waren nichts Außergewöhnliches. Kabana hatte dennoch Mitleid mit den vielen Fahrgästen, die ihr Eigentum verloren hatten – vor allem mit den Männern, deren Fahrrad im Nil versunken war. Er wußte, wie hart und wie lange jemand arbeiten mußte, um sich ein Fahrrad kaufen zu können.

Die meisten Fahrgäste machten sich auf, um im nächsten Dorf zu übernachten. Kabana und die andern Jungen dagegen beschlossen, die Nacht am Fluß zu verbringen, um den Bus am nächsten Tag nicht zu verpassen.

Die Jungen begannen Holz zu sammeln. Es war schon fast dunkel, als sie, mit Ästen vollbeladen, zur Landestelle zurückkamen. Sie schichteten das Holz aufeinander, und einer der Älteren, der schon rauchte, steckte den Haufen mit einem Zündholz in Brand.

Nach dem Essen, das aus gebratenen Fischen und Früchten bestand, sangen sie und erzählten einander Geschichten bis tief in die Nacht hinein. Doch jedesmal, wenn aus dem Dunkel das Brüllen eines Löwen oder das Geheul einer Hyäne zu vernehmen war, wurden alle mäuschenstill. Nachdem dann die Laute verklungen waren, schauten sie sich an, lachten erleichtert und machten Witze über die wilden Tiere. Aber insgeheim fürchteten sie sich vor solchen Geräuschen.

Sie kamen überein, das Feuer die ganze Nacht brennen zu lassen, um die wilden Tiere fernzuhalten. Vor dem Schlafengehen stellten sie für die Nacht einen Wachtablösungsplan auf. Da keiner von ihnen eine Uhr besaß, vereinbarten sie, daß derjenige, der Wache hielt, den nächsten weckte, sobald er Mühe hatte, wach zu bleiben. Emoot sollte der erste, Kabana der letzte sein.

Er erwachte erst, als die Decke von seinen Füßen gerutscht war und er an die Zehen fror. Kabana erschrak! Die Wache hatte nicht funktioniert: das Feuer war fast erloschen. Er schaute sich um, voller Angst, daß im nächsten Augenblick ein Leopard oder ein Krokodil sie angreifen könnte. Rasch stocherte er in der Glut und schichtete etwas Holz auf, das bald zu brennen begann. Erst jetzt wagte er wieder aufzuatmen.

Der Bus tauchte zur vorgesehenen Zeit auf, und sie überquerten den Fluß ohne Schwierigkeiten. Nachdem sie schon eine Weile gefahren waren, griff Emoot an Kabanas Stirne. »Ai Bambe, ai Bambe, wirklich, wirklich«, rief er aus, »bist du aber heiß!«

»Ich fühle mich nicht sehr gut«, gab Kabana zu.

Emoot machte ein besorgtes Gesicht. »Du hast Fieber, Kabana, so kannst du nicht weiterfahren. Du mußt bei mir zu Hause einen Zwischenaufenthalt machen.«

»Ich kann nicht. Ich muß weiter. Rugaye und mein Vater verlassen sich auf mich, und ich habe schon einen Tag Verspätung.«

»Ach ja, deine Männlichkeitsprüfung. Aber du bist nun eben krank. Wir können ja eine Botschaft schicken.«

Bei Butiti fuhren sie in ein Tierreservat ein. Eine ganze Stunde lang kam der Bus nicht vom Fleck, weil eine riesige Büffelherde die Straße überquerte.

Nach einigen weiteren Kilometern stießen sie auf zwei Elefanten, die es sich mitten auf der Straße gemütlich gemacht hatten. Weder das Hupen noch das Schreien der Leute konnte sie dazu bewegen, aufzustehen und wegzugehen. Erst als sich schon alle entmutigt mit einer zweiten Wartezeit abgefunden hatten, befühlten sich die beide Tiere mit ihren Rüsseln, erhoben sich und trotteten langsam hinein in den Busch.

Nun fuhr der Fahrer langsam, um den Antilopen und Gazellen ausweichen zu können, die von Zeit zu Zeit über die Straße sprangen. Einige Male konnte er nur mit viel Geschick einen Zusammenstoß vermeiden.

Als der Bus endlich in Fort Portal einfuhr, drehte sich Kabana mit einem schwachen Lächeln zu Emoot. »Ich fühle mich ein wenig besser, ich glaube, ich fahre weiter«, sagte er. Aber als er den Bus wechseln wollte, erfuhr er vom Stationsbeamten, daß sein Bus schon abgefahren war.

Emoot triumphierte. »Das kommt gerade recht. Du bist zu krank, um zu reisen. Oder willst du dich umbringen?«

Kabana spürte, wie seine Beine schwach wurden und es in seinem Kopf zu drehen begann. Solange es eine Möglichkeit gegeben hatte, Ruti in drei Tagen zu erreichen, hatte er nichts unversucht lassen wollen, aber jetzt, da der Bus schon abgefahren war, verließen ihn die Kräfte.

»Mein Vater wartet auf mich, und Rugayes Heirat müßte um ein ganzes Jahr verschoben werden. Ich muß –« Bevor er den Satz zu Ende sprechen konnte, brach er vor dem Busdepot bewußtlos zusammen.

Zwei Tage lang wurde Kabana von Emoots Mutter liebevoll gepflegt. Erst dann konnte er daran denken, den Rest seiner Reise in Angriff zu nehmen.

Kabana kletterte aus dem Bus und trat in den Staub der Straße. Er trug ein Kleiderbündel und die Bücher der Kisumbu-Schule. Er winkte den Fahrgästen, die ihr Ziel noch nicht erreicht hatten. »Gute Fahrt«, rief er.

Als er sich den Hütten seines Dorfes näherte, sprang ihm ein kleiner, schwarzer Hund entgegen. Er bellte freudig und wedelte mit dem Schwanz. Gleichzeitig entdeckte Kabana seine Schwester im Schatten eines Baumes. Um sie herum lagen Bananenblätter. Ihre flinken Hände schälten grüne Kochbananen. Als Moja zu bellen begann, schaute Rugaye auf. Sie erkannte Kabana sofort und stieß einen Freudenschrei aus. Dann sprang sie auf und rannte ihrem Bruder entgegen.

Rugayes Haut war schwarz wie eine leicht geröstete Kaffeebohne. Ihre Augen, die immer fröhlich in die Welt blickten, funkelten. Obschon sie bereits siebzehn Jahre zählte, war sie nicht größer als Kabana. Doch zeigte ihr Körper frauliche Formen.

Kabana kannte die Regeln seines Stammes und wußte, welchen Platz Frauen im Dorfleben einzunehmen hatten. Er wußte, daß die Männer mehr galten und den Frauen übergeordnet waren, aber es fiel ihm schwer, danach zu handeln. Schon öfters hatte er sich gefragt, ob diese Regeln eigentlich richtig waren. Es gelang ihm nie, sich seiner Mutter Olewa oder seiner Schwester Rugaye gegenüber so zu verhalten, wie er es hätte tun sollen. Für ihn waren die beiden die schönsten und anziehendsten Wesen, die er je gesehen hatte. Er fühlte sich ihnen gegenüber nicht überlegen und hatte Mühe, so zu tun, als ob er es wäre. Dies war manchmal mit ein Grund dafür, daß sein Vater ihn tadelte.

Rugaye und Kabana waren immer gute Freunde gewesen; und jetzt war er stolz, daß die Heirat seiner Schwester auch von ihm abhing. Als sie ihm auf dem Weg entgegenkam, streckte er den Arm aus, wie es Sitte war. Sie ergriff seine Hand, ließ sich vor ihm auf die Knie fallen und lächelte zum Gruß. Schon oft hatte er ihr sagen wollen, daß sie vor ihm nicht niederzuknien brauchte. »Ich habe dich gern. Wir sind Freunde, und ich fühle mich dir nicht überlegen.« Aber in Ruti, im Dorf der Bäume, wäre es eine Schande, wenn jemand solche Gefühle zeigen würde – die Leute würden es als Zeichen der Schwäche auslegen.

»Wie geht es Vater und Mutter?« fragte er.

Das Lächeln verschwand. »Der Mutter geht es gut, aber der Vater ist sehr böse auf dich.«

Kabana schielte ängstlich zum Haus. »Ist er in der Nähe?«

»Ja. Hinter dem Haus. Er füllt gerade Kaffee und Hirse in Säcke. Warum hast du dich so verspätet? Du siehst krank aus.«

»Ich war ein wenig krank. Aber das ist nicht alles. Ein Bus fiel von der Fähre in den Nil, und ich verpaßte zwei weitere Busse. Aber ich hoffe für dich, daß ich das Ritual nicht verpaßt habe.«

»Der Vater hat mit den Dorfältesten gesprochen, und das Fest ist um eine Woche verschoben worden. Deine Freunde, Yuhi und Nguma, kamen am ersten Abend vorbei, und sie waren sehr traurig, als du nicht da warst. Aber mach dir keine Sorgen, jetzt, wo du zu Hause bist, wird alles gut sein.«

Rugaye täuschte sich. Kabana wollte gerade ins Haus treten, als sein Vater zornig um die Ecke schritt und sich vor ihm aufbaute. In seinem Zorn mißachtete Pio Mulangu sogar eine der heiligsten afrikanischen Sitten: ohne Gruß und ohne freundliches Lächeln ging er direkt zum Thema über.

»Da bist du also. Was hast du denn diesmal für eine Ausrede?« Kabana suchte im Gesicht von Mulangu vergeblich nach väterlicher Zuneigung. »Ich habe zwei Busse verpaßt, und einer fiel . . .«

Das Gesicht seines Vaters wurde noch finsterer. »Wegen verpaßter Busse kommt niemand drei Tage zu spät. Du trödelst immer und hast kein Verantwortungsgefühl«, fuhr er ihn an.

»Das ist aber nicht alles . . .«, versuchte Kabana einzuwenden, doch sein Vater unterbrach ihn abermals.

»Ich habe dir schon vor Monaten, als du weggingst, gesagt, daß du sofort nach Schulschluß heimkommen sollst, um beim Kaffee und beim Ziegenhüten zu helfen. Und ich habe es bei meinem Besuch in der Schule wiederholt. Seit du in dieser Missionsschule bist, interessieren dich Kaffee und Bananen überhaupt nicht mehr. Jetzt hast du nur noch Bücher im Kopf!«

Kabana witterte eine Möglichkeit, mit seinem Vater zu diskutieren: »Früher warst du sehr glücklich über meinen Schulbesuch«, sagte er.

»Meinst du, ich sei es jetzt nicht mehr?« fragte Mulangu, und seine Miene hellte sich ein wenig auf. »Eine europäische Ausbildung ist gut - aber allein reicht sie nicht, wenn jemand ein richtiger Afrikaner werden will. Du mußt auch lernen, Aufgaben in unserem Dorf zu lösen - und zwar auf unsere Weise.«

»Ich werde es versuchen. Ich will, daß du stolz auf mich bist, Vater.«

Mulangu streckte seine Hand aus, sodaß er seinen Sohn fast berührte, doch als Kabana erleichtert lächelte, wandte er sich ab und ging.

»Genug geredet«, meinte er noch. »Sobald du gegessen hast, gehst du ins Tal, wo der alte Lubega die Ziegen hütet. Du wirst zu den Ziegen schauen, während er mit dem Kaffee auf den Markt geht.«

Kabanas Mutter stand unter der Tür, um ihren Sohn zu begrüßen. Sie hatte sein Gespräch mit dem Vater gehört. Sie nahm seine beiden Hände in die ihren, da er aber noch kein Mann war, kniete sie nicht nieder. Auch was sie gehört hatte, erwähnte sie mit keinem Wort. Ihre lächelnden Augen begegneten den seinen fast auf gleicher Höhe, denn sie war klein und schlank. Um den Kopf trug sie ein blaues und rotes Tuch, ihr langes Kleid mit den bauschigen Ärmeln bestand aus mehreren übereinanderliegenden Röcken verschiedener Länge. Ihre Füße waren verborgen. Der Säugling Twetesie schlief in dem Rückentuch, und von Zeit zu Zeit wiegte sie ihn sanft hin und her, indem sie abwechselnd die Ellbogen ganz leicht an seine Seiten stieß, wie ein Vogel, der mit seinen Flügeln schlägt. Die Mutter und Rugaye lächelten Kabana zu und versuchten, ihn aufzuheitern.

Nach dem Essen zog Kabana die Schuhe aus, um sie für die Rückkehr in die Schule aufzuheben, nahm sein Buch unter den Arm und zog los. Er ging über den Pfad zur Straße, überquerte sie und bog in den staubigen Weg ein, der in das Tal führte. Das Tal, das sich weit bis in die blauen Berge erstreckte, war gutes Weideland mit ein paar Bäumen und einigen häßlichen Flecken braunen Grases.

Kabana saß zwischen Felsblöcken, ganz in sein Buch versunken. Um ihn herum grasten die Ziegen seines Vaters. Die Sonne senkte sich langsam gegen die Berge im Westen, und die Schatten im Tal wurden länger. Kabana beschloß, noch eine Seite in seinem Buch zu lesen, bevor er anfing, die Ziegen zusammenzutreiben, um vor Einbruch der Nacht das Dorf zu erreichen. Doch dann hörte er plötzlich das Geräusch eiliger Ziegenhufe auf Felsen und Geröll.

Kabana sprang auf und sah sich um. Instinktiv hob er seine Hand, um die Ziegen zu stoppen und sie daran zu hindern, in allen

Richtungen davonzulaufen. Aber sie rannten ziellos weiter. Er war umgeben von verängstigten, blökenden Ziegen, die nicht mehr aufzuhalten waren. Wieder schaute er sich um. Trieben sich weiter oben in den Felsblöcken Diebe herum? Was hatte die Panik ausgelöst? Er konnte nirgends einen Leoparden entdecken - und Diebe ließen sich auch keine erblicken.

Kabana rannte zum nächsten Felsblock und kletterte hinauf, um eine bessere Übersicht zu haben. Seine Augen waren geblendet von der untergehenden Sonne, welche die hohen Felsen in grelles Licht tauchte. Mit einer Hand schirmte er die Augen ab. Was er sah, ließ ihn erstarren: Drei riesige, hundeähnliche Tiere jagten zwischen den Ziegen umher! Für Koyoten waren sie zu groß und für Hyänen zu behend - es mußten wilde Hunde sein! Kabanas Atem geriet ins Stocken. Er hatte von wilden Hunden gehört, sie sollten schon ganze Herden umgebracht haben.

In diesem Augenblick sprang einer der räudigen wilden Hunde auf den Rücken einer Ziege. Seine langen Zähne bohrten sich in den Nacken des stolpernden Tieres. Das wilde Blöken des Opfers verwandelte sich in einen klagenden Schrei, der allmählich in der abendlichen Stille verhallte. Kabana, der immer noch sein Buch in den Händen hielt, raste zu den Ziegen. Er hatte Angst, doch gleichzeitig wußte er, daß er irgend etwas unternehmen mußte. Doch es war zu spät. Die Hunde hatten bereits zwei Ziegen getötet und schleppten sie weg. Zwei Hunde, die je eine Ziege in ihrem Rachen hielten, entfernten sich auf einem kleinen Pfad in die felsigen Hügel. Der dritte Hund folgte in einigem Abstand, als versuchte er, ihren Rückzug zu decken.

Nur mit seinem Buch in der Hand nahm Kabana die Verfolgung auf. Als der letzte Hund seine Absicht bemerkte, drehte er sich um. Nach ein paar Schritten hielt die Bestie an, knurrte und sprang dann plötzlich auf Kabana zu. Ein durchdringendes Knurren drang aus dem fürchterlichen Rachen. Das Tier fletschte die langen, braun verfärbten, gefährlichen Zähne, von der zitternden roten Zunge tropfte auf beiden Seiten schaumiger Speichel. Kabana rann es eiskalt den Rücken hinunter.

Er schaute sich nach einer Waffe um - doch außer einem kleinen Stein befand sich nichts in Griffnähe. Den Hund nicht aus den Augen lassend, bückte er sich langsam und vorsichtig, um den Stein

aufzuheben. Das war ein Fehler. Der Hund versuchte, auf seinen Nacken zu springen. Kabana sah das Unheil kommen. Er zog blitzschnell Arme und Hände hoch, um seinen Kopf zu schützen. Gleichzeitig schnellte er zur Seite. Dennoch vermochte er dem Hund nicht ganz auszuweichen. Der Aufprall warf ihn auf die Knie. Die Zähne des Hundes rissen seine Hosen und die Haut seines Oberschenkels auf. Er spürte einen brennenden Schmerz. Das Tier flog an ihm vorüber, rutschte über einen Felsblock, fand das Gleichgewicht wieder und preschte talwärts davon.

Kabana achtete nicht auf die Wunde und jagte ebenfalls bergab, um die restlichen Ziegen zu schützen. Er durfte nicht zulassen, daß noch mehr von ihnen getötet wurden. Der wilde Hund wartete, bis Kabana ziemlich nahe war, drehte dann ab und verschwand in den Felsen. Kabanas Angst machte einem bitteren Schamgefühl Platz. Er mußte zusehen, wie die Räuber mit ihrer Beute abzogen.

Wie würde er seinem Vater den Verlust zweier Ziegen erklären? Und dies, nachdem er eben versprochen hatte, ein pflichtbewußter Sohn zu sein, auf den man stolz sein konnte. Die erste Aufgabe, am ersten Tag zu Hause, endete als Mißerfolg. Vielleicht hätte er die Gefahr früher erkannt, wenn er nicht gelesen hätte. Er umklammerte das Buch und machte es für sein Unglück verantwortlich.

Als er sich mit der Herde dem Dorf näherte, kam ihm sein Vater entgegen. »Nun wäre ich gerade losgezogen, um dich zu suchen«, sagte er. »Beeil dich! Nach dem Nachtessen müssen wir in die Hütte des Häuptlings, um die Riten zu üben.« Mulangu trug eine Laterne. Er drehte sich um und wollte auf die Häuser zugehen.

»Sebo. - Herr.«

»Ja?« fragte der Vater und hielt inne.

»Hast du schon einmal wilde Hunde gesehen?«

»Wilde Hunde?« Mulangu kam näher und hob die Laterne, um seinen Sohn besser mustern zu können. Im flackernden Licht starrte er auf Kabanas verzerrtes und verschwitztes Gesicht. Er bemerkte, daß sein Sohn außer Atem war, aber die zerrissene Hose und das Blut sah er nicht. »Was erzählst du da? Wilde Hunde? Bist du krank? Warum hast du eigentlich so lange gebraucht, um die Herde heimzubringen?«

Kabana umklammerte sein Buch. Seine Kehle war wie zugeschnürt, als er zu sprechen versuchte. Seine Stimme zitterte, und es tönte, als wäre gar nicht er es, der sprach. »Die Ziegen wurden von wilden Hunden überfallen«, stotterte er, »und zwei von ihnen wurden getötet.«

Das Flackern der Laterne warf böse Schatten über des Vaters Gesicht. Es drückte Schmerz, dann wilden Zorn aus. Schließlich sagte er: »So, wilde Hunde? Von wilden Hunden angegriffen und nur zwei Ziegen verloren? Du lügst!« Mulangu schlug zu und traf seinen Sohn mit dem Handrücken mitten ins Gesicht. Kabana fiel das Buch aus den Händen. Er taumelte. Sein Vater jedoch ließ es damit nicht bewenden. Er kam näher und streckte ihn mit zwei weiteren Hieben zu Boden. »Lügner!« schrie er. »Ich sehe, was du getan hast - gelesen hast du, und die Ziegen liefen dir einfach weg. Ein Löwe wird sie in der kommenden Nacht erwischen. Es würde mich nicht wundern, wenn wir beim Zählen feststellten, daß noch andere fehlen.«

»Ich kann dir zeigen -«, versuchte sich Kabana vom Boden aus zu rechtfertigen.

»Schweig, ich will nichts mehr hören. Wir werden nicht in den Kral des Häuptlings gehen, heute nicht und überhaupt nie. Ich werde mit den Dorfältesten über das Fest sprechen. Du bist nicht würdig, ein Mann zu werden. Keiner meiner Söhne soll Schande über mich bringen durch seine Nachlässigkeit und seine Feigheit!«

Brüsk drehte sich Mulangu um und ging auf die Ziegenkoppel zu. Das rote Licht seiner Laterne verschwand im Dunkel der Nacht.

Kabana stand vor dem Haus. Er starrte vor sich hin und hing seinen Gedanken nach, als seine Schwester Rugaye zu ihm hinaustrat. Yuhi, Nguma und Yagunga würden jetzt unterwegs sein, zum Kral des Häuptlings. »Wo blieb eigentlich der Vater?« wollte Kabana wissen. »Er hat nicht mit uns gegessen, und ich sah, wie die Mutter ihm etwas Essen auf die Seite stellte.«

»Er ist in ein anderes Dorf gegangen, um einen Hirten für die Ziegen zu suchen«, antwortete Rugaye. In ihrer Stimme war nichts von einem Vorwurf zu hören. Im Gegenteil: Sie schien sich mehr um seine als um ihre Sorgen zu kümmern. »Kabana, kannst du mir noch mehr von deiner Busreise erzählen?«

Er war froh über die Gelegenheit, all das, was er eigentlich seinem Vater hatte sagen wollen, jemandem mitteilen zu können.

Die Worte sprudelten nur so aus ihm heraus. Rugaye unterbrach ihn nicht, und als er geendet hatte, sagte sie: »Ich habe gewußt, daß irgend so etwas passiert sein mußte. Die Mutter sagte jeden Tag, daß du zur Zeit angekommen wärest, wenn es in deiner Macht gelegen wäre. Aber sorge dich nicht. Alles wird wieder gut. Wenn der Vater erfährt, wie es gewesen ist, so wird er dich anders behandeln.«

»Er sollte es von mir erfahren, aber es scheint, daß das nicht möglich ist, er hört mir einfach nicht zu.«

»Er wird es schon erfahren«, versicherte sie.

Kabana hatte seine Schwester gern. Er dachte daran, daß sie bald heiraten wollte. Ihr zukünftiger Mann wohnte in einem anderen Dorf. Von Nguma, seinem Freund, hatte er erfahren, wie dieser Mann Rugaye und ihre Freundin Nabewe auf einer Landstraße angetroffen hatte. Bakora sprach die beiden Mädchen nicht an – das wäre undenkbar gewesen –, aber er stieg von seinem Fahrrad und ging hinter den beiden her. Dabei behielt er immer einen großen Abstand. So folgte er ihnen, bis er wußte, in welchem Dorf sie zu Hause waren.

Bakora sandte später einen Freund ins Dorf, um herauszufinden, ob Rugaye noch zu haben war. Als er von ihrer Freundlichkeit, von ihrem Gehorsam den Eltern gegenüber und ihrer Geschicklichkeit hörte, ging er rasch zu seinem Vater und bat ihn, alles Nötige für eine Heirat zu unternehmen.

Die Onkel von Bakora kamen nach Ruti, erkundigten sich nach dem Haus von Mulangu, fanden es und schauten Rugaye bei der Arbeit zu. Als der Vater nach Hause kam, fragte er die fremden Leute, was sie wünschten. Sie erklärten, daß sie im Auftrag von Bakora da wären – eines tapferen, starken und reichen Mannes, in Wahrheit würdig eines so hübschen, freundlichen und arbeitsamen Mädchens wie Rugaye.

Pio Mulangu zeigte sich zuerst skeptisch: »Niemand ist gut genug für Rugaye«, meinte er, halb im Spaß. Aber schließlich war er einverstanden, den jungen Mann auf der Straße zu treffen, ohne daß dieser wußte, daß er der Vater von Rugaye war. So kam er mit Bakora ins Gespräch. Dieser gefiel ihm, und die Heirat wurde vereinbart. Ziegen wurden ausgetauscht und ein kleines Vorfest mit Wein und Bier abgehalten.

In den alten Zeiten, den Zeiten, bevor die Missionare kamen, hätte das Fest mehrere Tage gedauert, auf dem Höhepunkt hätte die Heirat stattgefunden: Kabana als der älteste Sohn der Familie hätte seine Schwester auf seine Schultern genommen und sie Bakora übergeben. Jetzt aber, seit es die Missionen gab, würde er einfach mit Rugaye zu dem Haus gehen, in dem Bakora auf sie wartete. Dann, während draußen Flötenspiel und Trommelwirbel zu hören waren, würde er ihre Hand in die Bakoras legen.

Die Dorfältesten hatten mit der Kirche diesen Kompromiß vereinbart, weiter würden sie nicht gehen. Die Heirat wurde vom Vater arrangiert, aber der künftige Erbe des Hauses mußte früh gewisse Pflichten übernehmen.

»Ich werde dich nicht nochmals enttäuschen, Rugaye«, sagte er.

»Es ist schon gut«, sagte sie. Dann, nach einer Weile, fragend· »Kabana?«

»Ja?«

»Sind es wirklich wilde Hunde gewesen?«

Er wandte sich seiner Schwester zu. »Du weißt, daß ich in einer so wichtigen Sache nicht lügen würde. Ich *muß* etwas tun. Ich gehe jetzt zum alten Lubega.«

Kabana verließ seine Schwester und ging in die Nacht hinein. Er durchquerte ein Maisfeld, fiel beinahe in den Bewässerungsgraben, der während der Regenzeit Wasser auffing, stolperte durch ein Bananenfeld und erreichte endlich Lubegas Hütte.

Der alte Hirte sah Kabana lange schweigend an. »Du hast die Trommeln gehört«, sagte er endlich, »warum bist du nicht zu den Übungen gegangen?«

»Ich gehe nicht«, sagte Kabana.

»Aber du *mußt* gehen, es ist das Gesetz unseres Stammes; alle dreizehnjährigen Knaben *müssen* Männer werden.«

»Lubega - ich - ich habe heute zwei Ziegen verloren.«

Der alte Mann seufzte. Im Licht des flackernden Feuers sah er noch älter und verrunzelter aus. »Ja, ich weiß. Wilde Hunde, sagst du?«

»Lubega, der Vater glaubt mir nicht, aber es waren wirklich wilde Hunde.«

»Weißt du auch, warum er dir nicht glaubt?«

»Er hat kein Vertrauen zu mir, er schämt sich für mich.«

»Nein, das ist nicht der Grund. Wir alle kennen die wilden

Hunde. Wilde Hunde kommen nie zu zweit oder zu dritt. Sie sind immer in Rudeln von zwanzig bis hundert, und sie folgen dem Wild. Jetzt ist Trockenzeit, das weißt du selber, jetzt halten sich die wilden Hunde in den feuchten Urwäldern auf.«

»Aber ich habe sie gesehen, ich schwöre es.«

»Warum hast du sie dann nicht getötet?«

»Womit hätte ich sie töten können?«

»Nun, mit deinem Stock. Hast du denn keinen Stecken bei dir gehabt?«

»Nein, ich habe keinen Stock gehabt, und der Stein hat mir auch nichts genützt.«

Lubega hob einen Finger. »Du hättest einen Stock mitnehmen sollen. Bestimmt habe ich dir das einmal gesagt, denn es ist eine Regel, die alle Hirten befolgen.«

»Lubega, ich war zu Tode erschrocken, aber ich hätte gekämpft, wenn ich etwas zum Kämpfen gehabt hätte. Aber dann hätten die Hunde womöglich noch mehr Ziegen getötet.«

»Ja, ja, wenn du wirklich die Wahrheit sagst, dann weiß ich, was für Ängste du ausgestanden hast. Als ich ein Knabe war, habe ich die Hunde auch gesehen. Es waren ihrer viele, sie kamen die Hügel herunter und töteten eine meiner Kühe. Als ich meinem Vater davon erzählte, war er wütend, und er glaubte mir kein Wort. Ich schwor mir, daß ich ihm einen toten Hund bringen würde. Am nächsten Tag tötete ich einen Hund mit meinem Stock und brachte ihn meinem Vater. Er konnte nicht abstreiten, was er mit eigenen Augen sah.«

Kabana war ganz in Gedanken versunken. »Lubega, glaubst du, daß sie morgen die Ziegen wieder angreifen werden?«

»Es gibt keine andere Nahrung für sie in dieser Gegend.«

Kabana dachte an seinen Vater, der einen neuen Hirten angestellt hatte. »Vielleicht werde ich gar keine Chance mehr haben«, meinte er.

»Bist du sicher, daß du sie überhaupt willst?« fragte Lubega müde.

Das Feuer brannte langsam nieder zwischen den Steinen, und der Rauch stieg dichter zur Decke empor. »Bring einen Hund, dann wird dir dein Vater glauben.« Lubegas Stimme war nun kaum mehr zu hören. »Willst du ein Mann werden?«

Kabana nickte.

»Dann mußt du die Hunde töten.«

Eine lange Stille war zwischen ihnen. Lubega schlief. Kabana saß neben ihm, seine Hand unter dem Kinn. Nach einer Weile biß er die Zähne zusammen, hieb mit einer Faust in die geöffnete andere Hand, stand auf und ging nach Hause.

Er schlief nicht in dieser Nacht, und als er mit dem ersten Tageslicht aus der Hütte trat, spürte er den Wunsch, mit seiner Mutter zu reden.

Olewa Mulangu saß am Boden auf einer rotblauen Strohmatte. Sie hatte ein langes, farbiges Kleid an. Als Kabana sich bückte, um durch den niedrigen Eingang in die Küche zu gelangen, lächelte sie. Jetzt durfte er die Küche noch betreten. Später, als Mann, würde ihn hier keine Frau mehr gerne sehen, denn dieser Ort galt als schönes und heiliges Geheimnis einer richtig ausgebildeten afrikanischen Hausfrau. »Ein Ehemann soll nicht wissen, was seine Frau tut, um die Nahrung schmackhaft, das Bett weich oder das Heim gemütlich zu machen. Er soll nur das fertige Produkt sehen«, hatte er oft seine Mutter zu Rugaye sagen hören. Kabana wußte, daß er dieses Privileg nur noch kurze Zeit genießen konnte. Umso mehr wollte er die letzten Tage seiner Knabenzeit auskosten.

»Nimm«, sagte Olewa und rollte für ihn eine Matte direkt neben der Tür aus. »Setz dich dorthin«, sagte sie. »Der Rauch brennt dich dann etwas weniger in den Augen.«

Sogar wenn Olewa arbeitete und nicht ihr schönstes Kleid anhatte, sah sie für Kabana wunderschön aus. Ihre schwarzen Haare waren kurz geschnitten - so wie es bei verheirateten Frauen in Ostafrika Mode ist. Ihre braunen Augen lachten stets, und in ihren Wangen waren kleine Grübchen. Sie goß ihm warme Ziegenmilch in eine hölzerne Schale. Aus einem Topf über dem Feuer holte sie goldenen Hirsebrei. Alle ihre Bewegungen waren anmutig und schlossen ihren ganzen Körper mit ein. Kabana erinnerte sich an die Zeit, als er hinter ihr durch die Felder schritt und beobachtete, wie sie einen Wasserbehälter auf dem Kopf und einen andern unter dem Arm trug. Ihr Kopf mit dem Wassertopf bewegte sich nur ganz leicht, ihr Körper dagegen schwang hin und her - wie Bananenblätter im Wind. Er nahm seinen Holzlöffel und begann, den heißen Hirsebrei zu essen.

»Dein Vater hat im anderen Dorf keinen Hirten gefunden«, sagte sie. Kabanas Gesicht leuchtete auf.

»Soll ich in dem Fall mit den Ziegen auf die Weide gehen? Aber dann hätte mir der Vater bestimmt etwas gesagt, meinst du nicht auch?«

»Keine Ahnung, das ist Männersache. Du wirst tun, was du für richtig hältst, aber paß auf, daß dir nichts geschieht. Nun mußt du mir aber noch von deiner Reise erzählen - von all den Leuten und Dingen, die du gesehen hast.«

Er erzählte ihr von seiner Reise. Sie hörte stumm zu und nickte nur ab und zu mit dem Kopf. Ein Lächeln huschte über ihr Gesicht, als er ihr schilderte, wie sie im Autobus sangen und ihnen die alten Leute dafür dankten. Als er aber vom Unfall berichtete, vom Bus, der in den Nil gestürzt war, und wie er zwei Tage lang fast bewußtlos war und ihn das Malariafieber geschüttelt hatte, da kam Olewa zu ihm, begann seinen Kopf zu streicheln und sagte:

»Ai Bambe! Bambi, omwana wangye. - Ich muß schon sagen, ich muß schon sagen, mein Kind.«

Er wechselte das Thema und beschrieb, wie schön und jung Emoots Mutter war und daß sie ihm fast wie ein Engel vorkam. »Dann muß sie ja noch hübscher sein als deine Mutter«, neckte Olewa.

»Niemand ist hübscher als meine Mutter und niemand kann so gut kochen wie sie«, erwiderte er und schob den letzten Löffel Brei in den Mund.

»Es gibt auch keinen Knaben, der tapferer ist als mein Sohn«, sagte sie darauf.

»Der kleine Twetesie - ist der schon tapfer?«

»Nein - ich meine dich, Kabana.«

»Ich verstehe dich nicht.« Er wurde verlegen, weil er nach seiner kürzlich erlittenen Niederlage dieses Lob nicht erwartet hatte.

Kabana rutschte auf seiner Strohmatte herum. Was war mit seiner Mutter los? Sie sollte ihn nicht loben. Ein Knabe oder ein Mann hat seine Pflicht zu tun, und seine Mutter hatte sich nicht einzumischen. Doch dann las er in ihren Augen und verstand, daß sie ihm zeigen wollte, wie sehr sie trotz seinem Versagen an ihn glaubte. Für dieses Vertrauen war er ihr dankbar.

Als Kabana wieder draußen vor der Küche stand, wußte er nicht recht, was er nun tun sollte. Am besten warte ich, bis der Vater zurück ist, dachte er. Er wird mir schon sagen, wo ich etwas helfen kann. In der Zwischenzeit erledigte er einige Arbeiten ums Haus.

Als Mulangu endlich auftauchte, ging er sofort zum Gehege, in dem die Ziegen unter der brennenden Sonne ungeduldig stampften. Dann ging er auf Kabana zu. Seine Augen blitzten – die halb erhobene Hand wirkte drohend.

»Warum hast du die Ziegen nicht auf die Weide geführt?«

»Ich wollte warten, bis du mir sagst ...«

»Warten? Worauf denn?« Das Gesicht des Vaters wurde düster und zornig. »Muß man dir eigentlich immer alles sagen, bevor du etwas tust? Auf wen willst du denn warten, wenn du einmal die Verantwortung selbst tragen mußt?«

Kabana streckte hilflos die Hände aus: »Laß es mich doch erklären ...«

»Keine Zeit zum Schwatzen«, fuhr ihn Pio Mulangu an und schickte ihn weg. »Geh jetzt! Die Ziegen brauchen Nahrung. Vergiß nicht, am Wasserloch zu halten und sie trinken zu lassen.« Der Vater holte sein Fahrrad aus dem Schuppen und fuhr den Weg hinunter. Im Anhänger rutschte ein Sack Kaffee hin und her.

Kabana zögerte nicht lange. Er holte die Ziegen und zog mit ihnen den Weg entlang gegen das Tal. Dann kamen ihm plötzlich die wilden Hunde in den Sinn. Er rannte zum Schuppen zurück, wo die Werkzeuge und die Jagdinstrumente standen. Unter all den Gegenständen las er sich einen Speer mit einer breiten und flachen Spitze aus.

Das war ein Fehler, den Kabana einst, als Mann, nicht mehr machen wird. Während der Zeremonien werden sie ihn in all die Geheimnisse des Kämpfens einweihen, und er wird dann auch wissen, daß bei solchen Speeren die Spitze leicht abbricht.

Nachdem er einige Wurfbewegungen ausgeführt und den Schwerpunkt seines Speeres geprüft hatte, machte sich Kabana wieder auf den Weg.

Die Sonne stand fast senkrecht am Himmel, als Kabana mit den Ziegen und Moja, dem kleinen Hund seines Bruders Twetesie, den weit entfernten Grasplatz im Tal erreichte. Die Ziegen verteilten sich auf der flachen Weide und begannen zu grasen. Die Sonne brannte, und schattige Stellen gab es keine. Der kleine Moja rannte voraus, bellte und schnappte nach den Beinen der Ziegen, die sich zu weit von der Herde entfernten. Verschiedene Male hatte Kabana versucht, den Hund seines jüngeren Bruders zurückzuschicken, doch nach ein paar vergeblichen Anläufen gab er es auf. Vielleicht, dachte er, könnte ihn Moja auch vor den wilden Hunden warnen, falls sie wieder auftauchen sollten.

Mehrmals warf er übungshalber seinen Speer. Diesmal würde er bereit sein! Er ballte die Fäuste und betete, daß die Hunde wieder angreifen möchten.

Kabana beobachtete die Felsbrocken auf den Hügeln, die sich am Rand der Weide gegen die nahe liegenden Berge erhoben.

Einmal meinte er, das scheußliche Heulen der Hunde zu vernehmen. Er schaute auf und erwartete, daß sie zwischen den Felsblöcken auftauchen würden. Doch als er genauer hinsah, entdeckte er lediglich ein Zicklein, das einen Fuß in einer Felsspalte eingeklemmt hatte. Kabana befreite es, und das Zicklein rannte humpelnd zu seiner Mutter. Sollten die Hunde doch nicht kommen? Dann würde er seinem Vater nie beweisen können, daß es die wilden Hunde wirklich gab. Vielleicht waren es drei aus einem Rudel von zwanzig oder sogar hundert, wie Lubega vermutet hatte. Vielleicht befanden sie sich nur auf dem Durchweg. Kabana schüttelte nachdenklich den Kopf. Natürlich war er froh, daß nicht das ganze Rudel aufgetaucht war, denn in diesem Fall hätte er ohne Zweifel alle Ziegen verloren. »Ich hoffe nur, daß die drei noch in der Gegend sind«, sagte er leise vor sich hin und strich Moja über die zottigen Ohren. Der kleine Hund wedelte mit dem Schwanz und legte sich neben Kabanas Füße.

Als der Abend hereinbrach, wurde Kabana unruhig. Jedesmal, wenn sich eine Ziege etwas weiter entfernte, sprang er auf, rannte ihr nach und trieb sie schreiend zur Herde zurück. Moja folgte ihm auf den Fersen und beschnüffelte dabei den Boden. An der Stelle, wo Kabana von den wilden Hunden angefallen worden war und wo noch einige Blutflecke auf den Felsen zu sehen waren, blieb Moja stehen und spitzte die Ohren. Das Fell auf seinem Rücken sträubte sich. Moja bellte einige Male kurz und rannte dann zu Kabana zurück. Dieser versuchte der Fährte zu folgen, auf der die Hunde die gerissenen Ziegen weggeschleift hatten. Über eine gewisse Distanz war die Spur deutlich zu erkennen. In den Felsen jedoch verlor sie sich. Enttäuscht kehrte Kabana um.

Und da sah er es: Fünf Ziegen hatten sich ein Stück von der Herde entfernt. Sie fraßen trockene Grasbüschel, hielten dabei aber oft inne und lauschten. Kaum zwanzig Meter von ihnen entfernt bewegten sich drei dunkle Gestalten auf sie zu. Die braunen und schwarzen Körper fügten sich so gut in das dürre Gras ein, daß sie sich nur durch ihre schleichenden Bewegungen von ihrer Umgebung abhoben.

Aber Kabana erkannte sie sofort. »Die Hunde!« schrie er und rannte, so schnell ihn die Beine trugen, auf die Ziegen zu. Auch Moja rannte los. Als die wilden Hunde sie bemerkten, schnellten sie in langen Sprüngen auf die Ziegen los. Sie sprangen auf die Tiere und töteten drei Ziegen, bevor Kabana und Moja sich ihnen nähern konnten. Knurrend und drohend standen sie über ihrer Beute, ihren tintenschwarzen Augen entging keine einzige Bewegung. Von den blutroten Kiefern tropfte schaumiger Speichel. Ihre Muskeln spannten sich zum Angriff.

Kabana bemerkte, wie sehr Moja in Gefahr war. Er versuchte, ihn zu retten.

»Moja«, schrie er, »Moja, komm zurück.« Aber der tapfere kleine Hund war nicht mehr zu bremsen. Mit steil aufgerichtetem Schwanz und wildem Bellen lief er auf die Hunde los.

Der größte Hund mit seinem schmutzigen braungefleckten Pelz griff zuerst an. Er packte den kleinen Moja im Nacken und schleuderte ihn in die Luft. Kabana hörte, wie sich das Bellen des Hundes in einen schrillen Schrei verwandelte, der abrupt abbrach, als der kleine Körper zwischen den drei Bestien landete, die ihn wild zerrissen. Kabana stach mit seinem Speer um sich, verfehlte jedoch sein Ziel. Die Hunde wichen aus. Zwei zogen sich in die Felsen zurück, ließen ihre Beute jedoch nicht aus den Augen. Der dritte stürzte wieder unter die Herde. Kabana mußte sich auf einen seiner Gegner konzentrieren. Er verfolgte den, der die Herde bedrohte, doch das Tier blieb immer außerhalb der Reichweite seines Speers. Als der wilde Hund auf einem Felsvorsprung stehenblieb, entschloß sich Kabana zum Wurf. Doch er war zu aufgeregt, und der Wurf mißriet. Es schüttelte ihn vor Zorn und Enttäuschung. Er war böse über sich selbst, vor allem darüber, daß er den Speer hatte fliegen lassen, denn schon als sein Arm nach vorne schnellte, wußte er, daß er nicht treffen würde.

Als er den Speer aufhob, stellte er fest, daß die Speerspitze abgebrochen war. Langsam setzte er sich auf eine Felsplatte. Verzweiflung überkam ihn. Nun war alles hin. Er hatte nichts ausrichten können - und dazu war der Hund seines kleinen Bruders tot. Was würde er seinem Vater sagen? Und wie sollte er seinem kleinen Bruder Twetesie Mojas Tod erklären? Wie konnte er seiner Schwester Rugaye je wieder ins Gesicht sehen? Sicher würde ihn sein Vater wieder schlagen. Er hatte es ja auch verdient. Ohne ein Wort zu sagen, würde er die Strafe hinnehmen.

Jetzt hätte er alles darum gegeben, ein Stammeskrieger zu sein. Alles würde er auf sich nehmen, auch die Schläge, wenn er nur erreichen könnte, daß sein Vater stolz auf ihn war.

Zerknirscht saß Kabana auf einem Felsen. Die Sonne ging unter. Er sah, wie die Hunde die anderen getöteten Ziegen holten.

»Irgendwie muß es einen Weg geben, sie zu besiegen«, ging es ihm immer wieder durch den Kopf. Er wurde sich bewußt, wie sehr er hin- und hergerissen war zwischen der europäischen und afrikanischen Art zu leben. Irgendwie wollte er das Gefühl für das Dorf wiederfinden - das Gefühl der steten Gefahr als einer Tatsache, die es hinzunehmen galt.

Gleichzeitig dachte er an die glückliche Zeit, in der er hier als Kind gespielt hatte - zusammen mit Yuhi. Während sie in den Felsen herumtollten, hütete der alte Lubega im Tal unten die Ziegen. Plötzlich kam ihm ein altes Versteck in den Sinn, in das sie sich jeweils verkrochen hatten, wenn ein Gewitter sie überraschte. Und plötzlich wußte er, wo die Hunde zu finden sein würden. Und er wußte, was er tun mußte, um sie zu besiegen. Hilfe war von niemandem zu erwarten. Er mußte es allein tun.

Als erstes trieb er die Ziegen zusammen. Die meisten von ihnen hatten sich bereits von selbst in Richtung Wasserloch auf den Weg gemacht. Er mußte hart arbeiten, bis er die Herde wieder beieinander hatte. Als die letzte Ziege im Dorf war, nahm er einen neuen Speer und rannte ins Tal zurück. Er spürte, wie vor Aufregung das Blut in seinen Schläfen pochte. Er atmete in kurzen Stößen. Er war müde, doch er verlangsamte das Tempo nicht. Er wußte, daß er nie mehr mit den andern essen, schlafen, lachen oder spazieren konnte, bevor diese Angelegenheit nicht erledigt war.

Als er den felsigen Abhang erreichte, wo die Hunde verschwunden waren, war es schon fast dunkel. Er folgte der Blutspur, die die Hunde auf ihrem Weg hinterlassen hatten - bis er unter seinen Füßen scharfe Felsbrocken spürte. Die Blutflecken waren nur noch schwer erkennbar, doch es gelang ihm, der Spur zu folgen. Nachdem es ganz dunkel geworden war, konnte er kaum noch etwas sehen. Vor ihm lag eine steile, dunkle Wand. Zum Glück kannte er die Gegend von früher, er und seine Freunde hatten hier oft gespielt und dabei entdeckt, daß die Ziegen jeweils hierhin kamen, um von den Felsen Salz zu lecken. Am meisten Salz fanden sie in vier oder fünf kleinen Höhlen, die gerade tief genug waren, um Menschen vor einem Gewitter zu schützen.

Bei jedem Höhleneingang hielt Kabana inne, um mit seinem Speer das Höhleninnere abzutasten. Die zweite Höhle war etwas tiefer als die erste. Er warf Steine hinein und horchte, wie sie aufschlugen. Er konnte nichts Außergewöhnliches feststellen.

Aus der dritten Höhle schlug ihm fürchterlicher Gestank entgegen. Er mußte den Kopf zur Seite drehen und nach Luft schnappen. Er hielt sich die Nase zu und versuchte, ins Höhleninnere zu spähen. Der Gestank benebelte ihn. Es roch nach verwestem Fleisch. Er strengte seine Augen an, konnte aber nichts erkennen. Es war zu dunkel im Innern. Er wußte nicht, ob die Hunde drin waren oder nicht. Doch plötzlich spürte er irgendwie, daß da im Dunkel etwas saß, das ihn anstarrte. Ein eiskalter Schauder lief ihm über den Rücken. Er fühlte sich allein und hatte Angst. Er hob den Speer. Da - aus der Höhle war ein kurzes Heulen zu vernehmen. Jetzt konnte es keine Zweifel mehr geben.

Er versuchte, seine Angstgefühle zu überwinden. Er wußte, was er zu tun hatte - und er arbeitete rasch. Zuerst suchte er dürres Gras und Äste zusammen. Dornen stachen ihn in die Finger. Überall unter seinem Hemd juckten ihn trockene Grashalme. Einmal hätte er in der Dunkelheit beinahe den Rückweg zur Höhle verfehlt. Er stolperte und fiel gegen einen Felsen, doch er machte weiter, bis er zwei große Haufen dürres Gras und Äste beieinander hatte. Den einen Haufen schichtete er vor dem Eingang zur Höhle auf, den zweiten in einem Halbkreis um den ersten.

Als alles bereit war, kam ihm in den Sinn, daß er ja gar keine Zündhölzer bei sich trug. Sein Herz sank. Aber irgendwie *mußte* es gehen. Er hatte zwar noch nie selbst versucht, durch das Reiben von Steinen oder Holz ein Feuer zu entfachen - doch sein Vater hatte es ihm erklärt.

Nun mußte er also noch Steine sammeln. Er schichtete sie neben dem trockenen Gras, das er zusammengetragen hatte, auf. Dann schlug er zwei Steine gegeneinander. Die Funken stoben, aber sie vermochten das Feuer nicht zu entzünden. Er versuchte es mit einer etwas größeren Felsplatte, auf die er ein wenig dürres Gras legte. Als er diesmal einen Stein auf die Platte sausen ließ, konnte er keine Funken mehr sehen, dafür stach ihm der Geruch von Rauch in die Nase. Er schlug wieder und wieder, bis schließlich eine richtige Flamme aus dem trockenen Gras züngelte.

Rasch nährte er die kleine Flamme. Zuerst mit Strohhalmen. Später schichtete er dicke Äste und dornige Zweige darauf. Als das Feuer richtig brannte und Kabana sicher war, daß es nicht mehr ausging, nahm er ein Bündel Stroh und zündete es wie eine Fackel an. Damit steckte er den Holzhaufen vor dem Höhleneingang in Brand. Als das Feuer um sich griff und die Flammen höher wurden, warf Kabana grüne Akazienzweige darauf. Sofort entstand eine qualmende Rauchwolke, die er mit einem Fächer aus Stroh in die Höhlenöffnung trieb. Als der Rauch immer dichter wurde, war aus der Höhle ein kurzes Gewinsel zu hören. Kabana versuchte, etwas zu sehen, doch ohne Erfolg. Ihm schien, als kämen die Laute immer näher zum Höhleneingang. Er wußte, daß es die Hunde in diesem Rauch nicht mehr lange aushalten konnten. Er bereitete sich für den Angriff vor. Nun zündete er den zweiten Halbkreis von Ästen an. Er wollte ganz sicher sein, daß die Hunde nicht entfliehen konnten, wenn sie aus dem Höhleneingang auftauchten. Dann nahm er wieder den Strohfächer, um möglichst viel Rauch ins Höhleninnere zu treiben.

Im Licht des Feuers konnte Kabana sehen, daß sich in der Höhle etwas bewegte. Plötzlich sah er Augen, die ihn wie glühende Funken anstarrten. Er schürte das Feuer, indem er mit seiner Speerspitze in der Glut herumstocherte. Kabana wurde ungeduldig. Da nahm er den größten brennenden Ast, den er finden konnte, und schleuderte ihn in die Höhle. Sofort war ein schmerzvolles Jaulen

zu hören. Der Geruch von verbranntem Pelz drang aus der Höhle. Kabana hatte kaum Zeit, sich vorzubereiten, als schon ein glühendes Augenpaar aus der Höhle geschossen kam. Er trat einen Schritt vorwärts, den Speer in beiden Händen. Kräftig stieß er zu. Die Waffe zitterte leicht, als sie ins Fleisch des wilden Hundes eindrang. Als er das Geräusch brechender Knochen hörte, hielt er inne. Dann stieß er wieder zu - und noch einmal. Dann schaute er, schwer atmend, auf den Hund, der vor ihm lag. Blut strömte über sein strähniges Fell.

Da! Ein Knurren hinter ihm. Rasch drehte er sich um - aber er hatte zu lange gewartet. Die beiden anderen Hunde sprangen fast gleichzeitig aus der Höhle und schlugen ihn beinahe zu Boden. Beide griffen ihn gleichzeitig an. Er versuchte, das Gleichgewicht nicht zu verlieren. Einem Hund war es gelungen, sich an seinem Arm festzubeißen. Stechender Schmerz durchlief seinen Körper. Der andere Hund hatte sein Bein erwischt, schüttelte den Kopf hin und her und versuchte, ihn nach hinten zu reißen.

Kabana verlor vor Schmerz fast das Bewußtsein. Er versuchte, mit dem Rücken gegen den Felsen zu kommen. Gleichzeitig stieß er wild auf den Hund ein, der sich in sein Bein verbissen hatte. Als er seinen Kopf erwischte, mußte das Tier nachgeben. Verzweifelt versuchte Kabana, den zweiten Hund loszuschütteln. Er begann, sich um die eigene Achse zu drehen, hob dann den Hund an seinem Arm etwas in die Luft und ließ ihn gegen eine scharfe Felskante prallen. Der Hund ließ los. Nun hatte er sich von beiden Bestien befreit. Nicht für lange, denn beide Hunde griffen sofort wieder an. Sie lauerten auf beiden Seiten, wobei sie die Zähne wild fletschten. Sie lauerten auf den günstigsten Moment, um ihm an die Gurgel zu springen. Kabana stach jedesmal zu, wenn er sah, daß die Hunde zum Sprung ansetzen wollten. Er ließ sie nicht aus den Augen, und als eine der beiden Bestien doch sprang, stieß ihr Kabana den Speer in die Seite. Vom Speer durchbohrt, sackte das Tier zu Boden, der Speergriff ragte aus seiner Flanke heraus. Da sprang der letzte Hund nach Kabanas Gurgel. Kabana hob den Arm, um sein Gesicht zu schützen. Wieder biß sich der Hund fest. Kabana spürte, wie ihm schwindlig wurde. Mit dem freien Arm versuchte er zuzuschlagen, doch der Hund zwang ihn in die Knie. Kabana war der Verzweiflung nahe. Er kämpfte plötzlich nicht mehr, um seinem Vater etwas zu beweisen oder um den Dorfbewohnern zu zeigen, daß er reif war, ein Mann zu sein. Er kämpfte um sein Leben. Er biß auf die Zähne, riß alle Kräfte, die er noch hatte, zusammen und zog sich wieder auf die Beine.

Langsam näherte er sich dem Feuer. Wenn er überleben wollte, mußte er das Feuer erreichen. Zoll um Zoll zog er den Hund näher. Mehrere Male gelang es dem Hund fast, ihn wieder in die Knie zu zwingen. Ein zweites Mal wäre er kaum wieder hochgekommen. Nach einer Ewigkeit war er dem Feuer nahe. Mit letzter Kraft schwang er seine beiden Arme und den Hund in die zischende Glut des Feuers.

Sein Arm fühlte sich wie ein glühender Ast an. Schweiß rann ihm über die Stirne. Er roch das versengte Hundefell und spürte, wie die Zähne seinen Arm freigaben. Erschöpft fiel er gegen die Felswand - und sah noch undeutlich, wie der Hund talwärts davonraste und sich dabei immer wieder umdrehte und versuchte, die Flammen in seinem Pelz wegzubeißen. Kabana atmete schwer, sein Körper war voller Wunden und voller Blut, seine Kleider waren zerrissen. Vor seinen Augen wurde es schwarz.

Als er wieder zu sich kam, war das Feuer bereits erloschen. Um ihn herum war es dunkel. Seine Zähne klapperten, alles tat ihm weh, doch seine Arbeit war noch nicht beendet. Ich kann es, dachte er, von heute nacht an bringe ich fast alles fertig.

Er untersuchte den Hund, den er im Kampf mit dem Speer durchbohrt hatte. Er war tot. Mühsam hob er das Tier auf seine Schultern. Erst humpelnd, dann immer schneller machte er sich auf den Heimweg. Nun gab es in diesem Tal nichts mehr, was ihm hätte angst machen können.

Als er nach dem Rückmarsch, der ihm unendlich lang erschien, in die Nähe seines Hauses kam, bemerkte er ein emsiges Treiben im Dorf. Er sah verschiedene Laternen. Der Vater hatte die Arbeiter von der Kaffeeplantage zusammengerufen, und sie wollten sich gerade aufmachen, um Kabana zu suchen, als er in den Hof wankte.

Mulangu rief die andern Männer herbei. »Er ist gekommen! Da ist er!« Alle standen um ihn herum. Im Schein der Laternen redeten sie alle auf ihn ein. »Was ist denn geschehen?« fragte einer der Männer. Kabana schaute seinen Vater an, und mit einem Ruck ließ er den schmutzigen Hund vor seine Füße fallen. Die Männer rückten näher zusammen. Die Laternen formten einen Lichterkreis um den Vater und den Sohn. Mulangu starrte auf den Hund und leuchtete dann mit seiner Laterne in das blutverschmierte Gesicht seines Sohnes. Er sah die wüsten, klaffenden Wunden, dann trafen sich ihre Augen, und für einen kurzen Moment sahen sie sich fest an. Dann verließen Kabana die Kräfte. Er begann zu wanken und fiel zu Boden.

Mulangu fing ihn in seinen Armen auf. Olewa und Rugaye, die die erstaunten Rufe der Männer gehört hatten, kamen aus dem Haus gerannt. Olewa erblickte Kabanas blutverschmiertes und zerschundenes Gesicht. »Beeilt euch und bringt ihn herein«, sagte sie und streichelte den Kopf ihres Sohnes. Und für einmal hatte ihre Stimme einen befehlenden Ton. Kabana kam bald wieder zu sich, und obwohl alle versuchten, ihn ruhig zu halten, wollte er ihnen alles erzählen.

»Die Hunde haben wiederum unsere Ziegen angefallen«, sagte er, »aber ich erinnerte mich an die Höhlen, in denen Yuhi und ich damals spielten, und ich war überzeugt, daß sie sich dorthin zurückziehen würden.«

»Ich weiß, ich weiß«, sagte sein Vater. »Du brauchst nicht zu sprechen. Ich verstehe alles.«

Aber Kabana erzählte weiter und Mulangu hörte aufmerksam zu. Von Zeit zu Zeit lächelte er. Das beste Lächeln, das sich Kabana vorstellen konnte. Und Kabana sah noch etwas anderes - etwas, das ihn ganz besonders glücklich machte: Stolz! Auf dem Gesicht seines Vaters lag Stolz.

Olewa bückte sich über Kabana und behandelte die Wunden mit Kräutern, Puder und Öl, die sie rasch in Lubegas Hütte geholt hatte. Kabana fröstelte. Sein Vater bemerkte es sogleich und gab ihm Bananenschnaps zu trinken. Etwas später brachte Rugaye den kleinen Twetesie in den Raum. Beide setzten sich auf eine Matte und guckten voll Bewunderung auf ihren Bruder. Kabana schaute um sich, das Gefühl von Glück war stärker als die Schmerzen.

Während der darauffolgenden Tage zeigte Mulangu, wie sehr er seinen Sohn liebte. Nach der Nacht, in der Kabana verwundet worden war, ging er nicht auf den Markt, sondern pflückte in der Nähe des Hauses Kaffee. Wenn Kabana aus dem Fenster schaute, konnte er den Vater sehen. Oft kam der Vater zwischendurch ins Haus und erkundigte sich nach Kabanas Befinden.

Das ganze Dorf hatte inzwischen von der tapferen Tat Kabanas gehört. Die Dorfältesten entschieden, daß man das Männlichkeitsfest bis zu Kabanas Genesung hinausschieben wolle.

Als Kabana wieder stark genug war, um das Fest durchzustehen, nahm Mulangu den Speer, den er von seinem Vater erhalten hatte, und gab ihn Kabana.

»Für den neuen Mann«, sagte er.

Kabana sagte nichts. Er war zu glücklich, um sprechen zu können.

Der Kapitän Ledoux war ein tüchtiger Seebär. Als einfacher Matrose hatte er angefangen und es bald bis zum Steuermannsmaat gebracht. Bei Trafalgar war ihm die linke Hand durch einen herumschwirrenden Balkensplitter wüst zugerichtet worden; er wurde sie mit ärztlicher Kunst ganz los, und in der Folge wurde er mit guten Zeugnissen aus dem Dienst verabschiedet.

Die Muße wollte ihm wenig behagen, und sowie sich Gelegenheit bot, wieder aufs Wasser zu kommen, ging er als Zweiter Offizier auf einen Kaper. Die blanken Silberlinge, die er sich aus etlichen guten Prisen fischte, ermöglichten es ihm, sich Fachbücher anzuschaffen und in der Theorie der Seefahrerei, die er praktisch schon vollkommen handhabte, letzte Kenntnisse zu sammeln.

Mit der Zeit erkletterte er die Kommandobrücke eines Loggerkapers, der drei Kanonen und sechzig Mann Besatzung hatte; und alle Küstenfahrer von Jersey können noch heut ein Lied singen von seinen Taten. Der Friedensschluß war für ihn ein schwerer Schlag; während des Krieges hatte er sich ein kleines Vermögen zusammengestapelt, das er auf Kosten der Engländer noch aufzustocken gedachte. Nun sah er sich genötigt, seine Dienste friedlichen Kauffahrern anzutragen; und da er als Mann von Entschlußkraft und Erfahrung bekannt war, vertraute man ihm auch ohne weiteres ein Schiff an. Seit der Negerhandel verboten war und es für diese Art von Geschäft nun nicht nur darauf ankam, die Wachsamkeit der französischen Hafenzöllner zu täuschen, was nicht sonderlich schwer war, sondern auch - und dazu gehörte schon etwas mehr Waghalsigkeit - den englischen Kreuzern aus der Kiellinie zu gehen, wurde der Kapitän Ledoux zu einem unbezahlbaren Manne für die Ebenholzhändler.

Sehr im Gegensatz zur Mehrzahl seiner Berufsgenossen, die wie er lange Zeit auf untergeordnetem Posten ihren sturen Dienst schoben, hegte er keineswegs jene tiefe Abscheu vor Neuerungen und war durchaus nicht jenem Geiste des Weiterwurstelns ver-

fallen, wie ihn die anderen nur allzuoft in die höheren Grade mitschleppen. Der Kapitän Ledoux war im Gegenteil der erste gewesen, der seinem Reeder die Verwendung eiserner Behälter zur Wasseraufnahme und -frischhaltung anempfahl. Bei ihm an Bord waren die Handschellen und Ketten, mit denen Fahrzeuge für Neger stets eingedeckt sind, nach einem neuen Muster angefertigt und sorgfältig durch einen Lackanstrich gegen den Rost geschützt. Was ihm aber unter den Sklavenhändlern die größte Ehre eintrug, das war der von ihm höchstpersönlich geleitete Bau einer eigens für diese Art Handelsfracht bestimmten Brigg, eines schnittigen Seglers, der, schlank und lang wie ein Kriegsschiff, immerhin eine sehr beträchtliche Zahl Schwarze in sich aufnehmen konnte.

Er taufte das Schiff »Die Hoffnung« und wünschte ausdrücklich, daß die ineinandergeschachtelten Zwischendecks nicht über die Höhe von drei Fuß vier Zoll - oder, wenn man so will, 1,10 Meter - hinaufreichten, da, wie er angab, dieser Spielraum vernünftig großen Negern gestatte, bequem zu sitzen; und wozu brauchten sie sich zu erheben?

»Sind sie erst einmal in den Kolonien«, sagte Ledoux, »dann werden sie sowieso noch übergenug auf den Beinen sein.«

Die Schwarzen, die, mit dem Rücken der Schiffswand zu, in zwei gleichlaufenden Reihen aneinandergeschichtet wurden, ließen hüben und drüben zwischen ihren Füßen einen schmalen Platz frei, der in allen anderen Sklavenschiffen nur als Durchgang diente. Ledoux kam auf den Gedanken, in diesem Zwischenraum weitere Neger zu verstauen, rechtwinklig zu den anderen. Auf diese Weise faßte seine Brigg an die zehn Schwarze mehr als ein anderes Schiff von gleichem Tonnengehalt. Strenggenommen hätte man noch mehr unterbringen können; aber Menschlichkeit ist ja wohl am Platze, und auch einem Nigger muß man denn schon, zumal für eine mehr als sechswöchige Überfahrt, sein Tummelplätzchen von fünf mal zwei Fuß im Geviert belassen: »Denn schließlich«, so rechtfertigte Ledoux seinem Reeder gegenüber diese seine freisinnige Maßnahme, »sind die Leute mit schwarzer Haut, aufs Ganze gesehen, auch wohl so ähnliche Wesen wie die Weißen.«

Die »Hoffnung« stach, wie abergläubische Beobachter der Ereignisse hinterher feststellten, an einem Freitage von Nantes aus in See. Die Beamten der Hafenaufsicht, die aufs gewissenhafteste die

Brigg durchsucht hatten, waren dabei nicht auf sechs Kisten gestoßen, die bis obenhin voll waren mit Ketten, Handschellen und jenen Eisen, die, ich weiß nicht recht warum, »Barren der Gerechtigkeit« heißen. Die Herren vom Hafenamt äußerten auch keinerlei Erstaunen über den ungeheuren Wasservorrat, den die »Hoffnung« an Bord hatte; den Papieren zufolge ging sie nur nach dem Senegal, um dort Handel mit Holz und Elfenbein zu treiben. Es stimmt, die Überfahrt ist nicht lang; aber schließlich kann ein bißchen Mehr an Vorsichtsmaßnahmen auch nie schaden. Wenn überraschenderweise Windstille einträte, wo käme man da hin ohne Süßwasser?

Die »Hoffnung« lief also eines schönen Freitags, wohlgetakelt und wohlversehen mit allem, aus. Ledoux hätte vielleicht etwas standfestere Masten noch lieber gesehen; immerhin, solange die Brigg unter seiner Führung segelte, hatte er keinerlei Anlaß, sich über sie zu beklagen. Die Überfahrt zur afrikanischen Küste ging glücklich und rasch vonstatten. Im Joale-Fluß ging er vor Anker, in einem Augenblick, als die englischen Kreuzer gerade auf diesen Küstenstrich nicht besonders achtgaben. Im Nu waren einheimische Händler bei ihm an Bord. Die Gelegenheit konnte nicht günstiger sein: Tamango, ein berühmter Krieger und Seelenverkäufer, hatte soeben einen ganzen Haufen Sklaven an die Küste gebracht und war dabei, sie zu Marktpreisen loszuschlagen.

Der Kapitän Ledoux ließ sich an Land setzen und stattete Tamango seinen Besuch ab. Er traf ihn an in einer eiligst für ihn errichteten Strohhütte, in Gesellschaft seiner beiden Frauen, dazu einiger Zwischenhändler und Sklaventreiber. Tamango hatte sich zum Empfang des weißen Kapitäns in Gala geworfen. Er steckte in einem alten blauen Uniformrock, auf dem noch die Korporalstressen glitzerten; hüben und drüben von jeder Schulter aber hingen ihm zwei goldene Epauletten, die, an nur je einem Knopf festgemacht, nach vorn und nach hinten herunterbaumelten. Da er kein Hemd auf dem Leibe hatte und der Rock für einen Kerl von seinem Wuchse etwas kurz war, kam zwischen dem Weiß der Aufschläge und seiner Unterhose aus Guinealeinen ein beträchtlicher Streifen schwarzer Haut zum Vorschein, der wie ein breiter Leibgurt aussah. Ein gewaltiger Reiterschleppsäbel hing ihm an einem Strick von der Hüfte, und in den Fingern hielt er eine schöne doppelläufige Büchse englischer Herkunft. In dieser Ausstattung stach der afrikanische

Held seiner Meinung nach den elegantesten Stutzer von Paris oder London glatt aus.

Der Kapitän Ledoux sah ihn sich eine Weile schweigend von oben bis unten an, während Tamango, sich reckend und streckend wie ein Grenadier bei der Besichtigung vor einem fremden General, den Eindruck auskostete, den er auf den Weißen zu machen meinte. Ledoux, der ihn mit prüfenden Kennerblicken bei sich abgeschätzt hatte, drehte sich darauf zu seinem »Zweiten« um und sagte zu ihm:

»Der muntere Brocken da ist unter Brüdern mindestens seine dreitausend Franken wert, wenn ich ihn heil und ganz nach Martinique hinkriegte.«

Sie nahmen Platz, und ein Matrose, der sich in der Stammessprache der Jolof etwas auskannte, machte den Dolmetscher. Nach dem Austausch der üblichen Höflichkeiten brachte ein Schiffsjunge einen Korb voll Branntweinflaschen; man trank einander zu, und der Kapitän verehrte Tamango, um ihn in gute Stimmung zu versetzen, ein hübsches, kupfernes Pulverhorn mit dem Bildnisse Napoleons. Nachdem das Geschenk mit gebührenden Dankbezeigungen in Empfang genommen worden war, vertauschte man allerseits den Sitz unterm Strohdach mit einem schattigen Platz im Freien, ohne die Schnapsbuddeln aus dem Auge zu lassen, und Tamango gab das Zeichen, die Sklaven vorzuführen, die er feilzubieten hatte.

Sie kamen daher in langer Reihe, krummgebogen vor Mattigkeit und vor Angst, und einem jeden steckte der Hals in einer mehr als sechs Fuß langen Gabel, deren Doppelzinken am Nacken mit einem Querholz zugepflockt waren. Soll sich ein solcher Trupp in Gänsemarsch setzen, so nimmt einer von den Treibern den Gabelstiel des vordersten Sklaven auf die Schulter; der seinerseits belädt sich mit der Gabel des folgenden; der zweite nimmt die Gabel des dritten Schwarzen auf, und so einer nach dem andern, die Reihe durch. Handelt es sich darum, haltzumachen, dann rammt der Rottenführer das spitze Ende seines Gabelstiels in die Erde, und die ganze Kolonne steht. Man sieht ohneweiters ein, daß nicht leicht daran zu denken ist, sich seitwärts in die Büsche zu schlagen oder aus der Reihe zu tanzen, wenn einem ein sechs Fuß langer Knüppel am Halse hängt.

Bei jedem Sklaven, der an ihm vorüberzog, Mann wie Weib, zuckte der Kapitän die Schultern, fand die Kerle schmächtig, die Weiber zu alt oder zu jung und ließ sich in Verwünschungen aus über die Vermanschung der schwarzen Rasse.

»Alles kommt herunter«, sagte er, »früher war das ganz anders. Da waren die Weibsbilder ihre fünf Fuß sechs Zoll hoch, und von den Kerlen hätten vier allein das Gangspill einer Fregatte gedreht, um den Großanker zu lichten.«

Während er noch herummäkelte, traf er immerhin eine erste Wahl unter den stämmigsten und ansehnlichsten Schwarzen. Für die da könnte er den üblichen Satz zahlen; aber was den übrigen Ramsch angehe, den nehme er nur bei bedeutendem Preisnachlaß.

Tamango war nach Kräften bemüht, auch sein Schäfchen ins trockene zu bringen, hob seinen Handelsartikel in den Himmel, jammerte über den Mangel an Menschenware und die Gefährlichkeit des Geschäfts. Zum Schluß forderte er ich weiß nicht was für einen Gesamtpreis für die Sklaven, mit denen der weiße Kapitän seine Brigg zu befrachten gedachte.

Als der Dolmetscher Tamangos Angebot französisch wiedergab, schien Ledoux vor Erstaunen und Entrüstung hintenüberkippen zu wollen; dann zerquetschte er zwischen den Zähnen ein paar schauerliche Flüche und erhob sich dabei, als wolle er jedes weitere Verhandeln mit einem so hirnverbrannten Menschen abbrechen. Da hielt ihn Tamango fest; nur mit der größten Mühe brachte er ihn dazu, daß er sich wieder setzte. Eine frische Flasche wurde entstöpselt, und das Hinundherfeilschen begann von neuem. Jetzt war die Reihe an dem Schwarzen, die Vorschläge des Weißen wahnwitzig und verrückt zu finden. Es wurde gebrüllt, es wurde lange hin und her gestritten, und es wurde dabei unheimlich viel Schnaps gesüffelt; aber das Feuerwasser rief bei den beiden Verhandlungspartnern eine durchaus verschiedene Wirkung hervor. Je mehr der Franzose trank, desto mehr verringerte er seine Angebote; je mehr der Afrikaner in sich hineingoß, desto mehr ließ er schwimmen von seinen Forderungen. Auf die Art kam man, wie beim Korb auf den Boden, mit dem Handel auf festen Grund. Schlechtes Baumwollzeug, Schießpulver, Feuersteine, drei Vierteltonnen Feuerwasser, fünfzig pfuscherhaft überholte Schießprügel wurden gegen einhundertundsechzig Sklaven eingetauscht. Um das Handelsabkommen rechtskräftig zu machen, schlug der Kapitän in die Hand des mehr als halbvollen Schwarzen ein, und im Handumdrehen waren die Sklaven den französischen Matrosen übergeben, die eiligst darangingen, ihnen ihre hölzernen Joche abzunehmen, um ihnen dafür Halseisen und stählerne Handschellen anzulegen; ein handgreiflicher Beweis für die Überlegenheit der europäischen Zivilisation.

Etwa dreißig Sklaven blieben übrig: Kinder, Greise, schwächliche Frauen. Das Schiff war voll.

Tamango, der mit diesem Ausschuß nichts anzufangen wußte, bot sie dem Kapitän an, das Stück für eine Flasche Feuerwasser. Das Angebot war verführerisch. Ledoux erinnerte sich, in Nantes bei der Aufführung der »Sizilianischen Vesper« gesehen zu haben, wie da eine erkleckliche Masse dicker und fetter Leute sich in einen schon randvollen Zuschauerraum hineinquetschten und, dank der Nachgiebigkeit des menschlichen Körpers, selbst für ihre Sitzflächen noch Platz fanden. Er suchte sich unter den dreißig Sklaven die zwanzig schlanksten aus.

Da ging Tamango weiter herunter und verlangte nur noch ein Glas Feuerwasser für jeden der übrigbleibenden zehn. Ledoux überlegte, daß Kinder in den öffentlichen Verkehrsmitteln bloß die Hälfte zahlen und auch bloß einen halben Platz brauchen. Er übernahm also noch drei Kinder; jedoch erklärte er entschieden, jetzt lade er sich nicht mehr einen einzigen Schwarzen weiter auf. Tamango, der merkte, daß er die sieben Sklaven auf dem Halse behielt, packte seine Büchse und legte auf die Frau an, die voran stand: es war die Mutter der drei Kinder.

»Kauf!« schrie er zum Weißen hin, »oder ich schieß' sie tot; ein Gläschen Feuerwasser oder ich knalle!«

»Und was soll ich mit der, Teufel noch einmal?« gab Ledoux zurück. Tamango gab Feuer, und die Sklavin fiel tot hin.

»Los, an den zweiten!« brüllte Tamango und ging in Anschlag auf einen ganz gebrechlichen Alten. »Ein Glas Feuerwasser oder ...«

Eine seiner Frauen riß ihm den Arm herum, und der Schuß ballerte ins Blaue hinein. In dem Wackelgreis, dem ihr Herr und Gebieter den Garaus machen wollte, hatte sie im letzten Augenblick den »Guiriot«, den weisen Zauberer, wiedererkannt, der ihr vorausgesagt hatte, sie werde Königin werden.

Tamango, den der Fusel rasend gemacht hatte, verlor seine letzte Beherrschung, als er sich in seinem Wollen gehemmt und aufgehalten sah.

Roh hieb er mit seinem Büchsenkolben auf sein Weib ein. Dann drehte er sich zu Ledoux um:

»Da!« schnaufte er. »Ich schenk' dir diese Frau!«

Sie war hübsch. Ledoux sah sie sich schmunzelnd an; dann nahm er sie bei der Hand.

»Für die findet sich schon noch ein nettes Plätzchen!« sagte er.

Der Dolmetscher war ein Menschenfreund. Er drückte Tamango eine Pappschachtel voll Tabak in die Hände und nahm ihm dafür die sechs noch übrigen Sklaven ab. Er befreite sie von ihren Gabeln und ließ sie laufen, wohin sie wollten. Im Nu machten sie sich aus dem Staube, der eine dahin, der andere dorthin, allesamt reichlich ratlos allerdings, wie sie in ihre heimischen Gefilde zurückgelangen sollten, die an die zweihundert Meilen von der Küste weg lagen.

Inzwischen sagte der Kapitän dem Tamango Adjüs und kümmerte sich sehr darum, seine Ladung so rasch wie möglich an Bord zu bringen. Es war nicht rätlich, lange auf dem Fluß liegenzubleiben; die Engländer konnten wieder aufkreuzen, und er wollte deshalb am andern Morgen in See stechen. Tamango dagegen torkelte irgendwohin ins Gras und schlief da im Schatten seinen Branntweinrausch aus.

Als er wieder aufwachte, segelte das Schiff schon flußabwärts davon. Tamango, dessen Hirn vom Zechgelage des vergangenen Tages noch ganz benommen war, rief nach seinem Weibe Ayché. Ihm wurde der Bescheid, sie habe leider sein Mißfallen erregt, und er habe sie deswegen dem weißen Kapitän geschenkt, der sie auf sein Schiff mitgenommen habe.

Als Tamango das hörte, hämmerte er sich wie von Sinnen gegen die Stirn, packte dann seine Büchse und stürzte schnurstracks auf dem nächsten Wege - denn der Fluß machte einige Windungen, ehe er sich ins Meer ergoß - zu einer kleinen Bucht hin, die etwa eine Wegstunde vor der Mündung sich auftat. Dort hoffte er ein Kanu zu finden, mit dem er die Brigg noch erreichen konnte, deren Fahrt sich wegen der Krümmungen des Flußlaufs in die Länge ziehen mußte. Er hatte sich nicht verschätzt: ihm blieb tatsächlich noch Zeit, in ein Kanu zu springen und das Sklavenschiff einzuholen.

Ledoux war überrascht, als er ihn sah, und noch mehr, als er hörte, er wolle seine Frau wiederhaben.

»Geschenkt ist geschenkt«, erwiderte er kurz.

Und er drehte ihm den Rücken. Der Schwarze ließ nicht locker und erbot sich, einen Teil der Tauschgegenstände wieder herzugeben. Der Kapitän lachte und meinte, Ayschė sei ein erstklassiges Frauchen, und er wollte sie unter seine besondere Obhut nehmen. Da heulte Tamango los, daß ihm die Tränen über die Backen schossen, und stieß gellende Schmerzensschreie aus, wie einer, der sich unter dem Messer des Chirurgen windet. Er wälzte sich auf dem Deck, rief nach seiner teuren Ayschė und stieß mit dem Schädel gegen die Planken, als wollte er sich umbringen. Unbewegt von alledem deutete der Kapitän nur auf das Ufer hin und machte ihm klar, daß es Zeit für ihn sei, das Weite zu suchen; aber Tamango blieb stur. Er bot und bot; sogar seine goldenen Schultergehänge, seinen Säbel wollte er drangeben. Alles umsonst.

Während dieser bewegten Verhandlung sagte der Leutnant der »Hoffnung« zum Kapitän:

»Heut nacht sind uns drei von den Kerlen draufgegangen; Platz ist da. Warum wollen wir uns nicht den mordsstarken Lümmel dafür langen, der die drei Toten glatt aufwiegt?«

Ledoux überschlug bei sich: Tamango brächte schon seine dreitausend Franken ein; die Fahrt, die sich sehr profitreich für ihn anließ, sei ja wohl ohnehin seine letzte; und wo er schließlich sein Schäfchen so gut wie im trockenen hatte und den Niggerhandel sowieso aufgab, da konnte es ihn doch verdammt wenig scheren, ob er an der Guineaküste einen guten oder weniger guten Ruf hinterließ. Zudem rührte sich keine Sterbensseele am Ufer, und der afrikanische Recke war ihm auf Gnade und Ungnade selber in die Arme gelaufen. Es handelt sich nur noch darum, ihm seine Waffen abzunehmen: denn es wäre gefährlich gewesen, Hand an ihn zu legen, solange er die noch selber handhabte.

Ledoux ließ sich also von ihm die Büchse reichen, wie wenn er sie in Augenschein nehmen und sich überzeugen wolle, ob sie auch wirklich ganz so viel wert sei wie die schöne Ayschė. Während er die Federn spielen ließ, sorgte er dafür, daß das Pulver aus der Zündpfanne fiel. Der Leutnant seinerseits ließ den Säbel durch die Finger gleiten; und als Tamango auf die Art seine Waffen losgeworden war, stürzten sich zwei handfeste Matrosen auf ihn, warfen ihn auf den Rücken und machten sich daran, ihm auch die Luft wegzunehmen.

Der Schwarze setzte sich zur Wehr wie ein Held. Sowie er aus der ersten Bestürzung heraus war, rang er, trotz seiner wenig günstigen Lage, unablässig mit den beiden Matrosen.

Dank seiner Riesenstärke gelang es ihm, wieder auf die Beine zu kommen. Mit einem Fausthieb schmetterte er den Mann, der ihn am Kragen gepackt hielt, zu Boden; dabei ließ er ein Stück seines Rockes in den Fäusten des andern Matrosen, aber wie ein Rasender stürzte er auf den Leutnant los, um seinen Säbel ihm zu entreißen. Der hieb ihm damit über den Schädel und brachte ihm eine klaffende, wenn auch nicht tiefe Wunde bei. Tamango brach zum zweitenmal in die Knie. Im Nu wurden ihm die Füße und Hände straff gefesselt. Während er sich noch dabei bäumte und wehrte, stieß er ein Wutgebrüll aus und gebärdete sich wie ein wilder Eber in den Fangstricken; aber als er sah, daß aller Widerstand nutzlos war, schloß er die Augen und rührte sich nicht mehr. Nur noch sein rascher, stoßweiser Atem bewies, daß Leben in ihm war.

»Donner und Doria!« machte sich der Kapitän Ledoux Luft. »Die Nigger, die der da verscheuert hat, werden hellauf johlen, wenn sie sehen, daß er jetzt selber an die Reihe gekommen ist. Nun werden sie wohl merken, daß es so was wie eine Vorsehung gibt.«

Mittlerweile verrann dem armen Teufelskerl Tamango alles Blut. Der barmherzige Dolmetscher, der tags zuvor sechs Sklaven das Leben gerettet hatte, nahte sich ihm, verband ihm seine Wunde und richtete ein paar tröstende Worte an ihn. Der Schwarze blieb reglos wie ein Leichnam liegen. Zwei Matrosen mußten ihn wie ein Riesenbündel ins Zwischendeck an den Platz hinunterschleppen, der für ihn bestimmt war. Zwei Tage lang wollte er weder essen noch trinken; kaum daß man ihn die Augenlider auftun sah.

Seine Haftgenossen, die unlängst noch seine eigenen Häftlinge gewesen waren, sahen mit stumpfem Staunen ihn in ihrer Mitte erscheinen. Dermaßen groß war die Furcht, die er ihnen noch immer einflößte, daß nicht einer unter ihnen es sich herausnahm, den in seinem Elende zu verhöhnen, der sie in ihr eigenes gebracht hatte.

Unter frischem, günstigem Landwind ließ die Brigg die afrikanische Küste rasch hinter sich. Nunmehr, da er die Unruhe mit den englischen Kreuzern glücklich hinter sich hatte, wiegte sich der Kapitän nur noch in den Gedanken an die klotzigen Einnahmen, die in den Kolonien auf ihn warteten. Sein Ebenholz hielt sich einwandfrei. Kein Schimmer von irgendwelchen ansteckenden Krankheiten. Bloß zwölf Nigger, die schwächsten noch dazu, waren an der Hitze draufgegangen: nicht der Rede wert war das. Damit seine Menschenfracht aber doch möglichst wenig von den Beschwernissen der Überfahrt mitgenommen wurde, war er sehr darauf bedacht, daß seine Sklaven tagtäglich auch an Deck kamen. Immer abwechselnd durfte ein Drittel dieser Unglückswesen ein Stündchen herauf, um die Tagesportion Luft zu schnappen. Weil man vor irgendwelchem Krakeel nicht ganz sicher war, hielt ein Teil der Mannschaft, bis an die Zähne bewaffnet, Wache; außerdem gab man darauf acht, daß ihnen nirgends ihre Eisen zu locker wurden. Ab und zu bereitete ihnen ein Matrose, der auf der Geige zu fiedeln verstand, eine Art Ohrenschmaus. Es war dann ein kurioser Anblick, wie sich all diese schwarzen Gesichter dem Musiker zudrehten, wie sich nach und nach die stumpfe Verzweiflung in ihrem Ausdruck verlor, wie sie mit breitem Grinsen zu lachen anfingen und wie diese Armen dann in die Hände klatschten, soweit das ihre Ketten erlaubten. – Bewegung tut der Gesundheit gut; daher bestand denn eine der sanitären Maßnahmen des Kapitäns Ledoux darin, seine Sklaven des öfteren tanzen zu lassen, wie man Gäule, die auf lange Fahrt eingeschifft sind, auf der Stelle trappeln läßt.

»Los, Kinder, tanzt, amüsiert euch!« brüllte der Kapitän mit Donnerstimme und knallte dazu mit einer ungeheuren Postkutscherpeitsche.

Und sofort sprangen die armseligen Schwarzen in die Höhe und tanzten.

Tamango wurde von seiner Wunde einige Zeit drunten unter den Luken daniedergehalten. Endlich erschien auch er wieder auf dem Oberdeck; stolz hob er den Kopf mitten unter dem furchtsamen Sklavenhaufen und ließ seinen Blick voll gelassener Traurigkeit über die unermeßliche Wasserfläche schweifen, die sich rings um das Schiff hin weitete. Dann legte er sich auf die Planken, oder vielmehr: er ließ sich auf sie niederfallen, ohne sich auch nur die geringste Mühe zu machen, seine Ketten so zurechtzuziehen, daß sie ihm weniger zur Last wären. Ledoux saß auf dem Achterdeck und schmauchte seelenruhig seine Pfeife. An seiner Seite befand sich Ayschè; sie war ohne Fesseln, trug ein schickes blauleinenes Kleid, an den Füßen hatte sie hübsche rote Saffianpantöffelchen, in der Hand eine Platte mit Schnäpsen und wartete auf einen Wink, um ihm einzuschenken. Ganz offensichtlich hatte sie hohe Obliegenheiten beim Kapitän zu erfüllen. Ein Schwarzer, der Tamango tief haßte, bedeutete ihm, hinzusehen. Tamango wandte den Kopf, erblickte sie, schrie auf, war mit einem Ruck auf den Füßen und rannte gegen das Achterdeck, ehe die Wachtmannschaft einen so ungeheuerlichen Verstoß gegen alle Schiffszucht verhindern konnte.

»Ayschè!« brüllte er mit schmetternder Stimme, und Ayschè stieß einen Schreckensschrei aus, »glaubst du, im Lande des weißen Mannes gibt es keinen Mama-Jumbo?«

Schon liefen Matrosen mit geschwungenen Knütteln herzu; aber Tamango drehte sich um und trottete mit verschränkten Armen zu seinem Platze hin, während Ayschè nach seinen geheimnisvollen Worten mit tränenüberströmtem Gesicht wie versteinert dastand.

Der Dolmetscher erklärte, was es mit diesem schrecklichen Mama-Jumbo, dessen Name allein schon solches Entsetzen hervorrief, auf sich hatte:

»Das ist der Butzemann der Nigger!« erzählte er. »Wenn ein Mann von seiner Frau Treulosigkeit befürchtet, dann kommt er ihr mit dem Mama-Jumbo. Ich, so wahr ich's euch hier sage, ich habe selbst den Mama-Jumbo zu Gesicht gekriegt, und ich bin auch gleich hinter die ganze Geschichte gekommen.

Stellt euch also vor: Eines Abends, wie die Weiber gerade lustig herumhopsen und mitten in einem ›Folgar‹ sind, wie sie das nennen, da geht euch mit einem Male aus einem hübsch dichten und düsteren Wäldchen eine unheimliche Musik los, ohne daß man irgendeine Menschenseele sieht, die sie macht; denn die Musikanten stecken sämtlich hinter den Bäumen. Das quäkt, jault und rasselt dort heraus aus den Schilfflöten, Holztrommeln, Balafos und aus Gitarren, die sie sich aus halben Flaschenkürbissen da basteln. All das brachte miteinander Töne hervor, die den Teufel davongejagt hätten. Kaum daß den Weibern die ersten Quiekser dieser Höllenarie ins Ohr gedrungen sind, fangen sie auch schon an zu bibbern und zu schlottern; sie wollen Reißaus nehmen, aber ihre

Männer halten sie am Wickel fest. Auf einmal kommt aus dem dunklen Wald eine riesige weiße Gestalt heraus, wie unsre Bramstange so hoch, mit einem Schädel so mächtig und rund wie ein Maßscheffel, mit Augen so weit wie Klüsgatten und einem Maul wie dem Teufel seins, mit lauter Feuer drin. Das Ding da geisterte langsam, langsam heran, nur eben nicht näher als eine halbe Kabellänge vom Buschwerk weg. Die Weiber schrien: ›Da, der Mama-Jumbo!‹ Wie die Austernhökerinnen kreischten sie.

Da schnauzten die Männer sie an: ›Los, ihr Metzen, heraus jetzt damit, ob ihr brav gewesen seid. Wenn ihr schwindelt: Da steht der Mama-Jumbo, der frißt euch mit Haut und Haaren dafür auf!‹

Einige waren so dumm und rückten mit der Wahrheit heraus, und dafür wurden sie von ihren Eheherren windelweich gebleut.«

»Und was war denn das für ein weißes Ding da, der Mama-Jumbo?« fragte der Kapitän.

»Na, ein Spaßvogel war das, der sich ein gewaltiges Leinenlaken übergeworfen hatte und als Haupt einen hohlen Kürbis mit einer Funzel drin hoch über sich an einer langen Latte dahertrug. Mehr steckt nicht dahinter, und seinen Geist braucht man eben nicht groß zu verausgaben, wenn man Schwarze herumkriegen will. Alles in allem ist es aber eine gute Erfindung, der Mama-Jumbo, und ich wollte, meine eigene Alte glaubte an ihn.«

»Was meine betrifft«, bedeutete Ledoux, »wenn die auch wohl nicht gerade vor dem Mama-Jumbo Angst hat, vor dem Knüppelausdemsack hat sie bestimmt Angst. Und was deinen schwarzen Teerpinsel da unten angeht, der vom Mama-Jumbo quasselt, dem sage, er möge sich mucksmäuschenstill verhalten und dem zierlichen Frauchen hier ja keine Angst machen, sonst lasse ich ihm ein bißchen das Rückgrat abschaben, daß seine schwarze Schwarte wie ein englisches Roastbeef rot wird.«

Mit diesen Worten stieg der Kapitän in seine Kajüte hinunter, ließ Aysché kommen und versuchte sie zu trösten; aber weder Zärtlichkeit noch Knüffe und Püffe – denn schließlich geht einem ja auch einmal die Geduld aus – vermochten die schöne Negerin wieder vernünftig zu machen; Ströme von Tränen rannen ihr aus den Augen. In übelster Laune stieg der Kapitän wieder an Deck und schimpfte mit dem Wachhabenden herum wegen des Fahrtmanövers, das dieser gerade angeordnet hatte.

In der Nacht, als fast die ganze Bemannung in tiefem Schlafe lag, hörten die Wachen zuerst einen schweren, feierlichen, unheimlichen Gesang, der aus dem Zwischendeck heraufdrang, dann den gräßlich schrillen Aufschrei einer Frau. Unmittelbar darauf hallte, fluchend und drohend, die groblaute Stimme des Kapitäns und dazwischen das Klatschen und Knallen seiner furchtbaren Peitsche durch das ganze Schiff. Einen Augenblick später herrschte überall wieder Totenstille. Am anderen Morgen kam Tamango mit zerschundenem Gesicht an Deck, aber in Miene und Haltung so stolz und so entschlossen wie vorher.

Kaum hatte ihn Ayscheé erblickt, da lief sie auch schon vom Achterdeck, wo sie neben dem Kapitän gesessen war, Tamango entgegen, stürzte vor ihm auf die Knie und flehte ihn mit dem Ausdruck höchster Verzweiflung an:

»Vergib mir, Tamango, vergib mir!«

Tamango blickte sie eine Minute lang fest an; dann, sowie er bemerkt hatte, daß der Dolmetscher nicht in der Nähe war, warf er ihr kurz hin:

»Eine Feile!«

Und dann streckte er sich wieder auf den Planken aus und drehte Ayscheé den Rücken. Der Kapitän blies sie mächtig an, verabreichte ihr sogar ein paar Ohrfeigen und verbot ihr, mit ihrem verflossenen Manne zu reden; aber er dachte nicht im entferntesten daran, über die Bedeutung der paar Worte, die sie gewechselt hatten, unruhig zu werden, und er fragte auch nicht mit einer Silbe danach.

Inzwischen nutzte Tamango die Stunden des Eingesperrtseins mit den andren Sklaven dazu, sie Tag und Nacht zu einem kühnen Gewaltstreich aufzustacheln, mit dem sie sich ihre Freiheit wieder verschaffen sollten. Er erzählte ihnen immer wieder vor, wie gering die Weißen an Zahl seien, und wies sie darauf hin, wie die Wachsamkeit ihrer Hüter immer mehr schwinde; dazu ließ er, ohne näher darauf einzugehen, durchblicken, er wisse Mittel und Wege, sie in ihre Heimat zurückzubringen, brüstete sich mit geheimen Künsten und drohte, der Böse Geist werde alle die holen, die nicht bei seinem Unternehmen mittun wollten. In diesen Ansprachen bediente er sich ausschließlich der Stammessprache der Peulen, die den meisten seiner Mitsklaven verständlich war, die der Dolmetscher aber nicht kannte. Das Ansehen des Sprechers, die Furcht und der Gehorsam, den sie ihm gewohntermaßen entgegenbrachten, kamen seiner Beredsamkeit fabelhaft zustatten, und die Schwarzen bestürmten ihn, den Tag ihrer Befreiung anzusetzen, und das lange vor dem Zeitpunkte, an dem er selbst glaubte, sie frühestens bewerkstelligen zu können. Er gab den Verschwörern ausweichende Antworten: Die Zeit sei noch nicht da und der Mächtige Geist, der ihm im Traum erscheine, habe sie ihm noch nicht verkündet, sie sollten sich aber auf sein erstes Zeichen hin fertigmachen. Unterdessen versäumte er keine Gelegenheit, über die Wachsamkeit seiner Schergen genauere Beobachtungen anzustellen. Einmal hatte ein Matrose ein Gewehr gegen die Bordwand gelehnt und vertrieb sich die Zeit damit, einem Schwarm fliegender Fische zuzugucken, die dem Schiff folgten; Tamango nahm das Gewehr und machte sich ans Griffeüben, wobei er mit täppischen Gebärden die Bewegungen nachahmte, die er die Matrosen beim Exerzieren hatte ausführen sehen. Im nächsten Augenblick nahm man ihm die Flinte wieder aus den Fingern; aber er wußte doch jetzt, daß er eine Waffe anrühren konnte, ohne sofort Verdacht zu erregen; und wenn es soweit sein würde, sie zu brauchen, dann sollte nur einer kommen, der es wagte, sie ihm aus der Faust zu reißen.

Eines Tages warf ihm Aysché einen Zwieback zu und machte ihm dabei ein Zeichen, das nur er verstand. Der Zwieback enthielt eine winzige Feile; von diesem kleinen Werkzeug hing das Gelingen der ganzen Verschwörung ab. Tamango hütete sich, seinen Gefährten das Instrument gleich zu zeigen; aber sowie es Nacht geworden war, fing er an, unverständliche Worte zu murmeln, die er mit seltsamen Gebärden begleitete. Nach und nach steigerte er seine Erregtheit bis zu Schreien. Wer den wechselnden Tonfall seiner Stimme hörte, mußte meinen, er sei in eine leidenschaftliche Unterredung mit einem unsichtbaren Wesen hineingezogen. Alle Sklaven überkam das Zittern; keiner von ihnen zweifelte, daß in diesem Augenblick der Mächtige Geist in ihrer Mitte weilte. Tamango beendigte diesen schauerlichen Auftritt damit, daß er einen Freudenschrei ausstieß. »Brüder«, rief er, »der Mächtige Geist war eben da und hat mir endlich gegeben, was er mir versprochen hatte! In meiner Hand halte ich das Werkzeug, das uns die Freiheit bringt. Jetzt nur noch ein bißchen Mut, und ihr seid frei!«

Er ließ die ihm zunächst Sitzenden die Feile betasten und befühlen, und der faule Zauber, so plump er auch war, fand Glauben bei den im Zauberglauben erzogenen Menschen.

Nach langem Harren brach der große Tag der Rache und der Freiheit an. Die Verschwörer, die ein feierlicher Eid aneinander band, hatten ihren Plan in langer, reiflicher Beratung bis ins einzelne ausgeheckt. Die Entschlossensten, Tamango an ihrer Spitze, sollten, sobald die Reihe an ihnen war, auf Deck zu klettern, sich der Waffen ihrer Schergen bemächtigen; ein paar andere hatten aus der Kajüte des Kapitäns die Donnerbüchsen heranzuschleppen, die dort standen. Alle, die mit dem Durchfeilen ihrer Eisen zu Rande gekommen waren, sollten losschlagen. Aber trotz der hartnäckigen Arbeit mehrerer Nächte war der größte Teil der Sklaven noch nicht soweit, bei dem Unternehmen tatkräftig mitzumachen. Deshalb hatten drei handfeste Schwarze den Auftrag, den weißen Mann totzuschlagen, der die Fesselschlüssel in seiner Tasche hatte, und dann sofort ihre noch in Ketten steckenden Genossen zu befreien.

An diesem Tage war der Kapitän Ledoux in einer geradezu rosigen Stimmung; ganz gegen seine Gewohnheit ging er gnädig mit einem Schiffsjungen um, der die Fuchtel verdient hatte. Er war des Lobes voll über das Segelmanöver, das der Offizier vom Dienst angeordnet hatte, sprach der Mannschaft seine volle Zufriedenheit aus und kündigte allerseits an, auf Martinique, wo man binnen kurzem einlaufen würde, bekomme jeder Mann seine Sonderprämie. Alle Blaujacken auf der »Hoffnung« beschäftigten sich bereits aufs angenehmste mit der Vorstellung, wie sie diese Leistungsprämie am besten wieder verjubeln könnten. Sie waren im Geiste schon beim Branntwein und bei den braunen Weibern auf Martinique, als Tamango und seine Verschworenen aufs Oberdeck hinaufgelassen wurden.

Die Schwarzen hatten beim Durchfeilen sorgsam darauf geachtet, daß die Eisen unbeschädigt aussahen und daß doch der geringste Kraftaufwand genügte, sie zu zersprengen. Im übrigen ließen sie die Fesseln derart klangvoll rasseln, daß man beim Hören hätte meinen mögen, sie trügen noch einmal so schwer an ihnen. Nachdem sie eine Weile Luft geschöpft hatten, faßten sie sich alle bei den Händen und fingen an zu tanzen, während Tamango den Kriegsgesang seines Stammes anstimmte, wie er ihn noch jedesmal, wenn er zum

Kampf aufbrach, hatte erschallen lassen. Als der Tanz eine Zeitlang gedauert hatte, warf sich Tamango, wie erschöpft vor Anstrengung, so lang er war, vor die Füße eines Matrosen hin, der sich sorglos an der Reling rekelte; alle Mitverschworenen machten es so wie er. Auf die Weise war jeder Matrose von mehreren Schwarzen eingeschlossen.

Mit einem Male stößt Tamango, der in aller Stille seine Eisen zersprengt hat, einen markerschütternden Schrei aus, der als Zeichen verabredet war, reißt mit einem gewaltigen Ruck den ihm zunächst stehenden Matrosen an den Beinen aufs Gesäß nieder, entringt ihm, indem er ihm mit dem Fuß gegen den Bauch tritt, sein Gewehr und knallt auch schon damit den wachhabenden Offizier über den Haufen. Im selben Augenblick ist jeder der übrigen Wachmatrosen so blitzartig niedergezerrt, entwaffnet und im Handumdrehen umgebracht. Von allen Seiten brandet ein Kriegsgebrüll empor. Der Bootsmann, der den Schlüssel zu den Fesseln in Verwahrung hat, wird niedergeschlagen. Und nun strömt und strömt es von Schwarzen über das Oberdeck hin. Wer keine Waffen ergattern kann, packt sich die eisernen Handspaken des Gangspills oder die Ruderpinnen der Schaluppe und schlägt damit los.

Von diesem Augenblick an war die weiße Besatzung verloren. Auf dem Achterkastell versuchten zwar noch einige wenige Matrosen Widerstand zu leisten, aber es fehlte ihnen an Waffen wie an Entschlossenheit. Ledoux war noch am Leben und hatte seinen Mut durchaus nicht verloren. Er, der sofort in Tamango den lenkenden Geist des Aufruhrs witterte, hoffte, wenn er den Haupträdelsführer aus dem Wege räumen könnte, mit dessen Helfershelfern leicht fertig zu werden. Er stürzte also, den Namen Tamango laut brüllend, mit dem Säbel in der Faust auf ihn zu. Sofort raste ihm Tamango entgegen. Er hielt ein Gewehr am Laufende gepackt und schwang es wie eine Keule. Auf einer der schmalen Laufplanken, die Vorder- und Achterdeck miteinander verbinden, gerieten die beiden Häuptlinge aneinander. Tamango hieb als erster zu. Mit einer leichten Körperdrehung wich der Weiße dem Schlage aus. Der Kolben, der mit großer Gewalt auf die Planken niederkrachte, brach ab, und der Rückprall war so mächtig, daß die Waffe Tamango aus den Händen fiel. Er war wehrlos, und Ledoux holte schon, höllisch feixend, mit seinem Arm weit aus, um ihn zusammenzuhauen; aber

Tamango war so blitzwendig wie die Panther in seiner Heimat. Er sprang seinem Gegner an den Arm und packte die Hand, die den Säbel hielt. Nun machte der eine die gewaltsamsten Anstrengungen, seine Waffe nicht loszulassen, der andre, sie der Faust zu entreißen. In diesem wütenden Ringen stürzten beide miteinander zu Boden; der Afrikaner lag zuunterst. Da packte Tamango, ohne sich entmutigen zu lassen, mit aller Kraft seinen Feind und biß ihm mit solcher Gewalt in die Kehle, daß das Blut wie unter den Zähnen eines Löwen hervorschoß. Der Säbel entfiel der erschlaffenden Hand des Kapitäns. Tamango riß ihn an sich, dann schnellte er wieder auf die Füße hoch und stieß, den Mund voll Blut, ein Triumphgeheul aus, während er mit unzähligen Hieben seinen schon mehr toten als lebendigen Widersacher zersäbelte.

Der Sieg war nicht mehr zweifelhaft. Die wenigen Überlebenden versuchten, die Empörer um Gnade anzuflehen; aber alle, bis hin zum Dolmetscher, der ihnen nie ein Leid angetan hatte, wurden erbarmungslos niedergemetzelt. Der Leutnant hatte sich auf das Achterdeck zurückgezogen, neben eines der kleinen Geschütze, die auf einem Zapfen herumgeschwenkt und mit Kartätschen geladen werden. Mit der Linken richtete er das Stück, und mit dem Säbel in der Rechten verteidigte er sich so gut, daß er ein großes Rudel Schwarzer von allen Seiten auf sich zog. Da ließ er den Abzug spielen und riß mitten in diese dichtgeballte Masse eine breite, mit Toten und Sterbenden gepflasterte Gasse hinein. Einen Augenblick später war er in Stücke gehauen.

Als der Leichnam des letzten Weißen über Bord gestürzt war, hoben die Schwarzen, rachegesättigt wie sie nun waren, ihre Augen hinauf zu den Segeln, die noch immer unter einer frischen Brise sich blähten und nach wie vor ihren Unterdrückern zu gehorchen und die Sieger trotz ihrem Triumphe ins Land der Sklaverei zu entführen schienen.

Nichts ist also geschafft? dachten sie trübsinnig vor sich hin. »Und wird uns denn dieser Große Fetisch der Weißen in die Heimat zurückführen, uns, die wir seiner Herren Blut vergossen haben?«

Einige meinten, Tamango verstehe ihn zum Gehorsam zu bringen. Gleich erhob sich ein allgemeines lautes Rufen nach Tamango.

Es eilte ihm nicht, sich zu zeigen. Man fand ihn hinten in der

Kajüte am Heck; da stand er, eine Hand auf den blutigen Säbel des Kapitäns gestützt; die andere überließ er zerstreut seinem Weib Ayschė, die vor ihm auf Knien lag und Küsse darauf preßte. Aber auch in seinem Siegerrausch konnte er nicht eine düstere Unruhe in sich dämpfen, die sich in seiner ganzen Haltung verriet. Er, der weniger schwerfällig als seine Genossen war, fühlte klarer die Schwierigkeiten seiner Lage.

Endlich erschien er auf dem Deck mit einer zur Schau getragenen Ruhe, die er nicht in sich hatte. Von hundert Stimmen umschwirrt, die ihn drängten, den Lauf des Schiffes zu lenken, schritt er langsam auf das Steuerrad zu, als wolle er so lange wie möglich den Augenblick hinausschieben, der über die Grenzen seiner Macht, für ihn selbst wie die andern, entscheidend war.

Auf dem ganzen Schiff gab es nicht einen Schwarzen, der nicht gemerkt hätte, welcher Einfluß von einem gewissen Rade und dem Kästchen ihm gegenüber auf das Schiff und seine Bewegungen ausging; aber hinter diesem sich regenden Etwas hatte immer ein großes Geheimnis gesteckt. Eine lange Weile betrachtete Tamango die Bussole und bewegte dazu die Lippen, als lese er die Zeichen, die er darauf eingeritzt sah. Dann legte er die Hand an die Stirn und nahm die nachdenkliche Haltung eines Mannes an, der sich im Kopf etwas ausrechnet. Alle Schwarzen umringten ihn offenen Mundes und mit weitaufgerissenen Augen und verfolgten voll Angst jede geringste Bewegung, die er machte. Endlich versetzte er, mit jenem gemischten Gefühl aus Furcht und Selbstvertrauen, das der Unwissenheit eignet, dem Steuerrad einen gewaltigen Stoß.

Wie ein edler Renner, der sich unter dem Sporn eines unverständigen Reiters bäumt, setzte bei diesem unerhörten Manöver die schöne Brigg »Hoffnung« mit Riesensprüngen hin über die Wogen. Es sah aus, als wolle sie vor Entrüstung sich samt ihrem stümpernden Steuermann in den Grund hinunterstürzen. Da der notwendige Zusammenhang von Segel- und Steuerstellung jäh unterbrochen war, neigte sich das Schiff mit solcher Heftigkeit zur Seite, daß man meinte, es müsse jeden Augenblick kentern. Seine langen Rahen tauchten ins Meer. Mehrere Menschen wurden umgerissen, einige fielen über Bord. Bald stemmte sich das Schiff wieder stolz gegen die Wogen, als wollte es noch einmal gegen die Zerstörung ankämpfen. Der Wind brach mit doppelter Stärke los, und wie auf einen Schlag stürzten die wenige Fuß über Deck umgeknickten beiden Masten unter furchtbarem Krachen zusammen und überdeckten das ganze Schiff mit Trümmern und einem schweren Netzwerk aus Tauen.

Die entsetzten Neger flüchteten mit Angstgebrüll die Treppenluken hinab unter Deck; aber da der Wind keinen Widerstand mehr fand, richtete sich das Schiff wieder auf und überließ sich, sacht hin und her schaukelnd, den Fluten. Da kletterten die Beherztesten wieder hinauf aufs Deck und räumten die Trümmer weg, die es kreuz und quer versperrten. Tamango stand da, rührte und regte sich nicht, hatte den Ellbogen auf das Kompaßhäuschen gestützt und verbarg das Gesicht hinterm Arm. Ayschė war bei ihm, wagte aber nicht, ihn anzusprechen. Nach und nach kamen die Schwarzen näher; ein Gemurr erhob sich, das bald zu einem Sturm von Vorwürfen und Verwünschungen anschwoll.

»Du Schwindler! Leutebetrüger!« schrien sie. »Du, du bist schuld an unserem ganzen Elend, du hast uns an die Weißen verschachert, du hast uns zur Meuterei verführt! Du prahltest vor uns mit deiner Kunst, versprachst, uns in die Heimat zurückzuführen. Wir glaubten dir's, wir Wahnsinnigen! Und jetzt hat nicht viel gefehlt und wir wären allesamt in den Abgrund gefahren, weil du den Großen Fetisch der Weißen beleidigt hast!«

Tamango reckte nur stolz seinen Kopf wieder hoch empor, und die Schwarzen, die ihn umringten, wichen eingeschüchtert zurück. Er packte zwei Flinten, winkte seinem Weibe, ihm zu folgen, schritt mitten durch die Menge, die sich vor ihm öffnete, und erstieg die Vorderschanze des Schiffes. Dort schichtete er aus leeren Fässern und Planken eine Art Wall auf; dann ließ er sich in dieser Verschanzung nieder, aus der die Bajonette seiner beiden Schießeisen drohend hervorragten.

Man ließ ihn in Ruhe. Unter den Aufrührern fingen die einen an loszuflennen; andere hoben die Arme gen Himmel und beschworen ihre Fetische und die Großen Geister der Weißen; dort warfen sich welche auf die Knie vor die Bussole nieder, deren unaufhörliches Erzittern sie anstaunten, und flehten sie an, sie möge sie in ihr Land zurückbringen; da streckten sich welche in dumpfer Niedergeschlagenheit auf die Planken lang hin. Mitten unter diesen vielen Hoffnungslosen stelle man sich noch alle die angstvoll schreienden

Kinder und heulenden Weiber vor und einige zwanzig Verwundete dazu, die jämmerlich um Hilfe wimmerten, ohne daß jemand auch nur daran dachte, ihnen Hilfe zu bringen.

Plötzlich taucht aus der Versenkung ein Neger auf dem Oberdeck auf; sein Gesicht strahlt über und über. Er verkündet, eben habe er den Ort entdeckt, wo die Weißen ihr Feuerwasser verstaut haben; seine Heiterkeit und seine Haltung sind ein hinreichender Beweis dafür, daß er schon eine gehörige Kostprobe davon genossen hat. Diese Nachricht läßt für eine Weile das Geschrei der Unglückswesen verstummen. Sie rennen zur Kombüse und lassen sich die Gurgel mit Schnaps vollaufen. Eine Stunde später hätte man sie sehen sollen, wie sie auf dem ganzen Verdeck durcheinanderhopsten und johlten und sich allen Ausbrüchen wildester Trunkenheit überließen. Ihr Getanze und Gegröle wurde vom Jammern und Stöhnen der Verletzten begleitet. So verfloß der Rest des Tages und die ganze Nacht.

Des Morgens beim Aufwachen neue Verzweiflung. Eine erhebliche Anzahl unter den Verwundeten hatte die Nacht nicht überlebt. Das Schiff trieb, von Leichen umgeben, dahin. Die See ging hoch, und der Himmel war dick mit Nebel verhüllt. Man hielt Rat. Etliche Zauberlehrlinge und Untermagier, die vor Tamango von ihrem Können nicht zu sprechen gewagt hatten, boten abwechselnd ihre Dienste an. Man versuchte es mit mehreren gewaltigen Beschwörungen. Mit jedem mißglückten Versuch nahm die Niedergeschlagenheit zu. Zu guter Letzt erinnerte man sich wieder an Tamango, der aus seiner Verschanzung noch immer nicht hervorgekommen war. Schließlich war er doch von ihnen allen der Klügste, und er allein konnte sie aus der schrecklichen Lage herausholen, in die er sie gebracht hatte. Einer von den ältesten Männern wagte sich zu ihm hin und überbrachte die Friedensangebote. Er bat ihn, zu kommen und ihnen mit seinem Rate beizustehen; aber Tamango blieb, unerschütterlich wie Coriolan, allem Flehen gegenüber taub. Mitten in dem tollen Durcheinander der vergangenen Nacht hatte er sich mit Zwieback und gesalzenem Fleisch hinreichend eingedeckt. Er sah aus, als sei er entschlossen, an seinem Zufluchtsorte für sich durchzuhalten.

Noch war Schnaps da. Zum mindesten läßt er das Meer und die Sklaverei und den nahenden Tod vergessen. Man sinkt in Schlaf, man sieht Afrika im Traum wieder, seine mächtigen Wälder von Gummibäumen, Strohhütten, Affenbrotbäumen, deren Schatten ein ganzes Dorf überdacht. Der wüste Taumel vom vorigen Tage hub von neuem an. So verflossen mehrere weitere. Brüllen, plärren, sich die Haare raufen, dann sich vollsaufen und in dumpfen Schlaf fallen: das war ihr Leben. Mancher wachte aus seinem unmäßigen Rausche nicht mehr auf, einige stürzten sich ins Meer, andere erdolchten sich.

Eines Morgens kam Tamango aus seiner Festung heraus und schritt bis zum Stumpfe des Hauptmastes vor.

»Sklaven«, erhob er die Stimme, »der Große Geist ist mir im Traume erschienen und hat mir das Ding gezeigt, womit ich euch von hier weg und in die Heimat zurückschaffen kann. Euer Undank verdiente zwar, daß ich euch hier sitzenließe, aber ich erbarme mich über diese Weiber und diese schreienden Kinder. Euch sei verziehen. Jetzt hört auf mich!«

Alle Schwarzen senkten ergebungsvoll ihren Schädel und drängten sich um ihn.

»Die Weißen«, fuhr Tamango fort, »kennen die mächtigen Worte, mit denen sie diese großen hölzernen Häuser bewegen; wir aber, wir können, ganz wie und wohin wir wollen, die leichten Barken steuern, die unseren Einbäumen ähneln.«

Er zeigte auf die Schaluppe und auf die anderen Boote der Brigg.

»Essen und Trinken wollen wir da hineintun, soviel hineingeht, und dann hineinsteigen und mit dem Winde rudern; unser Großer Geist wird ihn nach der Heimat hinwehen lassen.«

Man glaubte ihm. Wahnwitziger konnte kein Vorhaben sein. Ohne Kenntnis im Gebrauch der Bussole und unter einem wildfremden Himmelsstrich brachte er es damit bestenfalls zu einem Umherirren aufs Geratewohl. Seinen Vorstellungen nach mußte er – so bildete er sich ein –, wenn er immer geradeaus ruderte, schließlich ein von den Schwarzen bewohntes Land erreichen; denn den Schwarzen gehört die Erde, und die Weißen leben auf ihren Schiffen. Das hatte er seine Mutter immer erzählen hören.

Bald war alles seefertig und klar zum Einschiffen; aber lediglich die Schaluppe und ein Boot erwiesen sich als benutzbar. An Platz war das zuwenig, um achtzig noch lebende Neger darin zu verstauen. Die Verwundeten und Kranken mußten mithin zurückbleiben. Die meisten verlangten, man solle sie umbringen, ehe abgerudert werde.

Die beiden Einschiffungsboote, die unter Anstrengungen flottgemacht und überlastet waren, stießen vom Schiff bei gewaltiger Sturzsee ab, die sie jeden Augenblick zu verschlingen drohte. Das Beiboot ruderte als erstes davon. Tamango hatte mit Aysché in der Schaluppe Platz genommen, die, um vieles schwerer und stärker belastet, ein beträchtliches Stück hinterher blieb. Noch hörte man das Jammergeschrei einiger an Bord der Brigg zurückgelassener Unglückswesen, als eine mächtige Welle die Schaluppe von der Seite erfaßte und voll Wasser schwemmte. Noch in derselben Minute sackte sie ab. Vom Boot aus sah man das Unheil, und seine Ruderer legten sich mit doppelter Kraft in die Riemen, aus Angst, ein paar von den im Meer Umhertreibenden aufnehmen zu müssen. Fast alle Insassen der Schaluppe ertranken. Nur ein Dutzend etwa konnte die Brigg wieder erreichen. Unter ihnen waren Tamango und Aysché. Als die Sonne sank, sahen sie das Boot am Horizont verschwinden; was aus ihnen geworden ist, weiß niemand.

Was soll ich den Leser mit der widerlichen Beschreibung der Hungerqualen ermüden? Etliche zwanzig Menschen auf engem Raum - heut der Spielball tobender See, morgen das Opfer sengender Sonne - streiten und reißen sich Tag für Tag um ihre spärlichen Nahrungsreste. Jedes Stückchen Zwieback kostet einen erbitterten Kampf, und der Schwache kommt um, nicht weil der Starke ihn umbringt, sondern weil er ihn umkommen läßt. Nach wenigen Tagen war kein lebendes Wesen mehr an Bord der Brigg »Hoffnung« - außer Tamango und Aysché . . .

Eines Nachts - die See ging hoch, der Wind blies mächtig - war die Dunkelheit so groß, daß man vom Heck nicht bis zum Bug sehen konnte. Aysché lag in der Kajüte des Kapitäns auf einer Matte, und Tamango saß ihr zu Füßen. Beide waren seit langem verstummt.

»Tamango«, rief nach einer Weile Aysché in die Stille hinein, »alles, was du durchmachst, mußt du um meinetwillen durchmachen . . .«

»Ich mache nichts durch«, bedeutete er ihr schroff. Und er warf ihr die eine Hälfte seines letzten Zwiebacks auf die Matte hin.

»Behalt es für dich!« sagte sie und schob ihm sanft den Zwieback wieder zu. »Ich hab' keinen Hunger mehr. Wozu auch dies noch wegessen. Ist's nicht mit mir doch gleich soweit?«

Tamango erhob sich wortlos, schwankte aufs Oberdeck hinauf und ließ sich an einem der geborstenen Maste nieder. Den Kopf hatte er auf die Brust gesenkt und pfiff den Sang seines Stammes vor sich hin. Mit einem Male schlug aus dem Getöse des Sturmes und des Meeres ein lauter Schrei an sein Ohr; ein Licht blitzte auf. Er hörte noch andere Rufe, und ein mächtiges schwarzes Schiff glitt mit großer Schnelligkeit an seinem vorbei, so nahe, daß die Rahen über seinen Kopf hinstreiften. Er sah nur zwei Gestalten, die von einer am Maste über ihnen hängenden Laterne beleuchtet waren. Diese Leute schrien noch irgend etwas, und im selben Augenblick verschwand auch schon ihr Schiff, vom Winde entführt, in der Finsternis. Ohne Zweifel hatten die Männer am Ausguck das Wrack gesichtet; aber das stürmische Wetter ließ das Beidrehen nicht zu. Im nächsten Augenblick sah Tamango die Flamme einer Kanone und hörte den krachenden Knall; dann sah er das Feuer einer zweiten, hörte aber nichts; und dann sah er auch nichts mehr. Am andern Morgen war nichts von einem Segel zu erblicken am Horizont. Tamango legte sich wieder auf seine Matte und schloß die Augen. Sein Weib Ayché war in dieser Nacht gestorben.

Einige Zeit später sichtete die englische Fregatte »Bellona« ein Segelfahrzeug mit gekappten Masten, das allem Anschein nach von seiner Besatzung verlassen war. Eine Schaluppe wurde hinübergeschickt, und man fand auf dem Wrack eine tote Negerin und einen Neger, der so ausgemergelt und so abgemagert war, daß er wie eine Mumie aussah. Er war bewußtlos, hatte aber noch einen Hauch Leben in sich. Der Schiffsarzt nahm ihn in Empfang, ließ ihm die nötige Pflege und Behandlung angedeihen, und als die »Bellona« in Kingston einlief, war Tamango wieder vollkommen auf der Höhe. Man fragte ihn aus nach der ganzen Geschichte. Er erzählte, was er wußte. Die Pflanzer auf der Insel waren dafür, ein meuternder Nigger wie der da sollte aufgeknüpft werden; aber der Gouverneur, der ein Menschenfreund war, nahm sich seiner an; denn er fand, der Fall sei entschuldbar, weil der Mann schließlich doch nur von seinem natürlichen Recht der Notwehr Gebrauch gemacht habe; und dann waren seine Opfer ja auch nur Franzosen gewesen. Man behandelte ihn mithin, wie man Neger behandelte, die man an Bord beschlagnahmter Sklavenschiffe aufgreift. Man gab ihm die Freiheit, das heißt, man ließ ihn für die Regierung arbeiten; dafür bekam er immerhin seine sechs Sous täglich, außer der Verpflegung. Es war ein höchst ansehnlicher Bursche. Der Oberst der Fünfundsiebziger bekam ihn zu Gesicht, nahm ihn mit und machte aus ihm den Beckenschläger in seiner Regimentskapelle. Er lernte etwas Englisch; aber er redete kaum ein Wort. Dafür trank er mordsmäßig viel Rum. - Er ist im Lazarett an einer Lungenentzündung gestorben.

Schon früh waren die Rinder auf weit im Westen verlaufenden Trails bis in das nördlich von Kansas gelegene Wyoming getrieben worden. Es hatte sich herausgestellt, daß die Longhorns dort gut gediehen, und so wurden um das Jahr 1870 in diesem Territorium, durch dessen Südteil vom Großen Salzsee her über Granger, Rock Spring und Cheyenne nun die Eisenbahnlinie der Union Pacific verlief, immer größere Herden gehalten.

Seit zwei Jahrzehnten war die Rinderzucht einer der wichtigsten Erwerbszweige in dieser Gegend, und die Viehhändler und Ranchbesitzer beherrschten auch das politische Leben. In der gesetzgebenden Versammlung saßen als Abgeordnete meist Rancher und Vertreter der Viehsyndikate im Osten, und der Einfluß dieser Männer war so groß, daß später, im Jahr 1893, sogar ein Gesetz eingebracht werden mußte, um die Manipulationen der Geschäftsleute aus dem Viehhandel zu unterbinden. Über lange Jahre hin wurden die Handelsinteressen dieser reichen Männer von niemandem gestört, und ihre Selbstzufriedenheit und ihr Hochmut wuchsen mit ihrem Reichtum. Im Jahre 1872 wurde die Wyoming Stock Growers' Association gegründet, ein Interessenverband, zu dem sich alle großen Rancher und auch viele Bürger der angrenzenden Staaten zusammenfanden. Ausgemachtes Ziel dieses Verbandes war es, dafür zu sorgen, daß die Vorherrschaft der großen Rinderzüchter im politischen Leben von Wyoming erhalten blieb. Um das Jahr 1889 gingen im Land Veränderungen vor sich. Neue Siedlungen wuchsen in den Tälern im nördlichen und mittleren Teil des Staates, wo es Wasser gab. Immer mehr Siedler ließen sich nieder, und bald gerieten die Rinderzüchter in die Minderzahl; die Ackerbau treibenden Neuankömmlinge pochten darauf, daß auch sie Rechte hätten, die von den Rinderzüchtern respektiert werden müßten. So entstanden Spannungen, die sich immer mehr verschärften, denn durch die Neusiedler veränderte sich auch das Landschaftsbild und damit die günstigen Bedingungen für Viehzucht.

In den frühen Tagen war das ganze Gebiet zwischen Montana und Texas offenes Land gewesen; auf den Ebenen und in den Vorbergen wuchs üppiges Gras, die Ströme und Bäche entlang standen niedrige Bäume, Büsche und Hecken, deren Blattwerk den Rindern ebenfalls als Nahrung dienen konnte. Mit anderen Worten: sie fanden überall reichlich Futter. Kam aus dem Norden ein Blizzard, einer dieser wilden Stürme, die Schnee und Eis mitbrachten, so wichen die Rinder einfach nach Süden aus, bis der Sturm aufhörte. Sie legten dabei manchmal bis über hundert Meilen ohne Aufenthalt zurück. Waren sie dem Sturm entkommen, so legten sie sich nieder und ruhten sich aus. Ein paar Stunden später, sobald sie Hunger verspürten, trotteten sie gemächlich wieder nach Norden zurück. Wenn nicht ein zweiter Blizzard die Tiere erschreckte, so konnte man sicher sein, daß sie sich in den ersten warmen Tagen des Frühlings von selbst wieder auf ihren gewohnten Weideplätzen einfanden. War aber der Winter streng und Schneesturm folgte auf Schneesturm, so ließen sich die Tiere ein paar hundert Meilen südlich der großen Ranchs auffinden und wurden nach einem Roundup von den Cowboys zurückgebracht. Es gibt Berichte, nach denen Rinder aus Wyoming in einem Winter bis zu dreihundert Meilen zurücklegten und sich am Arkansas River zeigten. Doch durch die Einrichtung der Round-ups überall in den Weidegebieten konnte jeder Rancher sicher sein, daß er seine Tiere zurückbekam, auch wenn sie weit nach Süden gelaufen waren. Die Verluste waren also gering, und die Herden befanden sich im Frühjahr jeweils in gutem Zustand.

Nun aber sah die Situation wesentlich anders aus. Reichlicher Graswuchs fand sich nur noch in verhältnismäßig kleinen Gebieten, die Buschwerke am Rande der Flüsse waren eingegangen. In den fruchtbaren Tälern hatten Siedler unter Berufung auf das Homestead Act ihre Parzellen mit Zäunen umgeben. Auch das an die Eisenbahngesellschaften verkaufte Land war mit Zäunen gesichert, und diese Hindernisse stellten sich den Herden in den Weg. Eine seltsame Eigenart der auf einer offenen Ranch lebenden Rinder besteht darin, daß sie, schränkt man sie in ihrer Bewegungsfreiheit ein, auch an Kraft und Einfallsreichtum verlieren. Bezeichnend hierfür sind Berichte über Rinder, die auf der Flucht vor einem Sturm von einem Zaun aufgehalten wurden. Völlig hilflos liefen sie so lange am Zaun entlang, bis sie vor Erschöpfung zusammenbrachen und zu Hunderten starben.

Mit der Begrenzung der Weideflächen und dem Bau von Zäunen gehörten die großen Tage der Viehzucht auf offenen Ranchs der Geschichte an, und je mehr Siedlungen entstanden, desto spürbarer wurden die Verluste und Schwierigkeiten der großen Rancher.

Die entscheidende Frage war, welche der beiden Gruppen würde nachgeben müssen: die kleinen Farmer und Siedler, die schon bald in der Überzahl waren, oder die wenigen Rinderbarone, die sich als die wahren Herrscher dieses Landes fühlten und Macht und Einfluß auf ihrer Seite hatten.

Bald sollte sich dieser Gegensatz noch durch andere Ereignisse verschärfen. Die Rinderbarone beklagten sich, daß die Gerichte bei gelegentlichen Viehdiebstählen nicht hart genug durchgriffen. »Kampf dem Viehdiebstahl!« wurde zu ihrem Schlachtruf.

Bis zum Jahr 1884 wurden die Fähigkeiten eines Cowboys im allgemeinen an seiner Geschicklichkeit im Umgang mit dem Lasso und dem Brandeisen gemessen. Zusätzlich zu dem regulären monatlichen Gehalt zahlten die Herdenbesitzer für jedes Kalb, jedes Maverick, das der Cowboy mit dem Brandzeichen seiner Gesellschaft versah, zweieinhalb bis fünf Dollar. Das Gewohnheitsrecht ließ die Cowboys jedes ungebrannte, mutterlose Kalb als öffentliches Eigentum betrachten, das dem glücklichen Finder gehörte.

Um diesen Zustand zu beenden, bereitete der Schutzverband der Rinderzüchter das sogenannte Maverick-Gesetz vor, das 1884 vom Parlament des Staates verabschiedet wurde. Nach diesem Gesetz galt das Brennen eines Kalbes als Diebstahl, sofern es nicht im Beisein eines Beauftragten des Schutzverbandes erfolgte. Auch dann durften die Kälber nur mit dem Zeichen »M« gebrannt werden. Die so gezeichneten Kälber wurden im April jeden Jahres öffentlich versteigert. Jedoch mußte die Versteigerung vor den Round-ups stattfinden, also ehe man überhaupt wußte, wie viele solcher Kälber zusammenkommen würden. Der Erlös floß in die Staatskasse und sollte für die Kosten der Round-ups und der Viehinspektionen verwendet werden.

Viele führende Rechtsanwälte erklärten dieses Gesetz für verfassungswidrig, da es einseitig die Interessen der Rinderbarone schützte.

Es kam häufig vor, daß eine Jury Cowboys, die wegen des Brennens von Rindern unter Anklage standen, freisprach.

Die Rinderbarone suchten weiter nach Vorwänden, um die Neusiedler und kleineren Rancher einzuschüchtern und sie, wenn möglich, zur Aufgabe ihrer Siedlerstellen zu veranlassen. Ein gutes Argument gegen die kleinen Farmer und Rancher ließ sich aus den Viehdiebstählen ableiten.

Viehdiebe hatte es immer gegeben. Aber nun erklärten die Rinderbarone, täglich würden ihnen Hunderte von Stieren fortgetrieben. Hier handle es sich um gezielte und geplante Aktionen, die sie ruinierten. Und wer allein könne dazu fähig sein? Nur die kleineren Rancher und die Siedler!

Einen Viehdieb nennt man im Amerikanischen einen Rustler, und immer häufiger belegten die Rinderbarone die Siedler mit diesem Schimpfwort, um so den Eindruck zu erwecken, jeder Neusiedler sei eigentlich ein Viehdieb.

Als diese Denunziationen allein keinen Erfolg hatten, ging die Interessengemeinschaft der Viehbarone zu blutigen Taten über.

Ein paar Morde - und die Siedler würden einsehen müssen, wer in Wyoming das Gesetz war.

Der erste offene Überfall von Rinderzüchtern auf Siedler geschah im Jahre 1889 in Sweetwater im Carbon County. James Averill hatte sich dort auf fruchtbarem Boden einen Claim abgesteckt und betrieb außerdem ein kleines Geschäft, das zugleich das Postbüro der Gegend war. An Averills Grundstück grenzte der Besitz einer Frau, die mit ihrem bürgerlichen Namen Ella Watson hieß, aber allgemein »Cattle Kate« (Rinderkatie) genannt wurde. Diese Grundstücke lagen mitten in einem Gebiet, das von großen Ranchern bewirtschaftet wurde, und das Auftauchen dieser beiden Siedler war den großen Herren ein Dorn im Auge. Averill verkaufte zwar auch Whisky, aber er war ein ruhiger friedliebender Mann, der viele Freunde unter den Cowboys und Siedlern in dieser Gegend hatte. Die Rinderkatie galt als ziemlich liederliches Frauenzimmer. Sie hatte hinter ihrem Haus ein kleineres Stück Weideland, auf dem sie eine Anzahl junger Rinder hielt, zwischen fünfzig und achtzig Stück. Nach ihren Angaben hatte sie die Tiere von Cowboys und Ranchern gekauft. Aber die Rinderbarone behaupteten, die Cowboys hätten die Rinder aus ihren Herden gestohlen und sie dann im

Tauschhandel an die Rinderkatie weitergegeben. Gerüchte und Behauptungen liefen schon eine geraume Zeit um, aber nie hatte jemand versucht, die Frau wegen ihrer Herde vor Gericht zu bringen.

Da ritten eines Tages von den Rinderbaronen angeworbene Revolverschützen vor Averills Laden. Sie ergriffen den Postmeister und die Rinderkatie, führten beide zu einem Baum und hängten sie dort auf. Es war eine Tat, die - abgesehen von ihrer Grausamkeit - jedem Gesetz spottete. Ein Junge hatte das Verbrechen beobachtet und konnte die Täter identifizieren. Er wurde krank, die Rinderbarone nahmen ihn in Pflege. Er kränkelte noch ein paar Wochen; plötzlich starb er. Ein zweiter Zeuge, der die Tragödie ebenfalls mitangesehen hatte, erschien bei der Verhandlung gegen die Mörder nicht vor dem Schwurgericht und blieb später verschwunden.

Alles wartete nun voller Spannung auf die Entscheidung des Gerichts. Immerhin war es selbst im Wilden Westen in diesen Tagen ein unerhörtes Ereignis, daß einige der prominentesten Bürger des Staates plötzlich als Mörder dastanden.

Aber ohne die beiden Hauptzeugen reichten die Beweise zu einem Schuldspruch nicht aus. Das Verfahren wurde eingestellt.

Was nun anhebt, klingt fast unglaublich. Und doch entspricht es den Tatsachen.

Die in der Wyoming Stock Growers' Association zusammengeschlossenen Rinderbarone machten sich daran, einen systematischen Vernichtungsfeldzug gegen jeden zu organisieren, der ihren wirtschaftlichen Interessen im Weg stand und ihrer nahezu uneingeschränkten politischen Macht hätte gefährlich werden können. Reiche, angesehene Männer, die teilweise Wyoming im US-Senat in Washington vertraten, fanden sich zu einem Gangstersyndikat zusammen, warben eine Privatarmee an, um jeden, der ihnen unangenehm war, umbringen zu lassen.

Aber so weit sind wir noch nicht. Vorerst ist noch von weiteren brutalen Mordtaten zu berichten, die in der Absicht begangen wurden, die Siedler und kleinen Rancher vor dem entscheidenden Schlag, der zu ihrer endgültigen Vertreibung oder Vertilgung führen sollte, hinreichend einzuschüchtern und jede Gegenwehr zu ersticken.

Am 4. Juni 1891 klopften bei dem Farmer Waggoner drei Männer an, die sich mit gefälschten Papieren als Polizisten auswiesen und ihn verhafteten. Seine Frau blieb arglos und nahm an, ihr Mann sei ausgegangen. Auch seine Freunde erfuhren nichts von seiner Verhaftung.

Am 12. Juli wurde die Leiche Waggoners in einer ein paar Meilen entfernten Schlucht an einem Baum hängend gefunden. Die Aufregung in der Gemeinde war groß. Man empörte sich über die Brutalität der Gangster, die sich nicht damit zufriedengegeben hatten, ihr Opfer zu töten, sondern die Leiche auch noch den wilden Tieren zum Fraß vorgeworfen hatten.

Wieder einmal hatte sich die Macht der Rinderbarone erwiesen. Nachdem sich die Aufregung gelegt hatte, wurden die Nachforschungen eingestellt.

Unter den Einwohnern der Gegend um Newcastle galt es als ausgemacht, daß die Gangster einflußreiche Freunde hatten, die dafür sorgten, daß sie straffrei ausgingen. Der Ermordete hatte aus Nebraska gestammt und einen Pferdehandel betrieben. Seine Herden hatten in letzter Zeit rasch zugenommen, und die Rinderbarone hatten ihn einen Dieb geschimpft. Diese Anschuldigung konnte nie bewiesen werden. Unter seinen Bekannten galt er als tapferer, ehrlicher Bürger. Seine 1000 Pferde wurden von den Behörden den Rinderbaronen übereignet, obwohl diese ihr Besitzrecht nicht nachweisen konnten.

Kurz vor Tagesanbruch am Morgen des 1. November 1891 betraten vier Männer die Hütte eines gewissen W. H. Hall am Powder River, in der Nathan D. Champion und Ross Gilbertson wohnten.

Als die Tür aufflog, schlug sie gegen die Koje, in der Champion schlief. Einer der Eindringlinge rief: »Gebt auf. Diesmal haben wir euch erwischt!« Dann schoß er auf Champion, verletzte ihn aber nur leicht.

Champion griff nach seinen Revolvern, die unter seinem Bettkissen steckten, und erwiderte das Feuer, worauf die vier Männer davonliefen.

Das Blut an der Tür, die Waffen, Kleider und Pferde, die die Flüchtenden nahe der Hütte hatten zurücklassen müssen, gaben Aufschluß über die Identität der Verbrecher.

Ein Joe Elliott wurde verhaftet, unter Mordanklage gestellt, aber nach einem vorläufigen Verhör gegen eine Kaution von 5000 Dollar wieder auf freien Fuß gesetzt.

Abermals starben die Zeugen, während andere aus Wyoming verschwanden. Schließlich wurde das Verfahren gegen Elliott eingestellt.

Doch die Rinderbarone bereiteten schon neue Terroranschläge vor. Das Distriktgericht würde gegen Ende November in Buffalo zusammentreten. Aus diesem Anlaß würde sich eine ganze Anzahl von Siedlern und kleinen Ranchern auf den Weg in die Stadt machen.

Was war leichter, als sie unterwegs aus dem Hinterhalt zu erschießen.

Orley E. Jones, genannt Ranger Jones, ein junger Mann von 23 Jahren, machte sich auf nach Buffalo, um dort Holz einzukaufen. Er wollte sich auf seinem Claim ein Haus bauen und dann heiraten, sobald das Gebäude fertiggestellt war. Er brach am Nachmittag des 28. November auf und fuhr einen leichten Wagen, vor den zwei Pferde gespannt waren. Am Übergang über den Muddy Creek, fünfzehn Meilen vor der Stadt, wurden auf ihn drei Schüsse abgegeben. Die Mörder hatten sich unter der Brücke versteckt. Den Wagen schaffte man in eine Bodensenke abseits der Straße, die Pferde ließ man laufen, Jones' Leiche blieb auf dem Kutschbock des Wagens zurück. Die Mörder entflohen.

J. A. Tisdale, der 60 Meilen von Buffalo entfernt lebte, war in die Stadt gekommen, um dort für sich und seine Familie Vorräte für den Winter einzukaufen. Auf dem Heimweg übernachtete er am Abend des 30. November auf der Cross H. Ranch. In Buffalo hatte Tisdale Freunden erzählt, er habe mitangehört, wie Frank M. Canton Fred Hess versichert habe, Tisdale werde seinen Claim nicht mehr lebendig erreichen. Der Bedrohte hatte sich zu seinem Schutz in der Stadt eine doppelläufige Büchse gekauft. Trotzdem hatte er Angst. Auf der Ranch schloß er nachts alle Fensterläden in seinem Zimmer, weil er fürchtete, einer der Cowboys könne ihn bei Nacht erschießen. Am nächsten Morgen setzte Tisdale seine Heimreise fort. Drei Meilen von der Ranch entfernt lagen seine Mörder in einer Bodensenke versteckt und warteten auf ihr Opfer. Ersparen wir unseren Lesern die näheren Einzelheiten dieser erneuten Mordtat.

Um zu verhindern, daß Wagen und Pferde entdeckt wurden, brachte man das Gespann eine halbe Meile hinaus ins offene Land, erschoß dort die Pferde und ließ den Toten wie bei dem vorangegangenen Überfall auf dem Kutschbock zurück.

Aber Charles Basch, der auf der Straße von Süden herangekommen war, hatte die Gewalttat wenigstens zum Teil mitangesehen. Da er sich fürchtete, allein etwas zu unternehmen, ritt er eilig nach Buffalo und erstattete dort Anzeige. Basch gab an, Frank H. Canton deutlich erkannt zu haben. Sheriff Angus schickte seinen Deputy und ein kleineres Aufgebot aus, um wenigstens die Leiche zu bergen. Der Ort war voller Siedler vom offenen Land, und es entstand beträchtliches Aufsehen. Kurz nach Rückkehr des Aufgebots ritt Orley Jones' Bruder, der nervös geworden war, in Buffalo ein. Ein Suchtrupp entdeckte nun auch das zweite Opfer am Muddy Creek. Die Empörung steigerte sich.

Canton wurde verhaftet und zum Verhör dem Friedensrichter Parmalee vorgeführt. Zwei Tage blieb er in Haft, dann wurde auch er wieder auf freien Fuß gesetzt. Die Leute in Buffalo bezichtigten nun das Gericht offen der Korruption, da die Beweise gegen Canton erdrückend waren. Nur mit Mühe konnte verhindert werden, daß die empörten Siedler zur Selbstjustiz schritten. Nach zwei Tagen verließen Canton und Hess Wyoming. Kurz darauf wurde dem Gericht neues belastendes Beweismaterial vorgelegt und abermals Anklage erhoben. Canton hielt sich in Illinois auf, und man stellte ein Auslieferungsersuchen, das aber vom Gouverneur des Nachbarstaates zurückgewiesen wurde. Im März 1892 kehrte Canton nach Cheyenne zurück, um sich der Streitmacht der Rinderbarone anzuschließen. Hier wurde er verhaftet; aber nun stellte eine Gruppe von Männern 30.000 Dollar Kaution, und wiederum kam Canton frei. Als die Namen der Männer bekannt wurden, die diese hohe Summe aufgebracht hatten, lief ein Raunen der Empörung durch die kleine Stadt Buffalo. Das Kautionsersuchen war von allen Rinderbaronen unterzeichnet, die sich damit zum erstenmal offen zu ihren Mordanschlägen bekannten.

Nun drängte die Zeit. Man hatte die Maske fallen lassen. Die Siedler wußten, was sie zu erwarten hatten. Ehe sie sich formieren konnten, mußten die Rinderbarone ihren entscheidenden Vernichtungsschlag führen.

Treffpunkt und Beratungsstätte der Großrancher war der Cheyenne Club. Hier wurden die Pläne geschmiedet, die Fäden geknüpft.

Im Winter 1891 auf 1892 kam man überein, daß zunächst eine Art Kampffonds geschaffen werden mußte. Listen wurden aufgelegt, in denen jeder Rancher, der etwas auf sich hielt, es sich zur Ehre anrechnete, einen hohen Betrag zu zeichnen. Es sollen insgesamt hunderttausend Dollar zusammengekommen sein. Damit ließ sich schon einiges anfangen, zumal die Rinderbarone auch den Gouverneur des Staates, der gleichzeitig die Staatsmiliz kommandierte, auf ihrer Seite wußten. Auch zu den Militärbehörden der Bundesregierung nahm man Verbindungen auf. Die beiden Senatoren Warren und Carey standen ebenfalls auf seiten der Rinderbarone, sie besaßen selbst ausgedehnte Ranchs.

Somit hatte man sich gegenüber allen Dienststellen, die zugunsten der Siedler und kleinen Rancher unter Berufung auf die gültigen Gesetze hätten intervenieren können, hinreichend abgesichert. Nachdem man weiterhin - wahrscheinlich durch die Zahlung nicht unerheblicher Bestechungsgelder - verschiedene große Zeitungen sich gewogen gemacht hatte, ging man an die Anwerbung einer Privatarmee. Offenbar hatten die Verschwörer angenommen, es würden sich in Wyoming selbst genügend Cowboys und Revolverschützen finden, die sich an der geplanten Austreibung der Siedler beteiligen würden. Doch in diesem Punkt hatte man sich getäuscht. Zwar war die Mehrzahl der großen Viehzüchter mit dem Grundgedanken des Plans durchaus einverstanden, aber mit Waffengewalt über die Nachbarn herzufallen, schien manchen denn doch eine zu schmutzige Sache, die böses Blut machen würde. Man plädierte dafür, daß gemietete Revolvermänner die Gewaltakte ausführen sollten. Man sicherte sich die Dienste von Tom Smith, einem Mann, der ehemals in Texas als Polizist Dienst getan und dann als Rinderdetektiv im Nordwesten angestellt gewesen war. Dabei war er in einen Mordfall verwickelt worden. Tom Smith reiste im Auftrag der Rinderbarone nach Texas, um dort eine Armee abenteuerlustiger Männer zu sammeln, die bereit waren, für einen täglichen Sold von 5 Dollar und eine Kopfprämie von 50 Dollar pro Mann, den sie erschossen, als Söldner in den Dienst der Viehbarone zu treten.

Smith kam aus Texas mit 26 Mann zurück, die er in der Umgebung von Paris und im Lamar County angeworben hatte. Die Mehrzahl dieser Leute hatten ehemals als US-Marshals Dienst getan. Später behaupteten sie, Smith habe sie über die wahren Absichten der Rinderbarone getäuscht und ihnen gesagt, sie sollten in Wyoming einige Outlaws bekämpfen, die die Bevölkerung von Johnson County in Angst und Schrecken versetzten. Einer von ihnen, Kid Brook, sagte ein Jahr später unterm Galgen von Fort Smith in Arkansas, hätte er wirklich gewußt, um was es damals in Wyoming gegangen sei, so hätte er sich geweigert mitzumachen. Dieser Kid Brook, besser bekannt unter dem Namen »Texas Kid«, wurde gehängt, weil er seine Frau getötet hatte, die sich nach den Ereignissen im Johnson County scheiden lassen wollte.

Es ist klar, daß das Treiben der Rinderbarone eindeutig gegen die Verfassung des Staates Wyoming verstieß, in der es heißt: Artikel No. XIX – Polizeikräfte. Absatz 1. Keine bewaffnete Polizeistreitmacht, keine Detektiveinheit oder andere bewaffnete oder unbewaffnete Verbände dürfen zur Unterdrückung von Unruhen oder Gewalttaten auf das Territorium des Staates verbracht werden, es sei denn auf Antrag der Legislative oder der das Gesetz ausführenden Körperschaften im Fall einer Beschlußunfähigkeit der gesetzgebenden Versammlung.

Nach der Verfassung lag die Ermächtigung für einen solchen Notfall eindeutig in den Händen des Gouverneurs. Amtierender Gouverneur war am 5. April 1892 Amos Barber. An diesem Tag rollte die Streitmacht der Rinderbarone mit einem Sonderzug von Denver her an. Nach kurzem Aufenthalt in Cheyenne, wo weitere Wagen angehängt wurden, setzte sich der Zug nach Norden in Bewegung. Enge Freunde des Gouverneurs, mit denen er noch an diesem Tag häufig zusammentraf und sich unterhielt, stiegen dem Zug auf dem Viehhof bei, und es ist völlig ausgeschlossen, daß unter diesen Umständen der Gouverneur von der sich hier anbahnenden flagranten Verletzung der Verfassung nichts wußte.

Der Gouverneur und Oberkommandierende der Milizverbände des Staates Wyoming sah also seelenruhig zu, als sich eine angeworbene Söldnerarmee der Rinderbarone anschickte, gen Norden aufzubrechen und dort über Menschen herzufallen, deren einziges Vergehen darin bestand, daß sie auf ihrem vom Gesetz verbürgten Besitz die Felder für die Frühjahrsaussaat herrichteten. Die guten Verbindungen der Rinderbarone aber bewirkten noch ganz andere Wunder. Am 23. März gab General Frank Stitzer, der Oberbefehlshaber der Nationalgarde, folgenden Befehl heraus:

Generalbefehl Nr. 4.

Oberst De Forest Richard, Kommandant des Ersten Regiments der Nationalgarde von Wyoming.

Sir - Oberst De Forest Richard, der Kommandant des Ersten Regiments der Infanterie in der Wyoming National Garde, wird hiermit angewiesen, allen Kompanieführern umgehend mitzuteilen, daß sie ihre Einheiten nur dann zur Unterstützung der zivilen Behörden bei der Aufrechterhaltung von Ruhe und Ordnung zusammenrufen sollen, wenn ihnen dies vom Hauptquartier befohlen wird.

Auf Befehl des Gouverneurs und des Oberkommandierenden

Frank Stitzer
Adjutant General

Auch dieser Befehl stand im klaren Widerspruch zu den gültigen Gesetzen, die den Einsatz der Nationalgarde bei Aufruhr auch ohne Befehl des Gouverneurs vorsehen.

Man muß also annehmen, daß die Rinderbarone selbst höchste Dienststellen wenigstens insgeheim für ihre Mordpläne gewonnen hatten.

Der Feldzugsplan der großen Rancher sah vor, die Privatarmee zunächst von Casper, dem Endpunkt der Eisenbahn, auf Buffalo marschieren zu lassen. Dort sollten erst der amtierende Sheriff Angus und seine Deputies ermordet werden. Waren die Polizeibehörden ausgeschaltet, konnte es nicht schwerfallen, auch Bürger, die sich bei den Rinderbaronen unbeliebt gemacht hatten, umzubringen. Anschließend würden die Söldner über das flache Land ausschwärmen, die Häuser aller Siedler niederbrennen, ihre Einwohner töten oder verjagen. Auch im Natrona, Converse und Weston County hatten die Rinderbarone Männer angeworben, die nur auf den Befehl warteten, um über die Siedler dieser Gebiete herzufallen. Wer diesem Massaker entkam, würde bestimmt eiligst seine wenige Habe zusammenraffen und aus dem Staat fliehen. Um zu verhindern, daß Gerüchte oder Nachrichten von diesen Plänen in den bedrohten Nordwesten gelangten, waren Trupps ausgeschickt worden, die die Telegraphenleitung unterbrechen sollten.

Am 5. April gegen sechs Uhr abends setzte sich der Sonderzug mit der Streitmacht der Rinderbarone nach Casper in Bewegung. In dem Wagen saßen zwischen fünfzig und sechzig Männer. Jeder war mit einem Paar Pistolen und einem Winchestergewehr bewaffnet.

Gegen drei Uhr am anderen Morgen hielt die Lokomotive auf einem Abstellgleis in den Viehhöfen von Casper. Dort hatten sich schon eine Gruppe reicher Bürger und eine Musikkapelle zur Begrüßung eingefunden.

Sieben Meilen außerhalb der Stadt ließen sich die Legionäre der Rinderbarone zum Frühstück nieder. Dann brachen sie zur Tisdale Ranch auf, die ihnen als Operationsbasis dienen sollte. Unterdessen waren Anhänger und Mitläufer der Rinderbarone in Casper und Douglas angewiesen worden, Gerüchte auszustreuen, die die wahren Absichten der vorrückenden Streitmacht verschleiern sollten.

Man erzählte in diesen Städten, bei den Männern handle es sich um eine Gruppe von Vermessungsingenieuren, die im Gebirge eine neue Eisenbahntrasse erkunden sollten.

Im Lager der Legionäre hatte inzwischen Major Wolcott den Oberbefehl übernommen. Ihm standen als Unterführer der wegen Mordes gesuchte Frank Canton und Tom Smith zur Seite.

Kurz bevor die Abteilung die Tisdale Ranch erreichte, kam ihnen Mike Shonsey, ein Vorarbeiter bei der Western Union Beef Company, entgegen. Er erzählte, auf einer Ranch in der Nachbarschaft sei Vieh gestohlen worden. Diese Nachricht kam den Verschwörern sehr gelegen, konnte sie doch dazu dienen, ihren grausamen Absichten das Mäntelchen der Rechtlichkeit umzuhängen.

Den 8. April, einen Freitag, verbrachte man auf Tisdales Ranch, um das Eintreffen eines Proviantwagens abzuwarten. Der Schlachtplan war geändert worden. Hatte man ursprünglich vorgehabt, sofort nach Buffalo zu reiten und dort Sheriff Angus und seine Deputies zu ermorden, so wurde nun ein Überfall auf die K. C. Ranch an der nördlichen Gabel des Powder River beschlossen, wo sich angeblich Viehdiebe versteckt hielten.

Wir können nun für die weitere Darstellung der Ereignisse auf ein Originaldokument zurückgreifen, über dessen Geschichte später noch einiges zu sagen sein wird.

1894 veröffentlichte Asa Shinn Mercer, ein tapferer Journalist, unter dem Titel »Banditti of the Plains« (Banditen der Ebene) einen Bericht über den Rancherkrieg im Johnson County, der trotz allen leidenschaftlichen Engagements für die Sache der kleinen Leute als die beste Chronik der Vorfälle gelten kann. Mercer erzählt:

»Am Nachmittag wurden Shonsey und eine Vorausabteilung zur

Erkundung ausgeschickt. Der Rest der Streitmacht folgte nach Einbruch der Nacht. Der Kampfplan sah vor, die gesamte Ranch im Morgengrauen mit Dynamit in die Luft zu sprengen und so alle Bewohner im Schlaf zu töten. Doch erreichte das Aufgebot die K. C. Ranch erst, als der Tag graute, und so schien es den Angreifern zu gefährlich, sich nahe an das Gebäude heranzuwagen. Sie verbargen sich in einem Stall am Creek, der in einer Schleife die Ranch umfließt, und im Ufergebüsch des Flusses.

Nachdem so die Ranch völlig eingekreist war, warteten die Belagerer in ihren Verstecken, bis sich die Bewohner zeigen würden. Man wollte sie aus dem Hinterhalt niederschießen.

Da man aber auf dem Hof der Ranch einen Wagen entdeckte, kamen die Anführer auf den Verdacht, Nachbarn des Ranchers könnten zu Besuch sein, und wiesen ihre Männer an, erst zu schießen, sobald dazu ausdrücklich Befehl gegeben worden sei.

Ein Mann zeigte sich. Er kam aus dem Haus und trug einen Eimer. Er ging hinab zum Fluß. Man überwältigte ihn und schleppte ihn hinter den steilen Flußabhang. Ein zweiter Mann trat nach einiger Zeit aus dem Ranchhaus und kam zum Stall. Auch er wurde überwältigt und gebunden. Bei diesen beiden Männern handelte es sich um die beiden Trapper Jones und Walker, die über Nacht in der Ranch haltgemacht hatten. Nach einer geraumen Weile trat Nick Ray aus dem Haus, machte ein paar Schritte und sank von Schüssen getroffen zu Boden. Champion stürzte ins Freie und feuerte eine Salve auf die Angreifer ab. Als er sah, mit welcher Übermacht er es zu tun hatte, zog er sich ins Haus zurück, schloß die Tür und beobachtete. Vom Fenster aus konnte er sehen, wie sein Freund Ray sich bemühte, langsam zur Tür zurückzukriechen. Als Ray die Türschwelle fast erreicht hatte, riß Champion die Tür auf, gab eine Salve von Schüssen gegen den Stall und das Ufergebüsch ab, legte dann sein Gewehr auf den Boden und zog seinen Freund ins Haus. Dabei pfiffen ihm die Kugeln nur so um die Ohren.

Bis in den Nachmittag hinein wurde das Haus unter ständigem Beschuß gehalten, und auch Champion feuerte manchen Schuß zurück. Mehrere der Angreifer erlitten Fleischwunden, aber keiner wurde lebensgefährlich verletzt. Gegen drei Uhr am Nachmittag kamen Jack Flagg und sein Stiefsohn die Straße herauf und näherten sich ahnungslos der Stelle, an der sich die Belagerer verborgen hielten. Diese Episode wurde später von Mr. Flagg in einem Zeitungsartikel wiedergegeben, und er selbst vermag wohl am besten zu schildern, was geschah. Er sagt:

›Am Morgen des 9. brach ich von meiner Ranch, achtzehn Meilen stromaufwärts, auf, um nach Douglas zu reisen. Ich war zu Pferde, und mein Stiefsohn, ein Junge von 17 Jahren, war bei mir. Er wollte zur Furt am Powder River. Er saß auf dem Bock eines Wagens, der von zwei Pferden gezogen wurde. Gegen halb drei erreichten wir die K. C. Ranch. Ich ritt etwa 50 Yards hinter dem Gefährt. Wir konnten den Stall, hinter dem sich die Mörder versteckt hatten, nicht sehen, bis wir auf 75 Yards herangekommen waren. Als der Wagen herankam, sprangen die Mörder hervor und befahlen dem Jungen anzuhalten. Er gehorchte, es gelang ihm aber, seine Pferde aus dem Gespann zu befreien und mit ihnen gegen die Brücke hin zu entkommen. Als die Männer sahen, daß sie ihn nicht aufhalten konnten, begannen sie zu schießen. Sie trafen aber nicht, und das Gespann ging durch und lief über die Brücke.

Zwanzig Männer standen hinter dem Stall, sieben Reiter kamen von der einen Seite der Straße auf mich zu und vier von der anderen. Sie waren nahe hinter mir. Als die Männer am Stall mich sahen, griffen sie nach ihren Gewehren, die am Zaun lehnten, und forderten mich auf, anzuhalten und die Hände zu heben. Ich scherte mich nicht darum, sondern ritt auf die Brücke zu. An einem Punkt, an dem ich nur fünfundsiebzig Schritt von ihnen entfernt war, trat einer von ihnen vor, zielte mit seiner Winchester und drückte ab. Dann begannen auch die anderen zu schießen. Ich ließ mich vornübergleiten, sodaß mich die Flanke des Pferdes schützte, und ritt, so schnell ich konnte. Sieben Reiter verfolgten mich. Als ich den Wagen erreichte, in dem ein Gewehr lag, rief ich dem Jungen zu, er solle mir die Waffe geben und dann die Pferde losbinden und fortreiten. Die sieben Reiter verfolgten mich weiter. Dem Jungen gelang es, die Pferde zu lösen und auf einem von ihnen davonzureiten. Ich zügelte mein Pferd. Noch etwa 350 Yards lagen zwischen mir und meinen Verfolgern. Aber als sie sahen, daß ich eine Waffe trug, hielten sie an. Ich besaß nur drei Patronen für mein Gewehr, und ich wollte meine wenige Munition erst verschießen, wenn sie näher herangekommen waren, aber dazu schienen sie nun keine Neigung mehr zu verspüren.‹

Die Flucht von Flagg und seinem Stiefsohn mußte die Pläne der Banditen gefährden, denn es war klar, daß der Mann und der Junge nach allem, was sie an der K. C. Ranch gesehen und erlebt hatten, nun die Siedler warnen würden.

Die Zeit war jetzt kostbar für die Banditen. Die Belagerung mußte so schnell wie möglich erfolgreich abgeschlossen werden. Der Wagen, den der Junge auf der Straße zurückgelassen hatte, wurde zur Scheune gefahren und dort mit Heu und dürrem Pinienholz beladen, dann schob man das Gefährt vor das Fenster des Ranchhauses, warf eine brennende Fackel, und im Augenblick standen Wagen und Haus in hellen Flammen.

Champion sprang aus dem brennenden Gebäude hervor, die Waffe in der Hand. Gegen hundert Schüsse wurden auf ihn abgegeben, und keiner traf. Er machte sich schon Hoffnungen, doch noch entkommen zu können, aber als er den Abhang zweihundert Yards vom Haus entfernt erreichte, schossen etwa ein Dutzend Männer, die hinter einem Busch verborgen saßen, aus nächster Nähe auf ihn. Er konnte noch sein Gewehr hochreißen und auf seine heimtückischen Feinde anlegen - dann fiel die nächste Salve aus dem Busch, und er brach tot zusammen.

Dem Toten nahm man die Pistole und das Gewehr ab, und als man seine Taschen durchsuchte, fand man ein blutbeschmiertes Notizbuch, dessen Seiten von einer Kugel durchschlagen worden waren. Unter dem Datum des 9. April findet sich in dem Buch folgende, mit Bleistift hingekritzelte Eintragung:

›Ich und Nick saßen beim Frühstück, als der Angriff begann. Zwei Männer sind hier bei uns - Bill Jones und einer, dessen Namen ich nicht weiß. Der alte Mann ging Wasser holen und kam nicht zurück. Sein Freund ging ihn suchen, und auch er kam nicht mehr zurück. Jetzt ging Nick nach draußen, und ich sagte ihm, er möge auf der Hut sein, vielleicht sei jemand im Stall, der die beiden anderen niedergeschlagen hat. Nick ist getroffen, aber noch nicht tot. Er ist furchtbar elend. Ich muß gehen und nach ihm schauen. Es sind jetzt seit dem ersten Schuß etwa zwei Stunden vergangen. Noch lebt Nick. Sie feuern noch immer. Sie sind überall. Junge, Junge, die Kugeln schlagen ein wie Hagel. Diese Burschen liegen in Deckung. Ich kann nichts machen. Sie schießen vom Fluß her und von hinter dem Haus. Nick ist tot, er starb gegen neun Uhr. Ich sehe

Rauch unten am Stall. Ich nehme an, sie haben das Gebäude angesteckt. Ich denke, diesmal werden sie mich nicht entkommen lassen. Es ist jetzt gegen Mittag. Irgend etwas geht unten am Stall vor. Sie werfen ein Seil über die Tür und reißen die Tür aus. Vielleicht wollen sie mich mit dem Lasso fangen. Ich wünschte, dieser Kerl da draußen käme näher heran, dann würde ich auf ihn schießen. Möchte nur wissen, was sie mit den beiden Männern gemacht haben, die bei uns übernachteten. Ich komme mir ziemlich einsam vor. Ich wünschte, es wäre noch jemand da und wir könnten alle Seiten im Auge behalten. Wahrscheinlich trödeln sie noch etwas herum, aber ehe sie abziehen, werden sie mich erschießen. Es ist jetzt gegen drei Uhr. Ein Mann mit einem Wagen und ein zweiter zu Pferd kamen gerade vorbei. Die anderen feuerten. Ich weiß nicht, ob die beiden Männer getötet worden sind. Ich habe nur gesehen, wie eine Gruppe Berittener auf der anderen Seite des Flusses die Verfolgung aufnahm. Ich schoß auf die Männer im Stall, weiß nicht, ob ich einen getroffen habe. Ich muß wieder meine Runde machen und beobachten. Es sieht nicht so aus, als ob ich große Chancen hätte davonzukommen. Ich zählte draußen an die zwölf, fünfzehn Mann. Einer sieht aus wie (der Name ist durchgestrichen). Ich weiß nicht, ob er es ist. Ich hoffe, sie fangen wenigstens die beiden Männer nicht, die über die Brücke entkommen sind. Jetzt schießen sie wieder auf das Haus. Ich muß wieder meine Runde machen.

Also, sie durchsieben das Haus mit ihren Schüssen. Ich höre Holz knacken. Ich glaube, sie werden heute abend versuchen, das Haus in Brand zu stecken. Sobald es dunkel ist, will ich einen Ausbruch versuchen. Aber noch ist es nicht Nacht. Das Haus brennt! Auf Wiedersehn, Freunde, falls ich Euch noch einmal wiedersehe.

Nathan D. Champion‹

Dieses Tagebuch wurde geschrieben, während ein halbes Hundert Männer das Haus umstellt hatten und kein Fluchtweg mehr bestand, während die Kugeln ständig einschlugen und ein toter Mann auf den Dielen lag.

Die Rinderbarone brandmarkten Champion als einen Dieb, aber seine Nachbarn hielten ihn für einen anständigen, ehrlichen Mann. Und wenn die Rinderbarone diesem Mann nach dem Leben trachteten, dann wohl weniger deswegen, weil sie wirklich davon überzeugt waren, daß er Vieh gestohlen hatte, sondern weit mehr deswegen, weil sie fürchten mußten, Champion werde vor Gericht die zwei gedungenen Mörder identifizieren, deren erster Anschlag mißglückt war.

Nathan D. Champion wurde geboren in diesem Lande, sieben Meilen von Round Rock, Williamson County, Texas, am 20. September 1857 als sechster Sohn des Jack Champion und der Naomi Standerfer. Die Familie ist alt und hat einen guten Namen, der nie mit irgendeinem Skandal verbunden war. Aus seiner zweiten Ehe hatte Nates Vater sechs Söhne, also insgesamt zwölf, und außerdem sechs Töchter. Nate und sein Bruder Dudley lebten schon seit einigen Jahren im Johnson County, wohin sie mit Rindern aus Texas gekommen waren und wo sie als Cowboys auf vielen der großen Ranchs in verantwortungsvollen Posten gearbeitet hatten.

Nick Ray stammte aus Missouri. Auch er war als Cowboy nach Wyoming gekommen und hatte dort seit längerer Zeit gute Arbeit getan. Er wurde verleumdet von den reichen Ranchern, aber seine Nachbarn sagten, er war ein guter Mann.«

Nathan D. Champion und Nick Ray waren tot. Zwei ehrliche Männer waren ermordet worden. Willkür und Terror schienen zu triumphieren. A. S. Mercer berichtet weiter:

»Nach der Ermordung Champions zogen die Banditen zum Proviantwagen, der unterdessen den Creek erreicht hatte, und im Angesicht der rauchenden Trümmer der Ranch teilten die Köche ein kräftiges Mahl aus. Dr. Penrose, der Arzt, und Ed Twose, ein Reporter der ›Cheyenne Sun‹, meldeten sich auf der Tisdale Ranch krank und verließen die Streitmacht.

Als das Abendessen vorbei war, kam Befehl, sofort nach Buffalo aufzubrechen. Für den Ritt über dreißig Meilen zum Hauptquartier der Western Union Beef Company benötigte man nur fünf Stunden. Man war in Eile. Gelang es nicht, noch vor Tagesanbruch in Buffalo einzureiten, so mußte man damit rechnen, daß die Bewohner der kleinen Stadt inzwischen durch Jack Flagg gewarnt worden waren. Shonsey, der Vorarbeiter der Western Union Beef Company, deren Generaldirektor George W. Baxter im Aufgebot mitritt, hatte hundert gut herausgefütterte Pferde in seinen Ställen für die Männer bereitstehen.

Mit diesen ausgeruhten Tieren jagten die Banditen nun jenem Ort entgegen, den sie untereinander nur als die ›dem Untergang geweihte Stadt‹ bezeichneten.

Nahe Carrs Ranch, am Crazy Woman Creek, entdeckten sie vor sich auf der Landstraße ein Lagerfeuer. Ein Schuß fiel in der Verwirrung. Schon fürchteten die Terroristen, ihre Pläne könnten entdeckt und eine Gruppe der Siedler ihnen entgegengeritten sein. Man beschloß, das Feuer in der Ferne zu umgehen. Die Zäune des Carrschen Weidelandes wurden durchschnitten, und man ritt querfeldein, bis man in sicherer Entfernung von dem Feuer die Straße nach Buffalo wieder erreichte.

Um 4 Uhr am Morgen, man war nur noch einige zwanzig Meilen von der Stadt entfernt, kam den Banditen auf der Straße ein Reiter entgegen, der schlechte Nachricht brachte. Er erzählte, daß in der Nacht sich an die 200 empörte Bürger unter Führung des Sheriffs versammelt hatten, und er riet dringend davon ab, Buffalo anzugreifen. Die Mordanschläge auf Sheriff Angus und seine Deputies in der vergangenen Nacht seien gescheitert, da Angus zuvor von dem Überfall auf die K. C. Ranch Nachricht erhalten habe. Er sei nun seinerseits darangegangen, eine Streitmacht aufzustellen, und dieses Aufgebot werde sehr bald zum Powder River reiten.«

Nach dieser Warnung änderten die Terroristen sofort ihre Pläne und beschlossen nun, sich auf die T. A. Ranch zurückzuziehen, die einem ihrer Parteigänger gehörte. Diese Ansiedlung lag in einem Flußbogen des Crazy Woman Creek, zwölf Meilen von Buffalo entfernt. Die Gebäude, Wohnhäuser und Stallungen, waren in einem geschlossenen Rechteck um einen großen Innenhof angeordnet und ließen sich leicht durch hölzerne Brustwehren, Erdwälle und Schießscharten in eine kleine Festung verwandeln, in der man dem schlechtbewaffneten Aufgebot der Siedler standzuhalten hoffte.

Nur um ihre Verpflegung mußten sich die Terroristen Sorge machen. Es stellte sich nämlich in den nächsten Tagen heraus, daß ihr Proviantzug, der aus drei Planwagen bestand, schon von den Siedlern abgefangen worden war. In diesen Wagen befanden sich außer Proviant auch größere Mengen Dynamit und Gift, was einmal mehr die finsteren Absichten der Rinderbarone deutlich werden ließ, falls es nach alledem, was vorangegangen war, solcher Beweise noch bedurft hätte.

Noch waren die »Weißkappen«, wie die Siedler die Söldner der Rinderbarone nun nannten, guten Mutes und vertrauten darauf, daß sie ihre einflußreichen Freunde in Cheyenne, sollte sich ein Zwischenfall ereignen, nicht im Stich lassen würden.

Von Buffalo aus stellte sich die Lage etwas anders dar. Terence Smith, ein Nachbar von Nick Ray und Nathan Champion, hatte am Morgen des 9. April von der K. C. Ranch her Schüsse gehört und war darauf in Richtung Buffalo davongeritten, um Verstärkung zu holen. Unterwegs verständigte er alle Nachbarn, daß man mit einem Überfall der Viehbarone rechnen müsse. In Buffalo kam Smith am Sonntag, dem 10. April, an, als die Einwohner der kleinen Stadt gerade aus der Kirche kamen. Robert Foot, einer der bekanntesten Kaufleute des Ortes, begann den Widerstand zu organisieren, nachdem er Smith' Bericht gehört hatte. Er bestieg sein berühmtes schwarzes Pferd, jagte durch die Straßen der Stadt. Wo immer sich einige Menschen zusammenfanden, rief er ihnen zu:

»Es ist die Pflicht eines jeden Bürgers, die Gesetze dieses Staates zu schützen. Wyoming ist überfallen worden. Eine Gruppe von Mördern zieht durch unseren Staat, tötet unschuldige Menschen und verwüstet das Eigentum unserer Nachbarn. Diese Mordbrenner bedrohen auch unsere Gemeinde. An euch, Männer und Mitbürger, die ihr euer Heim, eure Frauen und Kinder liebt, appelliere ich, eure Gewehre hervorzuholen und euch zusammenzufinden, damit wir uns gemeinsam gegen den anrückenden Feind wehren können! Wer keine Waffe besitzt, soll in mein Geschäft kommen. Ich werde ihm kostenlos ein Gewehr oder einen Revolver geben. Wir müssen sofort etwas unternehmen, unsere Ehre als Gemeinde wie die Ehre eines jeden einzelnen von euch steht auf dem Spiel.«

Innerhalb einer Stunde hatten sich vor dem Laden von Robert Foot mehr als hundert Bürger versammelt, die vor dem Sheriff und seinen Deputies einen Eid ablegten, die Gesetze des Staates Wyoming und das Leben und den Besitz ihrer Mitbürger gegen jede Willkür zu schützen. An den Ortsausgängen wurden Barrikaden errichtet. Kirchen und Schulhäuser verwandelten sich in Stützpunkte der Bürgerwehr. Wie in den Tagen des amerikanischen Revolutionskrieges stellten sich auch die Frauen zum Kochen und zur Pflege der Verwundeten zur Verfügung. Kuriere ritten aufs offene Land hinaus, um entlegen wohnende Siedler zu warnen und Verstärkung herbeizurufen. Doch noch andere Brandreiter waren unterwegs. Jack Flagg und sein Stiefsohn erreichten nach einem Gewaltritt über 30 Meilen am Abend des 9. April die kleine Ansiedlung Grabing. Begleitet von drei entschlossenen Männern, brachen sie von dort sogleich wieder zur K. C. Ranch auf, um Ray und Champion, die sie noch am Leben hofften, zu Hilfe zu eilen. Bei Carrs Ranch stieß diese Abteilung auf zwölf Männer, die Smith auf seinem Ritt nach Buffalo verständigt hatte. Von ihnen erfuhren sie, daß auf der K. C. Ranch niemand mehr am Leben sei und die Terroristen von dort schon aufgebrochen seien. Man zündete ein Feuer an und beriet. Eben dieses Feuer war es, das die Banditen bei ihrem Ritt auf Buffalo bewogen hatte, von der Straße abzuweichen. Flagg und die anderen Siedler ritten am Morgen nach Buffalo, da sie sich allein nicht stark genug fühlten, um die Weißkappen anzugreifen. Am Nachmittag kamen sie in der Stadt an, wohin inzwischen Sheriff Angus von einem Erkundungsritt über 120 Meilen zurückgekehrt war. 14 Stunden fast ununterbrochen im Sattel, hatte der Sheriff den Schauplatz der Tragödie auf der K. C. Ranch in Augenschein genommen und dort die Leiche Champions und den verkohlten Körper Rays entdeckt. Nachdem man sich nun ein recht genaues Bild von den Vorgängen der letzten Tage machen konnte und feststand, daß sich die Banditen auf der T. A. Ranch verschanzt hatten, drängten die Anführer der Bürgerwehr darauf, sich nicht länger auf die Verteidigung von Buffalo zu beschränken, sondern die Weißkappen in ihrem Schlupfwinkel aufzustöbern.

Sheriff Angus zögerte noch. Er wußte, daß die Rinderbarone Anhänger in der Stadt hatten, die nur auf eine günstige Gelegenheit warteten, um loszuschlagen. Auch liefen Gerüchte um, die von einer weiteren Streitmacht der Weißkappen sprachen, die von einer anderen Stadt nach Buffalo aufgebrochen sei. Aber je länger er es bedachte, desto mehr schien ihm, daß die Stadt gegen solche Bedrohungen nun hinreichend gesichert sei. Auch war inzwischen die Bürgerwehr weiter verstärkt worden, sodaß er es wohl verantworten konnte, an zwei Fronten zu kämpfen. Arapahoe Brown und E. U. Snider blieben als Kommandanten der Verteidigungsmannschaft in Buffalo zurück, während Sheriff Angus das Gros der Freiwilligen gegen die T. A. Ranch führte, die nun völlig eingeschlossen wurde.

Die Nacht von Montag auf Dienstag verging mit Schanzarbeiten der Belagerer. Am Dienstag stießen neue Freiwillige aus dem Sheridan County zu den Männern der Bürgerwehr, die auf den Höhen um die T. A. Ranch Stellung bezogen hatten, und die Söldner der Rinderbarone lagen nun hinter ihren Verhauen aus Stacheldraht, Baumstämmen und aufgeschütteter Erde unter ständigem Feuer. Doch ohne schwere Waffen war die Festung nicht zu nehmen. Im ganzen County gab es nur eine Kanone, die bei den Einheiten der US-Armee in Fort McKinney stand, deren Offiziere sich weigerten, sie an die Siedler auszuleihen. Schließlich gingen die Freiwilligen der Bürgerwehr dazu über, eine fahrbare Brustwehr zu bauen. Man verband die beiden von den Weißkappen erbeuteten Fahrzeuge mit Balken und Draht und hatte vor, sie über den Abhang des Hügels bis dicht vor die Verteidigungslinie der Banditen rollen zu lassen. Geschützt von dieser Brustwehr, sollten dann mehrere Männer eine Ladung Dynamit auf eines der Ranchgebäude werfen. Es sah so aus, als würden die Banditen mit ihren eigenen Waffen geschlagen werden. Doch kurz nach Sonnenaufgang am 13. April, als die Teufelsarche einsatzbereit stand, ritten drei Abteilungen der US-Kavallerie unter dem Kommando von Oberst J. J. van Horn in das Lager der Freiwilligen ein. Sie hatten den Auftrag erhalten, dem Privatkrieg zwischen den Rinderbaronen und den Siedlern ein Ende zu machen. Hauptmann Parmalee und Sheriff Angus näherten sich mit einer weißen Flagge den Stellungen der Belagerten und forderten sie zur Übergabe auf. Major Wolcott, der Oberbefehlshaber der Weißkappen, rief ihnen, auf einer der Barrikaden stehend, entgegen: »Wir werden uns ergeben, aber nicht Sheriff Angus, sondern einzig und allein einem Offizier der Armee.«

Damit mußten sich die Männer der Bürgerwehr wohl oder übel abfinden, und zwei Stunden später schon befanden sich alle Weißkappen, bewacht von einer Eskorte der Kavallerie, auf dem Weg nach Fort McKinney. Die Bürger zerstreuten sich. Die meisten kehrten sofort auf ihre Siedlerstellen zurück, andere ritten nach Buffalo. Alle schienen über diesen Ausgang zufrieden, aber sie bestanden auch darauf, daß die Gefangenen vor ein Zivilgericht gestellt werden sollten.

George Dunning, einer der außerhalb der Staatsgrenze von Wyoming zum Feldzug gegen die Siedler und kleinen Rancher von den

Rinderbaronen angeworbenen Abenteurer, entkam im Durcheinander der Kapitulation den Soldaten der Kavallerie und hielt sich bis zum Einbruch der Dunkelheit im Dachgeschoß des Ranchhauses versteckt. Dann machte er sich davon. In der Dunkelheit schlug er auf der Straße die falsche Richtung ein und gelangte nach Buffalo, wo ihn Sheriff Angus verhaftete und ins Gefängnis sperrte. Durch seine Aussagen wurden später die Pläne und Absichten der Rinderbarone in allen Einzelheiten bekannt.

Hier, mit der Gefangennahme der Privatgruppe der Rinderbarone durch das Militär und ihrer Auslieferung an die Gewalt der zivilen Gerichte, könnte die Geschichte des Rancherkrieges von Johnson County ihr Ende haben.

Der Terror, mit dem eine kleine Gruppe mächtiger und einflußreicher Rinderzüchter und Viehhändler sich die übrigen Einwohner des Staates Wyoming gefügig machen wollte, schien gebrochen.

Wie durch die Ironie des Schicksals hatten sich die Verbrecher nach einer Kette brutaler Gewalttaten im so schlau gesponnenen Netz ihrer eigenen Pläne gefangen und waren mit Waffen bekämpft worden, die Unheil und Vernichtung über Unschuldige hatten bringen sollen.

So weit, so gut.

Aber man darf nicht vergessen, daß jene Revolverschützen und Abenteurer, die zum Feldzug gegen Johnson County aufgebrochen und endlich so kläglich gescheitert waren, gewissermaßen nur die ausführenden Organe der wahren Schuldigen bildeten, die zwar ihre Interessen brutal durchgesetzt hatten, sich aber dabei die Hände nicht hatten schmutzig machen wollen. Diese Herren, die Rinderbarone, die sich weiter in ihrem vornehmen Club in Cheyenne trafen, mußten fürchten, bei den nun folgenden Gerichtsverfahren als Anstifter und Drahtzieher des Terrors von Wyoming bloßgestellt zu werden. Also versuchten sie, die wahren Vorgänge zu vertuschen. Unbequeme Zeugen verschwanden. Die Besitzer lokaler Zeitungen wurden bestochen, sofern zu erwarten war, daß ihre Redakteure auf Ereignisse hinweisen würden, die die Rinderbarone belasteten. Über ihre Bekannten, die hohe Regierungsämter innehatten, versuchte die Interessengemeinschaft der großen Rancher und Viehhändler selbst die Gerichte dazu zu verleiten, Unrecht und Totschlag in Recht umzufälschen.

Kronzeugen der Anklage waren die beiden Trapper Jones und Walker, die in der Nacht vor dem Überfall auf der K. C. Ranch übernachtet hatten.

Wie es ihnen erging, schildert ein Protokoll der Deputy Sheriffs von Converse County:

»Wie wohl bekannt ist, wurden die beiden Trapper Ben Jones und Wm. W. Walker Zeugen des brutalen Mordes an Champion und Ray. Nach der Ermordung und dem Brand ließ sie Wolcott (der Befehlshaber der Weißkappen) frei, sagte ihnen aber, sie sollten sich nach Süden davonmachen und dabei ihre Beine in die Hand nehmen. Wie ebenfalls allgemein bekannt ist, weigerte sich Gouverneur Barber, die Mörder an die Gerichtsbehörden von Johnson County auszuliefern, und beließ sie unter militärischer Bewachung in Fort Russel, offensichtlich in der Absicht, ihnen ein Gerichtsverfahren und die unvermeidliche Strafe zu ersparen.

Da Sheriff Angus die Mörder nicht in Haft nehmen konnte, war es ihm auch unmöglich, die obengenannten Zeugen unter Strafandrohung zu einem Verhör vorzuladen. Es stand den beiden Männern also frei, in Wyoming zu bleiben oder den Staat zu verlassen, ganz wie sie wollten. Sheriff Campbell war zu dieser Zeit nicht anwesend, aber der Untersheriff Kimball, der Verfasser dieser Zeilen, wurde mit der Tatsache bekannt, daß die großen Rinderzüchter und Viehhändler Anstalten machten, die beiden Zeugen aus dem Weg räumen zu lassen. Deshalb setzten wir uns mit Sheriff Angus von Johnson County und Sheriff Rice von Natrona County in Verbindung und baten die beiden Beamten, auf der Hut zu sein. Rice stellte Nachforschungen an und erfuhr, daß ein Bürger von Casper jedem 200 Dollar bot, dem es gelingen würde, Jones und Walker aus der Stadt zu locken. Die Rinderbarone wollten dann die beiden Männer ergreifen. Als Sheriff Rice Jones und Walker auf diese Gefahr hinwies, zeigten sich die Trapper sehr erschreckt. Casper verfügte über kein Gefängnis oder einen anderen sicheren Ort, an dem die beiden hätten bleiben können. Deshalb telegraphierte Sheriff Rice nach Buffalo und bat Sheriff Angus, die beiden Zeugen in diese Stadt bringen zu dürfen. Um 2.35 nachmittags am 20. Mai erhielten wir hier ein Telegramm mit folgendem Inhalt:

Buffalo, Wyo., den 20. Mai

An E. H. Kimball, Douglas, Wyo.

In Casper befinden sich zwei Zeugen, denen Gefahr von den Weißkappen droht. Empfehle Überführung nach Douglas und Sicherheitsverwahrung dort. Kosten übernimmt das County. Ausführliches Schreiben folgt.

W. G. Angus

Unter ungeklärten Umständen wurde der Inhalt dieser Nachricht F. H. Harvey bekannt, und zwar noch ehe das Telegramm an uns gelangte. Als ich zwei Stunden später mit dem Zug nach Casper fuhr, reiste er auch mit.

In Casper traf ich mich mit Sheriff Rice. Wir suchten gemeinsam die Zeugen auf und zeigten ihnen das Telegramm. Ich erklärte ihnen freimütig, sie seien keine Gefangenen, auch liege keine Aufforderung zu einem Verhör vor und niemand könne sie zwingen, mit mir nach Douglas zu kommen. Sie schienen aber über mein Angebot, sie mitzunehmen, recht froh. In einer Besprechung mit Sheriff Rice wurde vereinbart, daß die Zeugen mir nach Douglas folgen sollten. Dort würde man ihnen Waffen zur Selbstverteidigung aushändigen und sie im Büro des Sheriffs im Vorderraum des Gefängnisses einquartieren, bis Sheriff Angus entweder selbst herüberkommen oder sie zum Verhör nach Buffalo bestellen konnte.

Am nächsten Morgen kaufte ich die Fahrkarten und bestieg mit den beiden Männern den Expreßwagen des Zuges. Harvey reiste wieder mit.

In Glenrock stieg einer von Senator Careys Leuten, der Viehinspektor Higley, zu und kam in den Expreßwagen. Ich warnte die Männer vor ihm. Er verließ den Wagen, kam aber bald wieder zurück und versuchte mit Jones zu reden. Zugschaffner Bennet forderte Higley auf, den Wagen umgehend zu verlassen, und der Viehinspektor gehorchte. Ich war davon überzeugt, daß Harvey den Auftrag bekommen hatte, die beiden Trapper zu töten oder sie fortzubringen, und ich erzählte den beiden Männern von diesem Verdacht. Als wir hier ankamen, quartierte ich, wie verabredet, Jones und Walker im Büro des Sheriffs ein und händigte jedem von ihnen einen Sixshooter aus. Ich bat sie, vorsichtig zu sein, riet ihnen, mit niemandem zu sprechen und vor allem nicht nach Einbruch der

Dunkelheit auf die Straße zu gehen. Trotzdem gelang es Harvey oder einem seiner Helfershelfer, mit Walker bei Tag zu sprechen und diesen davon zu überzeugen, daß es besser für ihn sei, die Stadt zu verlassen. Walker sprach mit Jones darüber, aber der alte Mann riet ihm, auf Harveys Vorschläge nicht einzugehen. Er war bereit, im Johnson County gegen die Mörder auszusagen.

Ich ließ jeden Abend einen Mann im Büro des Sheriffs zurück Nicht um Walker und Jones zu bewachen, sondern um sie bei einem Anschlag zu schützen. O. P. Witt überredete an dem bestimmten Abend Walker, den jüngeren der beiden Zeugen, dazu, Whisky zu trinken. Mit der Zeit wurde Walker ziemlich betrunken, und als es Nacht wurde, weigerte er sich, ins Bett zu gehen. Da er nicht anders zu beruhigen war, versprach Jones, mit ihm vor dem Büro auf und ab zu gehen, bis er wieder nüchtern geworden sei. Was nun folgt, ist Jones' Geschichte, wie er sie uns im Büro des Rechtsanwalts Fisher in Chadron in Gegenwart von vier anderen Zeugen erzählte: Er gibt an, bis etwa gegen Mitternacht draußen auf und ab gelaufen zu sein. Mr. Walker habe dann darauf bestanden davonzulaufen. Er, Jones, sei dagegen gewesen. Walker habe darauf entgegnet, Harvey und Witt hätten jedem der beiden Zeugen ein Pferd, einen Sattel und 1000 Dollar in bar versprochen, falls sie den Staat sofort verlassen und nicht gegen die Rinderbarone aussagen würden. Walker habe auf dieses Angebot eingehen wollen. Während Jones und Walker diskutierten, tauchten dann Harvey und Witt auf und überredeten den alten Mann, zum Morton-Ausschank mitzukommen, um alles noch einmal in Ruhe zu besprechen. Dort angekommen, sahen sich die beiden Zeugen acht oder zehn Männern gegenüber, die sie aufforderten, die Stadt zu verlassen. Die Namen der Anwesenden sind genau bekannt und werden beim nächsten Wahlkampf bekanntgegeben werden. Einige von ihnen leben in Douglas. Jones gibt an, man habe dann über eine Stunde verhandelt. Die Bande bot schließlich jedem der beiden Männer ein Pferd und einen Sattel sowie 2700 Dollar in bar, sobald sie Grand Island in Nebraska erreichten. Jones bestand darauf, daß das Geld sofort gezahlt werde. Er sagte den Männern der Bande, er vermute, man wolle sie nur außer Landes locken und dann töten. Er sagte auch, gegen ihn liege keine Anklage vor und er könne sich frei bewegen, aber falls er das Pferd und 500 Dollar sofort erhalte, werde er den Staat verlassen, und es stehe ihnen frei, ihn umzubringen, falls er zurückkomme und gegen die Wolcottgruppe aussage. Darauf ging die Bande aber nicht ein.

Eines der Bandenmitglieder drohte sogar, man werde Jones und Walker auf der Stelle töten, wenn sie nicht umgehend den Staat verließen. Jones sagte, er werde gehen, vorausgesetzt, daß ein Mann mit ihm komme, und man einigte sich darauf, daß ihn Witt nach Harrison in Nebraska begleiten werde. Harvey wollte den Zug nehmen und sie am Abend dort treffen. Dann würden die vier Männer nach Grand Island reisen, wo den beiden Zeugen 2700 Dollar und Fahrkarten nach New Mexico ausgehändigt werden sollten. Jones gibt an, daß die Bande den Aufbruch für den frühen Abend festgesetzt hatte. Es war aber dann schon 1 Uhr morgens, als drei gesattelte Pferde aus Mortons Stall vorgeführt wurden und man ihm sagte, er solle den Grauschimmel besteigen. Jones erklärte weiter, es sei ihm angst und bange geworden, als er die mordlustigen Blicke der Bandenmitglieder sah, und er habe sich glatt geweigert mitzukommen und gesagt, er gehe zum Büro des Sheriffs zurück und lege sich dort schlafen. Daraufhin zogen die Männer sofort ihre Pistolen, und einer von ihnen rief: ›Du Dreckskerl steigst jetzt auf das Pferd, oder ich schieße dich nieder. Wir haben genug Ärger gehabt mit dir.‹

Jones gibt an, er habe ohnehin mit dem Leben abgeschlossen gehabt und sei dann auf den Grauschimmel geklettert, den die Bande bei Morton ausgeliehen hatte. Walker nahm eine Fuchsstute, und Witt schwang sich auf den zweiten Grauschimmel. Dann ritten die drei in scharfem Trab durch eine rückwärtige Straße davon.

Sie waren schon gegen 20 Meilen geritten, als Witt plötzlich anhielt und abstieg. Er nahm eine Wurfleine hervor, warf sie über eine Telegraphenleitung, zog den Draht herab und durchschnitt ihn mit einer Drahtschere. Jones und Walker hatten, ehe sie das Büro des Sheriffs verließen, ihre Revolver eingesteckt, aber Witt wußte nicht, daß sie bewaffnet waren. Mehrere Meilen von der Stelle entfernt, an der er den Draht durchschnitten hatte, hielt Witt wieder an und sagte, er habe sich verirrt. Jones antwortete, sie brauchten doch nur weiter auf der Straße zu bleiben, aber Witt wiederholte, er wisse nicht, wo sie sich befänden. Dann befahl er ihnen zu warten und ritt selbst ein Stück voraus, um einen Anhaltspunkt zu erkunden. Während er ritt, ließ er ständig Streichhölzer aufflammen. Die beiden Männer konnten in der Dunkelheit die Spitzen von Bäumen erkennen. Jones flüsterte Walker zu, Witt gebe nun sicherlich Zeichen und sie müßten sich darauf gefaßt machen, aus dem Hinterhalt erschossen zu werden. Beide Männer zogen darauf ihre Revolver und ritten Witt nach. Als sie ihn eingeholt hatten, fragten sie ihn, was das alles zu bedeuten habe. Witt antwortete, er habe die Streichhölzer angezündet, um auf seinen Kompaß sehen zu können. Da Jones und Walker wußten, daß Witt keinen Kompaß besaß, zwangen sie ihn nun einfach, auf der Straße weiterzureiten. Jones ritt an an der Spitze, dann folgte Witt und hinter ihm Walker. Bei Tagesanbruch kamen sie an eine Ranch und baten dort um etwas Essen. Eine Frau fragte sie, ob sie in der Nacht Fremde gesehen hätten, die nach Westen geritten seien, und dann erzählte sie, daß kurz in der Dämmerung zwölf bewaffnete Reiter an der Ranch vorbeigeritten seien.

Jones war sich sicher, daß Witts Lichtsignale den Mördern, die die Rinderbarone angeworben hatten, gegolten haben mußten.

Als sie sich der Node Ranch näherten, konnte Witts Pferd nicht mehr weiter. Er sagte den beiden anderen, sie sollten nach Harrison reiten. Auf die Frage, was mit den Pferden geschehen solle, antwortete Witt, sie sollten die Tiere zu einer gewissen Schlucht nahe der Stadt bringen, die Sättel verstecken und die Tiere erschießen. Nachdem sie Witt verlassen hatten, berieten Jones und Walker, was nun zu tun sei. Sie besaßen an Bargeld nur 50 Cent. Jones wollte über Land reiten. Walker bestand darauf, nach Harrison zu reiten und dort den Zug zu nehmen. Als sie sich dem Ort näherten, versteckten sie die Sättel, gaben den Pferden die Freiheit, erschossen sie aber nicht. In Harrison bestiegen sie den Zug, aber unterwegs mußten sie zu ihrem Schrecken feststellen, daß Harvey und Witt eine Bande von sechs oder sieben Revolverschützen bei sich hatten. Diese Männer befahlen ihnen, sich auf der hintersten Bank des hintersten Wagens neben sie zu setzen. Jones kannte die Männer nicht, aber er vermutete, daß es dieselbe Gruppe war, die sie schon in der letzten Nacht hätte ermorden sollen.

Jones sagte, er habe damit gerechnet, daß man ihn erschießen und dann aus dem fahrenden Zug werfen werde.

Es war stockfinster, als der Zug in Crawford einlief, und die Wagen waren noch nicht völlig zum Stehen gekommen, da stießen die unbekannten Männer Jones und Walker von der Plattform. Beide wußten nicht, wo sie waren, und meinten, ihr letztes Stündlein habe nun geschlagen. Walker zog seine Pistole und rief der Bande zu, man solle von ihm ablassen, andernfalls würde er schießen. Die Feiglinge wagten es nicht, ihn zu ergreifen, und versuchten, ihn zu überreden. Nun war Marshal Morrison zur Stelle, den wir telegraphisch von hier aus verständigt hatten. Wir hatten ihn angewiesen, Jones und Walker vorläufig festzunehmen. Der Marshal kannte die beiden Männer nicht, aber als er vom hinteren Ende des Zuges Schüsse und einen heftigen Wortwechsel hörte, wußte er Bescheid. Er verlangte zu wissen, was da vor sich gehe, und Jones schrie: ›Sie wollen mich umbringen!‹

›Das stimmt nicht‹, rief Harvey dazwischen, ›dieser Mann ist geistesgestört, und wir wollen ihn in den Osten in eine Anstalt bringen. Seien Sie doch bitte so freundlich und helfen Sie uns, ihn hinüber zum B.-&-M.-Zug zu schaffen.‹

›Das ist eine gemeine Lüge!‹ schrie der arme alte Mann, ›ich bin nicht verrückt. Sie wollen mich umbringen.‹ Jetzt griff Witt ein: ›Dieser Mann ist mein Onkel, und wir bringen ihn heim in den Osten. Komm, Onkel‹, sagte er, zu Jones gewandt, ›sei doch vernünftig.‹ – ›Ich bin nicht dein Onkel!‹ protestierte Jones. ›Geben Sie mir Ihre Waffe‹, sagte Morrison. – ›Wer sind Sie denn?‹ fragte Jones. – ›Ich bin der Marshal!‹ – ›Dann verlange ich, daß sie mich schützen‹, sagte Jones, ›ich bin ein Zeuge im Mordfall Champion und Ray, und diese Männer hier wollen mich umbringen, damit ich nicht gegen sie aussagen kann. Meinen Kameraden haben sie gerade schon erschossen.‹

Der Marshal und sein Deputy legten daraufhin Jones und Witt Handschellen an und brachten sie zum Gefängnis. Unterwegs gab Jones eine Beschreibung seines Kameraden, von dem er annahm, er sei getötet worden. Der Marshal schickte darauf Jim Haguewood zum Depot der B.-&-M.-Eisenbahn, wo er Walker gerade noch erreichte. Ein Mann der Bande, Bill McCann, hatte schon zwei Fahrkarten nach Grand Island gekauft. Walker wurde festgenommen und ebenfalls ins Gefängnis gebracht. Als ich am nächsten Tag in Crawford ankam, war Morrison mit seinen beiden Gefangenen eben mit einem Sonderzug zum Gerichtssitz nach Chadron abgereist, wo über die Haftbeschwerde verhandelt werden sollte.«

Soweit die Aussage von Sheriff Kimball. Doch der Kampf um die beiden Kronzeugen war damit noch keineswegs zu Ende.

Der Countyrichter in Chadron hob den Haftbefehl gegen Walker und Jones auf, aber kaum hatte er dieses Urteil verkündet, da meldete sich ein US-Marshal Hepfinger aus Omaha im Gerichtssaal zu Wort. Er konnte einen neuen Haftbefehl gegen Jones und Walker vorweisen, in dem diese beschuldigt wurden, Schnaps an die Indianer verkauft zu haben. Dies war das Werk von Harvey und Witt, die nun sogar mit Hilfe einer Gerichtsbehörde versuchten, die beiden Zeugen über die Grenzen des Staates Wyoming zu schaffen und so ihre Aussage im Mordfall Champion und Ray zu verhindern.

Marshal Hepfinger sorgte dafür, daß seine beiden Gefangenen eiligst nach Omaha gebracht wurden, denn schon war Deputy Sheriff Kimball nach Chadron unterweg, um unter dem Vorwand des Diebstahls von zwei Pistolen aus dem Büro des Sheriffs in Douglas die Machenschaften der Rinderbarone zu durchkreuzen. Er kam zu spät. Sowohl Marshal Hepfinger mit Jones und Walker als auch Harvey und Witt fuhren bereits Omaha entgegen. Den letzten Akt des Spiels um die Kronzeugen kann man in einem Pressebericht aus Omaha nachlesen. Dort heißt es:

»Drei heruntergekommene, ungepflegte und ziemlich wild dreinschauende Männer, zwei von ihnen in Handschellen und alle vom Schrecken gezeichnet, folgten gestern abend gegen 5.30 Uhr Marshal Hepfinger, als dieser das Privatbüro von Marshal Slaughter im Gebäude der Bundesbehörde betrat.

Die kleine Gruppe erregte, während sie den langen Korridor entlanggging, deshalb wenig Beachtung, weil um diese Zeit kaum jemand im Gebäude war. Der eine der drei Männer war Witt, ein Pferdehändler, bei den anderen beiden, die gefesselt waren, handelte es sich um Jones und Walker. Die Handschellen wurden abgenommen, sobald sich die Türen im Büro des Marshals hinter ihnen geschlossen hatten.

Jeder der Männer trug einen schweren gelben Umhang aus Ölhaut, und alle machten sie den Eindruck, als sei ihnen über viele Tage hin weder Ruhe noch Frieden gegönnt worden. Sie sahen elend und abgezehrt aus und blickten sich ständig mißtrauisch um.

Ihre Ankunft unterbrach die Siesta des US-Richters Dundy, der, obwohl er sich gewöhnlich um diese Tageszeit nicht mehr in den Amtsräumen aufhielt, sich an diesem Tag auf dem Sofa in Marshal Slaughters Büro ausgestreckt und gewartet hatte, als habe er hier eine wichtige Verabredung einzuhalten.

Als die Gefangenen eingetreten waren, schlüpfte der Richter über den Korridor in sein Privatbüro, wo er sich mit dem Anwalt Frank Ransom einschloß, der auch schon einige Zeit zuvor in dem Gebäude umhergeirrt war, als suchte er einen Freund, der nicht gekommen war.

Zwei andere Anwälte, die in unserer Stadt fremd sind, jedoch später als F. H. Harvey aus Douglas und H. Donzleman aus Cheyenne identifiziert werden konnten, waren auch zur Stelle, und nach einigen Minuten versammelte sich die ganze Gruppe mit dem Staatsanwalt Baker im Raum des Distriktgerichts, wo die Gefangenen angeklagt wurden, Alkohol an die Indianer verkauft zu haben. Sie beantragten eine genaue Prüfung des Falles, und eine Kaution von 200 Dollar für jeden wurde festgesetzt. Danach wurden Walker und Jones noch einmal ins Büro des Marshals zurückgeführt, um dort ihre persönlichen Habseligkeiten abzuholen, worauf sie unter Begleitung von Anwalt Donzleman und Marshal Hepfinger das Gebäude verließen. Marshal Slaughter erklärte, er wisse nicht genau, was sie vorhätten, wahrscheinlich gingen sie nun erst einmal essen, auch hätten sie danach gefragt, wo sie sich neue Kleider kaufen könnten.

Er beharrte darauf, nichts Genaues über den Fall zu wissen, nur was er in den Zeitungen gelesen habe, ja es war ihm nicht einmal bekannt, daß Hepfinger noch bis zum Morgen dieses Tages sich in Chadron aufgehalten hatte, wo er telegraphisch angewiesen worden war, die Auslieferung der beiden Männer zu beantragen und sie als Gefangene nach Omaha zu bringen. Für ihn war dem Gesetz Genüge getan, die Kautionssumme war hinterlegt worden, und um nichts anderes habe er sich zu kümmern.

Hepfinger fand keine Zeit, auch nur ein Wort zu sagen, und mit dem Deputy Jackson war es nicht viel anders. Er gab lediglich zu, am Freitag in Crawford gewesen zu sein. Dies habe sich ganz zufällig ergeben, weder er noch Hepfinger seien ausschließlich wegen der beiden Männer in diesen Ort gekommen. Jackson wies darauf hin, daß Hepfinger nur seine Pflicht getan habe. Als US-Marshal sei er angewiesen, Verhaftungen vorzunehmen, in welchem Teil des Landes sich die Angeklagten auch immer aufhielten.

Der letzte Schachzug in diesem Spiel aber erfolgte heute am späten Abend.

Die Anwälte Donzleman und Ransom waren bis 8.30 Uhr nicht zu sprechen, als es dann endlich einem Reporter gelang, den letzteren zu stellen, erklärte er nur, der Ärger, den es oben in Wyoming gegeben habe, sei maßlos übertrieben worden. Mehr könne er nicht sagen, er sei in Eile, müsse verreisen, in ein paar Tagen komme er zurück und wolle dann ein Buch schreiben. Jetzt aber müsse er den Zug erreichen und damit ›Auf Wiedersehn‹.

Er ging noch eine Weile auf und ab und bestieg dann einen geschlossenen Wagen, der vor der Tür wartete. Einige Minuten später sauste der Wagen um eine Straßenecke. Jetzt saßen vier Männer drinnen, und ein weiterer hatte neben dem Kutscher Platz genommen. Die Passagiere im Wagen waren Mr. Donzleman und die Gefangenen Jones, Walker und Witt, auf dem Bock aber saß der so beschäftigte Mr. Hepfinger.

Sie fuhren geradewegs zum Büro des US-Marshals, wo Hepfinger ausstieg, um nach einem kurzen Aufenthalt seinen Platz wieder einzunehmen. Dann setzte sich das Gefährt zu einer eiligen Fahrt zur West Side Station in Bewegung, wo der Missouri-Pacific-Nacht-Expreß hielt, der die Flüchtlinge südwärts entführte.«

Es scheint unglaubwürdig, aber es ist durch zuverlässige Augenzeugenberichte belegt: Zunächst mit Hilfe einer gemieteten Gangsterbande, später unter Mithilfe eines Richters der Bundesjustiz und eines US-Marshals, der mit einem, wie sich später herausstellte, gefälschten Haftbefehl auftrat, war es den Anwälten der Rinderbarone gelungen, die beiden Hauptzeugen der Anklage aus Wyoming nach Nebraska zu locken und sie von dort außer Landes bringen zu lassen. Was weiter mit Jones und Walker geschah, davon fehlt jede Spur.

Der erste Prozeß gegen die Weißkappen fand am 7. August 1892 vor dem Distriktgericht für Laramie County in Cheyenne statt. Er endete damit, daß alle Angeklagten wieder auf freien Fuß gesetzt wurden. Nur zwei von ihnen mußten eine Kaution von 20.000 Dollar hinterlegen. Das Gericht vertagte sich zur weiteren Beratung auf den 21. Januar 1893.

Durch allerlei juristische Kniffe, auf die im einzelnen einzugehen hier zu weit führen würde, kamen die wahren Schuldigen auch diesmal ungeschoren davon.

Interessant ist das Schicksal jenes Mannes, der durch seinen Dokumentarbericht »Banditti of the Plains«, der im Jahre 1894 gedruckt wurde, noch einmal die Aufmerksamkeit der amerikanischen Öffentlichkeit auf jene Mißstände in der Justiz und in der Verwaltung des Bundesstaates Wyoming hinlenken wollte, die sich beim Rancherkrieg von Johnson County enthüllt hatten: Asa Shinn Mercer, der Zola des Wilden Westens. Ehe er sich als Herausgeber einer Zeitschrift, des »Northwest Live Stock Journal«, in Wyoming niederließ und dann als Fünfundfünfzigjähriger seine Anklageschrift gegen die Rinderbarone verfaßte, hatte er sich große Verdienste bei der Besiedlung des Nordwestens der USA erworben und die Universität des Staates Washington gegründet. Als kleiner Junge hatte ihn der Kongreßmann Abe Lincoln auf den Knien gewiegt, und es muß wohl der Einfluß Lincolns gewesen sein, der ihn später so unbedingt für die Armen und Unterdrückten eintreten ließ. 1877 kam Mercer dann nach Texas und gab über Jahre hin verschiedene kleine Zeitungen in Bowie, Vernon, Wichita und Mobeetie heraus. In dieser Zeit mag er sich seine genauen Kenntnisse über Rinderzucht und Viehhandel erworben haben, denn all diese Orte, in denen er Zeitungsredakteur war, lagen im Einzugsgebiet der großen Viehtrails.

In Wyoming, wiederum als Journalist und Zeitungsherausgeber, erlebte er den Rancherkrieg von Johnson County als Augenzeuge mit und ergriff trotz aller Anfeindungen mutig für die Sache der kleinen Leute Partei.

Nachdem die »Banditti of the Plains« erschienen waren, bekam er die Macht und den immer noch nicht völlig gebrochenen Einfluß der Rinderbarone zu spüren, die er in seinem Buch so schonungslos angeklagt hatte. Bücher haben eine Geschichte – für »Die Banditen der Ebenen« gilt dieser Satz in besonderem Maße. Nach dem Erscheinen des Bandes im Jahre 1894 erlangten reiche Viehhändler, die in den Krieg von Johnson County verwickelt waren, zunächst eine einstweilige Verfügung. Ein späteres Gerichtsurteil fand Mercer schuldig, »obszöne Literatur« mit der amerikanischen Bundespost versandt zu haben: ein Vergehen, auf dem Gefängnisstrafe stand.

Als »obszön« erachteten die Richter gewisse Anschuldigungen gegen den Gouverneur von Wyoming und andere Regierungsbeamte. Inwiefern solche Angriffe bei Mercer berechtigt waren, mag jeder selbst beurteilen, der die Geschichte der entführten Kronzeugen kennt. Druckerei und Verlagshaus des Buches mußten schließlich Bankrott anmelden, und nach Verbüßung seiner Gefängnisstrafe geriet der Autor der »Banditen der Ebenen« in Vergessenheit. Der Titel des Werkes ließ hinter ihm auch kaum eine ernsthafte sozialkritische Studie vermuten.

Hinzu kam, daß die Druckplatten des Buches und alle ausgedruckten Exemplare verbrannt worden waren. Doch ein kleiner Teil der Auflage entging der Vernichtung und wurde von Mercers Freunden bei Nacht und Nebel in einem Planwagen nach Colorado gebracht. Die in der Universität des Staates Wyoming und in der Staatsbibliothek eingestellten Exemplare verschwanden auf geheimnisvolle Weise aus den Regalen. Erst 1923 erhielt die Universitätsbibliothek von Princeton von einem Sammler eines der geretteten Exemplare mit der ausdrücklichen Warnung, das Buch an einem sicheren Ort unterzubringen, andernfalls es gewiß eines Tages verschwinden oder zerstört werden würde.

Auf der Insel Hawaii gab es einen Mann, den ich Keawe nennen will; denn, um die Wahrheit zu sagen, er lebt noch, und darum darf ich seinen wirklichen Namen nicht verraten. Sein Geburtsort war nicht weit von Honaunau, wo die Gebeine Keawes des Großen in einer Höhle begraben liegen. Der Mann war arm, ehrlich und rührig. Er konnte lesen und schreiben wie ein Schulmeister. Außerdem war er ein ausgezeichneter Seemann; er war eine Zeitlang auf den Dampfern gefahren, die zwischen den Inseln verkehren, und hatte einen Walfänger an der Küste von Hamakua gesteuert. Schließlich kam Keawe auf den Gedanken, sich die große Welt und fremde Städte anzusehen. Er verheuerte sich deshalb auf ein Schiff, das nach San Franzisko fuhr.

Das ist eine wunderschöne Stadt mit einem herrlichen Hafen und unzähligen reichen Leuten. Es gibt da einen Hügel, der ganz mit Palästen bedeckt ist. Auf diesem Hügel ging Keawe eines Tages, die Taschen voller Geld, spazieren und besah mit viel Vergnügen die großen Häuser zu beiden Seiten.

Was für schöne Häuser das sind! dachte er bei sich; wie glücklich müssen die Menschen sein, die hier wohnen und sich keine Sorgen um den nächsten Tag zu machen brauchen!

Während er so dachte, kam er vor ein Haus, das war kleiner als die anderen, aber vollkommen in seiner Bauart und schmuck wie ein Spielzeug. Die Stufen glänzten wie Silber, der Garten war wie von blühenden Girlanden umsäumt, und die Fenster strahlten wie Diamanten. Keawe blieb stehen und bestaunte all die Herrlichkeit.

Als er so dastand, bemerkte er einen Mann, der durch eines der Fenster zu ihm heruntersah. Das Fenster war so klar, daß Keawe ihn so deutlich sehen konnte wie einen Fisch im Wasser des Korallenriffs. Der Mann war schon ältlich, er hatte einen kahlen Kopf und einen schwarzen Bart. Sein Gesicht war voll Kummer, und er seufzte tief auf.

Die Wahrheit aber war die: Während Keawe zu dem Manne

hinein und der Mann zu Keawe herausblickte, beneideten sie einer den andern.

Auf einmal lächelte der Mann und nickte und winkte Keawe zu, doch hereinzukommen, und er empfing ihn an der Haustür.

»Ich habe ein schönes Haus«, sagte er, und wieder seufzte er. »Möchtet Ihr Euch nicht einmal die Zimmer ansehen?«

Dann führte er Keawe durch das ganze Haus, vom Keller bis zum Dachgeschoß, und da war nichts, das in seiner Art nicht vollkommen gewesen wäre, worüber Keawe sehr staunte.

»Wirklich«, sagte er, »das ist ein schönes Haus. Wenn ich in einem solchen Haus wohnte, würde ich den ganzen Tag fröhlich sein. Wie kommt es nur, daß Ihr immerfort seufzt?«

»Ich sehe nicht ein«, erwiderte der Mann, »warum Ihr nicht auch ein Haus haben solltet wie das meinige, ja ein noch schöneres, wenn Ihr wollt. Ihr habt doch etwas Geld, nehme ich an?«

»Ich habe fünfzig Dollar«, sagte Keawe, »aber ein Haus wie dieses kostet doch sicher mehr als fünfzig Dollar.«

Der Mann überrechnete die Kosten. »Schade, daß Ihr nicht mehr habt«, sagte er. »Aber fünfzig Dollar würden genügen.«

»Für das Haus?« fragte Keawe.

»Nein, nicht für das Haus«, antwortete der Mann, »aber für die Flasche. Denn ich muß Euch gestehen, obwohl ich so reich und vom Glück begünstigt erscheine, stammt doch mein ganzes Vermögen, das Haus und auch der Garten, nur von einer Flasche, die nicht viel größer ist als eine gewöhnliche Weinflasche. Da ist sie.«

Er öffnete einen verschlossenen Schrank und entnahm ihm eine rundbäuchige Flasche mit langem Hals. Sie war aus milchweißem Glase, in dem es wie Regenbogenfarben schillerte. In ihrem Innern regte es sich unbestimmt – wie Schatten und Feuer zugleich.

»Das ist die Flasche«, sagte der Mann. Und als Keawe lachte, fuhr er fort: »Ihr glaubt mir nicht? Nun, dann versucht einmal, ob Ihr sie zerbrechen könnt.«

Keawe nahm die Flasche und warf sie auf den Fußboden, immer wieder, bis er müde war; aber sie prallte immer nur vom Boden ab wie ein Kinderball und war nicht im geringsten beschädigt.

»Das ist ein merkwürdiges Ding«, sagte Keawe, »sie sieht doch aus und faßt sich an, als ob sie aus Glas wäre!«

»Sie ist auch aus Glas«, erwiderte der Mann und seufzte dabei schwerer als je; »aber ihr Glas ist in den Flammen der Hölle geglüht. Ein kleiner Teufel bewohnt sie, das ist der Schatten, den wir darin sich regen sehen; so glaube ich wenigstens. Jedem, der die Flasche kauft, gehorcht das Teufelchen. Alles, was er sich wünscht - Liebe, Ruhm, Geld, Häuser wie meines hier, ja sogar eine ganze Stadt wie die unsere - ist sein, sowie er den Wunsch nur ausspricht. Napoleon besaß die Flasche und wurde durch sie zum Weltbeherrscher; zuletzt aber verkaufte er sie - und fiel. Kapitän Cook hatte sie und fand durch sie den Weg zu so vielen Inseln. Aber auch er verkaufte sie - und wurde auf Hawaii erschlagen. Denn sowie man sie verkauft, schwindet die Macht und der Beistand des Teufels. Und wenn dann einer nicht zufrieden ist mit dem, was er hat, ergeht es ihm übel.«

»Und trotzdem sagt Ihr, daß Ihr sie verkaufen wollt?« fragte Keawe.

»Ich habe schon alles, was ich mir wünsche, und allmählich werde ich alt«, antwortete der Mann. »Eines nämlich kann das Teufelchen nicht - es kann einem das Leben nicht verlängern; und es wäre nicht recht von mir, Euch zu verschweigen, daß die Flasche einen Nachteil hat. Denn stirbt einer, bevor er sie verkauft hat, muß er für immer in der Hölle brennen.«

»Das ist freilich ein sehr schwerwiegender Nachteil«, rief Keawe aus, »und ich möchte mit dem Ding lieber nichts zu tun haben! Gott sei Dank kann ich mich ohne Haus abfinden, aber mit einem könnte ich mich ganz gewiß nicht abfinden: mit der ewigen Verdammnis.«

»Du meine Güte, Ihr müßt nicht gleich so voreilig sein«, entgegnete der Mann. »Ihr braucht Euch der Macht des Teufelchens nur mit Maß zu bedienen. Dann verkauft Ihr die Flasche an einen anderen, so wie ich sie jetzt Euch verkaufe, und lebt bis ans Ende Eurer Tage in Behaglichkeit.«

»Hm, dabei aber fällt mir zweierlei auf«, sagte Keawe. »Ihr seufzt die ganze Zeit wie eine verliebte Jungfer, das ist das eine - und das andere: Ihr verkauft diese Flasche sehr billig.«

»Ich sagte Euch schon, warum ich seufze«, erwiderte der Mann. »Ich fürchte nämlich, meine Gesundheit ist nicht mehr die beste, und Ihr sagtet ja selbst, sterben und zum Teufel gehen, das ist nicht jedermanns Sache. Was nun den niedrigen Preis betrifft, so muß ich Euch noch mit einer besonderen Bewandtnis der Flasche bekannt machen. Vor langer, langer Zeit, als sie der Teufel zur Erde brachte, war sie unermeßlich teuer. Sie kostete ihren ersten Besitzer viele Millionen Dollar. Nun darf die Flasche aber nur mit Verlust verkauft werden. Wenn Ihr sie für denselben Preis abgebt, den Ihr selbst dafür bezahlt habt, kommt sie zu Euch zurück wie eine abgerichtete Taube. Daraus ergab sich, daß der Preis durch alle die Jahrhunderte hindurch immer niedriger wurde und die Flasche nun auffallend billig ist. Ich selbst kaufte sie hier in der Gegend von einem meiner mächtigen Nachbarn, und der Preis, den ich dafür zahlte, betrug nur neunzig Dollar. Ich könnte sie also schon für neunundachtzig Dollar und neunundneunzig Cents verkaufen, aber nicht um einen Cent teurer, sonst würde das Ding wieder zu mir zurückkommen. Das bringt nun wieder zwei Nachteile mit sich: erstens - bietet man den Leuten eine so ungewöhnliche Flasche für nur knapp neunzig Dollar an, so glauben sie, man will sich über sie lustig machen; und zweitens - aber das hat noch Zeit, und ich brauche vorläufig nicht darauf einzugehen. Auf jeden Fall aber müßt Ihr daran denken, daß die Flasche nur gegen geprägte Münzen verkäuflich ist.«

»Und was beweist mir, daß Ihr die Wahrheit sagt?« fragte Keawe.

»Ihr könnt ja gleich eine Probe darauf machen«, antwortete der Mann. »Gebt mir Eure fünfzig Dollar, nehmt die Flasche und wünscht Euch die fünfzig Dollar wieder in Eure Tasche zurück. Wenn sie nicht da sind, mache ich, auf Ehrenwort, den ganzen Handel rückgängig und gebe Euch Euer Geld wieder.«

»Beschwindelt Ihr mich auch nicht?« fragte Keawe.

Da legte der Mann einen feierlichen Eid ab.

»Schön«, sagte Keawe, »ich will es wagen.« Er überließ dem Manne sein Geld, und der Mann gab ihm die Flasche.

»Teufelchen in der Flasche«, rief Keawe, »ich wünsche mir meine fünfzig Dollar zurück.« - Und kaum hatte er diese Worte ausgesprochen, war seine Tasche so schwer wie zuvor.

»Das ist tatsächlich eine wunderbare Flasche«, sagte Keawe.

»Und nun wünsche ich Euch einen guten Morgen, mein Bester, und nun hole Euch der Teufel - statt mich!« sagte der Mann.

»He!« rief Keawe, »genug von diesem Unsinn. Hier - nehmt Eure Flasche wieder zurück!«

»Ihr habt sie für weniger gekauft, als ich dafür bezahlt habe«, erwiderte der Mann und rieb sich die Hände, »jetzt gehört sie Euch. Ich meinerseits wünsche nur noch, Euch loszuwerden.« Und damit klingelte er seinem chinesischen Diener und ließ Keawe vor die Tür setzen.

Als Keawe nun mit der Flasche unter dem Arm auf der Straße stand, begann er nachzudenken. Wenn alles, was der Mann mir über die Flasche gesagt hat, wahr ist, habe ich vielleicht ein schlechtes Geschäft gemacht, überlegte er, aber er hat mich wohl nur zum Narren gehalten. Er zählte zunächst sein Geld; es waren genau neunundvierzig amerikanische Dollar und ein chilenisches Dollarstück. »Das also scheint zu stimmen«, sagte Keawe zu sich, »nun will ich eine zweite Probe machen.«

Die Straßen in jenem Stadtteil waren sauber wie ein Schiffsdeck, und obwohl es mitten am Tage war, ließ sich weit und breit niemand blicken. Keawe stellte die Flasche in den Rinnstein und ging weiter. Zweimal sah er sich um, und jedesmal stand die rundbäuchige, milchweiße Flasche, wo er sie hingestellt hatte. Er sah sich noch ein drittes Mal um, dann bog er um eine Straßenecke. Aber kaum hatte er das getan, stieß etwas an seinen Ellenbogen - und siehe da! - es war der lange Hals der Flasche; und ihr dicker Bauch saß eingezwängt in der Tasche seines Seemannsrocks.

»Also auch das stimmt«, sagte Keawe.

Als nächstes kaufte er in einem Laden einen Korkzieher und ging hinaus in die Felder, an einen Ort, wo er nicht gesehen werden konnte. Dort versuchte er, den Korken herauszuziehen, aber sooft er den Bohrer ansetzte, sprang er wieder heraus, und der Korken blieb, wie er war.

»Das muß ein ganz neuartiger Korken sein!« sagte Keawe zu sich. Doch plötzlich fing er an zu zittern und zu schwitzen, denn er hatte Angst vor der Flasche.

Auf seinem Rückweg zum Hafen sah er einen Laden, in dem ein Mann Muscheln und Stöcke von den Südseeinseln, alte heidnische Götterfiguren, alte Münzen, Bilder aus Japan und China und allerlei Kram verkaufte, wie ihn die Matrosen in ihren Seekisten mitbringen. Da kam ihm ein Gedanke, und er ging hinein und bot die Flasche für hundert Dollar zum Kauf an. Der Ladenbesitzer lachte ihn zuerst aus und bot ihm fünf. Doch freilich, die Flasche war eine

Seltenheit, solches Glas wurde in keiner von Menschen betriebenen Glashütte geblasen, so hübsch schillerten die Farben in dem milchigen Weiß und so seltsam huschte der Schatten darin hin und her. Nachdem der Trödler, wie es bei seinem Stande üblich ist, eine Weile gefeilscht hatte, gab er Keawe sechzig Silberdollar für das Ding und stellte es auf ein Brett in der Mitte seines Schaufensters.

»Nun«, sagte sich Keawe, »habe ich für sechzig verkauft, was ich für fünfzig kaufte - oder eigentlich etwas billiger, denn einer meiner Dollar war aus Chile -, und werde sehen, ob der Mann auch mit der anderen Eigenschaft der Flasche recht hatte.«

Darauf ging er an Bord seines Schiffes zurück, und als er dort seine Kiste öffnete - lag die Flasche darin! Sie war schneller hier gewesen als er selbst.

Keawe aber hatte auf dem Schiff einen Freund, der hieß Lopaka. »Was hast du nur, daß du so in deine Kiste starrst?« fragte Lopaka.

Sie waren allein im Vorderschiff. Keawe verpflichtete seinen Freund zu Verschwiegenheit und erzählte ihm alles.

»Das ist eine höchst sonderbare Geschichte«, sagte Lopaka, »und ich fürchte, die Flasche wird dir noch Unglück bringen. Eines aber ist klar: Das Unglück ist dir sicher, und darum wäre es klüger, auch den Vorteil dieses Handels mit in Kauf zu nehmen. Überlege dir, was du von der Flasche haben willst, verlange es von ihr, und wenn du hast, was du dir wünschest, will ich dir die Flasche abkaufen. Denn ich habe selbst den Wunsch, einen Schoner zu besitzen, um zwischen den Inseln Handel zu treiben.«

»Das wäre nichts für mich«, sagte Keawe. »Ich hätte lieber ein schönes Haus mit einem Garten an der Konaküste, wo ich geboren bin; wo mir die Sonne zur Tür hereinscheint und Blumen im Garten stehen. Glasscheiben will ich in den Fenstern haben und Bilder an den Wänden, kleine Spielereien und feine Decken auf den Tischen wie in dem Hause, in dem ich heute war; nur soll das meine um ein Stockwerk höher sein und rundherum Balkone haben wie der Palast des Königs. Dort will ich dann sorglos leben und mit meinen Freunden und Verwandten lustig sein.«

»Schön«, sagte Lopaka, »wir wollen die Flasche nach Hawaii mitnehmen, und wenn alles ausgeht, wie du es erwartest, will ich sie dir, wie gesagt, abkaufen und mir einen Schoner wünschen.«

Sie einigten sich darüber, und kurz danach kehrte das Schiff mit

Keawe, Lopaka und der Flasche an Bord nach Honolulu zurück. Kaum waren sie an Land gegangen, als ihnen am Strande ein Freund begegnete, der Keawe unvermittelt sein Beileid aussprach.

»Ich verstehe nicht, warum Ihr mir Euer Beileid ausdrückt«, sagte Keawe.

»Ist es möglich, daß Ihr noch nichts darüber gehört habt?« entgegnete ihm der Freund. »Euer Onkel, der gute alte Mann, ist gestorben, und Euer Vetter, der hübsche Junge, ist im Meer ertrunken.«

Keawe machte sich schwere Sorgen darum. Er begann zu weinen und zu klagen und vergaß die Flasche. Lopaka aber wurde nachdenklich, und als Keawes Schmerz sich ein wenig gelegt hatte, sagte er: »Ich habe mir eben überlegt – besaß dein Onkel nicht in Kaü auf Hawaii ein Stück Land?«

»Nein«, sagte Keawe, »nicht in Kaü, sondern auf der Bergseite, etwas südlich von Hookena.«

»Und dieser Grund gehört jetzt dir?« fragte Lopaka.

»Ja, das wird er wohl«, sagte Keawe und begann wieder, seine Verwandten zu beklagen.

»Laß jetzt das Klagen«, versetzte Lopaka, »mir kam nämlich ein Gedanke: wie, wenn das nun alles auf die Flasche zurückzuführen wäre? Dann hättest du doch schon das Grundstück zu deinem Haus?«

»Wenn das so wäre«, rief Keawe aus, »dann hätte sie mir einen sehr schlechten Dienst damit erwiesen, daß sie meine Verwandten tötete! Aber es könnte wirklich so sein – denn gerade in einer solchen Gegend habe ich mir das Haus immer vorgestellt.«

»Aber das Haus ist ja noch gar nicht gebaut«, sagte Lopaka.

»Nein, und wird wohl auch nie gebaut werden«, versetzte Keawe. »Mein Onkel hatte zwar etwas Kaffee, Awa und Bananen, doch das wird höchstens dazu reichen, mein Auskommen zu finden. Der übrige Teil des Grundstücks ist nichts als schwarze Lava.«

»Gehen wir zum Notar«, schlug Lopaka vor, »die Sache gibt mir zu denken.«

Als sie beim Notar waren, stellte sich heraus, daß Keawes Onkel in seinen letzten Tagen ungeheuer reich geworden war und ein ansehnliches Vermögen hinterlassen hatte.

»Hier hast du nun auch das Geld für dein Haus!« rief Lopaka aus.

»Wenn Ihr daran denkt, Euch ein neues Haus zu bauen«, sagte der Notar, »so habe ich hier die Empfehlungskarte eines neuen Baumeisters, von dem man große Stücke hält.«

»Das wird ja immer besser!« rief Lopaka. »Es geht alles wie am Schnürchen, wir brauchen nur zu gehorchen.«

So gingen sie denn zu dem Baumeister, der gerade einige Pläne zu neuen Häusern auf seinem Tisch liegen hatte.

»Ihr wollt etwas Ungewöhnliches«, sagte der Baumeister, »wie gefällt Euch dieses hier?« Damit reichte er Keawe eine Skizze.

Als nun Keawe einen Blick auf die Zeichnung warf, schrie er laut auf - denn vor ihm lag die genaue Abbildung des Hauses, das er sich vorgestellt hatte.

Dem Haus kann ich nicht entgehen, dachte er. So wenig mir auch die Umstände gefallen, ich kann ihm nicht entgehen; und darum ist es wohl am besten, mit dem Bösen auch das Gute hinzunehmen.

Und er teilte dem Baumeister alle seine Wünsche mit. Wie er das Haus eingerichtet haben wollte, wie die Bilder an den Wänden und die Nippsachen auf den Tischen aussehen sollten. Dann fragte er rundheraus, wieviel er für die ganze Geschichte verlange.

Der Baumeister stellte allerlei Fragen, nahm seine Feder und berechnete die Kosten. Als er damit fertig war, nannte er genau die Summe, die Keawe geerbt hatte.

Lopaka und Keawe sahen einander an und nickten.

Es ist mir nun ganz klar, daß ich dieses Haus haben soll, ob ich will oder nicht, dachte Keawe. Es kommt vom Teufel, und ich fürchte, ich werde wenig Gutes davon haben. Eines aber weiß ich gewiß: Ich werde keinen Wunsch mehr aussprechen, solange diese Flasche in meinem Besitz ist. Das Haus habe ich mir nun einmal aufgeladen, und so will ich mit dem Bösen auch das Gute hinnehmen.

Er machte seinen Vertrag mit dem Baumeister. Danach verheuerten sich Keawe und Lopaka wieder auf ein Schiff und fuhren nach Australien. Sie hatten nämlich beschlossen, sich um nichts mehr zu kümmern und den Bau und die Ausschmückung ganz dem Geschmack des Baumeisters und des Flaschenteufelchens zu überlassen.

Sie hatten eine gute Fahrt. Nur wagte Keawe in dieser Zeit kaum zu sprechen, denn er hatte sich zugeschworen, keinen Wunsch mehr zu äußern und keine Dienste mehr von dem Teufelchen anzunehmen. Als sie zurückkamen, teilte ihnen der Baumeister mit, daß das Haus fertig sei, und Keawe und Lopaka schifften sich auf der »Hall« nach Kona ein, um das Haus zu besichtigen und sich zu überzeugen, ob alles so ausgeführt worden war, wie Keawe es sich gedacht hatte.

Das Haus stand an der Bergseite, wo es von den Schiffen aus gesehen werden konnte. Darüber stieg der Wald bis hinauf in die Regenwolken und unter ihm fiel die schwarze Lava zu den Klippen ab, in denen die Könige alter Zeiten begraben liegen. Um das Haus herum führte ein Garten, in dem es in allen Farben blühte. Auf einer Seite befand sich ein Obstgarten mit Papaias, auf der anderen einer mit Brotfruchtbäumen. Vor dem Hause aber, gegen das Meer hin, stand ein getakelter Schiffsmast, der eine Fahne trug. Das Haus besaß drei Stockwerke mit großen Zimmern und breiten Balkonen. Die Fenster waren aus feinstem Glas, klar wie Wasser und strahlend wie der helle Tag. Alle Arten Möbel schmückten die Zimmer, und an den Wänden hingen Bilder in goldenen Rahmen: Bilder von Schiffen und Schlachten, von wunderschönen Frauen und eigenartigen Landschaften. Nirgends in der Welt gab es Bilder von so leuchtenden Farben wie die in Keawes Haus. Die Nippsachen aber waren ganz besonders schön: Da gab es schlagende Uhren, Spieldosen, kleine Männchen mit nickenden Köpfen, Bücher voller Bilder, wertvolle Waffen aus aller Herren Ländern und die hübschesten Geduldspiele zum Zeitvertreib für einsame Stunden. Die Balkone waren so breit gebaut, daß sich ein ganzes Stadtvolk darauf hätte tummeln können.

Keawe wußte nicht, was ihm lieber war: die Veranda auf der Rückseite des Hauses, wo man den Landwind und den Anblick der Blumenbeete und Obstgärten genießen konnte, oder die Balkone auf der Vorderseite, wo man die Seebrise einatmen, den steilen Berghang hinunterblicken und die »Hall« vorbeifahren sehen konnte, die einmal in der Woche zwischen Hookena und der Berginsel Pele verkehrte, und wo die Schoner mit Holz, Awapfeffer und Bananen an der Küste entlangsegelten. Als Keawe und Lopaka alles besichtigt hatten, setzten sie sich vor das Portal.

»Nun, ist alles so, wie du es haben wolltest?« fragte Lopaka.

»Es gibt keine Worte dafür«, sagte Keawe. »Es ist alles viel schöner, als ich es mir vorgestellt hatte. Ich bin fast krank vor Freude.«

»Nur eines ist zu bedenken«, versetzte Lopaka, »das alles könnte auch ganz natürlich zugegangen sein, und das Flaschenteufelchen hat vielleicht gar nichts damit zu tun gehabt. Wenn ich nun die Flasche kaufte und am Ende gar keinen Schoner bekäme, hätte ich mir die Hand umsonst verbrannt. Ich habe dir zwar mein Wort gegeben, trotzdem denke ich, du wirst mir eine weitere Probe nicht abschlagen.«

»Ich habe mir geschworen, keine Dienste mehr anzunehmen«, erwiderte Keawe, »ich bin schon weit genug gegangen.«

»Es ist kein Wunsch, woran ich denke«, entgegnete Lopaka. »Ich möchte nur das Teufelchen selbst einmal sehen. Dabei ist nichts zu gewinnen, und du brauchst dich darum nicht zu schämen. Habe ich es aber einmal gesehen, wäre ich meiner Sache sicher. Also tu mir doch den Gefallen und laß mich das Teufelchen sehen, und dann - hier habe ich das Geld in meiner Hand - will ich dir die Flasche abkaufen.«

»Ich fürchte nur eines«, sagte Keawe, »wenn nämlich das Teufelchen sehr unheimlich aussieht, wirst du vielleicht die Flasche gar nicht mehr haben wollen?«

»Ich bin doch ein Mann von Wort«, erwiderte Lopaka, »hier, ich lege das Geld zwischen uns.«

»Also schön«, sagte Keawe, »ich bin selber neugierig: Kommt heraus, Herr Teufel, und laßt Euch einmal anschauen!«

Kaum hatte er das gesagt, da fuhr das Teufelchen aus der Flasche heraus, und schnell wie eine Eidechse war es auch wieder drinnen.

Keawe und Lopaka waren wie zu Stein erstarrt. Es war finstere Nacht, ehe sie ihr Denken und die Sprache wiederfanden. Da schob Lopaka seinem Freunde das Geld zu und nahm die Flasche.

»Ich bin ein Mann von Wort«, sagte er, »denn wäre ich das nicht, würde ich die Flasche jetzt nicht einmal mit meinem Fuß berühren. Na, den Schoner werde ich jedenfalls bekommen und dazu ein paar Dollar für meine Tasche, dann aber will ich den Teufel so schnell wie möglich wieder loswerden, denn, um die volle Wahrheit zu sagen, sein Anblick hat mich aus der Ruhe gebracht.«

»Lopaka«, sagte Keawe, »halte mich nicht für schlechter als ich bin. Ich weiß, es ist Nacht, die Straßen sind schlecht, und der Weg an den Gräbern vorbei ist zu so später Stunde unheimlich, aber ich sage dir, seit ich diese kleine Fratze gesehen habe, kann ich weder essen noch schlafen, noch beten, ehe die Flasche aus meiner Nähe ist. Ich will dir eine Laterne und einen Korb für die Flasche geben und dazu ein Bild aus meinem Hause oder sonst etwas Hübsches, das dir gefällt - aber bitte, geh sofort und übernachte bei Nahinu in Hookena!«

»Keawe«, erwiderte Lopaka, »so mancher würde dir das übelnehmen, zumal ich dir einen solchen Freundschaftsdienst erweise, mein Wort zu halten und die Flasche zu kaufen; denn die Nacht und die Finsternis und der Weg an den Gräbern vorbei sind gewiß zehnmal so gefährlich für einen Menschen, der eine solche Sünde auf dem Gewissen und eine solche Flasche unter dem Arm hat. Aber ich bin selbst so zu Tode erschrocken, daß ich nicht das Herz habe, dich zu tadeln. So gehe ich denn und bitte Gott, daß du in deinem Hause glücklich wirst und ich mit meinem Schoner Glück habe und daß wir beide am Ende doch noch in den Himmel kommen, trotz des Teufels in der Flasche.«

Lopaka ritt also den Berg hinunter, und Keawe stand auf dem vorderen Balkon seines Hauses, lauschte dem Hufschlag des Pferdes und folgte dem Schein der Laterne den Pfad hinab und an dem Höhlenriff vorbei, in dem die Toten begraben liegen. Und die ganze Zeit zitterte er und faltete die Hände und betete für seinen Freund und dankte Gott dafür, daß er selbst dieser Sorge entronnen war.

Der nächste Tag aber war strahlend schön und sein neues Haus so wunderbar anzuschauen, daß er alle die Schrecken, die er erlebt hatte, vergaß. Ein Tag folgte dem anderen, und Keawe lebte in steter Freude. Die Veranda auf der Rückseite wurde sein Lieblingsplatz. Dort wohnte und aß er und las die Zeitungen aus Honolulu; und jeder, der vorbeiging, mußte hereinkommen und sich die Zimmer und die Bilder ansehen. So wurde sein Haus weit und breit bekannt. In ganz Kona wurde es Ka-Hale Nui, das Große Haus genannt, manchmal auch das Glänzende Haus, denn Keawe hielt sich einen Chinesen, der den ganzen Tag Staub wischte und polierte; und alles Glas, die Vergoldungen, die schönen Stoffe und die Bilder glänzten so hell wie der Morgen. Keawe selbst aber konnte nicht durch die

Zimmer gehen, ohne zu singen, so weit war ihm das Herz. Und wenn drunten auf dem Meer Schiffe vorbeisegelten, ließ er die Flagge von seinem Mast wehen.

So ging die Zeit dahin, bis Keawe eines Tages seine alten Freunde in Kaula besuchte. Dort wurde er gut bewirtet. Am nächsten Morgen aber verließ er sie, sobald er konnte, und ritt tüchtig drauflos, denn er war ungeduldig, sein schönes Haus zu sehen.

Kurz hinter Honaunau sah er, als er in die Ferne blickte, ein Mädchen am Strande baden. Sie schien wohlgewachsen, und als sie sich anzog, sah er ihr weißes Gewand und den roten Holoku flattern. Als er in ihre Nähe kam, war sie mit dem Anziehen fertig und vom Meer heraufgekommen. Erfrischt vom Bade, mit leuchtenden, freundlichen Augen, stand sie in ihrem roten Holoku am Weg. Kaum hatte Keawe sie erblickt, hielt er sein Pferd an.

»Ich dachte, ich kenne jeden Menschen hier im Lande«, sagte er, »wie kommt es, daß ich dich nicht kenne?«

»Ich bin Kokua, Kianos Tochter«, sagte das Mädchen, »und bin gerade von Oahu zurückgekehrt. Und wer bist du?«

»Ich werde dir später sagen, wer ich bin«, antwortete Keawe und stieg vom Pferd, »nicht jetzt. Es könnte nämlich sein, daß du schon von mir gehört hast, und wenn du weißt, wer ich bin, gibst du mir keine freie Antwort. Aber sage mir vor allem eines: Bist du verheiratet?«

Da lachte Kokua laut. »Du stellst aber Fragen! Bist du denn verheiratet?«

»Nein, Kokua, ich bin nicht verheiratet«, antwortete Keawe, »und bis zu diesem Augenblick habe ich auch niemals daran gedacht, mich zu verheiraten. Aber ich will ganz offen sein: Hier am Wegrand bin ich dir begegnet und habe deine Augen gesehen, die wie Sterne sind, hier flog mein Herz dir zu, so geschwind wie ein Vogel. Wenn du nichts von mir wissen willst, dann sage es mir, und ich will heimreiten. Wenn ich dir aber nicht schlechter erscheine als irgendein anderer junger Mann, dann sage es mir auch; dann will ich für diese Nacht bei deinem Vater einkehren und morgen mit dem guten Manne reden.«

Kokua sagte kein Wort mehr. Sie sah nur über das Meer und lachte. »Kokua«, sagte Keawe, »wenn du nichts sagst, will ich das für eine gute Antwort nehmen und zu deinem Vater gehen!«

Immer noch schweigend, ging sie vor ihm her. Nur manchmal sah sie sich um und blickte gleich wieder fort und hielt mit den Lippen ihr Hutband fest. Als sie am Hause angelangt waren, kam Kiano auf die Veranda heraus, rief Keawe bei seinem Namen und hieß ihn in seinem Hause willkommen. Da sah das Mädchen ihn an, denn der Ruf des Großen Hauses war auch ihr zu Ohren gekommen; und das war sicher eine große Versuchung für sie. Den ganzen Abend waren sie alle sehr lustig. Das Mädchen war unter den Augen der Eltern keck wie ein Sperling und neckte Keawe, denn sie besaß Witz und Schlagfertigkeit. Am nächsten Morgen sprach Keawe mit Kiano, und dann suchte er das Mädchen allein auf.

»Kokua«, sagte er, »du hast dich gestern den ganzen Abend über mich lustig gemacht; noch ist es Zeit, mich wegzuschicken. Ich wollte dir nicht sagen, wer ich bin, weil ich ein so schönes Haus habe und fürchtete, du würdest zuviel an das Haus denken und zuwenig an den Mann, der dich liebt. Nun weißt du alles, und wenn du mich nicht wiedersehen willst, sage es mir gleich.«

»O nein«, sagte Kokua, und diesmal lachte sie nicht. Mehr aber verlangte Keawe nicht.

So verlief Keawes Werbung. Es war schnell gegangen, aber auch ein Pfeil fliegt schnell und eine Flintenkugel noch schneller, und doch können beide das Ziel treffen. Es war aber nicht nur schnell, sondern auch tief gegangen, denn Keawe füllte bereits des Mädchens Herz. Sie hörte seine Stimme aus der Brandung am Lavastrande und wäre bereit gewesen, um seinetwillen, den sie nur zweimal gesehen hatte, Vater, Mutter und die heimatlichen Inseln zu verlassen. Keawe aber flog auf seinem Pferd an den Gräbern vorbei, den Bergpfad hinauf, und der Hufschlag des Pferdes und Keawes Freudengesang hallten in den Höhlen der Toten wider. Er kam in das Glänzende Haus zurück und sang noch immer. Er setzte sich zum Essen auf den großen Balkon, und der Chinese wunderte sich über seinen Herrn, der selbst zwischen den einzelnen Bissen noch sang. Die Sonne versank in der See, und die Nacht stieg herauf, und Keawe ging noch bei Lampenlicht auf seinen Balkonen umher, und die Menschen auf den Schiffen lauschten staunend seinem Gesang hoch oben in den Bergen.

»Nun bin ich auf der Höhe meines Lebens angelangt«, sagte er zu sich. »Schöner wird es vielleicht nicht mehr sein. Dies ist der Gipfel; nun kann es nur noch abwärts gehen. Drum will ich zum erstenmal alle meine Zimmer beleuchten, in meinem schönen Bade mit dem kalten und heißen Wasser baden und dann allein in meinem Brautgemach schlafen.«

Der Chinese mußte aufstehen und den Ofen heizen; und während er unten an seinem Kessel hantierte, hörte er über sich in den erleuchteten Zimmern den Freudengesang seines Herrn. Als das Wasser warm war, rief der Chinese seinen Herrn, und Keawe ging in das Badezimmer. Der Chinese hörte ihn singen, während das Wasser in die Marmorwanne lief, und hörte ihn singen, aufhören und wieder singen, während er sich auszog. Plötzlich aber brach der Gesang ab. Der Chinese lauschte. Er rief hinauf, um zu fragen, ob alles in Ordnung sei, und Keawe antwortete »ja!« und schickte ihn zu Bett. Aber es erklang kein Gesang mehr im Glänzenden Haus. Und die ganze Nacht hindurch hörte der Chinese nur noch die Schritte seines Herrn, der ruhelos auf den Balkonen um das Haus herumging.

Die Sache war aber die: Als Keawe sich auszog, um sein Bad zu nehmen, entdeckte er auf seiner Haut einen Fleck wie eine Pilzflechte auf einem Felsen - und da hörte er auf zu singen. Denn er kannte jene Flechten und wußte, daß er die chinesische Krankheit, den Aussatz, hatte.

Nun ist es traurig für jeden, der einer solchen Krankheit verfällt. Und jeden würde es traurig machen, ein so schönes, behagliches Haus zu verlassen, sich von allen Freunden zu trennen, um an der Nordküste von Molokai zwischen den mächtigen Klippen und der Meeresbrandung zu leben. Doch um wie vieles trauriger mußte das alles für Keawe sein, der erst gestern seine Liebste gefunden, sie erst diesen Morgen errungen hatte und nun alle seine Hoffnungen in einem einzigen Augenblick wie Glas zerbrechen sah?

Er saß erst eine Weile auf dem Rande seiner Badewanne. Dann sprang er mit einem Schrei auf und lief hinaus; auf und ab, auf und ab, immer die Balkone entlang, wie einer, den tiefste Verzweiflung gepackt hat.

Gern würde ich Hawaii, das Land meiner Väter, verlassen, dachte Keawe; leichten Herzens mein Haus, das hochgelegene, vielfenstrige, verlassen; tapferen Mutes würde ich nach Kalaupapa bei den Klippen von Molokai gehen und dort, fern von meinen Angehörigen, unter den Aussätzigen leben und schlafen. Aber welches Unrecht habe ich begangen, welche Sünde auf meine Seele geladen, daß ich Kokua begegnen mußte, als sie erfrischt vom Meerwasser in den Abend ging? Kokua, die Bezauberin meiner Seele! Kokua, das Licht meines Lebens! Nie darf ich sie heiraten; nie mehr sie ansehen, nie mehr mit liebender Hand berühren! Um dich, nur um dich, o Kokua, erhebe ich meine Klagen!

Nun merkt man erst, was für ein Mann Keawe war; denn er hätte dort in dem Glänzenden Hause viele Jahre leben können, und niemand würde seine Krankheit bemerkt haben. Doch das alles galt ihm nichts mehr, wenn er Kokua verlieren mußte. Ja, er hätte in diesem Stadium seiner Krankheit Kokua sogar heiraten können; viele würden das getan haben, weil sie niedrige Seelen haben. Keawe aber liebte das Mädchen wie ein ganzer Mann, er wollte ihr kein Leid zufügen, sie nicht in Gefahr bringen.

Einige Zeit nach Mitternacht kam ihm die Flasche wieder in Erinnerung. Er ging auf die Veranda und rief sich den Abend wieder ins Gedächtnis zurück, an dem der Teufel aus der Flasche gefahren war – bei dem Gedanken daran lief es ihm eisig durch die Adern.

Ein furchtbares Ding ist diese Flasche, dachte Keawe, und furchtbar ist dieses Teufelchen, und es ist furchtbar, sich den Flammen der Hölle auszusetzen. Doch welche andere Hoffnung bleibt mir noch, um meine Krankheit loszuwerden und Kokua heiraten zu können? Wie? dachte er, habe ich nicht dem Teufel ins Auge gesehen, nur um mir ein Haus anzuschaffen? Und sollte mir dasselbe nicht gelingen, wenn es darum geht, Kokua zu gewinnen?

Und da fiel ihm ein, daß die »Hall« am nächsten Tage auf ihrer Fahrt nach Honolulu vorbeikommen würde. Da muß ich zuerst hin, dachte er, um Lopaka zu treffen. Denn meine einzige Hoffnung ist jetzt, die Flasche wiederzubekommen, die ich damals mit solcher Freude fortgegeben habe.

Er konnte die ganze Nacht kein Auge schließen, morgens blieb ihm der Bissen im Halse stecken. Doch er schickte noch einen Brief an Kiano und ritt dann um die Ankunftszeit des Dampfers, an den Gräbern vorbei, zum Hafen hinunter. Es regnete, und sein Pferd lief träge. Er blickte zu den schwarzen Schluchten der Grabhöhlen hinauf und beneidete die Toten, die dort ruhten und aller Sorgen ledig waren. Und verwundert gedachte er der Stimmung, in der er erst gestern hier vorübergaloppiert war. So kam er nach Hookena hinunter, wo wie gewöhnlich der ganze Ort versammelt war, um den Dampfer zu erwarten. Unter dem Schutzdach des Lagerhauses saßen sie alle beisammen, machten ihre Späße und erzählten einander Neuigkeiten. Aber in Keawes Brust war kein Verlangen nach lauter Unterhaltung. Still saß er unter ihnen und sah hinaus in den Regen, der auf die Häuser niederfiel, auf die Brandung, die gegen die Felsen schlug, und Seufzer stiegen ihm auf die Lippen.

»Keawe aus dem Glänzenden Haus ist traurig«, flüsterte einer dem andern zu.

Ja, und das war er auch. Doch wen sollte das wundernehmen?

Dann legte die »Hall« an, und das Landungsboot brachte ihn an Bord. Das Hinterdeck des Schiffes war voll von Weißen, die den Vulkan besichtigt hatten, wie sie das immer tun. Im Mittelschiff drängten sich die Einheimischen, und das Vorderschiff füllten wilde Stiere aus Hilo und Pferde aus Kaü. Keawe aber saß in seinem Kummer fern von allen und hielt Ausschau nach Kianos Haus. Dort lag es, tief unten am Strande, umgeben von den schwarzen Felsen und von Kokospalmen beschattet. Und dort an der Haustür war ein roter Holoku, nicht größer als eine Fliege, zu sehen und eilte wie eine Fliege geschäftig hin und her.

»O du Königin meines Herzens«, stöhnte er auf, »ich will das Heil meiner Seele wagen, um dich zu gewinnen!«

Bald danach brach die Dunkelheit herein, und die Kajüten wurden beleuchtet. Die Weißen saßen wie gewöhnlich beim Kartenspiel und tranken Whisky. Keawe aber ging die ganze Nacht auf Deck hin und her; und auch am nächsten Tag, als das Schiff an den windstillen Küsten von Maui und Molokai vorüberdampfte, rannte er noch auf und ab wie ein wildes Tier in der Menagerie.

Gegen Abend passierten sie Diamond Head und legten an den Molen von Honolulu an. Keawe ging an Land und erkundigte sich sofort nach Lopaka. Doch sein Freund war der Besitzer eines Schoners geworden - es gab keinen besseren auf den Inseln - und kreuzte draußen auf dem Ozean zwischen Pola-Pola und Kahiki. Von ihm war also keine Hilfe zu erwarten. Da erinnerte sich Keawe eines Freundes von Lopaka, der in der Stadt Rechtsanwalt war, und erkundigte sich nach seiner Wohnung. Man sagte ihm, daß er plötzlich reich geworden sei und ein schönes neues Haus am Strande von Waikiki besitze. Das ermutigte Keawe, und er rief einen Wagen herbei und fuhr zu des Anwalts Haus. Das Haus war funkelnagelneu, und die Bäume im Garten waren kaum größer als Spazierstöcke; der Rechtsanwalt aber machte den Eindruck eines höchst zufriedenen Menschen. »Womit kann ich Euch dienen?« fragte er.

»Ihr seid ein Freund von Lopaka«, sagte Keawe, »und Lopaka hat einmal einen gewissen Gegenstand von mir gekauft. Ich dachte, Ihr wäret vielleicht imstande, mir auf seine Spur zu verhelfen.«

Das Gesicht des Advokaten wurde finster. »Ich möchte nicht sagen, daß ich Euch nicht verstehe, Herr Keawe«, entgegnete er, »doch ist das eine üble Sache, an die Ihr da rührt. Seid versichert, ich weiß nichts, doch glaube ich, Ihr könntet an einer gewissen Stelle die gewünschte Auskunft erhalten.«

Und er nannte ihm den Namen eines Mannes, den ich lieber verschweige. Es dauerte tagelang, und überall, wo Keawe nun hinkam, fand er neue Kleider, Wagen und Pferde, schöne neue Häuser und zufriedene Menschen, doch sowie er nur eine Andeutung über sein Anliegen machte, wurden die Gesichter abweisend.

Ich bin zweifellos auf der Spur, dachte Keawe. Alle diese neuen Kleider und Wagen sind die Gaben des Teufelchens, und der frohe Eindruck, den die Gesichter der Menschen machen, läßt darauf schließen, daß sie den Gewinn dieses verfluchten Dings eingesteckt haben, es losgeworden sind und sich nun sicher fühlen. Erst wenn ich bleiche Wangen zu sehen und Seufzer zu hören bekomme, werde ich wissen, daß ich der Flasche nahe bin.

So kam es schließlich, daß er an einen Weißen in der Beritaniastraße empfohlen wurde. Als er um die Zeit des Abendessens vor seine Haustür kam, fand er da die üblichen Anzeichen: das neue Haus, den jungen Garten und das elektrische Licht, das durch das Fenster schien. Als aber der Besitzer alles dessen kam, durchfuhr Keawe ein Strahl von Angst und Hoffnung; denn das Gesicht des jungen Mannes vor ihm war weiß wie das einer Leiche, seine Augen waren schwarz umrändert, das Haar verwahrlost, und sein Blick glich dem eines Menschen, der gehängt werden soll.

Hier muß sie sein, dachte Keawe. Und ohne sein Anliegen länger zu verhüllen, sagte er: »Ich bin gekommen, um die Flasche zu kaufen.«

Bei diesen Worten taumelte der junge Mann gegen die Wand.

»Die Flasche!« stöhnte er, »die Flasche zu kaufen!«

Es war, als wollte er ersticken. Dann faßte er Keawe heftig beim Arm und zog ihn in ein Zimmer, wo er zwei Gläser mit Wein füllte.

»Auf Euer Wohl!« sagte Keawe, der im Umgang mit Weißen sehr geübt war. »Ja«, fuhr er dann fort, »ich bin hier, um die Flasche zu kaufen. Wie hoch ist ihr Preis jetzt?«

Bei dieser Frage fiel dem jungen Mann das Glas aus der Hand, und er sah Keawe wie ein Gespenst an.

»Der Preis?« rief er aus, »der Preis? Ihr kennt den Preis nicht?«

»Ich frage Euch ja um ihn«, antwortete Keawe. »Aber warum seid Ihr denn so bestürzt? Stimmt etwas nicht mit dem Preis?«

»Die Flasche ist, seit sie in Euren Händen war, um vieles billiger geworden, Herr Keawe«, sagte der junge Mann stammelnd.

»Nun schön«, versetzte Keawe, »dann werde ich umso weniger für sie zahlen müssen. Was habt Ihr denn für sie gezahlt?«

Der junge Mann wurde weiß wie die Wand. »Zwei Cents«, sagte er.

»Was?« rief Keawe, »zwei Cents? Dann könnt Ihr sie ja nur noch für einen Cent verkaufen! Und wer sie kauft –« Das Wort erstarb ihm auf der Zunge; denn wer sie jetzt kaufte, konnte sie nie mehr weiterverkaufen; Flasche und Flaschenteufel mußten bei ihm bleiben, bis er starb; und starb er, mußte er mit ihnen in den roten Schlund der Hölle fahren.

Der junge Mann fiel vor ihm auf die Knie. »Um Himmels willen, kauft die Flasche!« schrie er. »Ihr könnt mein ganzes Vermögen haben! Ich war wahnsinnig, als ich sie für diesen Preis kaufte, aber ich hatte im Geschäft Geld unterschlagen. Ich wäre verloren gewesen und ins Gefängnis gekommen.«

»Armer Mensch!« sagte Keawe. »Ihr habt, um der gerechten Strafe für Eure eigene Schandtat zu entgehen, Euer Seelenheil so verwegen aufs Spiel gesetzt, und ich sollte zaudern, meint Ihr, ich, der Liebende? Gebt mir die Flasche, und gebt mir das Wechselgeld, das Ihr sicher längst vorbereitet habt, hier ist ein Fünfcentstück!«

Es war, wie Keawe vermutet hatte; der junge Mann hatte das Wechselgeld in einer Schublade vorbereitet. Die Flasche wechselte den Besitzer, und noch hatten Keawes Finger den Hals der Flasche nicht umschlossen, als er auch schon den Wunsch hauchte, wieder ein gesunder Mensch zu sein. Und tatsächlich, als er in seinem Zimmer angekommen war und sich vor dem Spiegel entkleidete, war seine Haut fleckenlos wie die eines Kindes. Nun aber geschah das Seltsame. Kaum hatte er dieses Wunder geschaut, war er im innersten Gemüt verwandelt; er dachte nicht mehr an die chinesische Krankheit und noch viel weniger an Kokua. Er hatte nur noch den einen Gedanken, daß er nun auf Zeit und Ewigkeit dem Flaschenteufelchen verfallen war und nichts anderes mehr zu erwarten hatte, als für immer ein Reisig in den Flammen der Hölle zu sein. Er sah sie schon im Geiste vor sich lodern, seine Seele erschauerte, und es wurde dunkel um ihn her.

Als Keawe wieder ein wenig zu sich kam, fiel ihm ein, daß an diesem Abend im Hotel die Musik spielte. Er ging hinunter, weil er sich vor dem Alleinsein fürchtete, und lief dort unter all den fröhlichen Menschen hin und her. Er hörte die Melodien auf- und abklingen, sah den Kapellmeister den Takt schlagen, und daneben hörte er die ganze Zeit die Flammen knistern und sah das rote Feuer im Höllenschlund brennen. Plötzlich spielte die Kapelle Hiki-ao-ao; und bei dieser Weise, die er mit Kokua zusammen gesungen hatte, kehrte ihm der Mut zurück.

Es ist nun einmal geschehen, dachte er, und so will ich denn wieder das Gute mit dem Bösen hinnehmen.

So kam es, daß er mit dem nächsten Dampfer nach Hawaii zurückfuhr, sobald es sich einrichten ließ, mit Kokua getraut wurde und sie zu sich auf den Berg in das Glänzende Haus nahm.

Nun stand es aber so mit den beiden: Wenn sie zusammen waren, war Keawes Herz beruhigt; sowie er aber allein war, verfiel er in ein brütendes Grauen, hörte die Höllenflammen prasseln und sah das rote Feuer im Höllenschlund. Das Mädchen aber war mit seinem ganzen Herzen zu ihm gekommen; es klopfte rascher in ihrer Brust, wenn sie ihn sah, und ihre Hand hing an der seinen; und sie war so hübsch, vom Haar auf ihrem Kopf bis zu den Nägeln an ihren Zehen, daß jeder sich bei ihrem Anblick freute. Sie war von Natur freundlich und hatte immer ein gutes Wort bereit. Sie steckte voller Lieder; jubilierend wie ein Singvogel ging sie in dem Glänzenden Hause umher, das fröhlichste Geschöpf in seinen drei Stockwerken. Keawe sah und hörte sie mit Entzücken, und dann verkroch er sich in einen Winkel seines Hauses und weinte und stöhnte, wenn er an den Preis dachte, den er für sie gezahlt hatte. Dann wieder mußte er sich die Augen trocknen und das Gesicht waschen und hingehen und mit ihr auf einem der breiten Balkone sitzen, in ihren Gesang einstimmen und mit wehem Herzen ihr Lächeln erwidern.

So kam der Tag, an dem auch ihre Lieder seltener wurden; und nun war es nicht nur Keawe, der sich abseits hielt, um zu weinen, sondern einer mied den andern und saß für sich auf dem entgegengesetzten Balkon, und die ganze Breite des Glänzenden Hauses lag zwischen ihnen. Keawe war so in Trostlosigkeit versunken, daß er die Veränderung kaum bemerkte; er war nur froh, mehr Stunden für sich zu haben, in denen er allein sein und über seinem Schicksal brüten konnte; er war dann nicht so häufig dazu gezwungen, sein krankes Herz unter einem lächelnden Gesicht zu verbergen. Eines Tages aber, als er leise durchs Haus schlich, war ihm, als hörte er ein Kind schluchzen; und er fand Kokua, das Gesicht an der Erde, auf dem Flur des Balkons liegen und wie eine Verlorene weinen.

»Du tust gut daran, in diesem Hause zu weinen, Kokua«, sagte er, »und doch würde ich mein Leben darum geben, daß wenigstens du glücklich wärest.«

»Glücklich!« schrie sie auf. »Keawe, als du allein in deinem Glänzenden Hause wohntest, warst du der Inbegriff eines glücklichen Menschen auf der Insel. Lachen und Lieder hattest du auf den Lippen, und dein Gesicht war heiter wie die aufgehende Sonne. Dann hast du die arme Kokua geheiratet; und Gott allein weiß, was an ihr nicht richtig ist. Von diesem Tage an aber hast du nicht mehr gelacht. Oh!« schluchzte sie, »was fehlt dir an mir? Ich glaubte, ich sei hübsch, und ich wußte, daß ich dich liebte. Was ist nur mit mir, daß ich diese Wolke über meinen Gatten werfe?«

»Arme Kokua«, sagte Keawe. Er setzte sich zu ihr nieder und wollte ihre Hand in die seine nehmen, doch sie entzog sie ihm. »Arme Kokua«, sagte er wieder, »mein armes, mein schönes Kind. Und ich hatte immer gehofft, dir das ersparen zu können! Nun sollst du alles wissen. Dann wirst du mit dem armen Keawe wenigstens Mitleid haben, dann wirst du verstehen, wir sehr er dich früher geliebt hat, daß er, um dich zu besitzen, die Hölle herausforderte, und wie sehr er dich noch immer liebt, daß er sich trotzdem ein Lächeln abringen kann, wenn er dich sieht.«

Und er erzählte ihr alles von Anfang an.

»Das alles hast du meinetwegen getan?« rief sie aus. »Oh! Wozu mache ich mir dann Sorgen!« Und sie umarmte ihn und weinte an seiner Brust.

»Ach, Kind!« sagte Keawe, »wenn ich an das Höllenfeuer denke, bin ich sehr tief besorgt!«

»Reden wir nicht mehr davon«, sagte sie. »Kein Mensch kann verloren sein, nur weil er Kokua liebt, wenn er nichts anderes begangen hat. Ich sage dir, Keawe, mit diesen Händen werde ich dich erretten oder mit dir zugrunde gehen. Wie! Du liebtest mich und gabst für mich deine Seele hin, und ich, meinst du, wäre nicht imstande zu sterben, um dich zu erretten?«

»Ach, Liebste!« rief er aus. »Und wenn du hundertmal stürbest, was würde das ändern, außer, daß ich verlassen wäre, bis die Stunde meiner Verdammnis naht?«

»Das verstehst du nicht«, sagte sie, »ich bin in Honolulu zur Schule gegangen, ich bin kein gewöhnliches Mädchen. Und ich sage dir, ich werde meinen Liebsten erretten. Was hast du da wegen des einen Cents gesagt? Amerika ist doch nicht die ganze Welt. In England gibt es ein Geldstück, das Farthing heißt und das ungefähr einen halben Cent wert ist. Aber, o Jammer!« rief sie aus, »damit wäre uns kaum gedient! Denn dann wäre der nächste Käufer ja wieder ein verlorener Mann, und einen so tapferen wie meinen Keawe werden wir so leicht nicht finden! Aber da gibt es ja auch Frankreich; dort haben sie eine kleine Münze, die sie Centime nennen, und davon gehen fünf oder so auf einen Cent. Besser könnten wir es gar nicht treffen. Komm, Keawe, laß uns zu den französischen Inseln fahren, nach Tahiti, so schnell ein Schiff uns hinbringen kann. Dort haben wir vier Centimes, drei Centimes, zwei Centimes, einen Centime; vier Verkaufsmöglichkeiten der Reihe nach. Und wir sind zwei, um das Geschäft zu betreiben. Komm, mein Keawe, küsse mich und verbanne die Sorgen. Kokua wird dich verteidigen!«

»Du Gnadengeschenk!« rief Keawe aus. »Ich kann nicht glauben, daß Gott mich strafen will, weil ich mir etwas so Gutes wünschte wie dich. Tun wir, was du sagtest; führe mich, wohin du willst; ich lege mein Leben und mein Heil in deine Hände.«

Am nächsten Morgen in aller Frühe schon war Kokua mit ihren

Vorbereitungen beschäftigt. Sie nahm die Seemannskiste, die Keawe als Matrose benutzt hatte, und legte zuallererst die Flasche hinein. Dann packte sie ihre schönsten Kleider und die kostbarsten Schmuckstücke des Hauses ein. »Denn«, sagte sie, »wir müssen als reiche Leute auftreten, wer würde sonst an die Flasche glauben?« Die ganze Zeit während ihrer Reisevorbereitungen war sie munter wie ein Zeisig, nur wenn sie auf Keawe blickte, sprangen ihr die Tränen in die Augen, und sie mußte zu ihm hinlaufen und ihn küssen. Keawe selbst aber war eine Last von der Seele gewichen; nun, da er sein Geheimnis teilen konnte und einen neuen Hoffnungsschimmer sah, fühlte er sich wie neugeboren. Seine Füße trugen ihn leicht über die Erde, und er atmete wieder freier. Und doch saß der Schrecken immer noch im Nacken, und hin und wieder, wie der Wind eine Kerze auslöscht, erstarb wieder die Hoffnung in ihm, und er sah die Flammen flackern und das rote Höllenfeuer brennen.

Sie ließen das Gerücht verbreiten, daß sie sich auf einer Vergnügungsfahrt in die Vereinigten Staaten befänden, was zwar befremdlich schien, doch lange nicht so befremdlich wie die Wahrheit, hätte jemand sie erraten können. Sie fuhren mit der »Hall« nach Honolulu und von dort auf der »Umatilla« zusammen mit einer Menge Weißer nach San Franzisko. Von San Franzisko aus schifften sie sich auf dem Postboot »Tropenvogel« nach Papeete, der Hauptstadt der französischen Südseeinseln, ein. Dort kamen sie, nach einer angenehmen Reise, an einem schönen Tage bei Passatwind an, sahen die Brandung am Korallenriff und Motuiti mit seinen Palmen und, als der Schoner das Riff hinter sich hatte, die weißen Häuser der Stadt, die sich auf der Niederung unter grünen Bäumen am Hafen dahinzogen, und darüber die Berge und Wolken von Tahiti, der Insel der Seligen.

Sie fanden es am klügsten, ein Haus zu mieten, und nahmen eines, das dem des britischen Konsuls gegenüberlag; und um recht mit ihrem Geld zu prunken, schafften sie sich ein auffallendes Pferdegespann an. Das war sehr einfach, solange noch die Flasche in ihrem Besitz war. Und Kokua war viel wagemutiger als Keawe, kam es ihr in den Sinn, so verlangte sie einfach zwanzig oder hundert Dollar von dem Teufelchen. Auf solche Weise fielen sie bald in der Stadt auf; und die Fremden von Hawaii mit ihrem Reiten und

Kutschieren, den feinen Holokus und Kokuas kostbaren Spitzen wurden viel beredet.

Mit der Sprache von Tahiti, die mit Ausnahme gewisser Laute der von Hawaii sehr ähnlich ist, kamen sie nach anfänglichen Schwierigkeiten gut vorwärts; und sowie sie etwas fließender sprechen konnten, begannen sie den Verkauf der Flasche anzubahnen. Man muß bedenken, daß sie ein Gegenstand war, auf den man nicht so leicht das Gespräch bringen konnte. Es war nicht einfach, jemanden zu überzeugen, daß man es ernst meine, wenn man ihm das Angebot machte, ihm die Quelle der Gesundheit und unerschöpflicher Reichtümer für vier Centimes zu verkaufen. Dazu war es auch nötig, auf die Gefahren der Flasche hinzuweisen; und die Leute glaubten entweder die ganze Geschichte nicht und lachten darüber, oder sie betrachteten sie mehr von der unheimlichen Seite, wurden bedenklich und zogen sich von Keawe und Kokua wie von Menschen, die mit dem Teufel im Bunde sind, zurück. Und anstatt ihren Zweck zu erreichen, merkten die beiden, daß sie in der Stadt gemieden wurden. Die Kinder liefen schreiend vor ihnen davon, etwas, was Kokua unerträglich war. Katholiken bekreuzigten sich, wenn sie an ihnen vorübergingen, und alle Menschen begannen, ihren Freundlichkeiten mit einem Schlage auszuweichen.

Da überkam sie große Niedergeschlagenheit. Nach einem so mitnehmenden Tag saßen sie dann abends, ohne ein Wort zu wechseln, in ihrem neuen Haus, und manchmal wurde die Stille durch Kokuas plötzliches Schluchzen unterbrochen. Manchmal beteten sie zusammen; manchmal stellten sie die Flasche vor sich auf den Boden und beobachteten, wie der Schatten in ihrer Mitte hin und her huschte. An solchen Abenden fürchteten sie sich davor, zu Bett zu gehen. Dann lagen sie lange, ehe sie der Schlummer überkam, und wenn einer von ihnen nach kurzem Dösen erwachte, hörte er den anderen im Dunkeln leise weinen, oder er war dem Haus und der Flasche entflohen und lief im Garten unter den Bananenbäumen oder im Mondschein am Strand umher.

So war es eines Nachts, als Kokua erwachte. Keawe war fort. Sie befühlte sein Bett, es war kalt. Da überfiel sie die Angst, und sie setzte sich auf. Ein wenig Mondlicht fiel durch die Fensterläden, das Zimmer war hell, und sie konnte die Flasche auf dem Fußboden stehen sehen. Draußen blies der Wind, die großen Bäume der Allee ächzten, und das abgefallene Laub raschelte in der Veranda. Daneben hörte Kokua noch einen anderen Laut; ob er von einem Tier oder von einem Menschen stammte, konnte sie kaum erkennen, aber er klang todtraurig und schnitt ihr ins Herz. Leise stand sie auf, öffnete die Tür einen Spalt und blickte in den mondbeschienenen Garten hinaus. Dort lag Keawe, das Gesicht im Staub, unter den Bananenbäumen und stöhnte.

Kokuas erster Gedanke war, zu ihm hinzulaufen und ihn zu trösten; ein zweiter, zwingenderer aber hielt sie davon ab. Keawe hatte sich vor seinem Weibe stets als ein tapferer Mann gezeigt; es ziemte ihr nicht, ihn in einem Augenblick der Schwäche durch ihre Gegenwart zu beschämen. Und sie zog sich ins Haus zurück.

Himmel! - dachte sie - wie unbekümmert bin ich gewesen, wie schwach! Er ist es doch, nicht ich, der ständig in dieser Gefahr schwebt; er war es, nicht ich, der den Fluch auf seine Seele lud. Um meinetwillen und aus Liebe zu einem so unwürdigen, hilflosen Geschöpf sieht er sich nun den Flammen der Hölle so nah! - immerzu! - und riecht ihren Rauch, während er dort draußen im Wind und im Mondschein liegt. Wie dumm bin ich, daß ich bis jetzt meine Pflicht nicht erkannt habe! Oder habe ich sie erkannt und mich nur feige von ihr abgewendet? Von nun an aber will ich meine Seele in beide Hände nehmen; der weißen Himmelsleiter und den wartenden Freunden dort oben Lebewohl sagen. Liebe um Liebe, und meine soll der Keawes gleichen! Seele um Seele, und meine soll es sein, die vergeht!

Sie hatte geschickte Hände und war schnell angezogen. Sie nahm das Kleingeld - die kostbaren Centimes, die sie immer bereitliegen hatten; sie waren wenig in Gebrauch, und darum hatten sie sich auf der Bank einen kleinen Vorrat davon geholt. Als sie draußen in der Allee stand, trug der Wind Wolken heran, und der Mond war verschwunden. Die Stadt schlief, und Kokua wußte nicht, wohin sie gehen sollte. Da hörte sie im Schatten der Bäume jemanden husten.

»Alter«, sagte Kokua, »was macht Ihr hier in der kalten Nacht?«

Der alte Mann konnte vor Husten kaum ein Wort hervorbringen, aber Kokua erkannte, daß er arm und fremd auf der Insel war.

»Wollt Ihr mir einen Gefallen tun?« fragte Kokua. »Wollt Ihr wie ein Fremder dem anderen, wie ein alter Mann einer jungen Frau, einer Tochter Hawaiis helfen?«

»Ach«, sagte der Alte, »Ihr seid die Hexe von den acht Inseln und wollt sogar meine alte Seele einfangen? Aber ich habe schon von Euch gehört und kann Eurer Schlechtigkeit widerstehen.«

»Setzt Euch hier nieder«, sagte Kokua, »und ich will Euch eine Geschichte erzählen!« Und sie erzählte ihm Keawes Geschichte vom Anfang bis zum Ende.

»Und ich«, sagte sie, »bin sein Weib, das er mit seinem Seelenheil erkaufte. Was bleibt mir zu tun übrig? Wenn ich selbst zu ihm ginge und ihm anböte, die Flasche zu kaufen, würde er es mir verweigern. Wenn Ihr aber ginget, würde er sie mit Freuden hergeben. Ich will hier auf Euch warten; Ihr kauft sie für vier Centimes, und ich kaufe sie Euch für drei wieder ab. Und der Herr gebe mir armem Mädchen Kraft!«

»Wenn Ihr mich belügt«, sagte der Alte, »würde Euch Gott, glaube ich, auf der Stelle töten.«

»Das würde er!« rief Kokua aus. »Seid versichert, das würde er. Ich könnte so falsch nicht sein - Gott würde es nicht dulden.«

»Gebt mir die vier Centimes und erwartet mich hier!« sagte der Alte.

Als Kokua nun so allein auf der Straße stand, verlor sie den Mut. Der Wind heulte in den Bäumen, und sie sah darin das Flackern der Höllenflammen; Schatten spielten im Licht der Straßenlaterne, und sie sah darin die sich reckenden Hände der Bösen. Wenn sie die Kraft dazu gehabt hätte, wäre sie davongelaufen, und wenn sie genug Atem gehabt hätte, hätte sie laut geschrien. Aber sie konnte weder das eine noch das andere tun. Zitternd wie ein erschrecktes Kind stand sie in der Allee.

Endlich sah sie den alten Mann mit der Flasche in der Hand zurückkommen.

»Ich habe getan, worum Ihr mich batet«, sagte er. »Euer Gatte weinte wie ein Kind, als ich ging. Er wird heute nacht gut schlafen!« Und er hielt ihr die Flasche hin.

»Ehe Ihr sie mir gebt«, hauchte Kokua, »nehmt mit dem Bösen das Gute - wünscht Euch, von Eurem Husten befreit zu werden!«

»Ich bin ein alter Mann«, antwortete er, »und stehe dem Grabe schon zu nahe, um noch eine Gunst vom Teufel anzunehmen. Aber was habt Ihr? Warum nehmt Ihr die Flasche nicht? Zaudert Ihr?«

»Ich zaudere nicht!« rief Kokua. »Ich bin nur zu schwach. Gebt mir eine Minute Zeit! Meine Hand sträubt sich, mein Fleisch schaudert vor dem verfluchten Ding zurück. Nur eine Minute!«

Der alte Mann sah Kokua gütig an. »Armes Kind«, sagte er, »du fürchtest dich! Ich will sie behalten. Ich bin alt, in dieser Welt erwartet mich nichts mehr und in der anderen -«

»Gebt sie mir!« stieß Kokua hervor. »Hier ist Euer Geld. Denkt Ihr, ich könnte so gemein sein? Gebt mir die Flasche!«

»Gott segne dich, Kind«, sagte der alte Mann.

Kokua verbarg die Flasche unter ihrem Holoku, verabschiedete sich von dem Mann und ging die Allee hinunter; es war ihr gleichgültig wohin, denn ein Weg war nun wie der andere für sie, sie führten alle zur Hölle. Sie ging manchmal langsam, manchmal lief sie. Manchmal schrie sie laut in die Nacht hinein, und manchmal legte sie sich am Straßenrand in den Staub und weinte. Alles, was sie von der Hölle gehört hatte, fiel ihr nun ein; sie sah die Flammen lodern, roch den Rauch und fühlte sich auf glühenden Kohlen vergehen.

Gegen Tagesanbruch kam sie wieder zu sich und ging nach Hause.

Es war, wie der Alte gesagt hatte - Keawe schlief wie ein Kind. Kokua stand da und starrte auf sein Gesicht.

»Nun, mein Keawe, darfst du schlafen«, sagte sie vor sich hin. »Wenn du erwachst, dann darfst du singen und lachen. Aber für die arme Kokua sind diese glücklichen Tage dahin - für sie gibt es keinen Schlaf, keine Freude, kein Singen mehr. Weder auf Erden noch im Himmel.«

Damit legte sie sich in das Bett an seiner Seite, und ihr Jammer war so groß, daß sie sofort in tiefen Schlaf fiel.

Spät am Morgen weckte ihr Gatte sie und erzählte ihr von der glücklichen Wendung. Er war vor Freude wie blind, denn er bemerkte Kokuas Bedrängnis nicht, die sie nur schlecht verbergen konnte. Die Worte blieben ihr im Halse stecken, aber es machte ihm nichts, denn er redete unaufhörlich. Sie konnte keinen Bissen essen, doch wer bemerkte es schon? Keawe aß die Schüsseln leer. Kokua sah und hörte ihm zu wie einer Traumerscheinung; es gab Augenblicke, in denen sie alles vergaß und bezweifelte, und sie fuhr sich mit der Hand über die Stirn. Sich selbst verdammt zu wissen und ihren Gatten so dahinplappern zu hören, erschien so ungeheuerlich.

Keawe aß und sprach die ganze Zeit und machte Pläne für die Heimreise und dankte ihr dafür, daß sie ihn errettet hatte. Er liebkoste sie und nannte sie seine wirkliche Helferin. Er lachte über den alten Mann, der so närrisch gewesen war, die Flasche zu kaufen.

»Er schien ein ehrbarer Mann zu sein«, sagte Keawe. »Aber man kann nicht nach dem Äußeren urteilen, denn wozu wollte der alte Sünder wohl die Flasche haben?«

»Mein lieber Mann«, sagte Kokua bescheiden, »er könnte auch gute Absichten dabei im Auge gehabt haben.«

Keawe lachte ärgerlich. »Unsinn!« rief er aus, »ein alter Spitzbube war er, sage ich dir, und ein alter Esel obendrein. Denn die Flasche war für vier Centimes schwer genug zu verkaufen; für drei wird es ganz unmöglich sein. Der Spielraum ist nicht mehr groß genug; das Ding fängt an, brenzlich zu riechen - brrr!« rief er und schauderte. »Es stimmt zwar, ich kaufte sie selbst für einen Cent und wußte gar nicht, daß es noch kleinere Münzen gibt. Ich war ein Narr, es zu tun, und ein zweiter wird sich nicht mehr finden. Wer immer die Flasche jetzt hat, sie wird ihn in die Hölle bringen.«

»Ach, Keawe«, sagte Kokua, »ist es nicht etwas Schreckliches, sich selbst durch den ewigen Untergang eines andern zu retten? Ich glaube, ich könnte nicht darüber lachen. Es würde mich traurig machen und bedrücken. Ich würde für den Ärmsten beten.«

Keawe, der die Wahrheit dessen fühlte, was sie sagte, wurde nur noch ärgerlicher.

»Ach!« rief er aus, »du kannst ja traurig sein, wenn du magst. Eine gute Frau würde nicht so denken. Wenn du nur im geringsten an mich dächtest, würdest du dich schämen!«

Darauf ging er fort, und Kokua blieb allein.

Welche Hoffnung hatte sie noch, die Flasche für zwei Centimes zu verkaufen? Keine, fühlte sie. Und selbst wenn es eine gäbe, war da nicht ihr Mann, der sie zur Abreise in ein Land drängte, wo es unter einem Cent nichts mehr gab? Und heute - am Morgen ihres Opfers - verließ sie ihr Mann und tadelte sie!

Sie versuchte nicht einmal, die kurze Spanne Zeit zu nützen, die ihr noch blieb. Sie saß da, und dann holte sie die Flasche hervor und betrachtete sie mit unaussprechlicher Angst. Dann ergriff sie sie mit Abscheu und versteckte sie. Bald darauf kam Keawe wieder zurück und wollte mit ihr ausfahren.

»Mein lieber Mann, ich bin krank«, sagte sie. »Entschuldige, ich bin nicht in der Stimmung für Vergnügungen, ich fühle mich zu schwach.«

Das brachte Keawe mehr als je zuvor gegen sie auf. Er zürnte ihr, weil er dachte, daß sie über das Unglück des alten Mannes brüte; und sich selbst, weil er fühlte, daß sie recht hatte und sich seines Glückes schämte.

»Das ist deine Treue und deine Liebe zu mir!« rief er aus. »Dein Mann ist eben vor dem ewigen Untergang errettet worden, den er aus Liebe zu dir auf sich nahm - und du bist nicht in der Stimmung zu Vergnügungen! Kokua, du hast ein ungetreues Herz.«

Erzürnt lief er wieder fort und irrte den ganzen Tag in der Stadt umher. Er begegnete Freunden und trank mit ihnen. Sie mieteten einen Wagen, fuhren ins Land hinein und tranken dort weiter. Keawe fühlte sich aber die ganze Zeit unbehaglich, weil er sich vergnügte, während seine Frau traurig war, und weil er im Innersten seines Herzens wußte, daß sie ihm gegenüber im Recht war; und in diesem Bewußtsein trank er immer mehr.

Nun befand sich in seiner Gesellschaft ein alter, brutaler Weißer, einer, der früher Bootsmann auf einem Walfänger gewesen war, ein Landstreicher, Goldgräber und Sträfling. Er hatte eine niedrige Gesinnung und prahlte gern; er liebte den Alkohol und sah andere gern betrunken; und dieser nötigte Keawe ein Glas nach dem andern auf. Bald hatte die ganze Gesellschaft kein Geld mehr.

»Hör einmal, du!« sagte der Bootsmann, »du bist reich - wenigstens hast du es immer behauptet. Du hast eine Flasche oder so ein Zeug.«

»Ja«, sagte Keawe, »ich bin reich. Ich werde nach Hause gehen und mir von meiner Frau etwas Geld geben lassen; sie hebt es auf.«

»Das ist eine schlechte Einführung, Maat«, versetzte der Bootsmann, »vertrau niemals einem Weibsbild dein Geld an. Sie sind falsch wie Wasser! Halte lieber die Augen offen!«

Diese Rede machte nun Eindruck auf Keawe, denn er war schon etwas benebelt.

Es sollte mich nicht wundern, wenn sie wirklich falsch wäre, dachte er, warum wäre sie sonst so niedergeschlagen über meine Errettung gewesen? Aber ich will ihr zeigen, daß ich nicht der Mann bin, der sich hintergehen läßt. Ich will sie auf frischer Tat ertappen.

Als sie demnach wieder in der Stadt waren, bat Keawe den Bootsmann, an der Ecke vor dem alten Gefängnis auf ihn zu warten und ging allein die Allee zu seinem Hause hinauf. Es war wieder Nacht geworden. Im Hause brannte Licht, aber es war kein Laut zu hören. Keawe schlich um das Haus herum, öffnete leise die Hintertür und schaute in das Zimmer.

Da saß Kokua, die Lampe neben sich, auf dem Fußboden. Vor ihr stand eine milchweiße Flasche mit rundem Bauch und langem Hals; und Kokua sah sie an und rang die Hände.

Lange Zeit stand Keawe da und schaute. Zuerst war er wie betäubt; dann überkam ihn die Angst, daß mit dem Verkauf etwas nicht gestimmt habe und die Flasche wie damals in San Franzisko zu ihm zurückgekommen sei. Bei diesem Gedanken begannen ihm die Knie zu wanken, und der Weinrausch verflog wie der Morgennebel über einem Fluß.

Und dann stieg ein anderer Gedanke in ihm auf, ein ganz unglaublicher, der ihm die Glut in die Wangen trieb.

Ich muß mir darüber Gewißheit verschaffen, dachte er.

Er schloß die Tür, ging wieder leise ums Haus herum und trat geräuschvoll ins Haus, als sei er eben erst zurückgekommen. Und siehe! Als er die Zimmertür öffnete, war die Flasche nicht mehr zu sehen. Kokua saß in einem Sessel und fuhr auf, wie jemand, der aus dem Schlaf erwacht.

»Ich habe den ganzen Tag getrunken und mich unterhalten«, sagte Keawe. »Ich war mit netten Freunden zusammen und komme nur zurück, um mir Geld zu holen. Ich gehe gleich wieder fort, um mit ihnen weiterzuzechen.«

Seine Stimme aber und sein Gesicht waren so düster wie das Jüngste Gericht. Kokua war nur zu verstört, um es zu bemerken.

»Du hast recht, lieber Mann, es ist ja dein eigenes Geld«, sagte sie, und ihre Stimme bebte.

»Oh, ich habe immer recht«, sagte Keawe und ging geradewegs auf die Kiste zu und nahm sich Geld heraus. Dabei sah er schnell in die Ecke, wo sie immer die Flasche aufbewahrt hatten, aber es stand keine Flasche dort.

Da hob sich die Kiste auf dem Boden vor ihm wie eine Meereswoge, und das Haus drehte sich um ihn wie eine Rauchwolke, denn er erkannte nun, daß er verloren war und daß es für ihn keine Rettung mehr gab. Es ist so, wie ich befürchtete, dachte er. Sie selbst hat die Flasche gekauft.

Und dann kam er wieder zur Besinnung und stand auf; doch der Schweiß lief ihm über das Gesicht, dicht wie ein Regenschauer und kalt wie Quellwasser.

»Kokua«, sagte er, »ich habe heute in einer Art zu dir gesprochen, die mir nicht zusteht. Ich gehe jetzt wieder zu meinen Zechkumpanen zurück«, dabei lachte er ein wenig, »aber ich würde mehr Vergnügen daran finden, wenn du mir vergeben hättest.«

Im nächsten Augenblick umschlang sie seine Knie und küßte sie unter strömenden Tränen.

»Oh«, rief sie aus, »ich wollte ja nur ein einziges freundliches Wort hören!«

»Wir wollen nie wieder schlecht voneinander denken«, sagte Keawe.

Dann ging er.

Das Geld aber, das Keawe mitgenommen hatte, war nur ein Teil von dem Vorrat an Centimestücken, den sie sich gleich nach ihrer Ankunft zurückgelegt hatten. Er trug sich nicht mit der Absicht, weiterzutrinken. Sein Weib hatte für ihn ihre Seele hingegeben, nun mußte er seine für die ihre geben; es gab keinen anderen Gedanken mehr für ihn.

An der Ecke, vor dem alten Gefängnis, wartete der Bootsmann auf ihn.

»Meine Frau hat die Flasche«, sagte Keawe, »wenn du mir nicht hilfst, sie zu bekommen, gibt es heute kein Geld mehr und nichts mehr zu trinken.«

»Das ist doch nicht dein Ernst mit der Flasche?« rief der Bootsmann.

»Dort steht eine Laterne«, antwortete Keawe, »schau mich an! Sehe ich aus, als ob ich scherzte?«

»Das stimmt«, sagte der Bootsmann, »du siehst so ernst aus wie ein Gespenst.«

»Nun also«, versetzte Keawe; »hier sind zwei Centimes. Du gehst zu meiner Frau hinein und bietest sie ihr für die Flasche, die sie dir, wenn ich nicht sehr irre, sofort herausgeben wird. Dann bringst du sie mir hierher, und ich kaufe sie dir für einen Centime wieder ab. Denn das ist die Regel bei dieser Flasche, daß man sie für eine immer kleinere Summe verkaufen muß. Mache es, wie du willst, aber verrate mit keinem Wort, daß du von mir kommst.«

»Hältst du mich auch nicht zum Narren, Kamerad?« fragte der Bootsmann.

»Und wenn ich es täte, was könnte dir schon geschehen?« erwiderte Keawe.

»Das stimmt«, sagte der Bootsmann.

»Und wenn du mir nicht glaubst«, fügte Keawe hinzu, »kannst du ja eine Probe darauf machen. Wünsche dir die Taschen voll Geld, wenn du aus dem Hause bist, oder eine Flasche vom besten Rum, was du willst, und du wirst die Flasche kennenlernen.«

»Ausgezeichnet, Kamerad«, sagte der Bootsmann. »Ich will es probieren. Aber wenn du deinen Spaß mit mir treibst, dann werde ich meinen mit dir treiben, darauf kannst du dich verlassen!«

Damit ging der Walfänger die Allee hinauf. Keawe stand fast an derselben Stelle, wo Kokua in der vorigen Nacht gewartet hatte; aber Keawe war entschlossener und wankte nicht, wenn er sich einmal etwas vorgenommen hatte. Nur sein Herz war voll bitterer Verzweiflung.

Die Zeit schien ihm lange, während er wartete, bis er endlich im Dunkeln der Allee jemanden singen hörte. Er erkannte, daß es die Stimme des Bootsmanns war, aber es wunderte ihn, daß sie mit einem Mal so betrunken klang.

Gleich darauf tauchte der Mann selbst torkelnd im Schein der Laterne auf. Die Teufelsflasche war in seinem Rock eingeknöpft, und in der Hand hielt er noch eine Flasche. Kaum war er in Sicht, hob er sie an den Mund und trank daraus.

»Du hast sie«, sagte Keawe, »das sehe ich.«

»Hände weg!« rief der Bootsmann und wich nach rückwärts aus. »Komme mir nur einen Schritt näher und ich schlage dir eine aufs Maul! Ich sollte dir deine Kastanien aus dem Feuer holen, was?«

»Was meinst du damit?« fragte Keawe.

»Was ich damit meine?« grölte der Bootsmann. »Daß das eine verdammt feine Flasche ist, das meine ich. Wie ich die für zwei Centimes kriegen konnte, verstehe ich nicht, aber das weiß ich, daß du sie für einen nicht wiederkriegst!«

»Du willst sie mir nicht wiederverkaufen?« rief Keawe außer Atem.

»Nein, mein Herr«, antwortete der Bootsmann, »aber einen Schluck Rum kann ich dir geben, wenn du willst.«

»Ich sage dir, wer diese Flasche besitzt, kommt in die Hölle!« rief Keawe.

»Dorthin komme ich sowieso«, entgegnete der Bootsmann, »und mir ist für diese Reise noch nichts Besseres untergekommen als diese Flasche. Nein, mein Herr!« grölte er wieder, »das ist jetzt meine Flasche, und du kannst sehen, wo du eine andere findest!«

»Ist es denn möglich?« rief Keawe aus. »Um deiner selbst willen beschwöre ich dich, verkaufe sie mir!«

»Ach, du kannst reden, was du willst«, gab ihm der Bootsmann zur Antwort. »Du hältst mich wohl für schwachsinnig? Nun siehst du, daß ich es nicht bin, und damit Schluß! Wenn du keinen Schluck von dem Rum haben willst, dann mache ich selber einen. Zum Wohle! Und nun gute Nacht!«

Er torkelte die Allee hinunter der Stadt zu, und damit verschwindet die Flasche aus der Geschichte.

Keawe aber rannte leicht wie der Wind zu Kokua. Groß war ihre Freude an jenem Abend; und groß waren seitdem das Glück und der Friede ihrer Tage im Glänzenden Hause.

Als die Hitze gegen Abend abnahm, stieg Domingos aus seiner Hängematte, in der er auf seiner Gitarre gezupft hatte, löffelte schweigsam eine Kalebasse Jacuba aus Maismehl und braunem Zucker aus und trat dann auf den Vorplatz, wo er seine Sichel sorgfältig an einem Geröllstein schliff.

Es war ein Sonntag, fast am Vorabend der Ernte. Das Maisfeld erstreckte sich weit in der Niederung der alten herrenlosen Ländereien, schon vergilbt durch das Brechen, das vor mehreren Tagen stattgefunden hatte, und durch die sommerliche Trockenperiode, die schon etwa vierzehn Tage anhielt.

Während er die Schneide schärfte, um tiefer in seiner Pflanzung ein paar Coivara-Äste für den Küchenherd zu schlagen, strich Janjao, in der Erde stochernd, umher und sah der väterlichen Arbeit aufmerksam zu.

»Vergiß doch bitte nicht, Papa, die Sittichjungen dort in der Senke, zwischen dem stachligen Unkraut im alten Gras, am Fuß des Maria-Preta-Baumes. Vergiß sie ja nicht ...«

Der Roder ging aufs Feld hinaus, um einige Frühgurken zu pflücken, schritt zur Maisstrohscheune hinüber, um abzuschätzen, ob sie genügend Platz für die bevorstehende Ernte bieten würde, und nachdem er etwas Kleinholz und Coivara-Kernholz geschlagen hatte, bündelte er es und wollte schon wieder den Heimweg antreten, als ihm die Bitte seines Jungen einfiel.

Warum nicht die Vogeljungen in Ruhe lassen?

Doch an jenem Tag vollendete Janjao seine ersten zehn traurigen Jahre, und überdies lohnte es sich nicht, den Jungen wegen einer derartigen Kleinigkeit zu verstimmen.

Der Landmann lehnte seinen Armvoll Holz an die Umfriedung des Kahlschlags, stieg darüber hinweg, und während seine Ledersandalen kräftig auf dem knackenden dürren Gestrüpp ausschritten, wunderte er sich über die Senke, die in jenen Tagen ohne einen Tropfen Wasser war. Er erkletterte den ausgezackten Rand und ging

auf den Maria-Preta-Stamm zu, der sein schlankes Geäst, das seit der Brandperiode durch das aus der Lichtung aufsteigende Geloder versengt und gebräunt war, dem feuchtwarmen Abendföhn entgegenstreckte. Genau dort, in der Gabelung des Stammes, errichtet auf einem Astzinken in Brusthöhe gähnte gegen Osten der schwarze Eingang eines verlassenen Termitenbaues, in dem jedes Jahr ein Pärchen Sittiche nistete.

Behutsam griff der Landmann mit seiner schwieligen Rechten hinein und suchte nach den beiden Vogeljungen. Doch jäh und verstört zog er sie zurück, denn ein scharfer, schmerzhafter Biß hatte deutlich zwei Punkte in der Handfläche hinterlassen.

Und während er verwundert vor sich hinblickte, erschien ein scheußlicher, länglicher von einem Kreuz gezeichneter Kopf in der Öffnung des Termitenbaues und schaute ihn mit seinen kleinen runden, funkelnden Augen an . . .

Der Matuto fühlte einen tödlichen Schauer über das Rückgrat rinnen.

Es war ein Urutu, der schreckliche Urutu des Sertao, gegen den kein Mittel half, kein häuslicher Einlauf, keines der Heilkräuter vom Feld . . .

Verloren - hoffnungslos verloren!

Das Reptil, die gespaltene Zunge zeigend, mit den Pupillen ihn bedrohlich beäugend, setzte zu einem neuen Angriff auf den Störenfried an, der ihn aus seinem Tagesschlaf gerissen hatte. Und der Caboclo, aus seiner Betäubung erwachend, zog unwillkürlich seinen langen Kaiman aus der Scheide und schlug der Schlange mit einem gut gezielten Hieb den Kopf ab.

Dann legte er, ohne zu zaudern, mit einer noch jäheren Bewegung die verwundete Hand auf die runzelige Borke des Stammes und hackte sie mit einem zweiten Streich nahe am Puls ab.

Und den Armstummel in sein Baumwollhemd wickelnd, das er mit den Zähnen zerrissen hatte, trat er den Heimweg aus dem Busch an, hart und hochmütig wie ein wilder, triumphierender Gott, der dem Urwald enttaucht, dem brüderlichen, aber doch so mörderischen, treulos-tückischen Urwald.

Die griechischen Fischer waren harte Männer - in mehr oder weniger isolierten Gemeinschaften zusammengeschlossen -, die für ihren Lebensunterhalt hart mit den Elementen kämpfen mußten. Sie lebten weit außerhalb der Gesetze und ihrer Vorschriften, sie verstanden sie nicht und hielten sie für Tyrannei. Ganz besonders ungerecht kamen ihnen die Fischereischutzgesetze vor. Und aus diesem Grunde betrachteten sie uns Patrouillenleute als ihre natürlichen Feinde.

Wir bedrohten ihr Leben oder ihre Art zu leben, was in vieler Hinsicht das gleiche war. Wir beschlagnahmten ihre verbotenen Netze und Fallen, jene Dinge also, die sie beträchtliche Summen gekostet hatten und für deren Anfertigung sie viele Wochen Arbeit aufbringen mußten. Wir hinderten sie, immer und zu allen Jahreszeiten zu fischen, was in ihren Augen gleichbedeutend damit war, sie daran zu hindern, so gut zu leben, wie sie hätten leben können, wenn wir nicht gewesen wären. Wenn wir sie festnahmen, wurden sie vor Gericht gestellt, wo man sie zu hohen Geldstrafen verurteilte. Als Resultat haßten sie uns voller Rachsucht. Wie der Hund der natürliche Feind der Katze ist, so waren wir von der Fischereischutzbehörde die natürlichen Feinde der Fischer.

Doch mit dieser Geschichte über Demetrios Contos will ich zeigen, daß sie ebenso großmütig handeln wie erbittert hassen konnten. Demetrios Contos wohnte in Vallejo. Nächst Big Alec war er der höchstgewachsene, mutigste und einflußreichste unter den Griechen. Er hatte uns nie Schwierigkeiten bereitet, und ich bezweifle, daß es jemals zwischen ihm und uns überhaupt zu Reibereien gekommen wäre, wenn er sich nicht ein neues Lachsboot angeschafft hätte. Das Boot war die eigentliche Ursache des ganzen Ärgers. Er hatte es nach seinen eigenen Entwürfen gebaut und dabei die herkömmliche Form der Lachsboote etwas abgeändert.

Zu seiner größten Freude stellte sich heraus, daß sein neues Boot sehr schnell war - es war auch tatsächlich schneller als jedes andere

Boot in der Bucht oder auf den Flüssen. Das machte ihn stolz und prahlerisch: Weil unsere Jagd auf die Sonntagsfischer mit der ›Mary Rebecca‹ so erfolgreich gewesen war, daß alle eingeschüchtert wurden, sandte er uns eine Herausforderung nach Benicia. Sie wurde uns von einem dort ansässigen Fischer übermittelt und hatte folgenden Inhalt: Demetrios Contos wollte am kommenden Sonntag von Vallejo nach Benicia gesegelt kommen und dort, sodaß ganz Benicia es sehen konnte, sein Netz auslegen und Lachs fischen – Charley Le Grant, der Patrouillenmann, könne dann ja kommen und ihn verhaften, wenn er dazu imstande sei. Natürlich hatten Charley und ich noch nichts von seinem neuen Boot gehört. Unser eigenes Boot lief prächtig schnell, sodaß wir ein Wettsegeln mit irgendeinem anderen Boot nicht zu fürchten brauchten.

Bis zum Sonntag hatte sich die Herausforderung überall herumgesprochen; die Fischer und alle seebefahrenen Einwohner Benicias machten sich wie auf Verabredung auf den Weg und versammelten sich an der Pier und am Dampferanleger. Es sah so aus, als hätten sich die vielen Leute eingefunden, um sich ein Fußballspiel anzusehen. Charley und ich bezweifelten bis dahin, ob wirklich etwas an der ganzen Sache dran sei; doch die Menschenansammlung überzeugte uns davon, daß Demetrios Contos tatsächlich etwas im Schilde führte.

Am Nachmittag, als die Seebrise erheblich an Stärke zugenommen hatte, kam zuerst sein Segel in Sicht, dann auch sein vor dem Wind rollendes Boot. Er kreuzte dicht am Anleger vorbei, winkte theatralisch mit der Hand wie ein Ritter, der zum Kampf antritt, erhielt als Antwort ein begeistertes Hurra und segelte dann wieder einige hundert Meter nach draußen. Dort holte er das Segel nieder, und während er das Boot mit Wind und Strömung treiben ließ, machte er sich daran, sein Netz auszulegen. Er legte zwar nicht das ganze Netz aus, sondern nur ungefähr fünfzehn Meter; doch trotzdem waren Charley und ich von der Unverschämtheit dieses Mannes wie vom Donner gerührt. Zu diesem Zeitpunkt wußten wir noch nicht, was wir erst später feststellten, nämlich, daß das Netz alt und wertlos war. Natürlich konnte man damit noch fischen; doch bei jedem Fang, egal wie groß, wäre es in Fetzen gerissen.

Charley schüttelte den Kopf und sagte: »Ich muß schon sagen, mir kommt das alles spanisch vor. Was hat das denn schon zu bedeuten, daß er nur fünfzehn Meter draußen hat? Wenn wir erst abgelegt haben, kriegt er die doch auch nicht wieder ins Boot, bevor wir bei ihm sind. Und warum kommt er ausgerechnet hierher, um direkt vor unserer Nase mit seiner Heldentat zu protzen? Noch dazu, wo das hier unsere Heimatstadt ist?«

Charleys Stimme klang gekränkt, und er schimpfte noch eine ganze Weile über die Frechheit von Demetrios Contos. Dieser aber hatte sich inzwischen ins Heck seines Bootes gelümmelt und beobachtete seine Schwimmer; die Schwimmer zeigten durch veränderte Bewegungen an, wenn sich ein großer Fisch im Kiemennetz gefangen hat. Offensichtlich war das soeben der Fall, denn er holte ungefähr vier Meter Netz ein, hielt dann für einen Augenblick einen großen, glitzernden Lachs in die Höhe, bevor er ihn ins Boot warf. Diese Darbietung wurde auf der Pier von seinem Publikum mit nicht enden wollenden Hurrarufen quittiert. Jetzt hatte Charley genug, denn das war mehr, als er ertragen konnte.

»Komm mit, Junge«, rief er mir zu. Ohne weiter Zeit zu verlieren, sprangen wir in unser Boot und setzten Segel. Die Menge schrie laut, um Demetrios zu warnen; und als wir hinter dem Anleger hervorschossen, sahen wir, daß er sein Netz einfach mit einem langen Messer kappte. Er mußte sein Segel klar zum Setzen gehabt haben, denn schon einen kurzen Augenblick später wehte es in der Sonne. Er sprang nach achtern, holte die Schot dicht und ging auf Kurs für den langen Schlag nach Contra Costa Hills.

Inzwischen waren wir bereits bis auf etwa zehn Meter an ihn herangekommen. Charley frohlockte. Er wußte, daß unser Boot schnell war, und er wußte auch, daß seinem seglerischen Können nur wenige Leute gewachsen waren. Er verließ sich darauf, daß es uns bestimmt gelingen würde, Demetrios festzunehmen - und ich teilte seine Zuversicht. Doch wir schienen nicht recht zum Zuge zu kommen.

Wir hatten herrlichen Segelwind. Wir glitten wie geölt durchs Wasser; doch Demetrios segelte uns ganz allmählich davon. Sein Boot lief nicht nur schneller als unseres, es konnte auch ein paar Grad höher an den Wind gehen. Das wurde uns mit aller Deutlichkeit klar, als er bei Contra Costa Hills wendete und uns auf dem nächsten Kreuzschlag um mehr als dreißig Meter ausgesegelt hatte.

»Verdammt!« schrie Charley mir zu. »Entweder ist das Boot verhext, oder jemand hat uns einen 20-Liter-Kanister unter den Kiel gehängt!«

Eins von beiden mußte es wirklich sein. Denn als Demetrios auf der anderen Seite der Enge an Sonoma Hills vorbeilief, hatte er uns so hoffnungslos abgehängt, daß Charley sagte, ich solle die Schot fieren, wir wollten zurück nach Benicia laufen. Als wir dort ankamen und festmachten, wurden wir von den immer noch auf dem Anleger versammelten Fischern mit Hohn und Spott empfangen. Wir gingen von Bord und entfernten uns. Wir fühlten uns wie Schafsköpfe; denn es trifft einen Mann hart in seinem Stolz, wenn er sich bisher in dem Glauben gewiegt hatte, ein schnelles Boot zu haben und ein guter Segler zu sein - und wenn dann ein anderer daherkommt und ihn eines Besseren belehrt. Charley hatte daran eine ganze Reihe von Tagen zu kauen. Dann wurde uns wieder, wie schon einmal, zugetragen, daß Demetrios Contos am nächsten Sonntag seine Vorstellung wiederholen wolle. Charley rappelte sich auf. Er nahm unser Boot aus dem Wasser, kratzte das Unterwasserschiff ab und pönte es neu; er trimmte das Schwert ein wenig anders, überholte das laufende Gut und saß fast die ganze Sonnabendnacht über da und nähte ein neues und viel größeres Segel. Er machte es so groß, daß zusätzlicher Ballast nötig wurde; wir stauten fast fünf Zentner alte Eisenbahnschienen als Extraballast in die Bilge.

Wieder war Sonntag und wieder kam Demetrios Contos, um am hellichten Tag herausfordernd gegen das Gesetz zu verstoßen. Wieder wehte die Nachmittagsseebrise, und wieder kappte Demetrios Contos einfach an die zwölf oder mehr Meter von seinem verrotteten Netz, setzte Segel und lief uns direkt vor der Nase davon. Als wenn er Charleys Verbesserungen vorausgeahnt hätte, ragte auch sein Segel höher hinauf als vorher, weil er an das ganze Achterliek eine neue Segelbahn angenäht hatte.

Bis nach Contra Costa Hills hinüber lieferten wir uns ein hartes Rennen, keiner von uns schien zu gewinnen oder zu verlieren. Doch als wir den nächsten Schlag nach Sonoma Hills hinter uns hatten, auf dem beide Boote mit gleicher Geschwindigkeit gelaufen waren, da mußten wir feststellen, daß Demetrios immer noch eine Spur höher an den Wind gehen konnte als wir. Und das, obwohl Charley mit soviel Geschick und Fingerspitzengefühl wie nur ir-

gend möglich gesegelt war und mehr denn je aus unserem Boot herausgeholt hatte.

Natürlich hätte er seinen Revolver ziehen und auf Demetrios schießen können; doch wir hatten es schon seit jeher als unvereinbar mit unserer Einstellung angesehen, auf einen Mann zu schießen, der sich nur eine Geringfügigkeit hatte zuschulden kommen lassen. Zwischen den Patrouillenleuten und den Fischern schien sich auch so etwas wie ein stillschweigendes Übereinkommen herausgebildet zu haben: Solange wir nicht auf sie schossen, wenn sie uns davonliefen, solange setzten sie uns auch keinen Widerstand entgegen, wenn sie uns dann doch in die Hände fielen. Demetrios Contos unternahm den Versuch, uns davonzusegeln, und wir unsererseits taten unser möglichstes, ihn einzuholen. Sollte sich unser Boot als schneller erweisen oder sollten wir besser segeln als er, dann, das wußten wir genau, würde er keinen Widerstand leisten, sobald wir ihn abgefangen hätten.

Als wir bei der kräftigen Brise mit unseren großen Segeln so kreuz und quer über die Carquinez-Straße tobten, mußten wir uns eingestehen, daß unsere Segelei eine ziemlich ›kitzlige Sache‹ war, wie man so sagt. Wir mußten ständig konzentriert aufpassen, daß wir nicht kenterten. Während Charley an der Pinne war, bediente ich die Großschot, die ich - wie meistens - nur mit einem Törn um den Belegnagel geschlungen hatte, jederzeit auf dem Sprung, ihr lose zu geben. Wir konnten sehen, daß Demetrios, der sein Boot allein segeln mußte, auch alle Hände voll zu tun hatte.

Doch unsere ganzen Bemühungen, ihn zu fassen, blieben ergebnislos. Mit natürlicher Begabung war ihm ein Boot gelungen, das besser als unseres war. Denn obgleich Charley beim Segeln sich selbst übertraf, lief das von ihm gesteuerte Boot nicht so schnell wie das des Griechen.

»Großschot fieren!« kommandierte Charley; und als er gleich darauf abfiel, hörten wir Demetrios höhnisch lachen. Charley schüttelte den Kopf, als er sagte: »Hat alles keinen Zweck. Demetrios hat wirklich das bessere Boot. Für den Fall, daß er sich noch einmal mit uns anlegen will, müssen wir uns etwas anderes einfallen lassen.«

Dieses Mal hatte ich die Idee.

»Was meinst du dazu«, schlug ich Charley am nächsten Mittwoch vor, »wenn ich am kommenden Sonntag Demetrios mit dem

Boot jage und du in Vallejo schon auf ihn wartest, wenn er dort anlegt?«

Charley dachte einen Augenblick darüber nach, dann schlug er sich aufs Knie.

»Wirklich eine gute Idee! Du fängst ja an, deinen Kopf zu benutzen. Das macht deinem Lehrer alle Ehre, muß ich schon sagen.«

»Aber du darfst ihn nicht zu weit jagen«, fuhr er im nächsten Augenblick fort, »sonst könnte er leicht Kurs auf die San-Pablo-Bucht nehmen, anstatt nach Hause, nach Vallejo, zu segeln; und dann würde ich dort auf der Pier allein herumstehen und umsonst auf ihn warten.«

Am Donnerstag hatte Charley doch noch etwas gegen meinen Plan einzuwenden.

»Jeder wird wissen, daß ich nach Vallejo gegangen bin; und du kannst dich darauf verlassen, daß es dann auch Demetrios wissen wird. Es tut mir leid, aber ich glaube, wir müssen deinen schönen Plan fallenlassen.«

Sein Einwand war leider nur zu stichhaltig, für den Rest des Tages litt ich unter meiner Enttäuschung. Doch in der kommenden Nacht schien ich einen Ausweg gefunden zu haben, und in meinem Eifer weckte ich Charley, der tief und fest geschlafen hatte.

»Na«, grunzte er, »was'n los? Brennt's Haus?«

»Nein«, sagte ich, »aber mein Kopf. Hör zu. Am Sonntag werden wir uns beide wieder in Benicia aufhalten, bis Demetrios' Segel in Sicht kommt. Das wird bei allen gar nicht erst einen Verdacht aufkommen lassen. Wenn dann seine Segel in Sicht gekommen sind, schlenderst du so ganz gemächlich fort und gehst in die Stadt zurück. Alle Fischer werden denken, du bist geschlagen und du gibst dich auch geschlagen.«

»Ja, so weit, so gut«, erklärte Charley, als ich eine Pause machte, um Luft zu holen.

»Und sehr gut sogar«, fuhr ich dann stolz fort. »Du wirst also ganz gemütlich in die Stadt zurückspazieren; aber sobald du außer Sicht bist, rennst du, so schnell du kannst, zu Dan Maloney. Du nimmst dir seine kleine Stute und reitest auf der Landstraße nach Vallejo. Die Straße ist in sehr gutem Zustand, und du wirst den Weg in kürzerer Zeit schaffen, als Demetrios gegen den Wind für die Strecke braucht.«

»Das mit der Stute werde ich gleich morgen früh arrangieren«, sagte Charley, der meinen neuen Plan ohne Zögern akzeptierte.

»Aber das eine will ich dir sagen«, mit diesen Worten weckte er mich ein wenig später aus tiefstem Schlaf, und ich konnte hören, wie er in der Dunkelheit in sich hineinlachte. »Aber das eine will ich dir sagen, Junge, das ist etwas völlig Neues, daß Patrouillenleute hoch zu Roß Gefangene machen!«

»Köpfchen!« antwortete ich. »Das war's doch, was du dauernd gepredigt hast: ›Solange du dem anderen immer um einen Gedanken voraus bist, wirst du gewinnen.‹«

»Jaja!« prustete er lachend. »Und wenn einer sich was ausgedacht und dabei sogar an eine Stute gedacht hat, dann sollte er auf seinen Mitmenschen wenigstens so viel Rücksicht nehmen, daß er ihn nicht gleichzeitig auch noch um den letzten Atem bringt, auch nicht einmal mich, Charley Le Grant.«

»Aber wirst du auch wirklich allein mit dem Boot fertig werden?« fragte er mich am Freitag. »Denk dran, wir haben ein mächtig großes Segel drauf!«

Es gelang mir so gut, ihn davon zu überzeugen, daß ich es bestimmt schaffen könnte, daß er bis zum Sonnabend auf diese Angelegenheit nicht mehr zurückkam; doch dann schlug er plötzlich vor, daß wir doch lieber eine ganze Segelbahn am Achterliek wegnehmen sollten. Ich glaube, ich habe ein so enttäuschtes Gesicht gemacht, daß er deswegen seinen Vorschlag wieder zurückzog. Auch ich war auf mein seglerisches Können stolz, und ich war ganz versessen darauf, allein mit dem riesigen Segel loszubrausen und im Kielwasser des fliehenden Griechen die Carquinez-Straße hinunterzusegeln.

Wie schon erwartet, erschien am Sonntag wieder Demetrios Contos. Für die Fischer war es bereits zur Gewohnheit geworden, sich am Dampferanleger zu versammeln, um ihn zu begrüßen und sich über unsere Niederlage zu amüsieren.

Wieder holte er sein Segel in etwa zweihundert Meter Entfernung vom Ufer nieder und legte wie gewöhnlich fünfzehn Meter von seinem verrotteten Netz aus.

»Ich glaube, der wird mit diesem Quatsch weitermachen, bis er keinen Zentimeter mehr von dem Netz hat«, schimpfte Charley laut, damit einige Griechen in unserer Nähe es hören konnten.

»Dann geb' ich ihm mein altes Netz«, sagte einer von ihnen sofort laut und hämisch.

»Das wär' mir gleich«, antwortete Charley. »Ich habe selbst ein paar alte Netze, die kann er meinetwegen auch noch haben - er braucht nur zu kommen und zu sagen, daß er sie haben möchte.«

Darüber mußten alle lachen; denn sie konnten es sich ja leisten, über einen Mann zu lachen, der so gründlich überlistet worden war.

»Also bis dann, Junge«, rief mir Charley einen Augenblick später zu. »Ich glaube, ich gehe mal in die Stadt zu Maloney.«

»Kann ich dann ein bißchen allein mit dem Boot segeln?« fragte ich ihn.

»Wenn du Lust hast«, sagte er drauf, während er schon auf dem Absatz kehrmachte und langsam davonschlenderte.

Demetrios befreite zwei große Lachse aus seinem Netz, und ich sprang in unser Boot. Gut aufgelegt versammelten sich die Fischer an unserem Liegeplatz, und als ich Segel zu setzen begann, bekam ich von ihnen einen ganzen Schwall ironischer Ratschläge zu hören. Sie boten sich gegenseitig die tollsten Wetten für den Fall an, daß ich Demetrios fangen sollte; und zwei von ihnen, die sich selbst zu Schiedsrichtern ernannten, baten mich feierlich um Erlaubnis, mitkommen zu dürfen, um mitzuerleben, wie ich das fertigbrachte.

Doch ich hatte es nicht eilig; ich wartete noch, um Charley genügend Zeit zu lassen. Ich tat so, als wenn ich mit dem Stand des Segels nicht ganz zufrieden wäre, und setzte den Stropp ein wenig nach, mit dessen Hilfe das sehr große Sprietsegel bis zur Piek ausgeholt wurde. Erst als ich sicher sein konnte, daß Charley bei Dan Maloney angekommen und daß er bereits mit der Stute unterwegs war, legte ich ab und ließ das Segel sich mit Wind füllen. Eine kräftige Bö fiel ein und preßte das Schandeck in Lee so weit weg, daß das Boot einige Eimer Wasser übernahm, obwohl ich sofort die Großschot gefiert hatte. Das Boot richtete sich gleich wieder auf, doch sie schrien trotzdem höhnisch hinter mir her, als wenn ich mir den tollsten Schnitzer geleistet hätte.

Als Demetrios sah, daß sich nur ein einziger Patrouillenmann an Bord befand, dazu noch ein Junge, begann er, mit mir sein Spiel zu treiben. Zuerst machte er einen kleinen Schlag nach draußen: dabei lag ich nur knappe zehn Meter hinter ihm. Dann wendete er und lief zur Anlegestelle zurück. Dort machte er kleine, kurze Kreuzschläge und zickzackte hin und her - alles zum größten Vernügen seines Publikums. Ich war während der ganzen Zeit dicht hinter ihm und tat stets genau das, was er tat, sogar als er vor dem Wind davonlief und dabei mit seinem großen Segel eine Halse wagte - mit einem so großen Segel bei einem solchen Wind ein recht gefährliches Manöver.

Er verließ sich anscheinend darauf, daß die frische Seebrise und der kräftig ablaufende Tidenstrom, die zusammen eine scheußliche See aufwarfen, mich zum Aufgeben zwingen würden. Doch ich nahm alle meine Kräfte zusammen, und in meinem ganzen Leben habe ich kein Boot besser gesegelt als an diesem Tag. Ich übertraf mich selbst, mein Verstand arbeitete ruhig und schnell, nie hantierte ich ungeschickt herum, und es schien, als ob ich alle die tausend kleinen Vorkommnisse, auf die ein Segler in jeder Sekunde gefaßt sein muß, im voraus ahnte.

Es war Demetrios, der schließlich eine kleine Havarie hatte. Er bekam Ärger mit seinem Schwert, es verklemmte sich im Schwertkasten und ließ sich nicht ganz fieren. Durch ein geschicktes Manöver gelang es ihm, mich für einen Augenblick abzuhängen; ich konnte sehen, daß er ungeduldig an seinem Schwert herumprobierte, um es wieder gangbar zu machen. Ihm blieb jedoch nicht genügend Zeit dafür, weil ich ihn bald wieder eingeholt hatte; er war gezwungen, schleunigst wieder zu Pinne und Schot zurückzukehren.

Durch die Schwierigkeiten mit dem Schwert schien er nicht mehr ganz so selbstsicher zu sein wie vorher; denn er hörte auf, mit mir herumzuspielen, und begann, sich auf den langen Schlag nach Vallejo zu machen. Zu meiner großen Freude konnte ich auf der ersten langen Kreuz feststellen, daß ich jetzt ein klein wenig höher als er an den Wind gehen konnte. In dieser Situation wäre es gut gewesen, wenn er noch einen Mann bei sich gehabt hätte; denn weil ich ihm so dicht auf den Fersen war, konnte er es nicht wagen, die Pinne zu verlassen, um nach mittschiffs zu laufen und sich noch einmal mit dem klemmenden Schwert zu befassen.

Weil er jetzt nicht mehr imstande war, so hoch wie vorher an den Wind zu gehen, ging er dazu über, mit etwas loserer Schot zu segeln und etwas abzufallen, um mich abzuhängen. Ich ließ ihn so lange ruhig gewähren, bis ich mich selbst gut gegen den Wind vor-

angearbeitet hatte; aber dann hielt ich direkt auf ihn zu. Als ich mich ihm näherte, täuschte er eine Wende vor. Dadurch ließ ich mich verleiten, in den Wind zu schießen, um ihm zuvorzukommen. Doch es war nur eine gut ausgeklügelte Finte gewesen; er drehte gleich wieder auf seinen alten Kurs zurück, und ich mußte mich beeilen, den verlorenen Raum wiederzugewinnen.

Es war nicht zu leugnen, daß er beim Manövrieren sehr viel erfahrener war als ich. Immer wieder gelang es mir, ihn fast zu erwischen; doch jedesmal täuschte er mich geschickt und entkam wieder. Inzwischen hatte der Wind beständig zugenommen, wir beide hatten alle Hände voll zu tun, um nicht zu kentern. Zumindest mein Boot wäre wegen des Extraballasts wie ein Stein untergegangen. Ich saß in Luv auf dem Schandeck, in einer Hand die Pinne, in der anderen die Schot; in den heftigeren Böen wurde ich oft gezwungen, die Schot, die ich nur mit einem Törn um den Belegnagel geschlungen hatte, weit zu fieren. Dadurch killte das Segel, und ich verlor gleichzeitig auch an Fahrt und Raum. Zu meinem Trost erging es Demetrios nicht besser, denn er wurde genausooft wie ich dazu gezwungen.

Der gegen den Wind laufende starke Tidenstrom erzeugte eine ungewöhnlich schwere und unangenehme See. Das Boot nahm ständig Wasser über, ich troff vor Nässe, und auch das Segel war bis zur halben Höhe hinauf naßgespritzt. Einmal gelang es mir, Demetrios so auszumanövrieren, daß mein Bug ihn genau mittschiffs traf. Jetzt hätte ich einen zweiten Mann brauchen können; denn noch bevor ich nach vorn laufen und auf sein Boot springen konnte, schob er unsere Boote - mir dabei höhnisch ins Gesicht lachend - mit einem Riemen wieder auseinander.

Wir hatten mittlerweile die Mündung der Straits erreicht - eine üble Stelle! Hier trafen nämlich die Vallejo-Straße und die Carquinez-Straße direkt aufeinander. Die erste führte das ganze Wasser des Napa-Flusses und des großen Wattengebiets mit sich, die zweite das Wasser der Suisun-Bucht, des Sacramento und des San-Joaquín-Flusses. Wo solche ungeheuren Wassermassen strömen und in schnellem Lauf aufeinanderstoßen, bildet sich schreckliches Kabbelwasser. Alles wurde aber noch schlimmer durch den Wind, der fünfzehn Meilen weit quer über die San-Pablo-Bucht gebraust kam und noch zusätzlich eine furchtbare Kreuzsee türmte.

Entgegengesetzte Strömungen trieben in alle Richtungen, stießen aufeinander, bildeten Strudel, Wirbel, wildschäumenden Sog und türmten hinterhältige steile Seen hoch, die genausooft von Luv wie von Lee ins Boot einstiegen. Und auf dieses ganz wilde, wahnsinnige Durcheinander donnerten die großen schäumend anrollenden Seen aus der San-Pablo-Bucht.

Der ganze Aufruhr der Elemente erregte auch mich. Mein Boot benahm sich großartig, es jagte und stürzte quer durch das Chaos wie eine Rennjacht. Ich konnte mich vor Freude darüber gar nicht fassen. Das riesige Segel, der heulende Wind, die rollenden Seen, das stampfende Boot - und ich, nur ein Zwerg, nur ein Tüpfelchen inmitten von allem, ich behielt in diesem Kampf der Elemente die Oberhand, flog mitten hindurch und darüber hinweg, triumphierend und als Sieger!

Und gerade jetzt, als ich wie ein siegreicher Held dahinstürmte, wurde das Boot von einem furchtbaren Schlag getroffen und kam augenblicklich zum Stehen. Ich wurde nach vorn geschleudert und stürzte zu Boden. Als ich wieder aufgesprungen war, konnte ich noch mit einem flüchtigen Blick einen grünlichen muschelbewachsenen Gegenstand ausmachen, von dem ich im selben Augenblick wußte, was es war, nämlich der Schrecken der Schiffahrt, ein untergetauchter Pfahl. Dagegen ist jedermann machtlos. Voll Wasser gesogen trieb er dicht unter der Wasseroberfläche dahin, und es wäre völlig unmöglich gewesen, ihn in diesem Aufruhr rechtzeitig auszumachen und ihm auszuweichen.

Wahrscheinlich hatte er den ganzen Vorsteven zerschmettert, denn innerhalb weniger Sekunden war das Boot halb voll Wasser. Noch ein paar überkommende Seen, dann war es randvoll und sank durch den schweren Ballast wie ein Stein. Das alles geschah so schnell, daß ich unter das Segel geriet und mit nach unten gezogen wurde. Als ich mich, halb erstickt und mit fast berstenden Lungen, wieder nach oben gekämpft hatte, konnte ich nicht einmal mehr die Riemen entdecken, die wahrscheinlich von einer wilden Strömung fortgerissen worden waren. Aber ich sah, daß sich Demetrios Contos in seinem Boot nach mir umdrehte, und hörte, daß seine Stimme rachsüchtig und höhnisch klang, als er triumphierend etwas zu mir herüberschrie. Er hielt weiter seinen Kurs, ließ mich einfach verrecken.

Es blieb nichts weiter übrig, als um mein Leben zu schwimmen; doch in diesem wild tobenden Durcheinander würde es bestenfalls eine Frage von wenigen Minuten sein. Ich hielt den Atem an und brachte es mit den Händen fertig, meine schweren Seestiefel und die Jacke auszuziehen. Obwohl ich kaum noch Luft hatte, konnte ich mich doch über Wasser halten. Schnell begriff ich, daß in meiner Situation nicht das Schwimmen, sondern das Luftholen das Wichtigere war.

Ich wurde wie ein Bündel umhergeworfen und von den weißschäumenden Brechern der San-Pablo-Bucht niedergeschmettert, wurde von den steilen Kreuzseen begraben und vom Spritzwasser, das mir in Mund, Nase und Augen geschleudert wurde, fast erstickt. Ein starker Sog griff nach meinen Beinen und riß mich nach unten, um mich in einem wild brodelnden Kessel wieder auszuspeien; und als ich gerade wieder nach Luft zu schnappen versuchte, stürzte ein großer bleigrauer Brecher donnernd über meinem Kopf zusammen.

Ich hatte keine Chance, auch nur kurze Zeit noch zu überleben. Ich atmete mehr Wasser als Luft und war ständig in Gefahr zu ertrinken. Mein Bewußtsein begann sich zu trüben, mir wurde schwindelig. Ich kämpfte weiter, stoßweise, instinktiv, und ich war schon halb bewußtlos, als ich fühlte, wie mich jemand an den Schultern packte und mich über das Schandeck in ein Boot zog.

Eine Weile blieb ich quer über der Ducht liegen, auf die man mich geworfen hatte; mein Kopf hing nach unten, das Wasser lief mir aus Mund und Nase. Dann drehte ich mich um, immer noch schwach und kraftlos, um zu sehen, wer mein Retter war. Und dort, im Heck, in einer Hand die Pinne, in der anderen die Schot, saß grinsend und mir gutmütig zunickend Demetrios Contos. Eigentlich habe er beschlossen, mich absaufen zu lassen - so sagte er später -, doch sein besseres Ich habe mit ihm gerungen, habe gesiegt und ihn zu mir zurückgeschickt.

»Bist du wieder in Ordnung?« fragte er mich.

Ich brachte es nur fertig, mit den Lippen ein »Ja« zu formen, denn ich konnte noch nicht wieder sprechen.

»Hast dein Boot sehr gut gesegelt«, sagte er, »genausogut wie'n richtiger Mann.«

Ein Kompliment von Demetrios Contos war wirklich ein Lob; doch ich konnte zum Dank nur mit dem Kopf nicken.

Damit war unsere Unterhaltung beendet. Ich war eifrig bemüht, wieder auf die Beine zu kommen, und er hatte alle Hände voll mit dem Boot zu tun. Er lief in Vallejo ein, machte dort an seinem Platz an der Brücke fest und half mir beim Aussteigen. Als wir dann beide auf der Pier standen, kam plötzlich Charley hinter einem Netzgestell hervormarschiert und legte seine Hand auf Demetrios Contos' Schulter.

»Er hat mir das Leben gerettet, Charley!« protestierte ich. »Da brauchen wir ihn doch nicht mehr festzunehmen, denke ich.« Einen Augenblick sah Charleys Gesicht ein wenig verwirrt aus, aber gleich war dieser Ausdruck wieder verschwunden, und Charley sah wieder so aus wie immer, wenn er etwas beschlossen hatte.

»Ich kann's nicht ändern, Junge«, sagte er freundlich. »Pflicht ist Pflicht. Es ist einfach meine Pflicht, ihn festzunehmen. Heute ist Sonntag, und in seinem Boot liegen zwei Lachse, die er heute gefischt hat. Was bleibt mir da anderes übrig?«

»Aber er hat mir doch das Leben gerettet!« beharrte ich hartnäckig und unfähig, mit einem anderen Argument aufzuwarten.

Als Demetrios Contos Charleys Entschluß hörte, wurde sein Gesicht grau vor Ärger. Er hatte das Gefühl, daß er unfair behandelt würde. Sein besseres Ich hatte gesiegt, er hatte großmütig gehandelt und einen hilflosen Gegner gerettet - und als Dank dafür brachte ihn dieser Gegner nun hinter Schloß und Riegel.

Charley und mir war nicht sehr wohl zumute, als wir nach Benicia zurückkehrten. Ich trat für den Geist des Gesetzes ein, nicht für den Buchstaben; Charley dagegen hielt sich streng an den Buchstaben. Nach seiner festen Überzeugung gab es keine andere Möglichkeit, als so zu handeln. Das Gesetz hatte eindeutig festgelegt, daß niemand am Sonntag auch nur einen einzigen Lachs fangen durfte. Deshalb hatte er als Angehöriger des Fischereischutzes die Pflicht, dem Gesetz mit Nachdruck Geltung zu verschaffen. Mehr konnte man da nicht tun. Er hatte seine Pflicht erfüllt, also hatte er auch ein gutes Gewissen. Trotzdem kam mir die ganze Sache ungerecht vor, und mir tat Demetrios Contos sehr leid.

Zwei Tage später mußten wir zur Verhandlung nach Vallejo. Ich war als Zeuge vorgeladen. Das war mir von allem, was ich in meinem Leben bisher hatte tun müssen, die verhaßteste Aufgabe. Ich mußte im Zeugenstand aussagen, daß ich gesehen hatte, wie Demetrios die zwei Lachse fing, daß er also zu Recht von Charley verhaftet worden war.

Demetrios hatte sich zwar einen Rechtsanwalt genommen, doch sein Fall war hoffnungslos. Das Gericht zog sich für nur fünfzehn Minuten zur Beratung zurück und erschien mit einem gültigen Urteilsspruch: Demetrios wurde zu einer Geldstrafe von einhundert Dollar oder ersatzweise zu fünfzig Tagen Haft verurteilt.

Nach der Urteilsverkündung stieg Charley die Stufen zum Schriftführer hinauf. »Ich möchte die Strafe bezahlen«, sagte er und legte, während er sprach, fünf Goldstücke im Wert von je zwanzig Dollar auf das Pult. »Das - das war der einzig mögliche Ausweg, Junge«, stammelte er, als er zu mir zurückkam.

Ich hatte Tränen in den Augen, als ich seine Hand packte. »Ich möchte selbst . . .«, begann ich.

»Deine Hälfte bezahlen?« unterbrach er mich. »Das hatte ich auch von dir erwartet.«

Inzwischen war Demetrios von seinem Rechtsanwalt informiert worden, daß sein Honorar schon von Charley beglichen worden war.

Demetrios kam zu uns herüber und schüttelte Charley mit strahlendem Gesicht die Hand. Doch er wollte sich nicht in puncto Großmut übertreffen lassen, sondern bestand darauf, seine Geldstrafe und die Rechtsanwaltsgebühren selbst zu bezahlen. Er steigerte sich dabei zu leidenschaftlicher Beredsamkeit, doch Charley lehnte ab.

Mehr als alles andere, was wir je taten, denke ich, hat Charleys Verhalten in dieser Sache den Fischern die Wichtigkeit der Gesetze eingeprägt. Charley stieg mächtig in ihrer Achtung, und auch für mich fiel ein bißchen Lob ab - auf den Jungen, der sein Boot ordentlich zu segeln versteht. Demetrios Contos jedoch brach nicht nur nie wieder die Gesetze, sondern wurde sogar einer unserer besten Freunde, und zu mehr als einer Gelegenheit kam er nach Benicia gesegelt, um mit uns einen Schwatz zu halten.

Eines Nachts wurde an die dünne Bretterwand des Bungalows geklopft, in dem ich wohnte.

Eine Uhr besaß ich nicht, aber nach der Stellung des Mondes schätzte ich, daß es kurz nach zwölf Uhr sein müsse. Es war in einem indianischen Dorfe, und der Ort stand im ganzen Distrikt in dem Rufe, ein Nest von Banditen zu sein.

Auf dem Lande in Mexiko ist man nirgends sicherer, als wenn man mittendrin zwischen Banditen wohnt, weder Indianer noch Mestizo ist und sich um nichts kümmert, was die Leute um einen herum tun und auf welche Weise sie ihr Leben fristen. Und außerdem habe ich erfahren, daß man in solcher Umgebung friedlich und zufrieden lebt, wenn jedem Bewohner des Dorfes bekannt ist, daß man nur ein Paar durchlöcherte Stiefel, einige abgetragene Hemden und eine Hose besitzt, die nicht einmal mehr gut genug dazu ist, eine andere Hose damit auszuflicken. Man darf auch ruhig noch obendrein einige Pesos haben, einige Bücher und eine klickernde und aus allen Nähten fallende Schreibmaschine mit amerikanischen Typen.

Die Leute, die in jenem Dorfe wohnten, Banditen oder Nichtbanditen, ließen mich nicht verhungern. Als ich mit meiner Baumwollfarm elend zusammengesunken war, weil mir meine schöne Baumwolle der Boll-Weevil geholt hatte, der neun Monate Arbeit und Hoffnung in weniger als vierundzwanzig Stunden vernichtet hatte, stand ich da, zerknittert und zerknüllt ins Blaue blickend. Aber kaum hatte ich für mich die Fragen aufgeworfen: »Was werden wir essen?«, »Was werden wir trinken?«, »Wohin werden wir uns nun wenden?«, da erschienen in meinem Bungalow zwei Männer des Dorfes mit dem Wunsche, daß sie Englisch gelehrt haben möchten. Und sie wollten wissen, wieviel ich dafür berechne. Ich sagte, zwanzig Centavos für jeden und für jede Stunde. Sie zahlten mir jeder zehn Stunden im voraus, und so konnte ich Saat für Mais kaufen, um in dem Baumwollfelde, das zugrunde gerichtet war,

Mais anzupflanzen, für den die Zeit günstig war, weil die erste Periode der Regenzeit dicht bevorstand.

Durch jene zwei Schüler bekam ich in kurzer Zeit zehn weitere Schüler; denn aus irgendeinem Grunde, mir damals nicht klar, wollten alle Männer des Ortes mit einem Male Englisch lernen. Die Männer kamen beinahe regelmäßig, aber sie bezahlten ihre Stunden durchaus regelmäßig. Und wir alle waren miteinander höchst zufrieden. Also was werde ich mich darum bekümmern, ob Banditen oder Nichtbanditen! Sie ließen mich leben und ich sie.

Wird auf dem Lande in Mexiko des Nachts an die Tür geklopft, so gebieten einem Erfahrung und gute Lehren, sich ruhig zu verhalten, nicht zu antworten und soviel wie möglich zu versuchen, den Atem zu unterdrücken. Es kommt vor, daß man nach dem Anklopfen die Tür öffnet, um nachzusehen, wer es ist, und ob es vielleicht der Telegraphenbote sein könnte, der einem hundert Dollar bringen möchte. Sobald man die Tür öffnet, kracht dann ein Schuß, oder es krachen ein halbes Dutzend, und man zieht sich wieder zurück, entweder allein oder von einem halben Dutzend Männern verfolgt, entweder gesund und unbeschädigt oder mit einigen Bleikernen beschwert.

Tapferkeit mag ja vielleicht eine große Tugend sein, auf dem Schlachtfelde, wo die befleckten Ehrenschilde der Nationen wieder rein poliert werden sollen; aber Tapferkeit an gewissen Orten und zu gewissen Zeiten und in Mexiko ist meist ein Zeichen von unheilbarer und angeborener Dummheit. Es ist hier niemand verpflichtet, Jongleur zu sein und herumflitzende Revolverkugeln mit den Zähnen aufzufangen. Dafür ist ja der Zirkus da.

Und da es nun schon mehrere Jahre her war, daß ich mit Wanderzirkussen herumgezogen war, so hatte ich die Gelenkigkeit verloren, und ich hielt mich, als ich das Anklopfen hörte, so still wie eine vergrabene Geldtruhe. Es klopfte wieder und diesmal stärker und nachhaltiger. Ob ich nun zu zittern begann und mir der kalte Schweiß ausbrach, weiß ich jetzt nicht mehr; aber ich glaube, daß es nicht geschah. Denn wenn es schon soweit ist, daß nachts heftig an die Tür geklopft wird und das Klopfen sich verstärkt, nützt es gar nichts mehr, vor Angst zu schwitzen; denn dann ist das, was geschehen wird, auf alle Fälle schon entschieden, ganz gleich, was es ist. Man kann sich dann also ruhig Schweiß, Angst und Hoffnungsbrühe sparen und diese Dinger für die Würmer aufbewahren, damit man nicht nachträglich von denen noch beleidigt wird, daß man ihnen nicht genug Fett und Muskelfleisch hinterlassen hat.

Nachdem nun abermals heftig geklopft worden war, hörte ich halblaut draußen reden. Es waren, wie ich aus den verschiedenen Stimmen hören konnte, wenigstens drei Männer. Die Stimmen hatten einen kräftigen und mitleidlosen Tonfall. Die Männer wußten, was sie wollten.

Dann hörte ich, wie die Männer zur Tür schuffelten. Ich hörte die schweren Tritte auf der sandigen Erde. Zwei schienen Halbstiefel anzuhaben und einer Sandalen. Auf alle Fälle wurde mein Leben um die Zahl der Schritte verlängert, die bis zur Tür waren. Ich überlegte, ob ich fliehen könnte.

Der Bungalow hatte, wie alle solche Holzhäuser in Mexiko und im Süden der Staaten, an jeder Seite eine Tür. Aber die Türen hatte ich mit Vorlegebalken verrammelt. Das Abwuchten des Balkens konnte nicht ohne Geräusch getan werden, und beim leisesten Geräusch wären die Männer an der Tür gewesen, wo ich ausbrechen wollte. Ich dachte natürlich auch sofort an Medizin, eine Art von geschickt gewählter List, durch die ich mich vielleicht retten könnte. Aber in diesem kurzen Augenblicke - ich war aus tiefem Schlaf geklopft worden - fiel mir keine Medizin ein, die brauchbar hätte sein mögen. Ich mußte wohl auch erst einmal zusehen, wie die Männer, denen ich eine mich heilende Medizin zu verabreichen gedachte, aussahen und was sie wollten. Einen Revolver oder eine sonstige schießende Spritze hatte ich auch nicht. Hilft auch nicht viel, wenn man so etwas hat. Es kann glücken, daß man alle drei erschießt. Das ist das geringste. Viel wichtiger und viel schwieriger ist es, aus dem Dorfe fortzukommen, nachdem man drei seiner Bürger erschossen hat, aus einem Dorfe heil fortzukommen, von dem man weiß, daß es eine Burg voll von Banditen ist. Ich habe oft gefunden, daß es eine der größten Sicherheiten ist, wenn man keinen Revolver hat. Dann hat man keine Verpflichtung, tapfer zu sein. Tapferkeit wird immer und überall schlecht belohnt. Es sind immer die Leisegänger, die den Krieg überleben; die wahrhaft Tapferen bleiben draußen für den Ruhm derer, die unter Triumphbogen heimmarschieren.

Die Männer waren nun zur Tür gekommen. Der Bungalow war

auf Pfosten gebaut, der schweren tropischen Regengüsse wegen. Infolgedessen führten hier einige Stufen hinauf zur Tür.

Ich hörte die Leute die Stufen hinauftrampeln. Da die Treppe nicht sehr breit war, schien nur einer an der Tür zu sein, während die beiden andern auf den unteren Stufen standen.

Der Mann an der Tür klopfte nun heftiger an, und er gebrauchte wohl, nach dem harten Ton zu schätzen, den Knauf seines Revolvers oder seines Gewehrs.

Als das Klopfen nichts fruchtete, begann er zu rufen: »Oiga, Hombre, machen Sie auf, stehen Sie auf. Wir wollen mit Ihnen reden.«

Das gab mir nun den Beweis, daß sie genau wußten, daß ich im Hause war, denn andernfalls würden sie nicht rufen.

Sie waren hartnäckig sowohl mit dem Klopfen als auch mit dem Rufen. Aber ich rührte mich nicht, mit keiner Wimper.

Nun redeten sie wieder untereinander. Dann hörte ich, wie sie die Stufen hinabpolterten und über den Sand dahinschlurften. Ich glaubte, daß sie endlich eingesehen hätten, ich sei nicht zu Hause. Aber ich hatte mich verrechnet, wie es immer geht, wenn man etwas glaubt.

Sie gingen einige Schritte weiter und blieben dann stehen, genau an der Wand, die meinem Brettergestell, auf dem ich schlief, am nächsten war. Und nun begannen sie hier gegen diese Wand mit aller Kraft zu klopfen und zu rufen. Jetzt wußte ich aber auch, daß unter den Männern einer sein mußte, der mein Haus genau kannte; denn sonst wäre es für jene Leute nicht möglich gewesen, zu wissen, in welchem Teil des Bungalows ich schlief. Es blieb mir nun nichts weiter übrig, als zuzugeben, daß ich im Hause sei. Und ich machte mich auf, dem Tode, gefaßt und ohne mit einem Härchen zu wackeln, in das kalte Auge zu sehen. Ruhmvoll war ein solcher Tod nicht, denn niemand würde Notiz davon nehmen, wie kaltlächelnd und höhnisch ich den Tod hinnahm; denn erstens war es finster, und zweitens war weder ein Zeitungsreporter noch ein Geschichtsschreiber zugegen, der der Nachwelt hätte verkünden können, wie edel meine Haltung in der letzten Stunde meines Lebens war. Banditen scheren sich nicht viel darum, ob man eine edle Haltung einnimmt, oder ob man vor kalter Angst mit den Kinnbacken bibbert. Auch Henker kümmern sich nicht darum. Es ist Geschäft, nüchtern und sachlich wie jedes Geschäft, und darum uninteressiert an jeder Phrase, die nichts mit dem Geschäft unmittelbar zu tun hat.

So schnell stand ich ja nun nicht auf von meiner Bretterlage, wie vielleicht erwartet worden war. Denn jede Minute, die ich gewann, war dem Tode abgerungen. So sagte ich schläfrig: »He, ihr da draußen, was ist denn los? Caray, zum gottverfluchten Maultierschwengel, kann man denn in diesem Nest, bebrütet von Teufelsfratzen und Geierfedern, nicht eine einzige Nacht in Ruhe schlafen? Was ist denn das für ein besoffenes Gesindel, das sich vor meiner Hütte herumbalgt? Ich habe keinen Tequila hier im Hause. Zur Hölle mit euch verschwefelter Brut, ich will schlafen.« Ich war immer lauter geworden, mich absichtlich in Wut und Ärger hineinredend; denn wenn es schon meine letzten Worte auf dieser Erde sein sollten, so wollte ich doch, daß sie mit Inbrunst, Kraft und Saft mein letztes Gebet verschönern möchten, damit die Ewigkeit weniger langweilig sei.

Einem schlaftrunkenen Menschen nimmt man nichts übel, wenn man sein rasches Aufstehen dringend benötigt. Und diese Männer hier schienen mein Wachwerden wirklich sehr zu wünschen. Denn als sie hörten, daß ich antwortete, wurde ihr harter Ton ein wenig milder. Vielleicht hatten sie geglaubt, ich sei in der Tat nicht daheim und daß sie deshalb unverrichtetersache hätten abziehen müssen.

Einer nahm nun das Wort allein: »Hören Sie, Señor, kommen Sie doch für einen Augenblick zur Tür, ich muß dringend mit Ihnen sprechen, es ist eine ernste Sache.« Es lag viel Bitten in dem Klang seiner Worte.

Indianer und Halbindianer haben keinen Begriff für Zeit. Wenn sie etwas auf dem Herzen haben, kommen sie zu jeder beliebigen Zeit des Tages oder des Nachts.

Mich an die Tür zu locken, konnte nun aber doch vielleicht nur ein Trick sein, um das, was sie mit mir vorhatten, leichter und bequemer auszuführen. Aber was immer es auch sein mochte, was die Männer zu tun gedachten, ich mußte nun doch endlich die Tür öffnen. Sie hätten die Tür ja sowieso einschlagen können, wenn sie gewollt hätten.

»Hallo, Señores«, sagte ich nun, mich dabei schläfrig gegen den Türpfosten lehnend, »womit kann ich Ihnen helfen?«

Es war Mondschein, und ich konnte die Männer, die da vor den

Stufen standen, deutlich sehen, wenngleich ich ihre Gesichter nicht erkennen konnte, weil sie von großen Hüten beschattet waren. Die Männer waren sehr robuste Gestalten, ohne Jacken, nur Hosen an und Baumwollhemden, die am Hals offenstanden. Einer trug Ledergamaschen und gelbe Stiefel mit hohen Absätzen, die aber völlig schiefgelaufen waren. Ein anderer trug ledergraue Stiefel, die an mehreren Stellen aufgeplatzt waren. Der dritte trug, wie ich schon früher aus seinem leichten Tritt geschlossen hatte, Sandalen an nackten Füßen.

Zwei der Männer, die mit Stiefeln bekleideten, hatten jeder ein Gewehr, das sie in der Hand trugen. Der eine von diesen beiden hatte außerdem noch einen Revolver hinten im Ledergurt stecken. Beide hatten ihre Gürtel voll mit Patronen gespickt. Der Mann mit den Sandalen trug nur einen Machete in der Hand. Es war dieser Mann mit dem Machete, der mich zu kennen schien. Ich glaubte auch, daß ich ihn schon verschiedene Male im Dorf gesehen hatte, während mir die andern beiden durchaus fremd waren.

Man hat zuweilen etwas Instinkt. Und nirgends entwickelt sich der Instinkt besser als bei einem Leben, wo man auf guten Instinkt fortwährend angewiesen ist und wo der Instinkt oft nur das einzige Schutzmittel ist, das man zur Verfügung hat. Dieser Instinkt gab mir merkwürdig rasch die Gewißheit, daß der Mann mit dem Machete mir gegenüber friedliche Absichten hatte und daß die beiden anderen Männer nicht mein Leben und meine Reichtümer verlangten, sondern irgendeine Hilfeleistung.

Es war dann vielleicht doch nicht mein Instinkt, der mir die Absicht der Männer verriet, sondern es war wohl nur, daß ich die Gedanken des Mannes mit dem Machete auffing in demselben Augenblick, als er sich bemühte, seine Gedanken in Worte umzusetzen. Er sagte: »Señor, tenga la bondad, por favor, möchten Sie nicht die große Freundlichkeit haben, mit uns zu meinem Hause zu kommen? Ich habe da meinen Neffen liegen. Ich weiß nicht, was er hat. Man hat ihn mir krank ins Haus gebracht. Er will nicht aufwachen. Und wir möchten Sie doch recht sehr bitten, mit uns zu gehen und zu sehen, ob Sie ihm nicht helfen können.«

»Was fehlt ihm denn?« fragte ich.

»Das wissen wir eben nicht, und darum möchten wir Sie ja so sehr bitten, nachzusehen, was mit ihm ist.«

Der nächste Doktor wohnte etwa vierzig Meilen weit. Er würde für den Besuch, der nur zu Pferde zu machen war und drei Tage Zeit aufbrauchte, sicher wenigstens hundert Pesos verlangen, eine Summe, die auf den Tisch gelegt werden mußte, ehe sich der Doktor auf das Pferd setzte. Und wer von diesen Leuten kann hundert Pesos zahlen? Umsonst kommt der Doktor nicht, weder dieser noch ein anderer. In erster Linie ist er Geschäftsmann und in zweiter Linie noch lange nicht nur Doktor; denn es stundet ihm niemand die Miete, und wenn er seine Rechnung beim Bäcker und beim Gemüsehändler nicht pünktlich bezahlt, dann wird ihm im zweiten Monat nicht einmal mehr ein Kilogramm Kartoffeln geborgt. Wer nicht zahlen kann, hat kein Recht zum Leben, er muß entweder sterben oder versuchen, ohne Doktor am Leben zu bleiben. Darum bleiben die meisten Mexikaner so lange am Leben, bis sie mehr als neunzig Jahre alt sind und kein Kirchenbuch sich mehr darauf besinnen kann, wann sie geboren wurden, vorausgesetzt, daß ihnen nicht in einer Schießerei der Atem fortgeblasen wurde und gleich so weit, daß sie ihn nicht mehr einfangen können.

Ich besaß eine wacklige Pappschachtel, in der einmal, in längst vergessenen Zeiten, Schuhe eingepackt gewesen sein mögen, die sicher nicht meine Schuhe waren, denn meine Schuhe waren viel älter. Diese Pappschachtel, was immer ihr einstiger und erster Zweck gewesen sein mochte, diente mir als Medizinkasten. Man darf sich natürlich meinen Medizinkasten nicht so vorstellen wie einen First-Aid-Kasten der Henry-Ford-Automobil-Fabrik, Dearborn. Er war nicht ganz so vollkommen. Meine Medizin-Pappschachtel enthielt auch einige Medizin. Aber außer dieser Medizin war noch darin: Nähzeug, Hosenknöpfe, ein morsches Farbband, einige abgebrauchte Sicherheits-Rasierklingen, eine ausgepreßte Zahnkremtube, ein großer Angelhaken, zwei kleine Angelhaken, fünf Zeitungsausschnitte, ein Taschenmesser mit zerbrochener Hauptklinge, die andere, kleine Klinge war zwar sehr verrostet, war aber sonst noch gut erhalten, Bindfaden in verschiedenen Stärken, vier verschiedene Schrauben, einige Nägel, ein Bleistiftstümmelchen, ein undichter Füllfederhalter, der ausgebrochene Zahn eines Eselfüllens, die Rattel einer Klapperschlange und noch einige andere Sachen, an deren Art und Gebrauchswert ich mich nicht genau erinnere.

In meiner Jungenzeit hatte ich stets all mein irdisches Hab und Gut in meinen Hosentaschen und Jackentaschen, weil ich immer fahrtbereit und reisefertig sein mußte, wo immer ich auch war. Da ich inzwischen wohlhabender geworden war, trug ich nunmehr alle meine irdischen Reichtümer in jener wackligen Pappschachtel, die im Augenblick zugeschnürt sein konnte. Denn meine Lebensweise hatte sich seit meiner Jungenzeit wohl vorübergehend, aber nicht dauernd geändert. Auch jetzt noch mußte ich immer, zu jeder Tageszeit und Nachtstunde, reisefertig sein.

Auch wenn mir jene Herren mit schußbereiten Gewehren nicht gesagt haben würden, daß meine medizinischen Kenntnisse augenblicklich sehr dringend gewünscht seien, so hätte ich dennoch meinen Medizinkasten mit mir genommen. Das geschah instinktiv und aus Erfahrung. Denn es war vorgekommen, daß ich glaubte, mich nur für eine Stunde von meinem gegenwärtigen Aufenthaltsort zu entfernen; und wenn ich zur Besinnung kam, war ich auf einem anderen Kontinent gelandet, zuweilen gestrandet. Durch solche Erfahrungen wird man vorsichtig, und Zahnbürste, Rasierzeug und ein kleiner Taschenkompaß waren Tag und Nacht gut eingeknöpft in meiner linken hinteren Hosentasche als ständiges Notgepäck.

Was wußte ich, wo ich landen würde, wenn ich jetzt mit diesen drei Nachtvögeln davonflog.

»Ist das Ihr Doktorkasten?« fragte mich nun einer der Männer, während er dabei sein Gewehr so über die Schulter warf, daß er den Lauf vorn in der Hand behielt und der Kolben hinten über dem Rücken war.

»Ja, das ist mein Medizinkasten«, bestätigte ich, und die Männer murmelten etwas, das wie Zufriedenheit klang.

»Dann wollen wir uns nun aufmachen«, sagte ein zweiter.

Ich schob den hölzernen Riegel vor die Tür. Und dann zockelten wir los.

Ich hatte auch nicht die leiseste Idee, wohin wir gehen würden. Denn darüber war nichts gesagt worden. Es hatte keinen Zweck für mich, zu fragen, wohin wir gehen würden; denn ob wir nach Honduras marschierten oder nach Alberta in Kanada, das hatte ja nicht ich zu entscheiden, sondern das wurde, ob es mir nun gefiel oder nicht, von denen diktatorisch entschieden, die Gewehre hatten.

Immer wer das Gewehr hat, der hat das Recht, zu kommandieren, und immer der, der das Gewehr nicht hat, hat die Pflicht, zu gehorchen. Das ist nun schon so seit dem flammenden Schwert des Erzengels an der quietschenden Gartentür des Paradieses. Weltgeschichtliche Leistung, zwei nackte Menschen aus dem Gemüsegarten hinauszujagen, wenn der Feldhüter ein flammendes Schwert schwingt und die beiden durch Schuld geknickten Leutchen nichts weiter als Waffe in den Händen halten als ihre Scham, ein abgetrenntes Blatt von ihrer flimsigen Kleidung und die abgeknabberte Rinde ihres Apfelstrudels, der an allem Unheil schuld war. Was blieb ihnen übrig, sie mußten gehorchen, und es half ihnen gar nichts, daß sie zwei Mustermodelle aus den Privatkunstwerkstätten für künstlerische Lehmarbeiten waren. Hätten sie ebenfalls ein Schwert oder ein Maschinengewehr gehabt, wäre alles anders gekommen, und unsere Ansichten über Befehlen und Gehorchen hätten eine andere Richtung eingenommen. Darum wird man wohl verstehen, warum ich mit den drei Männern durch die Nacht wanderte, ohne mit einer Silbe mich zu beschweren oder gar zu fragen, wohin wir gehen würden. Wo man nichts dreinzureden hat, läßt man alles gehen, wie es will.

Wir trotteten nicht mitten durch das Dorf, sondern hielten uns nahe den Hütten, die mehr am Rande lagen. Die Hunde bellten entsetzlich von allen Seiten. Und jene Hunde, die uns nicht sahen und uns nicht hörten, bellten sich heiser, um den übrigen Hunden nicht alles Vergnügen allein zu lassen. Es war ein Höllenlärm im Dorfe. Denn von dem anhaltenden Bellen der Hunde wachten auch die Hähne auf und krähten, und die Esel fielen mit ein. Aber von den Bewohnern kam niemand vor seine Hütte, um zu sehen, was los sei. Denn Indianerhunde, wenn erst einmal einer damit anfängt, bellen die halbe Nacht, ob da ein Trupp Banditen die Häuser umschleicht oder ob ein Esel schläfrig durch das Dorf wandert oder eine Katze hinter einer Maus her ist oder ob der Mond scheint oder ob gar nichts geschieht.

Nachdem wir die letzten Häuser hinter uns hatten, marschierten wir eine gute lange Strecke durch niedriges Dschungelgestrüpp, dann durch ein Stück Busch und erreichten endlich ein Bretterhaus.

Das Haus hatte vorn einen eingezäunten Blumengarten und an beiden Seiten gutgepflegte Gemüsegärten, wie ich leicht und sicher in dem hellen Mondlicht erkennen konnte. Das Haus sah nicht von alten Brettern zerflickt aus und war nicht mit Lumpen, alten Schilfmatten und Fellen behängt und benagelt, wie die meisten Häuser des Dorfes auszusehen pflegten. Es machte von außen schon einen sehr reinlichen Eindruck. Auf der Porch, der Veranda, standen zahlreiche Blumen eingepflanzt in Töpfen, und da waren kleine Palmen und tropische Blattgewächse in Kasten und ausgebrauchten Eimern und Petroleumbüchsen. Der gute Eindruck, den ich von außen empfing, wurde um ein Vielfaches verstärkt, als ich in den Wohnraum kam. Nicht nur in dem Dorfe selbst, sondern im ganzen Bezirk hatte ich ein ähnlich sauberes und gut möbliertes Haus nie vorher gesehen. Das Haus eines gutsituierten amerikanischen Farmers, der Reinlichkeit und Behäbigkeit liebt, konnte weder in Texas noch in Arizona, noch in Coahuila oder Sonora besser und freundlicher aussehen als dieses Haus. Ich hatte nicht gewußt, und ich hätte es auch nicht geglaubt, daß hier in dieser Gegend eine so wohldeftige Familie lebte, die fähig war, ein Haus so in Ordnung und Wohnlichkeit zu halten, wie ich es hier sah.

Die Leute hatten eiserne weißlackierte Bettstellen; sie hatten richtige Stühle, einige Schaukelstühle, eine gute Decke auf dem Tisch, große eingerahmte Bilder an der Wand: Lohengrin mit seiner Elsa auf dem Bettrand sitzend; Othello, seine großen Bombastreden von fernen Ländern und wilden Ungeheuern haltend; Porfirio Diaz in glänzender Generalsuniform; der Ausmarsch des mexikanischen Freiheitshelden Hidalgo aus dem Dorfe Dolores; die Heilige Jungfrau von Guadelupe; und eine Anzahl von kleinen und vergrößerten Fotografien von Onkeln, Tanten, Großvätern, Ehepaaren, Kindern und Kommunionskerzenträgern, die wohl alle zur Familie gehörten.

Man vermochte sich nichts zu denken, das friedlicher hätte sein können, wohlanständiger und ehrenwerter als das Haus und die Familie, die es bewohnte. Wer in einem solchen Hause wohnte und ein Haus so in Ordnung und Sauberkeit halten konnte, das waren Bürger, die einen Staat wohl in seinen Fundamenten stützen und erhalten konnten.

Aber ein erfahrungsreiches Leben lehrt einen in harter, wenn auch in erfolgreicher Schulung, Dinge nicht blindlings so zu nehmen, wie sie aussehen. Es gibt wunderschöne Pflanzen im mexikanischen Busch, die einen verführen, sie näher anzusehen, aber wenn man sie anfaßt oder auch nur unvorsichtig mit dem nackten Arm streift, bekommt man einen Hautausschlag, an dem man zwölf Monate doktern und salben kann und man selbst dann noch nicht einmal sicher ist, wann man ihn los sein wird.

Trotz des wohlanständigen und ehrenwertes Hauses vergaß ich doch nicht einen Augenblick lang, daß mich drei Männer hierhergelockt hatten, die auch dann noch genügend verdächtig hätten sein müssen, wenn sie nicht mit schußbereiten Gewehren und gespickten Patronengürteln beladen gewesen wären.

Mit keinem Wort und mit keiner Geste ließ ich erkennen, daß mir der Zwischenreim für das wohlanständige Haus und die drei Burschen bereits klargeworden war. Ich sah das alles so an, als ob es gar nicht anders sein könnte. Ich betrachtete mir die Bilder an den Wänden, als ob sie große Meisterwerke einer Galerie seien, und um die Leute glauben zu machen, daß ich die Bilder bewundere, sagte ich: »Sehr schöne Bilder, von berühmten Meistern gemalt.« Aber während ich das sagte, sah ich mir doch alles, was es in dem Raum zu sehen gab, sehr sorgfältig an. Ich betrachtete mir die Fenster genau dadurch, daß ich die Augen senkte, während ich den Kopf hochhielt, als betrachtete ich die Bilder. Aber die Fenster waren gut verrammelt, kein Lichtstrahl drang hinaus in die Nacht, und es war wenig Hoffnung, aus einem der Fenster zu springen, wenn es hätte nötig werden sollen. Es führten zwei Türen aus dem Raume, aber beide führten nur in zwei andere Räume.

Die beiden Männer mit den Gewehren setzten sich auf Stühle so an die Tür, daß an jedem Pfosten einer saß. Sie stellten ihre Gewehre zwischen die Knie und drehten sich Zigaretten.

»Setzen Sie sich doch, Señor«, sagte jetzt einer der Männer, während er mit dem Fuße auf einen leeren Stuhl deutete und dabei das Maisblatt, in das er den Tabak eindrehte, mit der Zunge beleckte.

Ich setzte mich und sah mich nun weiter in dem Raume um, aber in einer Weise, als ob ich mich eben nur umsehe, weil sonst nichts weiter zu tun oder zu sehen war.

Der Fußboden war mit dicken Petates reich belegt. Die Matten waren gelb und frisch. An den Stellen, wo die Matten nicht ganz zusammentrafen, konnte ich sehen, daß der Fußboden knochenbleich gescheuert war und rein wie frischgewaschenes Linnen. In einer

Ecke war ein kleiner Altar, auf dem ein Muttergottesbild stand, mit einem brennenden dünnen Lichtchen, in einem Wasserglase mit Öl schwimmend. Über den Ecken des Muttergottesbildes hingen drei billige Rosenkränze. Zu beiden Seiten des Muttergottesbildes standen ein halbes Dutzend von Heiligenbildchen in sehr billigen und geschmacklosen Rähmchen. Auf dem Tische, auf dem eine reine buntfarbige Baumwolldecke gebreitet lag, stand eine richtige Petroleumlampe. Eine richtige Petroleumlampe hatte ich wohl seit vierzehn Monaten nicht zu Gesicht bekommen; denn im ganzen Dorfe hatte niemand eine und ich am wenigsten. Und es war wohl diese Petroleumlampe, die mir, gleich bei meinem Eintritt in das Zimmer, am stärksten den Eindruck übermittelt hatte, daß ich mich im Hause von wohlhabenden Leuten befinde. Auf dem Tische stand noch eine Fruchtschale aus rötlichem Glase, deren Rand blumenartig verbogen war, mit einem verschnörkelten Fuße aus einem blechernen Metall. Eine Schale, wie man sie gelegentlich in einem Zelt gewinnen kann, in dem man für zehn Cents mit fünf Bällen auf einen Knopf werfen kann, bis ein lebendiger Neger hinten in ein mit Wasser gefülltes Faß fällt, oder in einem anderen Zelt, wo man für zehn Cents zwei rohe Eier einem lebendigen Neger ins Gesicht werfen darf.

Der Mann mit dem Machete war gleich bei unserem Eintritt in eines der Nachbarzimmer gegangen, und er hatte die Tür hinter sich fest zugemacht. Zuweilen hörte ich - das ganz Haus war ja nur, wie alle Häuser hier, aus dünnen Brettern gebaut -, daß im Nebenraum halblaut gesprochen wurde.

Endlich kam jener Mann wieder zurück in das große Zimmer, wo wir saßen. Er hatte eine Flasche und ein Gläschen.

»Wollen wir erst einmal einen nehmen«, sagte er und goß das Gläschen voll. Er bot es mir an; ich sagte »Salud!« und schwenkte den Tequila hinunter. Er rann mir warm und mollig durch die Kehle, und ich dachte, wo man so guten Tequila hat und anbietet, da kann nicht pure Mörderei und Feindschaft auf dich warten, denn einen so guten Añejo verschwendet man nicht auf jemand, den man aus der Welt zaubern will.

Das Gläschen wurde nachgefüllt und machte seine Runde.

»Noch einen ganz, ganz Kleinen, damit die Ohren nicht wakkeln?« fragte der Mann gutmütig.

»Como no«, sagte ich, und er schenkte mir noch einen gesunden Tropfen ein. Aber ich war der einzige, der zweimal nippen durfte. Weder bekamen die beiden Türwächter noch einen nachgeschlürft, noch zog der gute Mann selbst sich einen kleinen Ohrenberuhiger hinterher.

»He, ja«, sagte der Mann nun, während er die Flasche zukorkte, den Korken mit Andacht fest eindrehte und Flasche und Gläschen auf den Tisch stellte, »ja, nun wollen wir doch einmal an das Geschäft gehen.«

Er stand auf, öffnete leise die Tür, durch die er gekommen war, und winkte mir, zu folgen.

Die beiden Männer, mit den Gewehren zwischen ihren Knien, blieben bei der Tür sitzen. Merkwürdig war, daß ich jetzt plötzlich das Gefühl bekam, daß die beiden Männer nicht mich bewachten oder mich verhindern wollten zu entspringen, sondern daß sie dort dicht an der Tür bewaffnet saßen, um diejenigen, die im Hause waren, zu schützen gegen jemand, der von draußen kommen könnte. Davon wurde ich umso mehr überzeugt, als sich die beiden etwas zuflüsterten und der eine aufstand, hinausging und sich draußen auf eine Stufe setzte, während der andere, der im Raume blieb, sich so setzte, daß er von jemand, der hereinkam, nicht sofort gesehen werden konnte, während er selbst den Hereinkommenden völlig unter der Gewalt seines Gewehres hatte.

Ich folgte nun jenem Mann, der die Tür zu dem zweiten Raum geöffnet hatte.

In dem Raume brannte ein kleineres Lämpchen, das wenig Licht verbreitete. Der Mann ging zurück in den ersten Raum, nahm die Lampe vom Tisch und leuchtete mir nun in jenes Zimmer hinein. Zwei Frauen saßen auf Schaukelstühlen. Beide hatten den Rebozo um Kopf und Hals gelegt, weil es nun kühl in der Nacht wurde. Beide Frauen waren Indianerinnen, sauber gekleidet und in Sprache und Benehmen - wie ich bald lernte - durchaus gleich den Frauen eines mexikanischen Ranchobesitzers von mittlerem Wohlstand.

Die eine der Frauen war verhältnismäßig jung. Sie war, wie ich gleich hörte, die Frau des Mannes mit dem Machete. Die andere Frau war älter; sie konnte wohl gut die Mutter der Frau oder des Mannes sein. Das Zimmer war das Schlafzimmer des Ehepaares. Da in dem ersten Raum gleichfalls zwei Betten waren, schien es, daß hier mehrere Personen wohnten, vorausgesetzt, daß jene Betten in Gebrauch waren, was ich ja nicht erraten konnte.

Beide Frauen standen auf aus ihren Stühlen und sagten freundlich und höflich: »Guten Abend, Señor!« Sie gaben mir ihre Hand und setzten sich wieder.

Ich sah mich im Raum um, und ich bemerkte zur Seite auf einer Schilfmatte einen jungen Mann liegen, der bis zum Kinn mit einer halbwollenen Decke zugedeckt war.

Sein Gesicht war bleich; bleich wie das Gesicht eines Indianers eben werden kann. Aber das Gesicht war voll, und daraus schloß ich, daß der Mann nicht lange krank sein konnte, daß er wohl nur schwer verwundet sei. Er rührte sich nicht und lag da wie tot.

»Das ist der Junge, von dem ich Ihnen gesagt habe«, sagte der Mann und stellte die Lampe auf einen Stuhl, den er dicht an das Lager des Kranken rückte.

»Sie können dem Jungen gewiß helfen, Señor«, sagte nun die jüngere Frau. »Er ist mein Neffe, und wir würden recht traurig sein, wenn er uns fortstürbe. Seit unser eigener und einziger Sohn in einer dummen Schießerei sein Leben verlor, haben wir diesen hier wie unseren Sohn angesehen. Wir würden Ihnen wirklich von ganzem Herzen danken, wenn Sie etwas tun könnten, daß er uns erhalten bleibt. Es ist der letzte, der uns bleibt von allen Jungen aus unserer Familie. Alle übrigen sind erschossen oder erstochen worden bei den Wahlen, und keiner hat doch je ein Amt für sich haben wollen. Es war nur immer der anderen wegen, daß sie sich in die politischen Händeleien hineinmischten.«

Die Frau weinte nicht, aber sie hatte eine echte Rührung in ihren Worten. Die ältere Frau seufzte einige Male auf.

In den letzten Monaten hatte hier im Distrikt keine einzige Wahl stattgefunden. Die Wahlhändel wurden auch nicht hier im Dorfe ausgefochten, sondern in der Distriktstadt, wo alle die Burschen und Männer der umliegenden Dörfer natürlich hinritten, um ihre Schießerei, ihr Vivaschreien in den Straßen und das Händeschütteln der Kandidaten, die sie auf ihren Schultern durch die Stadt schleppten, genießen zu können. Es kamen niemals alle, die zu den Wahlreden ritten, lebend wieder heim. Jedesmal blieben zwei, drei oder ein Dutzend auf dem Felde der Wahlkämpfe.

Da aber lange keine Wahl gewesen war – denn die gegenwärtigen Behörden des Distrikts waren von der Federalregierung provisionell eingesetzt worden, um die ewigen Wahlmördereien zu verhindern –, so konnte der Bursche hier nicht gut bei einer Wahl etwas abbekommen haben.

Ich kniete nieder und begann ihn zu untersuchen. Die Augen waren geschlossen. Als ich die Augendeckel hob, sah ich, daß die Augen wohl schläfrig waren, aber nicht trüb, und die Pupillen reagierten auf das Licht. Das Herz schlug regelmäßig, aber sehr leicht, nur wie ein Tippen. Der Atem war sehr leise; aber auch er ging ziemlich gleichmäßig.

»Was fehlt ihm denn?« fragte ich aufblickend.

Die Frau antwortete mir und sagte: »Das wissen wir eben nicht. Sie haben uns den Jungen so ins Haus gebracht, und er ist noch nicht einmal aufgewacht. Denken Sie, daß er uns wegsterben kann, Señor?«

»Das kann ich nicht sagen. Vorläufig stirbt er nicht. Hat er nicht etwas gesagt zu den anderen, was ihm fehlt oder wo es ihm weh tut?« fragte ich.

Niemand antwortete mir, und ich sah auf, um zu sehen, warum ich keine Antwort bekam. Ich bemerkte, daß der Mann die Frau rasch ansah, den Finger auf den Mund drückte und mit dem Kopf schüttelte. Sofort sah ich wieder weg und wandte mich dem Kranken zu. Dann dehnte ich ein langes »Ja« von mir, schluckte vernehmlich und richtete mich halb auf. Die Leute hatten genügend Zeit gehabt, ihre Geheimsprache zu vollenden, und sie sahen mich an und zuckten die Schultern. »Hat er denn etwas gegessen, das ihm nicht bekam?« fragte ich nun.

»Ich glaube nicht«, antwortete der Mann.

Ich setzte mich auf den Stuhl, machte tiefe Gedanken und tat alles genauso, wie es auch andere große Doktoren und berühmte Ärzte tun. Das will sagen, ich wußte nichts, solange mir nicht der Kranke selbst sagen konnte, was ihm weh tat und wo es ihm fehlte. Ich war ja kein Viehdoktor.

Dann sagte ich das, was alle Ärzte sagen: »Es ist sehr ernst. Aber ich werde mein Bestes tun, vielleicht bringen wir ihn durch.«

In dem Augenblick kamen die beiden Männer mit den Gewehren herein. Sie waren neugierig geworden und wollten sehen, wie tüchtig ich war. »Wo ist mein Medizinkasten?« fragte ich. Sofort sprang einer der Männer in den Nebenraum und brachte meine Pappschachtel. Was ich damit tun wollte, wußte ich im Augenblick natürlich nicht. Aber ich war gewiß, daß mir schon etwas einfallen würde. Tun mußte ich auf alle Fälle etwas, ganz gleich, was es war; denn ich war hierhergeschafft worden als Doktor, man erwartete von mir, mich als Doktor zu benehmen und zu betragen, und so blieb mir nichts anderes übrig, als den Leuten gefällig zu sein.

Welche Folgen es haben würde, wenn ich als Doktor versagte, darüber bestanden keine Zweifel. Die Tatsache, daß beide Männer mit den Gewehren jetzt im Raume waren, bewies mir, daß meine Vermutung, sie möchten jemand von draußen verhindern, in das Haus einzubrechen, unrichtig war. Sie waren jetzt hereingekommen, um zu sehen, was ich leisten könnte. Und daß sie die Gewehre selbst hier in diesem Raume, wo ein Sterbender lag, nicht aus der Hand stellten, das gab mir die Gewißheit, daß sie sehr bald die Gewehre auf mich richten würden und sagen: »Du rettest jetzt den Burschen da, und zwar sofort; und wenn er nicht in wenigen Minuten auf und gesund ist wie ein junger Hahn, dann knallen diese Gewehre, und du kannst dich daneben legen in dieselbe Grube.«

So etwas geschieht Ärzten in der Tat, und wenn ich schon hier als Arzt tätig bin, warum soll man mit mir eine Ausnahme machen?

Aber als geschickter Arzt, der seine Medizin gut studiert hat, kann man das Sterben eines Sterbenden recht gut in die Länge ziehen. Dann kann man sich noch immer damit entschuldigen, daß Gott das eben anders bestimmt habe. Und das wird einem geglaubt. Vielleicht wird man es auch mir glauben. Die Leute sind ja Christen, gute Christen, mit Rosenkränzen und allen notwendigen Heiligenbildern gut versorgt.

So beginne ich meine verantwortungsvolle Tätigkeit.

»Haben sie Cafion im Hause?« fragte ich die Frau.

»Ja, wir haben eine ganze Glastube voll.«

»Geben sie mir drei Pastillen und ein Glas Wasser.«

Ich löse die Pastillen in dem Wasser auf, und mit Hilfe des Onkels und des einen Mannes öffne ich dem Kranken den Mund, hebe den Kopf hoch und lasse ihn die Lösung schlucken. Er schluckt auch, und es kommt nichts in die Luftröhre.

Ich wartete zehn Minuten, rauchte eine Zigarette, erbat mir einen neuen guten Schluck von dem alten Tequila, und als ich nun den

Kranken wieder untersuchte, fand ich, daß die Medizin, die ich ihm gegeben hatte, vorzüglich wirkte. Das Herz hatte begonnen, kräftiger zu arbeiten. Die Medizin konnte zwar das Herz so kräftig anregen, daß es übersetzte und aufhörte zu schlagen. Aber ich hatte wieder einmal Glück, was jeder Doktor haben muß, wenn er Erfolg sucht. Ich weiß recht gut, daß ein richtig abgestempelter Doktor das alles ganz anders machen würde. Aus diesem Grunde ist er ja auch abgestempelt und stiller Teilhaber der Beerdigungsinstitute. Aber ich muß mich mit den Kenntnissen und Medizinen behelfen, die ich zur Verfügung habe. Ich kann keine Kampferinjektion in das Herz machen, weil mir die Maschinerie dazu fehlt.

Das Herz schlug nun kräftig und zufrieden, aber der Bursche wollte nicht aufwachen. Am Kopfe konnte ich nichts finden. Ich schlug ihm die Backen, die Handflächen und die Handgelenke. Ohne irgendwelchen sichtbaren Erfolg.

Ich schnürte nun meine Medizinschachtel auf. Die Leute sahen natürlich den Inhalt. Ob sie über die merkwürdigen Medizinen, die ich in der Pappschachtel hatte, erstaunt waren oder nicht, konnte ich nicht feststellen, denn sie ließen kein Wort verlauten. Sie mochten wohl überzeugt sein, daß die Angelhaken dazu dienten, irgend jemand etwas aus dem Magen zu fischen, das er unvorsichtigerweise verschluckt hatte, und das abgebrochene, halbverrostete Taschenmesser diente nach ihrer Meinung gewiß als chirurgisches Instrument zur Amputation von Füßen und Armen oder zum Herausnehmen des Blinddarms. Auf jeden Fall wurden angesichts des Inhalts meiner Medizinschachtel die Achtung vor mir und das Zutrauen zu meinen Fähigkeiten nicht geringer, sondern, wie ich wohl sehen und fühlen konnte, erheblich verstärkt.

Ich nahm eine halbaufgebrauchte Tube Mentholatum heraus und schmierte eine dünne Schicht der Salbe dem Burschen an die inneren Nasenwände, um ihm das Atmen zu erleichtern durch Erweichen des Schleims. Dann fragte ich die Leute, ob sie Ammoniak im Hause hätten. Sie hatten ein Fläschchen zur Hand, und nach einigen heftigen Dosen nieste sich der Junge munter. Ich fächelte ihm kräftig Luft zu, und er begann bald tüchtig und tief zu atmen. Aber als er nun zum Bewußtsein kam, begann er aus vollem Herzen zu stöhnen.

Jetzt wußte ich, was los war und was mir nicht verraten werden sollte. Ich überlegte eine gute Weile, was ich tun sollte. Denn mir war nun alles völlig klargeworden. Sagte ich offen heraus, was ich jetzt wußte, so konnte das eintreten, was ich erwartet hatte, seit ich das erste Anklopfen in meinem Bungalow hörte. Die Kenntnis, die ich jetzt auf einem Umweg erlangt hatte, machte mich zu einem sehr unbequemen Zeugen. Und das konnte die Männer leicht verpflichten, mich aus der Welt zu schaffen.

Aber dann sah ich die jüngere Frau, die Tante des Burschen an. Die Tränen standen ihr dick in den Augen, und ich wußte, daß sie im tiefen Ernst war, dem Jungen gegenüber wie eine leibliche Mutter zu fühlen. Der Junge konnte sich vielleicht auch ohne meine Hilfe wieder hochbringen, aber nicht vor zwei Tagen. Und inzwischen kamen die Soldaten; und er, der sich nicht in Sicherheit bringen konnte, wurde draußen am Gartenzaun, nach einer Vernehmung von fünf Minuten, erschossen. Daß er erschossen wurde, war sicher; daß ich hier von den Männern meiner unbequemen Mitwisserschaft wegen erschossen wurde, mochte zweifelhaft sein.

Wieder sah ich die Frau an, und wieder sah ich ihren wehen Blick auf mich gerichtet. Ich will nicht sagen, daß ich nun aus übergroßer Menschenliebe mich entschied. Das wäre ungenau. Ich möchte auch nicht besser und edler erscheinen, als ich wirklich bin. Denn um die volle Wahrheit einzugestehen, es sind wie bei jedem anderen gewöhnlichen Menschen Bosheiten, Niederträchtigkeiten, Hilfsbereitschaft, Menschenfreundlichkeit und Liebe zu meinen Mitmenschen in so gleichem Maße in mir verteilt, daß nicht immer mein Wille, sondern oft, wenn nicht meist, eine reine Nebensächlichkeit entscheidet, ob ich in einem bestimmten Falle eine wenig lobenswerte Handlung begehe oder eine Tat ausübe, die alle Menschen glauben macht, ich sei der edelmütigste und selbstloseste Mensch. Daß man so wird, das macht der Busch, und das macht das Herumschlagen mit allen Sorten von Menschen, und das macht die Aufgabe, fertig werden zu müssen mit Umständen, die einem selten Zeit lassen, darüber nachdenken zu können, ob das, was man tun muß, edelmütig oder nichtswürdig ist.

Hier, in diesem Falle, entschied, wie so häufig vorher, die Neugierde, zu erfahren, was wohl mit mir geschehen würde, falls ich das tue, was nach meinem Urteil als das Dümmste und Unvorsichtigste angesehen werden muß. Wissentlich tat ich das, was man mir

nicht als große Klugheit anrechnen mag. Wenn ich mich aber dennoch durch den bittenden und wehen Blick in den Augen jener Frau vielleicht endgültig entschied, so will ich es nicht auf meine Rechnung gesetzt haben als einen Posten, der zugunsten eines edelmütigen Charakters verbucht werden kann. Denn das wäre eine Unwahrheit.

Ich blickte den Onkel des Burschen, also jenen Mann, der mit dem Machete gekommen war, an, hielt meinen Blick eine Weile auf ihn gerichtet und sagte dann kurz und laut: »Wo hat er denn das Loch? Wie kann ich ihn denn hochbringen, wenn Sie mir nicht sagen, was er abgekriegt hat?«

Alle Anwesenden, selbst die ältere Frau, fuhren erschrocken zusammen, stießen kurze Ausrufe aus, wurden bleich, und ihre Blicke flogen von einem zum anderen, bis sie alle auf meinem Gesicht haftenblieben.

Der Onkel bekam seine Ruhe als erster zurück. Er sagte in einem Ton, als ob er bereit sei, alles aufzugeben, dabei die beiden Männer mit den Gewehren ansehend: »Ich habe es euch ja vorher gesagt, ihr wolltet es ja nicht glauben, dem Gringo können wir nichts vormachen, der ist Doktor durch und durch.«

Ich wartete nun auf nichts mehr. Ich zog die Decke herunter, sah rasch hin über die Brust und den Leib, und dann sah ich bereits den weiten Blutfleck auf dem Petate. Ich schob die Decke bis zu den Füßen und fand zwei kräftige Schußwunden, eine am Oberschenkel, die andere an der Wade. Die Wunde an der Wade war nicht schwer. Hier hatte eine Kugel nur tüchtig gestreift. Dagegen war die Wunde am Oberschenkel eine sehr heftige Fleischwunde. Die Kugel war heraus, denn ich fand Einschuß und Auslauf. Das Kaliber war heftig, sicher 45; außerdem war die Kugel offenbar oben abgefeilt und eingekerbt gewesen, wie das hier mit Vorliebe getan wird. Wäre sie auf den Knochen gestoßen, dann wäre das Bein zu kleinen Splittern zersprengt worden. Aber der Knochen war nicht verletzt, wie ich aus dem Verlauf des Schußkanals sehen konnte. Dagegen hatte die Kugel wohl eine oder gar mehrere Adern aufgerissen, was einen großen Blutverlust zur Folge gehabt haben mußte und zweifellos die alleinige Ursache war, daß der Bursche so weit herunterkommen konnte.

Die Adern schienen sich aber bereits ausgeblutet zu haben, oder sie waren von dem trockenen Blute schon gut verklebt; denn um die Wundränder hatten sich schwache Krusten gebildet. Es waren auf die Wunden sehr schmutzige Hemdlappen gewickelt. Die einzige Gefahr, die für den Burschen bestand, war die einer Infektion und damit die Möglichkeit, daß er einen Brand bekam. Nun ist ja das Blut der Indianer im allgemeinen so gesund, daß nur dann eine wirklich schwere Infektion ihrer Wunden eintritt, wenn alle Vorsichtsmaßregeln außer acht gelassen werden.

Ich ließ rasch alte Leinenfetzen auskochen. Die Leute hatten eine reichliche Packung reiner Baumwolle im Hause, und ich hatte einige sterilisierte, unberührte Gazebinden.

Ich wusch die Wunden mit heißem Wasser und Seife gut aus. Aus meinem Medizinkasten brachte ich eine Flasche Zonite hervor, ein sehr starkes Desinfektionsmittel, das während des Krieges mit viel Erfolg verwendet wurde. Die Flasche war mir übriggeblieben von einem Ölkamp, wo ich gearbeitet hatte. Ich goß das Zeug gleich so rein in die Wunden. Der arme Junge sauste halb in die Höhe; denn er mußte sicher ein Gefühl haben, als bohre man ihm einen weißglühenden Eisenstab durch die Schußkanäle. Aber er durfte sicher sein, daß es ihn rettete. Ich ließ ein wenig nachtrocknen, streute eine dicke Schicht von Bismut-Jodoform auf die Wunden, legte Gaze darauf und verband. Der Junge seufzte tief auf, aber jetzt mit einem gewissen Wohlgefühl. Gleich darauf fiel er in einen tiefen, ruhigen Schlaf, nachdem ich ihm einen heftigen Tequila eingeschenkt hatte. Der Tequila wird ja vielleicht seinen Narben nicht sehr dienlich sein; aber Schönheitsfehler an den Oberschenkeln spielen ja nur eine Rolle, wenn er beim Mädchen liegt, und bei solcher Gelegenheit helfen sie ihm beim Prahlen und vertiefen die Liebe seines Mädchens, das ja, wie jedes Mädchen, lieber mit einem Helden schläft als mit einem Nußknacker.

Die Frage, die jetzt kommen mußte, kannte ich. Darum sagte ich gleich, ohne zu warten: »Wenn Sie ihn morgen aufs Pferd heben, um weiterzureiten, werden sie gut tun, ihm einen kräftigen Verband aus einem alten Gummischlauch oder Gummigürtel oder elastischen Hosenträgern über die Wunde am Oberschenkel anzulegen, damit er nicht aufs neue ausblutet und vielleicht sogar fortblutet.«

Ich zeigte den Männern, wie sie das machen sollten, sagte ihnen, daß sie jeden neuen Verband, den sie auf die Wunde brächten, erst auskochen müßten, gab ihnen den Rest meines Zonites und meines Bismutpulvers, erbat mir einen weiteren kräftigen Tequila, sagte: »Gute Nacht!« zu allen, gab allen die Hand - die Tante des Jungen beugte sich nieder und küßte meine Hand -, und dann ging ich auf die Tür los.

Scheinbar tat ich das alles so, als ob das, was ich hier gesehen und getan hatte, etwas gewesen wäre, was ich jeden Tag zwölfmal in genau derselben geschäftsmäßigen Weise sähe und täte. In Wahrheit aber tat ich das alles sehr bedacht, jeden Augenblick darauf wartend, daß einer der Männer sagen würde: »Sie können nicht so ohne weiteres fortgehen, Señor, wir wollen erst noch ein Wort miteinander sprechen; wir wollen das draußen hinter dem Hause bei den Gemüsebeeten erledigen.«

Aber daß ich kein Wort darüber verlor, wie der Junge zu den Wunden gekommen war, und nicht einmal andeutete, ich wüßte um die Schußwunden, daß ich mich benahm, als gehöre ich zu der Bande und als wäre ich ein uralter Freund des Hauses, der nichts sagt aus Freundschaft und noch weniger etwas sagt aus Geschäftsklugheit, daß ich klar sehen ließ, es sei mir vollkommen gleichgültig, was meine Mitmenschen tun, solange sie mich ungeschoren und friedlich meiner Wege gehen lassen, brachte sie aus allen Plänen hinaus. Und um das alles noch zu verstärken, sagte ich, als ich bei der Tür war: »Wenn es schlimmer werden sollte, rufen Sie mich ruhig; ich komme ganz gern, auch in der Nacht. Überhaupt immer können Sie mich rufen, wenn ich Ihnen helfen kann, ich tue es gern und mit Freude.«

Die letzten Worte gaben wohl den entscheidenden Ausschlag. Man wird doch nicht den einzigen Doktor erschlagen, den man hat, und den einzigen, der, wenn herumgefragt wird, keine berufliche Verpflichtung hat, Behörden Auskunft zu geben über Schußwunden, die er behandelt hat und die ihm verdächtig erschienen sind.

Aber so leicht kam ich nicht davon. Als ich an der Tür stand, kam der Onkel auf mich zu und sagte: »Entschuldigen Sie, Señor, wir können Sie nicht allein zu ihrem Haus gehen lassen; es könnte Ihnen etwas zustoßen auf dem Wege. Ich glaube auch nicht, daß Sie den Weg allein heimfinden. Sie verlaufen sich sicher im Busch. Und zur Nachtzeit allein im Busch sein und ohne den Weg zu kennen, möchte ich Ihnen nicht raten. Der Weg hierher ist nicht gut bekannt. Wir haben Sie hierhergebracht, und es wäre unhöflich, wenn wir Sie nicht wieder zu Ihrem Hause brächten.«

Ja, da war ich wieder. Eine Stunde Weg durch Busch und Dschungelgestrüpp mit den drei Männern, zwei mit Gewehren, der eine außerdem mit einem Revolver, und der dritte mit einem Machete, scharf gefeilt wie ein Schlachtmesser. Mit drei Männern, die trotz aller guten Meinung, die sie von dem Doktor und seiner Hilfsbereitschaft haben mögen, sich doch bei weitem sicherer fühlen, wenn einer, der etwas wissen könnte, weniger auf der Welt ist. Und von den dreien braucht ja nur einer auf dem Wege einen dummen Gedanken zu bekommen. Ehe die beiden anderen es verhindern können, ist es schon geschehen. Ob sie sich nachher darum streiten, ob es richtig und ob es dankbar war, ändert nichts an der alleinigen Sache, die mich betrifft.

Ich sehe wieder auf die Tante. Sie steht noch im Zimmer. Aus Höflichkeit mir gegenüber hat sie sich nicht wieder in ihren Schaukelstuhl gesetzt. Sie wartet, bis ich das Haus verlassen habe. Sie sieht mich an, mit aufrichtiger Dankbarkeit in den Augen. Sie kommt, von einem inneren Gefühl plötzlich getrieben, auf mich zu, ergreift meine Hand und küßt sie nochmals. Dann lächelt sie und nickt, dreht sich um, geht zu einem Schränkchen, nimmt eine Flasche Honig heraus und gibt mir den Honig. »Ist sehr gut für die Mehlkuchen, die Sie sich backen, sind dann nicht gar so sehr trocken. Morgen schicke ich Ihnen zwei Dutzend Eier hinunter und ein paar Kilo Ochsenfleisch. Und nochmals vielen Dank, daß Sie gekommen sind.«

»Nicht der Rede wert«, sage ich. »Geben Sie dem Jungen, wenn er aufwacht, mehrere Tassen gute Fleischbrühe mit tüchtig Eier darinnen eingerührt. Wird ihm rasch hochhelfen. Gute Nacht, Señora.«

Die Frau wußte recht gut, was mir auf dem Weg geschehen könnte und sicher geschehen würde, wenn die Männer zur Überzeugung kamen, es sei für ihre eigene Sicherheit besser, ein Maul, das wacklig werden kann, rechtzeitig und gut zu stopfen. Aber ich hatte die Sympathie und Dankbarkeit der Frau gewonnen. Die Frau war nicht so nebensächlich in dem Geschäft der Männer, wie es vielleicht erschien. Sie war durch die Verwundung ihres Neffen heftig aus der Fassung gebracht worden. Das ist wohl richtig. Und oberflächlich gesehen, mochte es den Eindruck erwecken, daß sie eben nur eine Frau war wie andere. Aber wenn ich ein Haus sehe, wie dieses war, dann weiß ich, wer der Kommandant ist. Und weil die Frau mehr Intelligenz besaß als einer der drei Männer, ihr eigener Mann eingeschlossen, so wußte ich auch, wer das Hirn des Unternehmens war. Nur die mickrigen Spitzbuben und die Centavos-Wegelagerer sind verdreckt, verlaust und mit Lumpen behangen. Zwischen einer intelligent geführten Räuberbande und einer gewissen Sorte von Bankgeschäften, wo der Präsident im eleganten Automobil fährt, ist der Unterschied nicht so groß, wie man meint. Innerhalb der modernen Zivilisation ist das beste Schutzmittel für alle Handlungen und Dinge ein wohlanständiges Äußeres und ein gutbürgerliches Gesicht. Ehrlichkeit und Ehrbarkeit müssen nach allen Seiten ausstrahlen, dann kann man im Schatten tun, was man will, ohne je Verdacht auf sich zu laden. Und wenn die Frau mir in Gegenwart der Männer sagte: »Morgen schicke ich Ihnen Eier und Fleisch hinunter?«, so sagte sie damit: »Wehe den Knechten hier, wenn du morgen nicht in voller Gesundheit bist, um dich an dem zu laben, was ich dir schicken werde.«

Die Männer hatten das Kommando verstanden. Der Doktor mußte dem Geschäft erhalten bleiben. Wir kamen friedlich zu meinem Bungalow. Als wir uns »Buenas noches!« sagten, fühlte ich, daß mir der Onkel drei Pesos in die Hand drückte. »Nehmen Sie«, sagte er, »eine kleine Vergütung.«

»Entschuldigen Sie«, erwiderte ich, »von meinen Freunden nehme ich kein Geld für eine Hilfeleistung, die ich aus rein menschlichen Gründen getan habe und immer zu tun bereit bin, wenn ich dazu Gelegenheit habe.«

Er hielt das Geld noch eine Weile hin, als ob er glaubte, es sei nur eine Höflichkeit von mir, so zu sprechen, und ich würde das Geld dann doch schon nehmen. Denn er, wie jeder im Dorfe, wußte recht gut, wie nötig ich drei Pesos hätte brauchen können. Aber ich lehnte noch einmal ganz entschieden ab und sagte: »Sie werden mich doch nicht etwa beleidigen wollen, Señor!«

»Ganz gewiß nicht«, sagte er und schob das Geld wieder in seine Tasche zurück. Dann fügte er hinzu: »Ich werde sehen, ich kann Ihnen gewiß morgen zwei Burschen schicken, die Englisch lernen wollen.«

»Das ist schon besser«, meinte ich darauf. »Ich werde morgen früh zu Ihnen kommen, um zu sehen, wie es dem Jungen geht.« Er druckste, als ob er sagen wollte, das sei nicht nötig, und auch die beiden anderen Männer taten, als ob sie etwas dagegen einwenden wollten. Aber es mochte ihm wohl gleichzeitig einfallen, daß es vielleicht nötig sein könnte, noch einmal nach dem Jungen zu sehen.

»Gut, gut«, sagte er dann nach einer Sekunde. »Und nochmals ›Gute Nacht!‹ und vielen, vielen Dank.«

Am nächsten Morgen um neun Uhr machte ich mich auf, den Jungen noch einmal zu besuchen. Das ist ja so etwa die richtige Besuchszeit für tüchtige Doktoren.

Ich hatte kaum das letzte Haus des Dorfes hinter mir gelassen, da traf ich auf den Onkel. Gleich hatte ich das bestimmte Gefühl, daß der Mann auf mich am Wege gewartet hatte, weil er vermeiden wollte, daß ich zu ihm ins Haus käme bei Tage. Ich war nicht einmal sicher, ob ich das Haus wiedergefunden hätte. In der Tat, um es gleich zu sagen, als ich eine Woche später versuchte, das Haus zu finden aus purer Neugierde, erlebte ich, daß ich mich völlig im Busch verlief, daß ich erst nach Stunden und erst nach Einbruch der Dunkelheit meinen Weg ins Dorf zurückfand und auch nur dadurch, daß ich zu meinem Glück einen Kohlenbrenner antraf, der auf dem Heimweg war. Die Männer hatten mich in jener Nacht sehr geschickt so im Gestrüpp und im Busch herumgeführt, daß ich geglaubt hatte, die Richtung genau zu wissen, während sie durchaus falsch war.

Der Onkel sagte mir: »Der Junge ist auf. Er ist heute mit den übrigen schon sehr früh fortgeritten. Es ging recht gut. Wir haben ihm den Verband so angelegt, wie Sie uns gesagt haben. Die Wunde war schon gut am Heilen. Und hier sind auch die Eier und das Ochsenfleisch, das Ihnen die Señora gestern nacht versprochen hat. Es ist auch nicht gerade nötig, daß Sie im Dorf viel darüber reden. Die Leute denken dann gleich, daß da eine Schlägerei gewesen sein könnte, und das bringt den Jungen nur in einen schlechten Ruf. Verstehen Sie, Señor?«

»Ich verstehe, und ich habe auch gar keinen Grund, darüber zu sprechen. Jeder kann in eine solche Lage kommen.« Dann brachte ich einen Zettel hervor:

»Ich möchte Sie aber bitten, wenn Sie zur Stadt kommen sollten, mir die Medizin zu kaufen, die ich hier aufgeschrieben habe und die ich in der Nacht alle aufbrauchen mußte.«

»Natürlich, Señor«, sagte der Mann und nahm den Zettel. Dann gingen wir unserer Wege.

Als ich zu meinem Bungalow kam, saßen auf den Stufen die beiden neuen Burschen, die Englisch lernen wollten und es auch gleich versuchten. Sie bezahlten mir jeder zehn Stunden im voraus.

Zwei Tage später, sehr früh am Morgen, fand ich, daß das Dorf von Soldaten umzingelt war. Keiner konnte hinaus aus dem Dorfe, aber wer draußen war, durfte nicht hinein. Ein paar Häuser wurden oberflächlich durchsucht. Und eine große Anzahl von Einwohnern, Männer, Frauen und Kinder, wurden zusammengetrieben und auf dem Dorfplatze von Offizieren und einigen Beamten der Distriktspolizei vernommen.

Ich hörte bald, was los war. Einige Nächte vorher waren drei Haziendas von Banditen überfallen worden. Die Besitzer waren gebunden worden, und es war alles Geld, das gefunden oder erpreßt werden konnte, gestohlen worden. Dreißigtausend Pesos waren geraubt worden. Jedes Kind wußte, daß dies eine Lüge war, denn kein Haziendabesitzer hält so viel Geld im Hause, und wenn er es vergraben hat, so sagt er es nicht und gesteht es auch nicht. Aber zweitausend Pesos alles in allem mochte richtig sein.

Die Soldaten waren den Banditen auf der Spur. Die Spur führte hier in das Dorf. Und weil das Dorf als Banditennest im ganzen Staate berüchtigt war, so wären die Soldaten auch ohne Spur hierhergekommen.

Ich schlenderte ruhig meiner Wege und wollte zum Dorfplatz gehen, um mir das Schauspiel anzusehen. Da kam mir einer der Bewohner entgegen.

»Es ist nicht viel los, die Soldaten werden wohl am Nachmittag wieder abziehen müssen, ohne die Banditen hier gefangen zu haben. Sie suchen auch hier nur nach einem Burschen, der einem verwundeten Banditen fortgeholfen und ihn zur Flucht unterstützt hat. Wenn die Soldaten den Mann kriegen, dann wird er sofort vernommen und gleich auf dem Platze erschossen. Die Offiziere sagen, daß diese Art Leute schlimmer und gefährlicher seien als die Banditen selbst.«

»Was hat denn der Mann getan? Wie kann er denn den Banditen

zur Flucht verhelfen?« fragte ich. »Die Banditen sind doch groß genug und schlau genug, sich allein fortzuhelfen. Die brauchen keine Hilfe.«

»Hier liegt der Fall anders«, sagte nun wieder der Mann. Wir waren stehengeblieben. Er schien froh zu sein, mich gefunden zu haben, um mir recht heiß alles das zu erzählen, was von den Offizieren und von den Soldaten erzählt worden war, was die Leute unter sich im Dorfe tuschelten, welche wilden Gerüchte herumschwirrten und was er sich selbst dachte. Wäre alles das, was die Offiziere errieten, was die Leute im Dorf sich erzählten, was der eine vermutete und was hier mein Berichterstatter sich ausdachte, wäre das alles schön vereint und gut geordnet den Offizieren bekannt gewesen, so hätten sie damit einen Erfolg vielleicht erzielen können. Aber alle diese Zeugenansichten waren verstreut und darum wertlos.

»Ja, hier liegt der Fall anders«, sagte der Nachbar. »Das ist so, sehen Sie, Señor. Auf der letzten Hazienda, wo die Banditen waren, hat einer der Burschen, ein ganz junger noch, einen mächtigen Schuß ins Bein abgekriegt, vielleicht gar zwei Schüsse. Der Bursche hat tüchtig geblutet. Seine Freunde haben ihn aber doch fortgekriegt. Und sie sind bis hierher in dieses Dorf gekommen. Man hat sie hier gesehen, wie sie den Jungen auf dem Pferde weiterschleppten. Wo sie ihn hingetragen haben, weiß man nicht. Aber sie haben einen Doktor geholt. Keinen richtigen Doktor, sehen Sie, Señor, aber einen, der das auch gut kann. Das hat man auch gesehen. Und gestern morgen war der Junge wieder gesund, und darum konnte er fortgeschleppt werden. Die Banditen sind gesehen worden von Männern, die im Busch arbeiten. Ohne den Mann, der kuriert hat, hätten die Banditen den Jungen nicht weiterschleppen können. Der Junge wäre von den Soldaten gefunden worden; die Soldaten hätten so erfahren können, wer er ist und zu welcher Familie er gehört. Dann hätten sie bald die ganze Bande gehabt.«

»Und nun«, fragte ich, »ist keine Hoffnung mehr, die Banditen zu fangen?«

»Wenig«, sagte der Mann. »Seit die Offiziere wissen, daß der angeschossene Bursche entflohen ist, suchen sie jetzt nur noch nach dem Manne, der kuriert hat und so den Banditen fortgeholfen hat. Die Offiziere sagen, sie wissen genau, daß er hier im Dorfe ist. Sie haben das ganze Dorf umstellt, er kann nicht fort. Sie suchen die Häuser ab, und wenn sie Medizin finden, wissen sie gleich, wer es ist. Der Mann wird dann sofort hier abgeurteilt und auch gleich darauf erschossen wegen Banditenbegünstigung.«

»Geschieht ihm ganz recht«, sagte ich. »Ein anständiger Mensch hilft keinem Banditen fort.«

»Sie haben doch auch Medizin im Hause, nicht wahr?« fragte mich nun mein Nachbar.

»Ja, etwas, für den Notbehelf.«

»Das ist nicht genug, was Sie haben«, sagte er darauf.

In diesem Augenblick kam aus dem gegenüberliegenden Hause ein Offizier heraus mit einem Sergeanten und drei Soldaten, die in jenem Hause nach Medizin oder nach sonstigen Spuren gesucht hatten.

Ich hatte in jener Minute auch nicht die geringste Neigung, mir Soldaten anzusehen, und ich wollte weiterschlendern. Aber mein Nachbar hielt mich am Arm und sagte: »Bleiben Sie ruhig stehen, Señor, die tun uns nichts.«

Ich hielt es auch für besser, stehenzubleiben, denn jetzt kam der Offizier auf mich zu, gefolgt von seinen Leuten.

Da ich völlig unschuldig war, niemals verwundete Banditen kuriert hatte, niemals fliehende Banditen unterstützt hatte, so hatte ich keinen Grund, verlegen zu werden.

»Welches ist Ihr Haus, Señor?« fragte der Offizier.

»Da hinten, der Bungalow«, antwortete ich.

»Haben Sie Medizin im Hause?« fragte der Offizier sehr gleichgültig.

»Ja, etwas.«

»Was für welche?«

»Eine halb aufgebrauchte Tube Mentholatum, Señor«, sagte ich.

»Können Sie Schußwunden kurieren?« fragte er mich.

»Ist jemand von Ihren Leuten angeschossen worden?« Ich fragte sehr erschrocken und mitleidig zugleich.

»Ja«, sagte der Offizier.

»Das tut mir so aufrichtig leid«, sagte ich, traurig werdend. »Aber ich, ich kann kein Blut sehen, dann wird mir sofort schlecht, daß ich umfalle.«

»So sehen Sie auch aus, Señor«, sagte der Offizier, laut aufla-

chend. »Das ist mit euch Amerikanern allen so. Habt nicht die gesunden Nerven, die wir Mexikaner haben. Wir können Blut sehen, und wie! Natürlich keine Beleidigung gemeint, Señor. Adios, und entschuldigen Sie mich, wenn ich Sie belästigen mußte. Wir sind hier im Dienst. Adios.« Er schüttelte mir die Hand und ging.

Mein Nachbar trottete hinter dem Offizier her, der ein weiteres Haus absuchen ging.

Als ich jetzt allein stand und gerade überlegte, ob ich in mein Haus gehen sollte oder weiter im Dorfe herumstreifen, kam ein Junge auf mich zu, schon rufend, als er noch einige Schritte entfernt war: »Oiga, Señor, ich bringe die Medizinen aus der Stadt; der Señor sagt, es ist alles richtig bezahlt.« Ich nahm ihm das Paket ab und schob es in meine Tasche.

Sobald mein Mais eingebracht und verkauft war, hielt ich es für besser, die Gegend zu verlassen, ohne Weiteres abzuwarten. Es war einige Monate später, und ich saß im Eisenbahnzug nach Mexico City. Die Fahrt brachte, wie das oft vorkommt, Bekanntschaften zusammen, die eigentlich nicht zueinander gehören. Es war zwischen den Stationen Silao und Celaya, als zwei Herren, beide Mexikaner, die schon eine beträchtliche Strecke mit mir im selben Wagen fuhren, sich in meine Abteilung setzten und mich höflich fragten, ob ich nicht mit ihnen einige Partien Domino spielen möchte. Ich sagte zu. Wir spielten um Bier, das wir im Zuge kauften, und das schon immer viel früher ausgetrunken war, ehe das Spiel entschieden hatte, wer das Bier zu bezahlen hatte. Die Bezahlung ging ziemlich gleichwertig herum, und wir regten uns nicht sonderlich auf.

Der Zug bekam Verspätung, und wir wurden des Spiels überdrüssig. Die beiden Herren blieben in meiner Abteilung sitzen, und wir begannen zu schwätzen. Was man so in einem Eisenbahnzug schwätzt.

Es war ganz natürlich, daß wir auch auf die Amerikaner in Mexiko zu sprechen kamen. Immer, wenn irgendeine Bemerkung fiel, die wie eine Beleidigung gegenüber Amerikanern aufgefaßt werden mochte, setzten die Herren sofort höflich hinzu: »Sie verstehen, Señor, das meine ich nur so im allgemeinen; ich habe keineswegs die Absicht, Sie oder irgend jemand von ihren Freunden zu verletzen. Es ist ja auch nur der Unterhaltung wegen.« Darauf lachten sie, und wenn ich vorsichtig etwas gegen Mexikaner sagte, dann fügte ich auch hinzu, daß es nur der Unterhaltung wegen sei, und daß mir die Mexikaner ebenso lieb seien wie meine eigenen Landsleute, die auch nicht alle von Engeln ausgebrütet worden seien, und daß wir alle miteinander unsere tiefen Schattenseiten haben, ganz gleich, welcher Nation wir angehören.

»Das ist richtig«, sagte der eine der Herren, »da haben Sie aber durchaus recht. Wir haben eine gute Anzahl von Amerikanern im Lande, die nichts als Unheil stiften.«

»Weiß ich, Señor«, fiel ich ein, »da sind die großen Ölmagnaten und die Minenkompanien und die Chiclekompanien und die großen Bankiers, die einen mexikanischen Staat nach dem anderen annektieren wollen.«

»Ja, die auch«, sagte der Herr, »aber an die habe ich gerade im Augenblick nicht gedacht. Ich meine eine andere Sorte von Amerikanern. Es kommt mir sehr oft so vor, als ob alles Gesindel von den Staaten, dem es dort oben zu heiß unter den Füßen wird, hier nach Mexiko kommt, um allen möglichen Unfug zu verrichten.«

»Solche Leute gibt es«, bestätigte ich. »Wir haben wirklich viel Gesindel. Das ist wahr. Und Mexiko ist das nächste fremde Land, wo diese Burschen glauben, sicher zu sein.«

»Aber nicht mit mir, Caballero, nicht mit mir«, ereiferte sich der kleine, etwas fette Herr. »Mit mir können diese Ihre Landsleute – entschuldigen Sie, daß ich sage paisanos, Landsleute, aber ich meine Sie ja nicht –, ja, also mit mir können diese Sträflinge nichts ausrichten. Ich bin ihnen heiß dahinter, si, Señor. In meinem Distrikt können diese Burschen sich nicht halten, oder ich habe sie gleich am Kragen; und wenn sie hier etwas ausgenascht haben, dann sacke ich sie gehörig ein. Aber gehörig und dick. Und dann werden sie ausgeliefert, um daheim den Rest abzumachen, den sie sich dort aufgeknallt haben.«

»Dann sind Sie wohl Staatsanwalt, Señor?« fragte ich.

»Noch nicht, aber vielleicht eines Tages. Wer weiß. Probablemente. Nein, ich bin Polizeichef in diesem Distrikt Conitaclapam. Kennen Sie den Distrikt, Señor? Waren Sie da schon einmal oben?«

»Nie in meinem Leben«, sagte ich, der Wahrheit gemäß. Einem Polizeichef gegenüber muß man immer die Wahrheit sagen, wie einem Richter, wie einem Staatsanwalt. Nur dann kommt man ungeschoren und fröhlich durchs Leben. Conitaclapam war jener Distrikt, wo ich meine abgefressene Baumwollfarm gehabt hatte, wo das Dorf, in dem ich wohnte, mit Banditen so vollgestopft war, daß ich der einzige Bewohner war, auf den ich schwören konnte, daß er bestimmt kein Bandit war. Ich glaube, ich lasse das lieber sein mit dem Schwören und begnüge mich damit zu sagen, daß jenes Dorf eine gute Anzahl von Banditen beherbergte, die alle miteinander so unschuldig aussahen wie frischgewaschene Englein auf einem Muttergottesbild.

Der Polizeichef wußte sofort, daß ich jene Gegend nicht kannte und nie gesehen hatte. Darum konnte er frischweg und frei heraus reden: »Ich habe da in meinem Distrikt eine gute Anzahl von Amerikanern leben, Farmer, Viehzüchter, Baumwollpflanzer, Ladeninhaber. Durchweg sehr anständige, ordnungsliebende Leute, die das Gesetz achten, pünktlich ihre Steuern und Abgaben entrichten und mir nie auch nur die geringste Sorge und Schererei machen. Leute mit Bildung, fleißig, arbeitsam, sparsam, fortschrittlich. Ja, wie ich gestehen möchte, Leute, auf die Sie, Señor, stolz sein dürfen. Landsleute von Ihnen, gegen die ich einen tiefen Respekt fühle, die mir jeden Tag willkommen sein würden als mexikanische Bürger.«

»Ja, ich treffe hier in Mexiko genug solche tüchtigen Leute von uns. Wackere Pioniere, um die es schade ist, daß sie nicht daheim bleiben«, sagte ich mit aufrichtiger Überzeugung.

Der Polizeichef schien sich nicht viel aus meiner Meinung zu machen. Er war im Fluß und wollte reden. Was konnte ich dagegen tun? Ich ließ ihn weiterreden. Die größte Freude, die man Menschen machen kann, ist die, sie reden zu lassen, solange sie wollen, bis ihnen das Maul ausfranst. Man wird viel mehr geachtet, wenn man andere reden läßt, als wenn man selbst redet; denn kein Mensch hat auch nur das geringste Interesse daran, die Meinung eines anderen zu hören.

So redete der Polizeichef immer darauflos: »Aber außer solchen achtbaren Amerikanern, die in meinem Distrikt zu haben ich mich glücklich schätze, habe ich auch einiges Gesindel darunter. Und auch gleich das gefährlichste, das ihr Land auszuspeien vermag. Entschuldigen Sie, Señor, das ist natürlich nicht persönlich gemeint, in keiner Weise. Ich habe da in meinem Distrikt eine gute Zeitlang einen Burschen gehabt, der Ihrem Lande sicher keine Ehre macht, ein Bursche, von dem ich zehnmal schwören will, daß er in zwanzig Städten Ihres Landes gesucht wird wegen Raubmordes, Postdiebstahls, Bankeinbruchs, Geldfälschung, Bigamie, Scheckradierung, Mädchenraubs, Gefängnissprengung, Opiumschmuggels und mehr solcher Dinge. Was er eigentlich in meinem Distrikt gemacht hat, oder wie er dahin gekommen ist, habe ich nie richtig erfahren können. Er hat da so getan, als ob er Baumwolle farmen wollte oder Öl bohren oder Kupferminen entdecken. Aber die Wahrheit ist, er ist nichts weiter gewesen als ein Landstreicher und Vagabund. Keinen ganzen Fetzen auf dem Leibe, wie mir die Leute sagen. Er hat weder die Pacht für das Land gezahlt noch die Miete für das Haus, in dem er wohnte.«

»Vielleicht hatte der arme Bursche kein Geld«, wandte ich ein, meinen vom Unglück gejagten Landsmann verteidigend.

»Mag sein«, sagte der Polizeichef. »Das will ich ihm ja auch nicht anrechnen. Dios mio, es kann ja jedem Menschen einmal eine Zeitlang das Feuer verregnen. Wenn er sonst anständig ist, habe ich gar nichts dagegen einzuwenden, wie er sich durchklammert durchs Leben. Aber was hat dieser Bursche dort getan, und das in meinem Distrikt –«

»Was denn, Señor?« fragte ich, gespannt seiner Rede folgend.

»Er hat gedoktert. Das würde ich ihm ja auch gar nicht so übelnehmen. Solange er die Leute nicht im Bauche herumoperiert, geht es mich gar nichts an, und ich frage kein Wort nach der Lizenz. Aber er hat alle Banditen, die wir angeschossen, und die uns sicher in die Hände gefallen wären, wenn er nicht gewesen wäre, gesundkuriert, sodaß sie uns alle entwischten und wir nie einen einzigen kriegen konnten. Er hat sie alle beschützt. Er hat jedes Haus gewußt, wo die Banditen sich versteckten, wenn wir hinter ihnen her waren. Er hat sie nicht nur kuriert, das wäre auch nicht das Schlimmste, aber er war so gerissen, durch und durch getränkt mit allen Kniffen und Schlichen, daß er ihnen Zaubermittel gab, wodurch den Banditen da jeder Überfall glückte. Er hat mit Radioapparaten gearbeitet und mit Lichtsignalen, sodaß jede Ankunft von Soldaten den Banditen lange vorher verraten war, ehe wir noch fünf Meilen vom Dorf entfernt waren. Und was hat der Mann verdient! Die Banditen haben ihm die Tausende von Pesos nur immer so hingeschleppt ins Haus, ein Tausend Pesos nach dem andern. Der

Mann hat mehr verdient als ich in meiner Stellung als Polizeichef. Dann hat dieser Vagabund alle Banditen englisch sprechen gelehrt, sodaß sie bald darauf auch die amerikanischen Farmer überfallen konnten und den Farmern auf englisch das Geld erpressen konnten. Was bin ich hinter diesem Mann her gewesen! Viermal war ich mit einer Kompanie Soldaten da, ihn zu fangen. Hat unsere Regierung sehr schwer Geld gekostet. Können Sie sich denken, Señor. Denn wir können das nicht umsonst machen. Es ist alles sehr teuer. Und auch ein Polizeichef muß leben, er kann nicht alles nur aus reiner Liebe zu seinem Berufe tun. Man hat mir von der Regierung schwere Vorwürfe gemacht wegen der Banditen und dreimal mit Absetzung gedroht, wenn ich da nicht Ordnung schaffe. Aber ich habe das alles an die Regierung berichtet. Ein Bericht von sechzig Maschinenschriftseiten. Es wird jetzt bei der Regierung auch eingesehen, daß ich alles getan habe, was nur in der Macht eines sterblichen Menschen liegt, und man hat eingesehen, daß dieser Amerikaner die alleinige Schuld trägt, daß wir die Banditen nicht fangen können.«

»Haben Sie ihn denn nicht einfangen können?« fragte ich.

»Nie«, sagte der Herr empört. »Nie zu fangen gewesen. Ist viel zu schlau. Gut gedrillt in den Strafgefängnissen seines Landes. Und dann hatte er doch auch alle die Banditen da im Bunde. Wie war denn da etwas zu erreichen? Ich kann gegen Menschen alles ausrichten, aber gegen Teufel bin ich machtlos. Das hat man bei der Regierung auch eingesehen. Wir werden ihn ja auch noch kriegen. Wir haben alle seine Personalien. Sind eingetragen in allen Ämtern der Republik.«

»Wieviel kann er denn abbekommen, wenn er gekriegt wird?«

»Entweder erschossen oder zwanzig Jahre nach den Maria-Inseln.«

»Ist er denn nicht mehr in deinem Distrikt?« fragte jetzt der andere der Herren, der halb zugehört, halb geschlafen hatte.

»Nein, er hat sich fortgestaubt. Richtig ist, wir haben ihm den Distrikt so eingeheizt, daß er eines Nachts auf und davon gegangen ist. Und was soll ich Ihnen sagen, Señor«, wandte er sich wieder an mich, »seitdem der Bursche hinaus ist aus meinem Distrikt, herrscht dort tiefe Ruhe, keine Banditenüberfälle. Die Zivilisation ist wieder eingekehrt in den an sich so friedlichen Distrikt. Sie dürfen mir aufs

Wort glauben, Señor, unsere Leute in jenem Distrikt sind alle friedliche und anständige Bürger, die in Ordnung ihrer Arbeit nachgehen. Freilich, wenn so ein Erzvagabund diese Leute unter seine unheilvolle Macht bekommt, dann - unsere Bürger sind ja auch nichts weiter als gewöhnliche Menschen -, was dann geschehen kann und geschieht, haben wir ja gesehen.«

Wir waren inzwischen nach Juan del Rio gekommen, wo wir alle ausstiegen, um im Restaurant zu Mittag zu essen. Hier traf der Polizeichef zwei Diputados, zwei Abgeordnete, die er kannte und die den gleichen Zug benutzten, um gleichfalls nach Mexico City zu fahren. Als der Zug weiterfuhr, betrachteten die beiden Herren, die mit mir Domino gespielt hatten, es als angenehmer, sich für den Rest der Reise mit den Diputados zu unterhalten. Dadurch gelang es mir, mich unauffällig in einen anderen Wagen zu schieben, sodaß der Polizeichef mich nicht mehr sah und mich ebenso leicht und schnell vergaß, wie er mich kennengelernt hatte.

Aber da mir alle Schliche und Kniffe wohlvertraut waren, wie mir amtlich bestätigt worden war, hielt ich es für gesünder, in der ersten Vorstadt von Mexico City, wo der Zug hielt, auszusteigen und von dort mit der Straßenbahn nach der City zu fahren. Denn wenngleich ich unschuldig war wie ein frischgebadeter Cherubim: ist man erst einmal in den Schlingen des Gesetzes, dann ist es meist immer zu spät, seine Unschuld zu beweisen. Auf alle Fälle hat man einige Monate abzusitzen, und entschädigt wird man weder für das schlechte Essen noch für das harte Bett, noch für die Läuse, die man bekommt.

Hier kann ich ja nun in aller Ruhe erzählen, daß da einmal ein Polizeichef war, der sich als so unfähig erwies, daß er selbst dann noch keinen Banditen erwischt haben würde, wenn er mit ihm Karten am selben Tisch gespielt hätte, und daß da ein Polizeichef war, der wohl wußte, daß er zu Unrecht Gehalt von der Nation bezog, der aber, um jenes Gehalt nicht zu verlieren und um die Aussicht behalten zu können, weiter in den Ämtern hinaufzurücken, seine Unfähigkeit und seine Stupidität dadurch zu verdecken suchte, daß er einen Amerikaner in seinen Berichten anschuldigte, der Anführer von Banditen zu sein. Die Erde an den Stiefelsohlen jenes Amerikaners mag ja nicht ganz so unverdächtig sein, wie das hier dargestellt wird - denn jeder Mensch wünscht von sich nur Gutes zu berichten -, aber ganz so schlimm, wie es in den Berichten an die Regierung geschildert wurde, in sechzig Seiten Maschinenschrift, ist es doch nicht gewesen. Das soll keine Verteidigung sein, sondern nur die bleiche, unbemalte Wahrheit.

Außerdem ist es Wahrheit, daß die Banditenüberfälle in jenem Distrikt, von dem hier die Rede war, in letzter Zeit erheblich zugenommen haben. Das berichten die Zeitungen. Und die Regierung berichtet, daß sie drei Kompanien Soldaten in den Distrikt schicken wird, um Ordnung zu schaffen.

Aber was auch alle berichten und sagen mögen, Zeitungen, Regierungen und der Polizeichef, kümmert mich wenig. Was ich berichtet und gesagt habe, das ist die Wahrheit. Ich muß es wissen; denn ich war dabei. Alle übrigen, die berichten, waren nicht dabei. Und insbesondere die Tausende von Pesos, die mir in die Tasche berichtet wurden, habe ich nie gesehen und noch viel weniger gehabt. Mein ganzer Verdienst an jenen Geschäften war: sechzehn Eier, es können auch zwanzig gewesen sein, ich will um die Zahl nicht streiten; zwei Kilogramm gutes Ochsenfleisch, ich habe es nicht nachgewogen, weil man einer geschenkten Katze die Flöhe nicht berechnet, aber das Fleisch war gut; und ferner habe ich meine Medizinen ersetzt bekommen, die mir einen heißen Schrecken bereiteten, als sie mir laut entgegengeschrien wurden; und endlich bekam ich zwei Schüler in Englisch. Aber die kann ich als Lohn nicht zählen, denn ich mußte hart mit ihnen arbeiten, sie haben nichts bei mir gelernt, verließen mich nach zwei Tagen und wurden auf der Farm eines Amerikaners erwischt, als sie sechs Kühe in Englisch davon überzeugen wollten, ihnen lieber freiwillig zu folgen als gezwungen, und mexikanisch mit ihnen zu ziehen. Aber auch daran war ich völlig unschuldig. Denn wenn jemand Englisch lernen will, ist es unhöflich, ihn zu fragen, ob er vielleicht die Absicht habe, amerikanischen Farmern in Mexiko in englischer Sprache Geld auszupressen. Wenn das Geld den Farmern erst einmal mit Erfolg ausgepreßt wurde, ist es ihnen gleich, ob es ihnen in Englisch, in Spanisch oder in Chinesisch abgepreßt wurde. Es kommt auf keinen Fall wieder, selbst dann nicht, wenn ein geschickter Polizeichef es erfolgreich zurückerobern sollte. Was fort ist, das ist fort. In Mexiko so gut wie in den Staaten.

Leise wogte die See und warf nur wie spielend ihre durchsichtigen, silberbeschäumten Wogen gegen die Korallenriffe von Tubuai, der Hauptinsel einer kleinen Gruppe von Eilanden im Stillen Ozean. Die Palmen auf der Insel waren von milder Luft durchrauscht, und über die bis zur höchsten Kuppe bewaldeten Berge spannte sich der Himmel rein und sonnig.

Am sandigen Korallenstrand spielte, als die Schatten länger wurden und das heiße Taggestirn sich mehr und mehr dem Horizont zuneigte, eine ganze Schar bronzefarbiger munterer Kinder. Sie haschten einander, indem sie über die scharfen Korallenstücke mit nackten Sohlen hinliefen, als ob die mit Leder und Eisen gegen jede Verletzung geschützt wären, oder sie schaukelten an langen, aus Kokosfasern gedrehten und in den Kronen der Palmen befestigten Seilen herüber und hinüber - jetzt weit über das blaugrüne Binnenwasser hinaus, über das die mächtigen Bäume ihre Wipfel neigten, jetzt hinein in das Guiaven- und Orangendickicht, mit keckem Fuß die Gefahr abwehrend, gegen irgendeinen der nahen Stämme geschleudert zu werden.

Die Männer lagen behaglich ausgestreckt im Schatten eines kleinen Orangen- und Bananenhains und schauten teils den Spielen der Kinder zu, teils ziemlich gleichgültig nach einem in der Ferne sichtbar gewordenen Segel, das mit der leichten Brise langsam näher kam. Geschäftiger dagegen waren die Frauen, die hie und da in der durchsichtigen Flut Kokosschalen zu Bechern abschliffen, Kränze und Haarschmuck aus den weißen zarten Fasern der Pfeilwurz wanden oder auch mit der Angel, bis zum Gürtel im Wasser, zwischen den Korallen standen, ein leckeres Abendmahl von kleinen Fischen zu fangen. Die wurden dann roh, nur in Kokosmilch und Salzwasser getaucht, und mit der gerösteten oder gedämpften Brotfrucht gegessen.

Früher schallte hier freilich auch das muntere Getön der Tapaklöppel durch das schattige Dunkel der Waldung. Die Frauen und

Mädchen verfertigten sich damals aus der gegorenen Rinde des Brotfrucht- und Bananenbaumes ihre eigenen Stoffe zu Rock und Schultertuch, und während ihnen lachend und singend die Arbeit zum Spiel wurde, sammelten sich die jungen Leute um sie her, halfen ihnen den Teig einkneten und ausbreiten und schnitzten ihnen aus dem harten Holz der Kasuarine die Klöppel. Jetzt ist das freilich vorbei. Zuerst brachten ihnen die Missionare, dann andere Europäer, vor allem Walfänger, buntfarbige Stoffe, die ihnen besser gefielen als die einfache, selbstgefertigte Tapa.

Wenig waren sie bisher mit den Weißen, die sich auf den benachbarten Inselgruppen festgesetzt, einen Teil derselben gewaltsam in Besitz genommen hatten, in Berührung gekommen. Zwei Missionare siedelten sich allerdings an der Nordseite der Insel an, deren gutmütige Bewohner sie bald ihrem Glauben gewonnen hatten. In wirklich innigem Verkehr mit ihnen lebte nur ein einziger Weißer, ein junger, frohsinniger Schotte, der vor fünf oder sechs Jahren einem Walfänger, auf dem er als Zimmermann gefahren, entlaufen war und seinen Weg hierher gefunden hatte. Er verliebte sich in eines der jungen Tubuai-Mädchen, die dort zu Dutzenden umherliefen, und da ihm das stille, gemütliche Leben dieses von der Welt abgeschiedenen Platzes ebenfalls gefiel und die Eltern nicht die geringsten Schwierigkeiten machten, sondern nur eine rechtsgültige Trauung durch den Missionar verlangten, gab er sein Umhertreiben auf und wurde erstlich ein verheirateter Mann und später Familienvater auf Tubuai.

Tomo, in welchen Namen die Eingeborenen sein Tom Burton bald umgetauft hatten, lag auch heute wieder mit ihnen am Strand und schaute halb träumend, halb sinnend zu dem fremden Segel hinüber, das nur langsam und schwerfällig mit der leichten Brise näher kam.

Die Sonne war indessen, ein roter Glutball, im Meer versunken, und seine Frau, ein blühendes, blumengeschmücktes, junges lächelndes Weib, kam, ihn abzuholen, das jüngste Kind auf ihrer linken Hüfte reitend – wie die Frauen dort ihren jungen Nachwuchs tragen –, das älteste, einen munteren dreijährigen Buben, an der Hand. Der Tau fing schon an, naß niederzufallen.

Das Schiff war noch eine ganze Zeit in dem hellen Streifen sichtbar, der im Nordwesten auf dem Horizont lag, seine Rahen und

Segel zeichneten sich jetzt deutlich ab. Bald jedoch verschwanden die Umrisse im Bleigrau des sinkenden Abends, und als der Mond im Osten über die Berge stieg, war es ganz verschwunden.

Die Insulaner interessierten sich aber in der Tat nur für die Schiffe, die bei ihnen anlegten, was indessen sehr selten geschah. An diese konnten sie dann Früchte, Gemüse, die sie ihr weißer Freund bauen gelehrt, und auch wohl geschlagenes Holz gegen Beile, Tabak, Kattun, Schmuck, Nägel, Spiegel und andere Kleinigkeiten eintauschen. Daß sie dabei nicht zu sehr übervorteilt wurden, überwachte Tomo ebenfalls, und da er ihnen bei solchen Gelegenheiten als Dolmetsch wertvolle Dienste leistete, war er ihnen auch in dieser Hinsicht unendlich nützlich.

Mühe genug hatte es ihn gekostet, die Eingeborenen zu der wirklich schweren Arbeit zu bringen, wie sie das Holzhauen in diesem Klima ist, und wenig nützte es dabei, daß er ihnen selber mit gutem Beispiel voranging. Sie setzten sich um ihn her, sahen ihm zu und wollten sich totlachen, wenn ihm der Schweiß in großen Tropfen von der Stirn lief, wurden aber stets sehr ernsthaft, sobald er ihnen selber die Axt in die Hand drückte, und warfen sie auch bald wieder fort. Als sie jedoch später in die Hände derer, die am fleißigsten gewesen waren, ziemlich reichlichen Gewinn fließen sahen, ließen sie sich eher dazu bewegen, mit zuzugreifen. Zureden kostete es indes noch immer.

Solch Holzschlagen war aber trotzdem ein Fest für diese fröhlichen Eingeborenen, die das Angenehme an einer Sache stets am leichtesten und schnellsten herausfanden. Dann sammelten sich die Mädchen und Frauen um die Arbeiter, pflückten Blumen und banden Kränze, mit denen sie die Geschicktesten und Fleißigsten krönten, oder lachten auch wohl über die Unbeholfenheit des einen oder des anderen. Das geschah aber auf eine so gutmütige, herzliche Weise, daß der nie hätte darüber böse werden können und jetzt schon durch eine Art Ehrgeiz angetrieben wurde, seine Sache besser zu machen und ebenfalls einen Kranz zu verdienen.

Der nächste Morgen dämmerte eben im Osten, und ein paar der jungen Leute waren früh aufgestanden, um zum Fischfang hinauszufahren. Ihr Ruf weckte aber bald noch mehrere Kameraden, die, als sie erstaunt aus ihren Hütten schauten, das gestern abend erspähte Schiff klar und deutlich und schon ziemlich nah herankommen sahen. Hätte es nicht die Absicht gehabt, bei ihnen anzulegen, so würde es die Nähe der Korallenriffe, die sich um alle diese Inseln bilden und sie oft auf viele Meilen im Umkreis umschließen, gewiß gemieden haben.

Der Seemann hat von diesen Plätzen noch keine guten Karten, und in der Tat wechseln auch die verborgenen Klippen zu oft, um all die gefährlichen Stellen mit Gewißheit angeben und, wenn sie angegeben wären, sich auf sie verlassen zu können. Wenn deshalb Schiffe an einer solchen Insel anlegen wollen, halten die Fahrzeuge darauf zu und kreuzen entweder über Nacht in sicherer Entfernung, das Tageslicht abzuwarten, oder werfen auch wohl Anker, wenn sie sicheren Grund erreichen können.

Das letztere geschieht freilich sehr selten, da die Koralle fast immer von bedeutender Tiefe jäh und schroff bis an die Oberfläche emporsteigt. Während hier die Woge über das bis zum Wasserrand gehobene Riff hinüberschäumt, findet dicht daneben das Senkblei oft auf fünf- und sechshundert Fuß keinen Grund. An ein Ankern ist natürlich in solcher Tiefe nicht zu denken.

Das fremde Schiff - darüber war kein Zweifel mehr - hatte jedenfalls die Absicht, mit dem Land in Verbindung zu treten, und eine rege, fröhliche Geschäftigkeit kam bald über die Bewohner des Strandes. Vor allen Dingen weckten sie Tomo, um ihn von dem erfreulichen Ereignis in Kenntnis zu setzen, und gingen dann eifrig daran, teils Kokosnüsse und Bananen, Orangen, Guiaven, Papayas, und wie die hundert Früchte alle heißen, zu pflücken, teils Brotfrüchte abzunehmen und süße Kartoffeln und Yams sowie Wassermelonen von den Feldern zu holen. Die Frauen waren dabei ebenso fleißig, mit rasch niedergeworfenen Blättern der Kokospalme auf eine eigene geschickte, aber einfache Weise Körbe zu flechten. In diesen konnten sie die Früchte weit besser verpacken und an Bord liefern und hatten dadurch auch eher einen Maßstab für die Masse und den Wert derselben.

Intaha, Tomos Frau, die geschickteste und fleißigste der Insulanerinnen, hatte aus Bambusstreifen und zierlich gefärbten Pfeilwurzfasern allerliebste kleine Körbchen und Taschen gefertigt, um sie bei nächster Gelegenheit gegen manche kleine Bequemlichkeit bei landenden Weißen einzutauschen. Von Tomo selber standen vier Klafter Holz aufgestellt, und er hoffte, mit seinen Gemüsen, die er gebaut hatte, seinen Früchten und seinen Hühnern und Schweinen diesmal ein ordentliches kleines Kapital anlegen zu können.

Das Schiff kam inzwischen immer näher, und als es fast bis dicht an die Riffe aufgekreuzt war, wurde ein Boot ausgesetzt. Von vier tüchtigen Riemen getrieben, hatte es schon die schmale Einfahrt in die Riffe bemerkt und kam jetzt durch das glatte Binnenwasser, das stets zwischen den Riffen und dem festen Lande liegt, rasch herbeigerudert. Und wie drehten die Matrosen, die nun so lange da draußen an Bord Salzfleisch und harten Schiffszwieback gekaut und nichts gesehen hatten als das weite Meer, beim Anrudern den Kopf so sehnsüchtig bald rechts, bald links über die Schultern, das Auge einmal wieder an dem saftigen frischen Grün der Bäume zu laben - wieder einmal Frauen und Kinder zu schauen und das Rauschen und Flüstern des Windes im Laub zu hören!

Daß die Leute beim Anblick der wehenden Palmen, süßen Früchte und lieben, freundlichen Gesichter manchmal eine Art von Heimweh bekommen und dem Schiff zu entlaufen suchen, ist allerdings unrecht, denn sie brechen einen eingegangenen Kontrakt - aber erklärlich und menschlich bleibt es immer.

Die Kapitäne wissen das auch, und obgleich schwere Strafen darauf gesetzt sind und die Leute oft den seit Jahren mühsam verdienten Lohn im Stich zu lassen genötigt sind, um nicht wieder mit hinaus auf das öde Meer zu müssen, so trauen sie ihrer Mannschaft doch nimmermehr. Wo sie einmal an solcher Insel anlegen müssen, brauchen sie jede nur mögliche Vorsicht, und diejenigen von den Matrosen, welche nicht das Boot mit rudern, dürfen das Land gar nicht betreten.

Auf solche Art sehen dann die armen Teufel von Matrosen von dem wunderschönen Land, das sie nach langer Fahrt zu betreten hoffen, gewöhnlich wenig. Was hilft es ihnen, daß sie dem Namen nach fremde Länder besuchen? Wie der Gefangene aus dem Fenster seiner Zelle die grünen Felder und die darauf schaffenden freien Menschen erkennen kann, ohne hinaus zu ihnen zu dürfen, so lehnt der Matrose an seinem Bord und schaut sehnsüchtig nach dem wundervollen Schauspiel hinüber, das sich seinen Augen bietet. Er mißt vielleicht mit einem verzweifelten Blick die Entfernung zwischen Schiff und Land, das möglicherweise durch Schwimmen zu erreichen wäre, während er die Unmöglichkeit kennt, es zu gewinnen, bevor er von dem nachgeschickten Boot wieder eingeholt und zurückgebracht würde.

Nur wenig mehr Freiheit haben die Ruderer. Allerdings betreten sie den Boden und dürfen sich selber, wenn sie Lust haben, die am Strand wachsenden Früchte pflücken, aus der Quelle trinken und mit den Eingeborenen verkehren, ihnen die Hand brüderlich drücken und ihren herzlichen Gruß erwidern. Aber ehe sie nur eigentlich recht zur Besinnung kommen können, ist auch die kurze Zeit schon wieder vergangen, der Befehl zum Einschiffen erfolgt. Ihre Heimat ist von da aufs neue das Meer, ihr Geschäft, den schmutzigen, übelriechenden Tran auszukochen.

Doch daran dachten sie jetzt nicht. Kaum berührte der scharfe Kiel des leichten Walfangboots den rauhen Korallensand, als sie auch, wie mit einem Schlag, ihre Ruder hineinwarfen und nach allen Seiten hin über Bord sprangen, um das Boot höher hinauf an Land zu ziehen. Fröhlich und geschäftig umringte sie dabei das neugierige Volk der Eingeborenen, die recht gut wußten, daß sie von solchen anlandenden Booten nichts zu fürchten hatten, so wie die Mannschaft ja auch in ihrer Mitte ebenso sicher war.

Der Harpunier nun, der jetzt ebenfalls langsam das Boot verließ, überschaute erst forschend und langsam die fremden ihn umgebenden Menschen, um irgendeinen darunter herauszufinden, der vielleicht eine Autorität unter den übrigen sein könnte, und dann mit ihm seinen beabsichtigten Handel abzuschließen. Da fiel sein Blick auf die Gestalt des weißen Mannes, der eben noch ganz in seiner europäischen, nur aus leichten Stoffen gefertigten Tracht unter dem kühlen Schatten der den Strand umschließenden Bäume sichtbar ward und langsam zum Boot herunterkam.

Auf ihn schritt er zu, nicht wenig erfreut, jetzt einen sicheren Dolmetscher zu haben, streckte ihm die Hand entgegen, die Tom nahm, und sagte auf englisch: »Ein Landsmann etwa? - Sollte mich verdammt freuen, den hier zwischen dem Kauderwelsch der Burschen zu finden.«

»Ein halber wenigstens - ein Schotte!« lachte Tom. »Wie geht's Euch? - Freue mich, Euch hier auf Tubuai begrüßen zu können.«

Der Seemann drückte die ihm gebotene und noch nicht wieder losgelassene Hand aus Leibeskräften und sprach freundlich:

»Vortrefflich; und nun können wir auch unsere Geschäfte gleich miteinander abmachen, denn der Kapitän brennt vor Ungeduld, wieder in See zu gehen. Wir wollen, wie Ihr Euch wohl denken könnt, ein bißchen von allem und bringen Euch hier dasselbe – könnt Euch dann aussuchen, was Euch am besten behagt. Holz habt Ihr doch wohl keines gehauen?«

»Wieviel braucht Ihr?«

»Ach, wir brauchen schon viel, denn das letzte ist fast verbrannt, aber der Alte will nicht bleiben, bis welches geschlagen wird.«

»Es stehen sechs Klafter gleich dort hinter der Kasuarine aufgeschlichtet«, sagte Tom. »Wie heißt Euer Schiff?«

»Sechs Klafter – das ist famos, da werden wir bald handelseinig darüber werden. – Die ›Lucy Evans‹ heißt das Fahrzeug.«

»Scheint nicht besonders schnell zu sein«, meinte Tom, der sich doch noch aus früherer Zeit her genug für die Seefahrt interessierte, um Teilnahme für die Schiffe zu zeigen, mit denen er in Berührung kam. »Es dauerte gestern lang, bis Ihr heraufkamt.«

»Ein Schnelläufer ist's nicht«, lachte der Harpunier, »aber 's ist auch kein Wunder, denn wir sind schon bald drei Jahre aus, und das Kupfer hängt uns in Lappen und Fetzen vom Rumpf herunter. Übrigens fängt sie ziemlich glücklich. – Apropos«, unterbrach er sich aber, »Ihr seid selber Seemann gewesen und wißt, daß ich die Verantwortung für meine Leute habe. Es ist hier doch keine Gefahr, daß sie davonlaufen können?«

»Wenn sie Bescheid am Strand wüßten, wär's schon möglich«, sagte Tom mit ebenso leiser Stimme, wie die Frage an ihn gestellt war, »aber so nicht, denn eine Lagune schneidet hier hinten ein, die sie nicht kreuzen würden; und so wären sie leicht wieder einzufangen. Habt keine Angst.«

»Desto besser – aus den Augen werd' ich sie so nicht lassen. Es ist doch eine verwünschte Geschichte mit dem Auskneifen der Halunken. Seit wir ausgefahren, sind uns schon dreizehn Mann davongelaufen.«

»Dreizehn Mann, das ist viel, da werdet ihr knapp an Mannschaft sein.«

»Verdammt knapp, obgleich wir ein paar neue von den Sandwichinseln dazugenommen haben. Wie wär's hier? Sollten sich nicht ein paar von den Insulanern bewegen lassen, einmal einen Kreuzzug auf Wale zu versuchen?«

Tom schüttelte lachend den Kopf und sagte:

»Du lieber Gott, das sollte den leichtherzigen und an diesen sonnigen Himmel gewöhnten Burschen wunderlich vorkommen, wenn sie plötzlich zwischen die nordischen Eisberge hinaufgeführt und dort gezwungen würden, Tag und Nacht Tran auszukochen. Sie sind beinahe zu bequem, sich hier im Warmen ihre eigene Brotfrucht zu backen.«

»Oh, das wollten wir ihnen schon angewöhnen«, erwiderte der Seemann.

»Ja, das glaub ich«, nickte Tom ernst. »Ich möchte ihnen doch nicht dazu raten - aber«, setzte er freundlich hinzu, »macht Euch darüber keine Sorgen, Ihr hättet auch schlechte Matrosen an ihnen. Wenn Ihr von hier Tahiti anlauft, glaub ich ziemlich sicher, daß Ihr dort wenigstens in etwas Eure Mannschaft vervollständigen könntet. Die Franzosen sollen, wie ich früher einmal gehört habe, ziemlich regelmäßig eine Partie von aufgefangenen armen Teufeln in ihren Verschlägen sitzen haben.«

»Ich glaube, der Alte hat nicht übel Lust dazu«, sagte der Harpunier. »Jetzt aber vor allen Dingen, zeigt mir erst einmal Euer Holz und seid so gut und laßt von Brotfrüchten, Orangen und Gemüsen, von denen Ihr, wie ich sehe, einen Vorrat habt, alles zum Verkauf Angebotene zum Boot hinunterschaffen. Ich werde nachher auslegen, was ich an Tauschwaren mitgebracht habe. In solcher Art kommen wir am schnellsten zu einem Resultat.«

Sich dann an seinen Bootssteurer wendend, dem er heimlich die Warnung zuflüsterte, auf die Leute ordentlich achtzugeben, schritt er mit Tom, der seinen Insulanern ebenfalls die gewünschte Anordnung in ihrer Sprache zurief, nach dem gar nicht weit entfernten Holzplatz. Obgleich hier das geschlagene Holz dem Harpunier sehr behagte, konnte er doch keinen festen Handel mit dem Eigentümer abschließen, da er hiezu nicht einmal genug Waren oder Geld mitgebracht, auch keinen fest bestimmten Auftrag vom Kapitän erhalten hatte.

»Wißt Ihr was, Freund!« wandte er sich da an den Schotten. »Fahrt in meinem Boot mit an Bord. Ein paar von den Eingeborenen können uns ja in einem ihrer Kanus begleiten, um Euch, falls Ihr nicht handelseinig würdet, wieder mit zurückzunehmen. Ich zweifle aber nicht im mindesten daran, daß der Alte das Holz nimmt und außerdem übermäßig froh ist, es nur zu bekommen. Unter uns gesagt, muß er es entweder hier nehmen oder in nächster Zeit noch eine andere Insel anlaufen, wo es ihm dann kaum so leicht gemacht werden würde, es fertig gespalten und nah am Strand zu finden. Wem gehört es - Euch?«

»Nur zum Teil - etwas gehört den Eingeborenen.«

»Gut, für die schließt Ihr ja doch den Handel ab, und nun kommt mit mir zum Strand zurück, daß ich meine Leute wieder unter den Augen habe.«

»Wollt Ihr nicht erst einmal in meine Hütte treten und Euch dort etwas erfrischen?« fragte ihn Tom. »Sie ist kaum zweihundert Schritt von hier entfernt. Dort liegt schon die Umzäunung, die sie und meinen Garten umschließt.«

»Dank Euch, dank Euch«, erwiderte der Seemann, »ich guckte gern einmal hinein, aber es geht nicht. Der Boden brennt mir hier, wo ich meine Bootsmannschaft nicht übersehen kann, unter den Füßen. Überhaupt müßt Ihr mir versprechen, das Holz, wenn wir es übernehmen, bis zum offenen Strand zu schaffen, wo es die Eingeborenen meinetwegen abwerfen können. Hier in den Wald darf ich meine Leute nicht lassen, die Verführung wäre zu groß, und sie brennten mir, Gott straf mich, durch.«

»Ihr scheint schlechtes Vertrauen zu ihnen zu haben«, lachte Tom. »Ist denn Euer Kapitän solch ein Seeteufel oder das Leben an Bord so schlecht?«

»Ih nun, der Alte hat wohl ein bißchen von dem, was Ihr Seeteufel nennt, im Leibe, Ihr werdet das wohl schon kennen. Die Kost an Bord ist übrigens vortrefflich, und überarbeitet werden die Leute ebenfalls nicht. Um fünf Uhr ist alle Abend Feierzeit - ausgenommen natürlich, wir haben einen Fisch langseit oder Speck an Bord.«

»Nun, das versteht sich von selbst«, sagte Tom; »aber da sind wir wieder am Strand und dort auch Eure Leute, Ihr könnt also beruhigt sein.«

Der Handel mit den Früchten begann jetzt, von den Matrosen wurde er durch einzelne Gebärden und das Vorzeigen von Stücken Tabak, Messern, Hemden und anderen Dingen, die sie notdürftigerweise glaubten entbehren zu können, geführt. Frisches Gemüse und vielleicht etwas Zitronensaft bekamen sie schon vom Schiff, den

Skorbut von ihnen fernzuhalten, aber Orangen, Ananas und andere saftreiche Früchte mußten sie, wenn sie derlei unterwegs haben wollten, sich selber anschaffen.

Tom hatte indessen mit dem Häupling dieses Distrikts, dem der Harpunier vorher auf sein Anraten einige kleine Geschenke gemacht, den Handel über eine gewisse Quantität von jungen Kokosnüssen, Brotfrüchten und Gemüsen abgeschlossen. Die Eingeborenen waren emsig damit beschäftigt, alles zum Strand hinunterzuschaffen, wo es die Matrosen sogleich in Empfang nahmen und in ihre Boote packten. - Intaha war ebenfalls zum Strand gekommen, um dem Gatten zu bringen, was sie an zum Verkauf gefertigten Arbeiten bereit hatte, und der Bootssteurer, ein junger Amerikaner, handelte ihr hier schon einen kleinen Teil der Sachen ab. Das übrige ließ Tom in das Boot legen, um es dem Kapitän wie den übrigen Offizieren anzubieten.

»Ich will mit dem Vater hinausfahren«, sagte sein kleiner Knabe, als er ihn aufhob und küßte und dann seinem Weib die Hand reichte, »ich will auch das große Kanu da drüben sehen.«

»Das geht nicht, mein Herz«, beruhigte ihn der Vater, »da drüben bist du nur im Weg, und die Mutter ängstigt sich indessen um dich.«

»Laß ihn hier«, bat auch die Frau, »ich wollte, du gingst ebenfalls nicht mit, Tomo. - Wenn ich dich mit den fremden Männern in solch einem Boot wegfahren sehe, ist mir's doch immer, als ob du nicht wiederkämst und in deine eigene Heimat zurückgingst - und was sollte Intaha dann mit sich und den Kindern beginnen?«

»Fürchte dich nicht«, lachte der Mann. »Wie viele Schiffe habe ich schon besucht, und ich kenne auch das Leben da draußen viel zu genau, um durch irgendeine Vorspiegelung verlockt zu werden. Ich weiß, was die mir bieten können und was ich hier besitze. Übrigens fährt dein Bruder Alohi mit uns hinüber, und ich hoffe, diesmal Geld genug mitzubringen, den ganzen Kokosgarten, der hinter unserem Grundstück liegt, dem Häuptling abzukaufen.«

»Kommt an Bord!« rief die Stimme des Harpuniers, der seinen Platz im Boot schon eingenommen hatte. Tom sprang hinein, Alohi und ein anderer Insulaner stiegen in ihr Kanu, das Boot, wie es verabredet worden, zum Schiff hinaus zu begleiten, und bald schäumten die zwei kleinen Fahrzeuge durch das Wasser hinaus, der Einfahrt zwischen den Riffen zu.

Die beiden Insulaner taten ihr möglichstes, mit dem europäischen Boot gleiche Fahrt zu halten, sie arbeiteten, daß ihnen die schweren Tropfen von der Stirn liefen. Die langen Riemen der Matrosen waren aber doch kräftiger als die leichten, nur durch den Druck der freigehaltenen Hand geführten Ruder, und noch ehe sie die Riffe erreichten, hatte das Walfangboot schon wenigstens dreihundert Schritt Vorsprung gewonnen. Als die Eingeborenen einsahen, daß sie mit den Seeleuten nicht Schritt halten konnten, legten sie ganz gelassen ihre Ruder ein, sich erst einmal ein wenig auszuruhen, drehten sich dann eine Zigarette aus dem frisch eingehandelten Tabak, den sie in einen Streifen eines trockenen Bananenblattes geschickt einwickelten, und rieben hierauf mit zwei dazu mitgenommenen Stücken trockenen Guiavenholzes Feuer.

Das Walfangboot hatte schon seine Fracht an Bord gelöscht und wurde eben mit seinen Kränen hinaufgeholt, ehe sie die Ruder wieder ergriffen und ihm langsam nachfuhren.

Tom war, als das Boot die »Lucy Evans« erreichte, hinter dem Harpunier her rasch an Bord geklettert. Während sie anruderten, hörten sie die kleine Kompaßglocke acht Glasen - zwölf Uhr - schlagen, und als sie an Deck sprangen, stieg der Kapitän gerade nach genommener Observation in die Kajüte hinunter, seine heute morgen erhaltene Beobachtung mit der jetzigen zu berechnen und dadurch seinen Chronometer zu kontrollieren.

Die »Lucy Evans« war ein trefflich eingerichtetes, aber durch die lange Fahrt und kürzlich genommene Beute, von der die Spuren noch an Deck zu sehen waren, ziemlich arg zugerichtetes Schiff. Auch die Mannschaft, die herbeisprang, die langersehnten Früchte und das frische Gemüse in Empfang zu nehmen und zum großen Teil in die Vorratskammern zu schaffen, Ananas und Bananen aber an Deck aufzuhängen, hatte ein verwildertes, liederliches Aussehen.

»Ihr scheint wirklich ziemlich knapp an Mannschaft zu sein«, sagte Tom, der sich das Deck eine Zeitlang schweigend betrachtet hatte, zum Harpunier, »wenn das nämlich alle sind, die ich hier an Deck sehe, und ich glaube doch kaum, daß sich bei der Ankunft von frischem Gut viele unten halten.«

»Ihr habt recht«, sagte der Harpunier mürrisch, »das ist die ganze Bande, und ein nichtswürdigeres Gemengsel von Schneidern, Schustern und entlaufenen Handwerksburschen ist wohl noch nie an Bord eines ordentlichen Seeschiffes zusammengefunden worden. Mit Müh und Not haben wir ihnen in den letzten zwei Jahren wenigstens das Rudern beigebracht; ein volles Jahr hat es aber gedauert, ehe sie nur zusammen anzogen. Es war ein ordentlicher Skandal, und wenn wir oben in der Beringstraße in der Nähe eines anderen Schiffes lagen, schämten wir uns wahrhaftig, ein Boot auszuschicken, und haben dadurch mehrere Fische verloren. Was das Takelwerk betrifft, können die Kerle noch jetzt kaum einen Reffknoten schlagen.«

»Zum Auskochen sind sie gut«, lachte Tom, »wenn nur die anderen Offiziere ihre Sache verstehen.«

»Die anderen Offiziere? Ja, Harpuniere und Bootssteurer haben wir vollzählig - einen Bootssteurer ausgenommen, der unten krank liegt -, aber keinen einzigen Zimmermann und keinen Schmied, und der erste Böttcher ist uns ebenfalls auf Hawaii davongelaufen. Es ruht ein wahrer Fluch auf dem alten Kasten, und wenn uns noch ein paar Boote ernstlich beschädigt werden, müssen wir wahrhaftig irgendeine amerikanische Küste anlaufen. Aber da kommt auch Euer Kanu heran - die Burschen lassen sich Zeit. - Ist doch ein faules Volk.«

»Lieber Gott, wer kann's ihnen verdenken!« lachte Tom. »Die Natur gibt ihnen alles, was sie brauchen, mit vollen Händen, ohne daß sie nötig hätten, sich anzustrengen. Übrigens sind sie lebendig genug, wo sie wirklich etwas interessiert, und ich glaube auch größerer Leidenschaft und Regsamkeit fähig, wenn sich ihnen irgendeine notwendige Gelegenheit bieten sollte. - Aber kommt da nicht Euer Kapitän? Wie heißt er?«

»Rogers. - Ihr werdet Euer Kanu wohl nicht brauchen, denn ich bin überzeugt, er schickt die Boote gleich wieder hinüber, das Holz abzuholen.«

»Rogers?« rief Tom, »ich glaube wahrhaftig, das ist ein alter Bekannter. Welches Schiff hatte er früher?« setzte er rasch hinzu, ohne den Blick von dem jetzt eben an Deck kommenden Kapitän zu wenden.

»Den ›Bonnie Scotchman‹, wenn ich nicht irre«, lautete die Antwort.

»Alle Teufel!« murmelte Tom halblaut vor sich hin und warf wie unwillkürlich den Blick nach dem eben anlegenden Kanu hinunter.

Der Harpunier war indessen auf den Kapitän zugegangen, um ihm sowohl Bericht von dem abgeschlossenen Handel mit Früchten und Gemüsen abzustatten, als auch von dem Holz zu sagen, das fertig geschlagen und ausgetrocknet drüben am Strande liege und eben nur an Bord geholt zu werden brauche.

»Das ist vortrefflich, Mr. Hobart«, sagte der Kapitän rasch, »besser können wir es uns gar nicht wünschen - und der Preis?«

»Ist auch mäßig - es wohnt ein Weißer drüben zwischen den Eingeborenen, der die ganze Sache zu leiten scheint und den ich deshalb gleich mit herübergebracht habe, damit Ihr den Kauf selber mit ihm abschließen könnt. Da drüben steht der Mann.«

»Desto besser, desto besser! Spricht er Englisch?«

»Er ist ein Schotte.«

»Oh, vortrefflich? - Ah, guten Tag, Mister - Pest noch einmal! - das Gesicht kommt mir verdammt bekannt vor!«

»Wie geht's, Kapitän Rogers?« fragte Tom, der rasch gefaßt, aber doch leicht errötend und etwas verlegen lächelnd auf ihn zuging. Er reichte ihm dabei die Hand, die jener langsam nahm, ihm jedoch immer aufmerksamer ins Auge sah. - »Sie kennen mich wohl kaum noch, wie? - Ja, ich bin braun geworden in den langen Jahren unter der heißen Sonne hier.«

»Wart Ihr nicht auf dem ›Bonnie Scotchman‹?«

»Allerdings.«

»Zimmermann?«

Tom nickte.

»Und lieft mir auf Hawaii davon?«

Tom wurde blutrot im Gesicht, aber ein gutmütiges und doch halbverschmitztes Lächeln durchzuckte dabei seine Züge, als er erwiderte: »Und Sie hätten mich beinahe wieder erwischt, denn die nach mir ausgeschickten Eingeborenen waren mir ein paarmal dicht auf den Fersen. Fünfzehn Stunden habe ich einmal bei einem furchtbaren Regengusse in dem Wipfel einer Palme zugebracht.«

»Vier Tage bin ich Euch zulieb damals an der verdammten Insel liegen geblieben und habe indessen nicht allein den Fang versäumt, sondern mich auch nachher die ganze übrige Reise mit dem Esel von Zweitem Zimmermann behelfen müssen.«

»Es war vielleicht nicht recht damals, Kapitän Rogers«, gestand Tom ehrlich ein, »aber das Land lachte gar so verlockend herüber, und Sie wissen selbst, was für ein grober, ungerechter Mensch ihr damaliger Erster Harpunier war. Er brachte uns fast alle zur Verzweiflung und trieb die meisten vom Schiff, wo sich ihnen nur die geringste Gelegenheit dazu bot.«

»Das ist keine Entschuldigung, Mr. - wie war doch Euer Name gleich?«

»Tom Burton.«

»Ach ja - Mr. Burton, das ist gar keine Entschuldigung. Ihr hattet Euch mir und dem Reeder für die ganze Fahrt verpflichtet und wart nicht allein uns, sondern auch Euren Kameraden schuldig, daß Ihr bliebt. Ihr wißt recht gut, daß auf einem Walfänger die ganze Mannschaft gemeinsamen Anteil an dem Fang hat, den Fang aber nicht betreiben kann, wenn ihr die wichtigsten Handwerker dazu, Zimmermann und Böttcher, an Bord fehlen. Da wir alle an Bord umsonst herumfahren würden, wenn die Boote nicht hinausgingen und an Fische festkämen, so ist das Instandhalten ebendieser Boote auch eine der wichtigsten Sachen an Bord eines Walfischfängers, und deshalb gerade werden die Zimmerleute engagiert und verpflichtet. Sobald sie ihren Kontrakt brechen, gefährden sie den Fang des ganzen Schiffs und ziehen nicht allein dem Reeder, der das Schiff ausgerüstet hat, ungeheure Verluste zu, sondern schneiden auch der ganzen übrigen Mannschaft, vom Kapitän herunter bis zum Schiffsjungen, die Möglichkeit eines Verdienstes ab. Und zum Spaß treiben wir uns doch wahrhaftig auch nicht drei und vier Jahre bald zwischen Eisschollen, bald unter einer solchen Sonne umher, und lassen Weib und Kind indes zu Hause.«

»Sie haben vollkommen recht, Kapitän«, sagte Tom, der jetzt ganz ernst und eher etwas blaß geworden war. »Hie und da liegt aber auch der Fehler wohl mit an den Offizieren, die ihre Macht zu sehr mißbrauchen. Ich weiß allerdings, daß an Bord eines solchen Fahrzeuges ebensogut wie an Bord eines Kriegsschiffs unbedingte Subordination herrschen muß, wenn nicht Schiff und Mannschaft darüber zugrunde gehen sollen. Aber die Herren - und Ihr früherer Erster Harpunier war ein solcher, Kapitän Rogers - glauben manchmal, daß sie mit ihren Untergebenen eben nach Willkür machen können, was sie wollen - widersetzen darf sich ihnen ja doch niemand - und mißbrauchen dann die ihnen erteilte Würde ebenso zum Schaden des Schiffes, wie es der Untergebene tut, der sich solcher ihm lästig oder unerträglich werdenden Herrschaft durch die Flucht entzieht.«

»Mr. Williams war einer der tüchtigsten Offiziere, die es geben kann, und ein ausgezeichneter Walfischfänger.«

»Ich will ihn nicht anklagen, um mich zu verteidigen, Kapitän Rogers«, entgegnete Tom freundlich. »Junge Leute, wie sie recht gut wissen, sind oft leichtsinnig, und ich war damals noch ein ganz junger, unerfahrener Bursche. Jetzt bin ich vernünftiger und denke anders, vernünftiger darüber.«

»Es ist mir lieb, das zu hören«, erwiderte der Kapitän, »noch dazu, da es selbst jetzt nicht zu spät ist, das Geschehene wieder gutzumachen.«

»Durch Holz wenigstens«, lächelte Tom, »Ihnen das Auskochen an Bord zu erleichtern. Sie scheinen schon eine hübsche Ladung Tran genommen zu haben.«

»Es geht an«, sagte der Kapitän, immer noch zurückhaltend, und fuhr dann in dem früheren Thema fort. »So ist es auch diesmal mit den Leuten, und obwohl wir ganz vorzügliche und ruhige Offiziere an Bord haben - worin Ihr die Hauptursache des Weglaufens der Mannschaft seht -, haben eine große Anzahl und unter ihnen sogar beide Zimmerleute und der Erste Böttcher heimlich und widerrechtlich das Schiff verlassen und uns in die peinlichste Verlegenheit gebracht.«

»Hm, das ist allerdings fatal.«

»Desto mehr«, sprach der Kapitän ruhig , »freue ich mich, daß uns der Zufall zu so günstiger Zeit wieder zusammengeführt hat. Ihr hättet zu keiner besseren Stunde an Bord kommen können.«

»Nur mit dem Unterschied«, lächelte Tom, der aber doch fühlte, daß ihm das Herz dabei stockte, denn er ahnte, was der Kapitän mit den Worten meinte, »daß ich nicht an Bord gekommen bin, wieder zu fahren, sondern Ihnen nur mein Holz am Strand zu verkaufen.«

»In welcher Absicht, bleibt sich ziemlich gleich«, erwiderte der Kapitän mit einem leichten, aber nichts Gutes weissagenden Lächeln um die zusammengepreßten Lippen. »Ich will übrigens das Geschehene vergessen sein lassen und Euch die damals versäumten Tage, bei dem, was wir künftig fangen, nicht in Anrechnung bringen. Euer früherer Anteil hat auch schon zum Teil dafür gezahlt.«

»Künftig fangen, Kapitän?« sagte Tom, der sich gewaltsam zwang, ruhig zu bleiben, »ich glaube nicht, daß ich je wieder auf den Walfischfang ausgehe. Ich bin älter seit der Zeit geworden und ruhiger, und habe mir außerdem auch noch eine der Töchter dieses Landes zur Frau genommen. Dort unter den Palmen steht meine eigene Heimat, lebt meine Familie, und die darf ich schon nicht mehr verlassen, wenn ich selber wollte.«

»Familie? bah!« meinte der Kapitän, »hab' ich etwa keine Familie zu Hause? Das ist das Schicksal der Seeleute, daß sie sie jahrelang entbehren müssen. Desto besser gefällt es ihnen aber auch dafür, wenn sie wieder nach Hause kommen.«

»Mag sein - die Ansichten sind verschieden«, brach da Tom das Gespräch, das ihm peinlich zu werden begann, kurz ab. »Jetzt, Kapitän, möchte ich Sie bitten, zu bestimmen, was und wieviel Sie von dem Holze brauchen - und hier«, setzte er lächelnd hinzu, »hab' ich auch noch einige Kleinigkeiten mitgebracht, die meine Frau gearbeitet, und von denen sich die Offiziere vielleicht einiges mit nach Hause nehmen. Das Körbchen hier, Kapitän Rogers, möchte ich Sie bitten, zum Andenken an mich zu behalten.«

Der Kapitän zögerte, es zu nehmen, stellte es aber dann neben sich auf das Gangspill und sagte: »Wir wollen das nachher zusammen abmachen. - Wieviel Holz habt Ihr drüben?«

»Sieben Klafter.«

»Und der Preis?«

»Ich bin beauftragt, Handelsartikel dafür einzutauschen.«

»Gut, Mr. Hobart, das Holz wäre mir allerdings erwünscht, wenn ich es an Bord hätte, aber - wir wollen uns nicht solange damit aufhalten. Nehmen Sie Ihr Boot und das des Zweiten Harpuniers und fahren Sie damit an Land. Die Leute mögen da einladen, was sie herüberschaffen können. Wir sehen dann, wieviel es beträgt, und können Mr. Burton den gewünschten Preis dafür auszahlen.«

»Es ist mir dann lieber, daß ich mit hinüberfahre«, sprach Tom ruhig, »denn wenn sie so wenig nehmen, wünschte ich gern, daß Sie das trockenste bekämen.«

»Das wird sich Mr. Hobart schon aussuchen.«

Die Boote waren im Augenblick niedergelassen, die dazu bestimmte Mannschaft sprang hinein, und nur der Erste Harpunier zögerte noch. Er war zum Kapitän hinangegangen und sagte leise:

»Lieber wäre es mir, der Schotte führe mit hinüber - ich verstehe die Sprache der Leute nicht.«

»Sie müssen schon sehen, wie Sie durchkommen«, entgegnete ihm ebenso leise der Kapitän. »Der Schotte bleibt an Bord - setzen sie den Dritten Harpunier, Mr. Elgers, davon in Kenntnis.«

Der Harpunier erwiderte nichts darauf, aber sein überraschter Blick, der fast unwillkürlich nach dem Schotten hinüberflog, wurde von diesem ebenso schnell aufgefaßt und verstanden, und wie mit einem Messer stach dem armen Teufel das Bewußtsein der Gefahr ins Herz, der er sich hier plötzlich ganz freiwillig preisgegeben. - Aber der Kapitän durfte doch auch nicht wagen, jetzt noch nach so langen Jahren Gewalt gegen ihn zu brauchen. - Und wenn er es doch tat? Wer hier auf der weiten See sollte ihn daran hindern oder sich des Schutzlosen annehmen?

Mißtrauisch überlief sein Blick das Deck, aber er hütete sich wohl, die mindeste Furcht zu zeigen. Dabei aber konnte es ihm nicht entgehen, daß der Erste Harpunier, ehe er in das Boot stieg, rasch ein paar Worte mit dem Dritten Harpunier wechselte, und dieser warf ebenfalls einen überraschten flüchtigen Blick nach ihm hinüber. Er wußte jetzt, er war ein Gefangener - aber was jetzt tun? An Flucht mit dem Kanu war nicht zu denken - er hatte vorher schon gesehen, wieviel rascher die Seeleute mit dem schwer mit Früchten beladenen Walfangboot gefahren waren; das leichte leere Boot hätte sie eingeholt, ehe sie zwei Schiffslängen entfernt gewesen wären. Gewaltsame Befreiung? An dieser Seite der Insel lagen nur drei Kanus, und was hätten die unbewaffneten Insulaner, selbst wenn sie sich seinethalben hätten schlagen wollen, gegen die Mannschaft eines Walfängers ausrichten können? - Die einzige Möglichkeit blieb, die Eingeborenen zu veranlassen, die Mannschaft der beiden Boote, oder wenigstens nur die Offiziere gewissermaßen als Geiseln zurückzuhalten, bis er selber ausgeliefert war; aber dann mußte er das Kanu jetzt fort und an Land schicken.

Der Kapitän hatte ebenfalls hinten am Steuer mit dem Dritten Harpunier gesprochen und stieg jetzt in seine Kajüte nieder, den früheren Ausreißer scheinbar sich selbst und vollkommen frei lassend. Tom kannte aber viel zu gut die strenge Subordination eines Walfängers, wo besonders der Ruf zu den Booten im Nu ausgeführt wurde. Die einzige Möglichkeit einer Rettung blieb in der Tat noch das Festnehmen der Offiziere am Ufer, und als Tom das erst einmal erkannt hatte, beschloß er auch, es so rasch wie möglich auszuführen.

Alohi lehnte, seine Zigarre rauchend und ohne die Gefahr zu ahnen, die dem Gatten seiner Schwester drohte, an Bord und betrachtete mit besonderer Aufmerksamkeit das Tauwerk des Schiffes. Tom näherte sich ihm und sagte mit gedämpfter aber nichtsdestoweniger ängstlich gepreßter Stimme:

»Alohi – die weißen Männer wollen Tomo an Bord behalten!«

»Ati?« rief Alohi erstaunt.

»Ruhig! Laß niemand merken, daß ich dir ein Wort davon gesagt, aber wenn du von mir den Befehl erhältst, an Land zu rudern, so tue das, so rasch ihr das Kanu vorwärtstreiben könnt. Versichert euch dort augenblicklich des Mannes, der heute morgen die Matrosen hinüberbrachte, schafft ihn ins Innere und gebt ihn nicht heraus, bis ich wieder an Land und in eurer Mitte bin.«

»Matoi!« sagte der junge Bursche, dessen Augen vor Freude über den willkommenen Auftrag leuchteten, »soll ich jetzt gehen?«

Tom warf einen Blick nach der Schanze zurück. Der Dritte Harpunier lehnte über Bord und schien gar nicht auf ihn zu achten – wenn nun sein Verdacht unbegründet war? – Aber er gab sich dieser Täuschung nicht lange hin, denn er kannte seine Leute.

»Ich werde zu dem Mann dort hinten gehen und mit ihm sprechen«, sagte er jetzt wieder. »Sobald er nicht mehr über Bord sieht, stößt du ab und ruderst langsam hinüber. Erst wenn ihr den Eingang der Riffe erreicht habt – mit dem Vorsprung können sie euch nicht einholen –, laß dein Kanu über das Wasser fliegen.«

»Aber warum fährst du nicht lieber gleich mit?« fragte der Insulaner erstaunt, »es hält dich niemand.«

»Jetzt nicht – aber der Befehl ist schon gegeben, mich nicht von Bord zu lassen. Daß ihr glücklich an Land kommt, ist die einzige Möglichkeit, mich noch zu retten.«

Der Eingeborene erwiderte kein Wort, und Tom wandte sich ebenfalls langsam von ihm ab und schritt dem hinteren Deck zu, auf dem der Harpunier noch immer über Bord lehnte.

»Seid Ihr recht glücklich gewesen, Sir, auf Eurer letzten Fahrt«, knüpfte hier Tom ein Gespräch mit ihm an; »das Schiff muß schon eine hübsche Ladung haben, es liegt ziemlich tief im Wasser.«

»Es geht an«, antwortete ihm der Harpunier, indem er sich zu dem Frager umdrehte. »Wir haben schon etwas über 3000 Tonnen Tran und etwa 50 000 Pfund Barten geladen. Wenn sich's nur halbwegs macht, können wir in der nächsten Jahreszeit voll werden. Es ist auch Zeit«, setzte er dann mürrisch hinzu, »wir treiben uns nun schon fast drei Jahre hier draußen herum.«

»Das ist recht lang«, sagte Tom, mit dem Kopf nickend, »da wird mancher an Bord das Heimweh bekommen haben. Ich weiß nicht - wenn man erst einmal eine Zeitlang an Land ist.«

»Sagt einmal den Leuten dort im Kanu, daß sie nicht abstoßen«, unterbrach ihn da der Harpunier, indem er den Blick wieder über Bord warf. »Der Kapitän hat befohlen, daß sie warten, bis die Holzboote zurück sind.«

»Das Kanu? Der Kapitän hat, soviel ich weiß, dem wohl nichts zu befehlen«, erwiderte Tom, dem das Blut ins Gesicht schoß.

»An Bord, wißt ihr, Kamerad, hat ein Kapitän wohl so ziemlich über alles zu befehlen«, erwiderte der Harpunier ruhig. »Bitte, ruft die Leute zurück - Ihr wißt recht gut, daß sie das Walfangboot in ein paar Minuten wieder einholen würde. Was sollen sie an Land.«

»Sie wollen, soviel ich weiß, noch mehr Früchte holen.«

»Das ist unnütz, die Boote bringen schon alles mit, was wir noch etwa brauchen können. Seid vernünftig, Freund, und ruft sie zurück! - Dritte Bootsmannschaft, steht bei eurem Boot!« rief er zugleich mit lauter, aber vollkommen ruhiger Stimme über Deck, und die Leute, mit dem Bootssteuerer an der Spitze, standen wenige Minuten später an den Fallen, an denen das kleine Fahrzeug unter seinen Kränen hing. - Es bedurfte nur noch eines Wortes oder Zeichens, und es glitt auf das Wasser nieder.

Tom sah ein, daß ihm dieser Ausweg abgeschnitten sei, aber er wollte es noch nicht zum Äußersten kommen lassen.

»Alohi!« rief er mit einem eigentümlichen schrillen Ruf über das Wasser hinüber dem kaum hundert Schritte entfernten Kanu nach. Die Insulaner, die darin ruderten, drehten den Kopf nach ihm um. - »Kommt an Bord zurück!« - Die Eingeborenen ließen die Ruder im Wasser, zögerten aber noch, dem Befehl Folge zu leisten.

»Kommt zurück!« rief Tom noch einmal, »aber legt nicht an Bord an, sondern haltet euch nur dicht neben dem Schiff.« - Er hatte einen neuen Plan gefaßt, so verzweifelt dessen Ausführung ihm auch selber schien. Die Insulaner gehorchten jetzt, und der Harpunier, die Bootsmannschaft wieder an ihre Arbeit schickend. lehnte sich wie vorher nachlässig an die Schanzkleidung des Schiffes.

»Ihr werdet begreiflich finden, Sir,« sagte der Schotte endlich, der entschlossen war, zu wissen, wie er mit dem Schiffe stand, »daß ich nicht recht einsehe, weshalb ihr das Kanu verhindern wollt, zu gehen, wohin es ihm beliebt.«

»Und wollt Ihr denn nicht wieder mit dem Kanu zurückfahren?« lächelte der Seemann.

»Allerdings will ich das.«

»Nun gut, dann dürfen wir es doch nicht von Bord lassen. Glaubt Ihr, daß Euch der Kapitän in einem seiner Boote an Land fahren ließe?«

»Ihr weicht mir aus, Sir - welcher Befehl ist Euch über mich gegeben?«

»Welcher Befehl? - Keiner als der, Euch und die Eingeborenen nicht von Bord zu lassen, bis Ihr das Geld für das Holz in Empfang genommen habt.«

Tom fühlte den Hohn in den Worten, wußte, daß es Lügen waren, und der kalte Angstschweiß trat ihm bei dem Bewußtsein der Gefahr, in der er sich jetzt befand, auf die Stirne. Er biß die Unterlippe zwischen die Zähne und wandte sich, die Arme fest verschränkt, von dem Harpunier ab, so weit, daß dieser seine aufsteigende Bewegung nicht bemerken sollte. Nur eine Hoffnung, nur eine Aussicht zur Flucht blieb ihm noch. Wenn es ihm gelang, das eine noch unter den Kränen hängende Walfangboot leck zu machen, sodaß sie ihm nicht mit dem folgen konnten, durfte er hoffen, mit dem Kanu zu entkommen. Die anderen beiden Boote hatten das Land schon erreicht, und kurze Zeit reichte hin, sie mit Holz zu füllen. Dann waren sie aber auch zu schwerfällig, um eine Jagd unternehmen zu können, und außerdem wußte er eine andere Einfahrt in die Riffe, die, in sich selbst geschlossen, aus dem dortigen Binnenwasser nicht einmal erreicht werden konnte.

Hier galt es jetzt, das Äußerste zu wagen; der Feind durfte aber auch keinen Verdacht fassen, sein Plan wäre ihm sonst gleich vornherein vereitelt worden. Langsam ging er deshalb wieder mehr nach vorn, von wo er seinem Schwager die nächsten Verhaltensregeln zurufen und ihn von dem, was er beabsichtigte, in Kenntnis setzen konnte. Die Einfahrt in die Riffe, aus der sie herausgekommen, lag etwa auf halbem Weg zwischen dem Lande und dem Schiff, und allerdings mußte er dort ziemlich nah vorbei. In den Booten konnten sich aber die Leute, wenn sie Holz geladen hatten, nicht so gut bewegen. Wenn er die Einfahrt passiert hatte, brauchte er kaum zu fürchten, daß er noch eingeholt werden könnte. Außerdem lag noch ein Ruder im Kanu, und drei, wenn es galt, konnten das leichte kleine Fahrzeug auch rascher vorwärtstreiben, als es vorhin geschehen war.

Das Herz schlug ihm, als ob es die Brust zersprengen wolle, aber er biß die Zähne zusammen, und wieder zum Schanzdeck zurückschreitend, ging er dort, als ob er jetzt gesonnen wäre, die Rückkunft der Boote ruhig abzuwarten, langsam auf und ab.

Der Harpunier hatte sich indessen ebenfalls aus seiner lehnenden Stellung aufgerichtet und war zu Backbord, wo das Boot an den Kränen hing, auf und ab gegangen. Ein Blick, den er über Bord warf, überzeugte ihn, daß die Insulaner ruhig in ihrem Kanu saßen und nur langsam mit der Strömung zurücktrieben. Das Schiff hatte seine großen Segel auf, die Brise war aber so schwach, daß sie bloß die Strömung der Flut ausglichen und das Schiff etwa auf der Stelle hielten.

Der Wind hatte ein klein wenig aufgeräumt, und es war nötig geworden, die Brassen an Steuerbord etwas anzuziehen - der Harpunier ging dort hinüber und rief die Mannschaft.

Das war der entscheidende Moment.

Tom stand dicht neben dem Walboot - mit einem Satz war er auf der Schanzkleidung, hatte das, in jedem an seinen Kränen hängenden Boot vorn befestigte Handbeil ergriffen und herausgerissen, und ein einziger Schlag auf das scharf angespannte Tau oder Fall, das es auf dieser Seite hielt, machte, daß es, während es hinten noch gehalten wurde, vorn herunter und gegen den Schiffsbord anschlug.

»Hierher - alle! - Hilfe! Hierher!« schrie der Harpunier und sprang selber, eine Handspeiche aufgreifend, auf den Schotten zu - aber er kam zu spät. Mit einem Satz die Schanzkleidung entlang, war Tom am anderen Kran, ein Schlag seines haarscharfen Tomahawks traf in die dünnen Planken des ohnehin schon durch den Sturz arg beschädigten Bootes, und das Beil war so tief hineingefahren, daß er es nicht einmal mit demselben Ruck wieder herausbekommen konnte. Daran lag ihm aber auch nichts; in der Verteidigung suchte er seine Rettung nicht, nur in der Flucht. Mit weitem Sprung deshalb von der Schanzkleidung nieder über Bord, sank er im nächsten Moment schon in die blaue, über ihm zusammenschlagende Flut kaum zwanzig Schritte vom Kanu hinein, das jetzt mit Blitzesschnelle nach ihm hinüberhielt.

Wilde Flüche und Verwünschungen schallten von Bord hinter ihm drein. Während der Kapitän aber an Deck sprang und die Bootsmannschaft nach dem zertrümmerten Boote flog, es so rasch wie möglich wieder aufzuholen und instand zu setzen, zog der Dritte Harpunier, der recht gut einsah, wie klug der Flüchtling seine Lage überschaut und seine Aussicht berechnet hatte, die unter die Gaffel niedergeholte Flagge auf. Dadurch gab er ein Zeichen, und der Erste Harpunier wußte, was das bedeutete.

Tom war indessen rasch wieder nach oben gekommen, und ehe nur die Mannschaft an Bord einen Entschluß fassen oder etwas mit dem mißhandelten Boote anfangen konnte, erreichte er die Spitze des Kanus und schwang sich mit Alohis Hilfe hinein. Sein erster Blick aber war nach dem Schiff zurück, an dessen Gaffel eben die englische Flagge emporstieg – sein erster Griff nach dem neben ihm liegenden Ruder, das er rasch erfaßte und brauchte, und die drei Männer wußten jetzt, daß ihre glückliche Flucht allein in der Kraft ihrer Arme lag.

»Halt dort!« schrie da der Kapitän, der sich das schon sicher geglaubte Opfer in so kecker Weise unter den Händen fort wieder entzogen sah, »halt oder ich schieße euch über den Haufen!« Seine Drohung war aber machtlos; er hatte nicht einmal ein Gewehr zur Hand, und nur eine von dem Bootssteuerer mit nach hinten gebrachte Harpune aufgreifend, schleuderte er sie in blinder Wut hinter dem schon wenigstens hundert Schritt entfernten Kanu her. Sie durchflog nicht die halbe Entfernung und verschwand zischend unter der Oberfläche.

Vorn am Bug des Kanus aber schäumte die klare Flut, und das schlanke leichte Fahrzeug hätte, von den drei kräftigen Rudern getrieben, wie ein Pfeil über die See dahinfliegen müssen, wäre ihnen bei der raschen Fahrt der sogenannte Luvbaum nicht im Wege gewesen.

Die Kanus der Eingeborenen, die aus einem ausgehauenen Baumstamm bestehen, würden nämlich auf offener See schon bei dem geringsten Wellenschlag, der sie seitwärts träfe, dem Umschlagen leicht ausgesetzt sein. Das zu verhindern, befestigten sie auf einer Seite mit über dem Kanu angeschnürten Querhölzern ein Stück sehr leichtes Holz, etwa acht bis zehn Fuß lang, das vielleicht vier Fuß vom Kanu entfernt neben ihm auf dem Wasser schwimmt. Dieses hält das Boot allerdings so vortrefflich im Gleichgewicht, daß es selbst ziemlich schweren Wogen Trotz bieten kann, hemmt es aber natürlich auch in seinem Lauf. Auf übergroße Schnelle kommt es freilich den Eingeborenen selten an, sie wollen nur sicher und bequem fahren, und diesen Zweck erreichen sie dadurch vollkommen.

Toms kühner Angriff auf seinen gefährlichsten Feind an Bord - das Walboot - war so vollkommen geglückt, daß er von dort aus nicht das mindeste zu fürchten hatte - das Zeichen ausgenommen.

Das Boot war für die nächste Zeit vollkommen unbrauchbar geworden, denn es hatte sich außer dem Schlag, den er mit dem Beil hineingeführt, durch den Sturz auch noch eine der Planken losgerissen - aber die Flagge! Er wußte recht gut, daß die Leute an Land stets ein aufmerksames Auge auf das Schiff richten, und wenn die beiden Boote dem jetzt rasche Folge leisteten. - Doch hoffentlich hatten sie sich schon mit ihrer Holzladung beeilt und mochten auch gewiß nicht ganz leer zurückkehren. Keineswegs konnten sie wissen, was hier vorgegangen, und die aufgezogene Flagge war ihnen höchstens nur ein Zeichen zu rascher Rückkehr. Das Innere der Bai ließ sich vom Kanu aus allerdings nicht eher übersehen, bis sie die Einfahrt passierten, da die Brandungswellen der Riffe wie eine Mauer dazwischen lagen. Hatten sie die aber erst einmal erreicht, dann wurde ihnen auch die jetzt entgegenkommende Strömung günstig.

Kein Wort wechselten indessen die drei Männer miteinander, und selbst die sonst lässigen Insulaner legten sich mit aller Kraft ihrer Sehnen in die Ruder. Jetzt waren sie in einer Höhe mit der Einfahrt - noch eine Bootslänge und sie mußten den Landungsplatz ihrer Hütten erkennen können - lagen die Boote noch dort, so waren sie gerettet.

»Da kommen sie!« rief Alohi und deutete mit dem Ruder hinüber. - »Vorwärts!« lautete der zwischen den zusammengebissenen Zähnen durchgegebene Befehl des Schotten, und in demselben Augenblick verhüllte auch die nächste Brandungswelle in der Einfahrt wieder die weitere Aussicht.

Die beiden Walboote hatten während der zuletzt beschriebenen Vorgänge das Land erreicht, und der Harpunier, den der Kapitän mit wenigen Worten davon in Kenntnis gesetzt, daß er nicht gesonnen sei, seinen ihm früher entlaufenen Zimmermann wieder freizulassen, war beauftragt worden, nur wenigstens etwas des sehr notwendig gebrauchten Holzes an Bord zu nehmen und so rasch wie irgend möglich zurückzukommen. Natürlich durften die Eingeborenen nicht erfahren, was sie beabsichtigten, denn so gern sie sonst entlaufene Matrosen auslieferten, hätten sie die Wegführung eines jetzt vollkommen zu ihnen gehörenden Weißen doch nicht gutwillig zugegeben.

Mr. Hobart stand indes am Strand und trieb die Eingeborenen zur Eile an, das Holz herbeizuschaffen. Das ging nur nicht so rasch, den erstlich war er ihrer Sprache nicht mächtig, und dann haben diese Leute auch wirklich gar keinen Begriff von Zeit und kennen deshalb auch keine Eile. Was bei ihnen heute nicht fertig wird, bleibt eben auf morgen liegen, das ist der ganze Unterschied. Daß die fremden Weißen übrigens anders dachten, war ihnen schon von früher her bekannt –, die machten immer, daß sie nur so rasch wie möglich wieder fortkamen. Daher und weil Tomo sich ja auch noch draußen an Bord befand und alles übrige schon abmachen würde, verstanden sie sich endlich dazu, das Holz aus dem Schatten der Waldung heraus bis auf den Sand zu schaffen. Während einige dreißig Mann, von den Frauen und Mädchen begleitet, die sich um sie her lagerten und ihnen zuschauten, lachend und miteinander schwatzend, an die Arbeit gingen, bildete der Harpunier aus seinen Leuten mit einem anderen Teil der Eingeborenen zwei Ketten, um einander die Scheiter bis an die Boote zuzuwerfen. Die Bootssteuerer legten das Holz dort so ein, daß es später den Rudernden nicht im Wege sein sollte.

Scheit nach Scheit folgte solcherart ziemlich rasch einander und wurde in beiden Booten zugleich untergebracht. Noch waren die Boote aber nicht zur Hälfte gefüllt, als der Zweite Harpunier, der die eine Kette unter Aufsicht hatte, die wehende Flagge an Bord bemerkte und seinen Vorgesetzten darauf aufmerksam machte.

»Alle Teufel!« rief dieser, »da ist etwas vorgefallen! - In eure Boote, Leute - rasch -, wir müssen erst sehen, was es ist - in eure Boote sag' ich!«

»Und das Holz?« fragte der Zweite Harpunier.

»Mögen die Faulenzer indessen zum Strand schaffen«, rief der erstere. »Das bißchen Bewegung wird ihnen überhaupt ganz heilsam sein.«

Während die Leute, dem Befehl gehorsam, auf ihre Plätze sprangen, sahen die Eingeborenen ganz erstaunt die so plötzlich aufgegebene Arbeit. Daß ihnen der Harpunier dabei mit Zeichen bedeutete, nur ungehindert fortzutragen, bis er zurückkomme, machte auch keinen weiteren Eindruck auf sie. Wenn er zurückkam, war es eben noch Zeit genug, und sie sammelten sich jetzt am Strand, den rasch abstoßenden Booten nachzuschauen. Im ganzen war es ihnen übrigens recht; brauchten sie doch jetzt vorderhand nicht länger Holz zu schleppen, und wenn die Weißen das andere haben wollten, würden sie schon wieder kommen. Kamen sie aber nicht, nun so brachte Tomo die Waren für das mitgenommene Holz mit.

»Wetter noch einmal?« sagte der Harpunier, der vorn auf der Bank seines kleinern Bootes stand und nach dem Schiff hinüberzusehen versuchte, »ich möchte nur wissen, was der Alte hat. Wenn er uns noch eine Viertelstunde drüben ließe, wären wir mit allem fertig, und nachher haben wir das verdammte Anlaufen gleich an der nächsten Insel wieder. Da soll immer Zeit gespart werden und wird nur mehr verwüstet.«

»Am Ende ist irgend etwas mit dem ›frischen Matrosen‹ vorgefallen« lachte der Bootssteuerer.

»Nun, mit dem einen Mann und den paar Insulanern werden doch die zwölf oder dreizehn Menschen, die an Bord sind, wohl fertig werden«, brummte der Seemann mit einem halbverbissenen Fluch durch die Zähne. »Das ist überhaupt fauler Kram, und ich wollte - aber was geht's mich an - was er tut, mag er auch verantworten.«

Die Boote hatten indessen keinen besonders schnellen Fortgang gemacht, da das Holz den Rudernden im Weg war. Nur die ausgehende Ebbe begünstigte sie, und sie näherten sich eben der Ausfahrt, als der alte Harpunier die Flüchtigen erblickte, die eben in wilder Eile an der Einfahrt vorbeiruderten.

»Verdamm mich«, rief er, »da geht das Kanu! - Legt euch in die Riemen, Jungen, daß wir nachkommen: Weshalb, zum Teufel, setzten sie denn da nicht mit ihrem Boote nach?«

»Vielleicht sind sie hinterher - wir können sie nur von hier aus noch nicht sehen«, warf der Bootssteuerer ein.

»Hol der Henker das verdammte Holz!« fluchte der Harpunier wieder; »die Leute können sich nicht rühren - werft den Bettel über Bord - doch nein - laßt uns erst draußen sein, daß wir den Platz übersehen können.«

Das wäre auch leichter gesagt als ausgeführt gewesen, denn wenn sie das Holz über Bord werfen sollten, mußten sie indessen die Ruder ruhen lassen. Schärfer griffen sie aus, und es dauerte nicht lange, so erreichten sie die Einfahrt in die Riffe, an denen hin sie jetzt das Kanu flüchtig hinabgehen sahen. Der Harpunier, der sein kleines Fernrohr bei sich hatte, erkannte aber damit den Schotten, und wenn er auch noch nicht begriff, wie das alles gekommen sein konnte, so wußte er doch, was der Kapitän von ihm wollte, und folgte seiner Pflicht.

Der in der Richtung nach dem Kanu hin ausgestreckten Hand, das Zeichen für den Steuernden, gehorchte dieser augenblicklich, der Bug des Schiffes flog herum, und während die Leute ihr möglichstes taten, rascher vorwärts zu kommen, sprang der Harpunier mitten ins Boot hinein und schleuderte selber alle Stücke Holz, die nur irgend den Rudernden im Wege lagen, über Bord. Ein Blick auf das Schiff zeigte dabei, daß er die Absicht des Kapitäns erfüllte, denn die Flagge war wieder eingeholt worden, und die »Lucy Evans« wendete sogar und setzte die oberen Segel, der Jagd so nah wie möglich zu bleiben.

Je mehr Holz der Seemann dabei hinauswarf, desto leichter wurde das Boot, desto rascher schoß es vorwärts, und es war schon augenscheinlich, daß sie sich dem verfolgten Kanu näherten. Eine andere Einfahrt in die Riffe, der dasselbe jedenfalls zustrebte, war auch noch nicht zu sehen oder lag wenigstens von der Brandung verdeckt, und Tom erkannte bald zu seinem Entsetzen, daß die Gefahr, wieder genommen zu werden, mit Riesenschritten über ihn hereinbrach. - Aber die Einfahrt lag gar nicht mehr so fern, und so schmal war diese, daß ihm das Boot kaum wagen durfte, dahinein zu folgen, noch dazu, da es an dieser selben Stelle nie hätte wieder ausfahren können. Die offene See wieder zu erreichen, mußte es einen weiten Umweg machen, und zwar im Binnenwasser hin, an der volkreichsten Stelle der Insel vorbei, von wo aus ihm Toms jetzige Landsleute doch vielleicht Hindernisse in den Weg legen könnten. Nur jene Einfahrt vor dem Boot zu erreichen, war jetzt die Aufgabe, und das schien nur möglich, wenn sie den hindernden Luvbaum abwarfen.

Ein paar rasch mit Alohi gewechselte Worte erhielten dessen Zustimmung, und Tom riß das Messer, das er noch vom früheren Seeleben an der Seite trug, heraus, den Bast zu durchschneiden, mit dem die Querstücke daran befestigt waren. Das war im Nu, wenigstens dort, wo er saß, geschehen, der Luvbaum war aber hinten sowohl als vorn befestigt. Während er aber das Querstück mit der Hand hielt, sein Messer Alohi zurückzureichen, fuhr ihm das glatte Holz, gegen das die Flut jetzt preßte, unter der Hand weg. Das Kanu, noch von den beiden andern Ruderern vorwärts getrieben, bekam durch das gegen das Wasser stemmende Querholz eine andere Richtung und schoß, aus seinem Kurs abdrehend, gerade gegen die Brandungswellen zu.

Alohi beseitigte allerdings mit zwei kräftig geführten Schnitten das Hindernis, aber das schmale Fahrzeug kam dadurch ins Schwanken, und die Insulaner sowohl wie besonders Tom, die das Balancieren in so leicht beweglichem Kahn nicht gewohnt waren, brauchten mehrere Minuten, ehe sie nur wieder fest genug saßen, den Bug der vorigen Richtung zuzudrehen und von den drohenden Brandungswellen abzuwenden.

Das Walboot war in dieser versäumten Zeit auf kaum zweihundert Schritt herangekommen, und so nah klang das regelmäßige Ruderausheben in den Dollen, daß Tom wieder und wieder scheu den Kopf danach zurückwarf. Einen Augenblick, als sich das Kanu so plötzlich wandte, hatte der Harpunier allerdings schon geglaubt, das verfolgte Boot hätte irgendeine Einfahrt zwischen den Brandungswellen erreicht, und wolle sie benützen, bald erkannte er aber die wahre Ursache, und ein triumphierendes Lächeln zuckte über seine Züge. Ihn selber dauerte der arme Teufel, den er hier wie einen Verbrecher wieder einfangen mußte, und er würde an des Kapitäns Stelle vielleicht anders gehandelt haben, aber der Reiz der Jagd riß ihn auch wieder soweit mit fort, daß er jetzt sein eigenes

Leben mit Freuden in die Schanze geschlagen haben würde, nur um den Flüchtigen wieder in seine Gewalt zu bringen.

Außerdem wäre es ja aber auch eine Schande gewesen, wenn ein Kanu, von drei Rudern getrieben, seinem Boote, dem schnellsten an Bord, in dem vier Riemen mit äußerster Anstrengung geführt wurden, entkommen sollte. Er hätte sich ja geschämt, wieder an Bord zurückzukehren. Unterdessen warf er dabei, mit diesen Gedanken beschäftigt, Scheit nach Scheit über Bord, daß ihm der Schweiß in großen hellen Tropfen von der Stirne lief.

»Das Kanu hat den Luvbaum abgeworfen, schneller vorwärts zu kommen!« rief auch jetzt der Bootssteuerer, der es ebenfalls bemerkt hatte, triumphierend aus. »Seht nur, wie sie hin und her schwanken. Wir gewinnen mit jedem Ruderschlag!«

»Hurra, meine Jungen!« schrie der Harpunierer, »doppelten Grog heute abend für euch, wenn ihr die Burschen einholt. Nur noch zehn Minuten, und sie sind unser!«

»Wir kommen nicht von der Stelle, Tomo!« rief indessen Alohi mit Todesangst dem Weißen zu, »denn wenn wir uns viel regen, schlagen wir um!«

»So steuert gerade in die Brandung hinein!« antwortete der Schotte in Verzweiflung, »dorthin wagen sie nicht zu folgen, und – besser tot als gefangen.«

»Hier nicht!« rief aber Alohi ängstlich zurück, »um unser aller willen hier nicht. Die Riffe liegen scharf ausgedehnt dahinter, und unsere Leiber würden zerschmettert und zerrissen werden, ehe sie das Binnenwasser erreichten.«

»Dann sind wir verloren«, murmelte Tom dumpf vor sich hin, während durch eine unvorsichtige Bewegung das Kanu wieder ins Schwanken kam. Die drei Ruder mußten aufhören zu arbeiten, und in derselben Minute schoß der Bug des Walbootes an sie heran.

»Komm herüber, mein Bursche, und mach keine unnützen Schwierigkeiten mehr«, sagte der Harpunier, fast eher in einem freundlichen als barschen Ton. »Du siehst, du kommst nicht fort – spring ins Boot und laß die Eingeborenen ihr Kanu in Gottes Namen weiterrudern.«

»Mit welchem Recht fallt Ihr mich hier auf offenem Meere an?« rief der Schotte entrüstet. »Seid Ihr Freibeuter, daß ihr preßt, was Ihr zu eurem Dienste braucht?«

»Das macht mit dem Alten aus«, erwiderte ruhig der Harpunier, »ich habe nur den Auftrag, Euch einzubringen.«

Die Matrosen hatten indessen das Kanu gefaßt, und der Harpunier streckte den Arm nach dem Unglücklichen aus.

»Es tut mir bei Gott selber leid«, setzte er dann leise hinzu, »aber - zum Teufel, wer hieß Euch auch wieder in des Löwen Rachen hineinsteigen. Macht aber jetzt gute Miene zum bösen Spiel, denn das Schlimmste ist doch nur eine Trennung von zehn oder zwölf Monaten von Eurer Insel. Bis dahin haben wir unser Schiff voll, und daß Euch der Kapitän dann hier wieder abliefert versteht sich von selbst.«

Tom Burton stand einen Augenblick zaudernd in seinem schwankenden Kahn. Noch konnte er sich losreißen und über die Brandungswellen hin Tod oder Freiheit suchen - aber die Lust zum Leben siegte doch in ihm. Vom Bord des Schiffes aus war vielleicht noch Rettung möglich - die Wellen hier hätten ihn dem sicheren Tod entgegengeschleudert.

»Leb wohl, Alohi«, sprach er, dem Schwager die Hand reichend, »grüß deine Schwester von mir, und sag ihr, was du gesehen hast. Wenn die Brotfrucht zum zweiten Male reift, bin ich hoffentlich wieder bei euch - vielleicht auch früher«, setzte er mit fest zusammengebissenen Zähnen hinzu.

»Alohi geht nicht nach Tubuai zurück«, sagte aber der Insulaner ruhig, indem er sein Ruder in das Kanu warf und von seinem Sitz aufstand, »Anahona mag das Fahrzeug zurücknehmen. Ich bleibe bei dir.«

»Du willst mit uns gehen?« Alohi nickte nur als Antwort mit dem Kopf.

»Was sagt er?« rief der Harpunier.

»Er will mich nicht verlassen - darf er uns begleiten?«

»Versteht sich, mein Junge«, lachte der Seemann, froh, einen Mann mehr an Bord hinüberzubringen, »und wir wollen sehen, daß wir einen tüchtigen Matrosen aus ihm machen. Aber nun rasch - wir treiben hier mit der Strömung gegen die Brandung zu - kommt über, Tom. - Daß Euch der Alte nicht schlecht behandeln soll, dafür laßt mich sorgen.«

Alohi wechselte nur einige Worte mit seinem Landsmanne und stieg dann zuerst in das Walboot hinein - Tom folgte ihm langsam.

Die Ruder wurden wieder eingeworfen, der Bug des Bootes flog herum, und während das Kanu, von dem einen Insulaner geführt, der alten Einfahrt in den Riffen zusteuerte, den Eingeborenen die traurige Kunde zu bringen, ruderten die Weißen guter Dinge der »Lucy Evans« entgegen.

Den Leuten mochte die Gefangennahme des armen Teufels vielleicht leid tun, und viele sahen darin ihr eigenes Schicksal, wenn sie selber eine oft und oft überdachte Flucht versuchen sollten; aber im ganzen war es ihnen doch recht. An Bord des Walfängers wäre ihnen der Mangel eines Zimmermanns bald fühlbar geworden, er mußte sogar zuletzt ihren Fang beeinträchtigen. Dadurch aber wurde ihr Verdienst geschmälert, und der Eigennutz regiert ja nun doch einmal die Welt.

Es war ein furchtbares Gefühl, mit dem Tom das Schiff wieder betrat, wo er auch eben auf nicht freundliche Weise mit Fluchen und Verwünschungen von dem vorhin überlisteten Dritten Harpunier empfangen wurde. Vollkommen ruhig benahm sich dagegen der Kapitän, der trotz des ausgeführten Gewaltstreichs dem Mann seine jetzt versuchte und allerdings gerechtfertigte Flucht nicht noch durch harte Reden oder gar irgendeine Strafe wollte entgelten lassen.

Tom selber war dagegen nicht willens, sich so ganz geduldig in sein hartes und, wie er glaubte, ungerechtes Los zu finden. Der Kapitän sollte sich wenigstens später nie entschuldigen können, nicht gewußt zu haben, was er begehe, indem er ihn seiner Familie, seiner jetzigen Heimat entriß. Ohne deshalb einen weiteren Befehl von dessen Seite abzuwarten und ohne auf die bitteren Reden des gereizten Dritten Harpuniers auch nur mit einem Blick zu antworten, schritt er, sobald er die Schanzkleidung überstiegen hatte, auf den Kapitän zu. Dieser stand neben dem Steuernden, das Auge auf die Segel geheftet und der Mannschaft die Befehle zum Umbrassen zurufend.

»Kapitän Rogers.«

»Ah, Mr. Burton – wieder an Bord? Ihr werdet vor allen Dingen darangehen müssen, das Boot auszubessern, das Ihr vorhin in der Eile, an Land zu kommen, zerschlagen habt. Wir brauchen es notwendig.«

»Kapitän Rogers«, wiederholte Tom, und mußte sich Gewalt

antun, die nötige Ruhe zu behaupten, »Sie wissen, daß Sie eine ungesetzliche - unmenschliche Tat begehen, indem Sie mich gewaltsam von hier fortführen.«

»Ungesetzlich? - Begingt Ihr etwa eine gesetzliche Tat, als Ihr von dem ›Bonnie Scotchman‹ flüchtig wurdet?«

»Das war die ›Bonnie Scotchman‹«, sagte Tom ruhig, »und hätten Sie mich damals wieder eingefangen, wären Sie in Ihrem vollen Recht gewesen, mich zu strafen, wie Sie es für gut befänden. Gegen dieses Schiff habe ich keine Verbindlichkeit gebrochen.«

»Gegen dieses Schiff allerdings nicht, aber gegen mich«, sprach der Kapitän gleichfalls ruhig. »Unsere Ansichten mögen darüber verschieden sein, und glaubt Ihr, recht zu behalten, gut, so könnt Ihr mich im nächsten englischen Hafen, den wir erreichen, verklagen. Für jetzt bitte ich Euch aber, Eure Pflicht ruhig und ordentlich zu erfüllen und mir die unangenehme Notwendigkeit zu ersparen, Euch - doch wozu harte Worte?« unterbrach er sich rasch. »Ihr kennt die Verhältnisse an Bord eines Walfängers genug, das Beste zu wählen. Unsere Reise wird überdies hoffentlich nicht so lange mehr dauern.« Er wandte sich ab von Tom, als sein Auge auf den Eingeborenen fiel und er lächelnd sagte: »Habt Ihr da noch einen Matrosen für mich geworben?«

»Er ist der Bruder meines Weibes, der mich nicht verlassen will«, versetzte Tom finster.

»Ah, Euer Schwager, desto besser! Ich hoffe, es soll ihm bei uns gefallen, und nun - seid so gut und geht an Eure Arbeit.«

Tom war entlassen und sein Schicksal entschieden. Er wußte, daß er nichts weiter von Bitten und Drohungen zu hoffen hatte, ja die letzteren seine Lage nur verschlimmern konnten, und war vernünftig genug, sich dem zu fügen. Unbelästigt von irgend jemand - denn der Dritte Harpunier hatte strenge Befehle bekommen, dem neuen Zimmermann des letzten Fluchtversuchs wegen keine weiteren Vorwürfe zu machen - verrichtete er jetzt seine Arbeit, und wenn ihm auch das Herz hätte brechen mögen, als das Schiff seinen Kurs in die See hinaus nahm und Tubuai mehr und mehr am Horizont verschwand, verbiß er doch seinen Schmerz. Es sollte niemand ahnen, was in ihm vorging - seine Zeit kam doch vielleicht.

Nicht so ruhig aber nahm Alohi den Abschied von seiner Insel. Im Anfang zwar hatte er sich mit ziemlicher Gleichgültigkeit dem

Entschluß hingegeben, sein Schicksal an das seines Schwagers zu knüpfen - eine gewisse Furcht mochte ihn ebenfalls dazu getrieben haben, den Klagen der Schwester auszuweichen. Jetzt aber, als die palmenreiche Küste, als die grünen Gipfel seiner Berge niedriger und niedriger wurden und endlich auch der letzte in der See versank und die weite Öde furchtbar und bedrückend vor ihm lag, da wurde ihm doch recht weh und ängstlich zumute, und er kauerte sich still und traurig an Deck nieder, senkte den Kopf und verhüllte das Gesicht mit seinem Schultertuch.

Niemand belästigte ihn an dem Tag; die Seeleute wußten schon aus früherer Zeit, daß sie den Eingeborenen, wenn sie diese einmal als Arbeiter auf ihren Schiffen bekommen, Raum zu ihrem Heimweh geben mußten. Nachher fanden sie sich schon besser hinein. Ihr leichter Sinn hob sich bald über den wirklichen Verlust hinweg und ließ sie in dem Neuen und Wunderbaren, das sie umgab, ihre Heimat vergessen - freilich nur, bis irgendeine neue Hügelspitze am Horizont auftauchte und die Sehnsucht dann wohl so stark zurückkehrte als je.

Tom war indes fest entschlossen, jede nur mögliche Gelegenheit zu neuer Flucht zu benutzen, und mit Alohis Hilfe, den die Bewohner einer fremden Insel gewiß eher unterstützt als ausgeliefert hätten, hoffte er auch auf gutes Gelingen. So nachsichtig ihn aber auch der Kapitän auf See behandelte, so streng wurde er überwacht, solange sie nur in Sicht einer der zahlreichen, in den dortigen Meeren zerstreut liegenden Inseln kamen, und als sie später in Hilo auf Hawaii anlegten, durfte der arme Teufel nicht einmal das Zwischendeck, ausgenommen mit Bewachung, verlassen. An Flucht war da gar nicht zu denken. Alohi dagegen konnte frei herumgehen, wohin es ihm beliebte. Kapitän Rogers wußte recht gut, daß ihm der nicht davonlaufen würde, solange er nur den Schotten hielt.

Der erste Feind, den Tom an Bord hatte, war der Dritte Harpunier, Mr. Elgers, der ihm die damalige Flucht nicht vergessen konnte; und peinlich wurde dies Verhältnis sogar, als er und Alohi gerade seinem Boote zugeteilt wurden. So knapp war die »Lucy Evans« nämlich an Mannschaft, daß nicht einmal der Zimmermann, wenn nicht besonders nötige Arbeit an Bord seine Anwesenheit erforderte, beim Fang entbehrt werden konnte.

Alohi besonders hatte dort eine schwere Zeit, denn an das eisige

Klima nicht gewöhnt, konnte er sich, trotz der erhaltenen warmen Kleidung, gar nicht mehr erwärmen. Die schwere Arbeit dazu, das Rudern am Tag, das Auskochen bei Nacht - oder in der Dämmerung wenigstens, da es dort oben in den Sommermonaten nicht Nacht wurde -, rieb seinen Körper fast auf. Aber keine Klage kam über seine Lippen, und nur manchmal, wenn er oben im Topp der Masten den Ausguck nach Walen hatte, drangen die leisen wehmütigen Töne eines kleinen heimischen Liedes, das Tom nur zu gut kannte, auf das Deck nieder und verrieten ihm wenigstens, wie es dem armen Alohi im Herzen war.

Die Jagd war ziemlich glücklich. Sie erlegten so viele Wale, daß der Kapitän beschloß, wenn auch sein Schiff noch nicht ganz gefüllt war, keine weitere Jahreszeit hier oben abzuwarten, sondern nach Hause zurückzukehren. Auf der Heimfahrt konnte er dann das Fehlende vielleicht noch nachholen. - Auf Oahu wurde das Schiff wieder mit frischem Proviant und Wasser versehen, und der Zweite Harpunier wie zwei Bootssteuerer, die auf den Sandwichinseln zu bleiben wünschten, ausgezahlt. Es geschieht dies sehr häufig, wenn ein Schiff seine Heimfahrt antritt, und ist stets ein Nutzen für die an Bord Zurückbleibenden. Die Abgehenden brauchen nämlich nicht allein nicht mehr beköstigt zu werden, sondern sie sind auch genötigt, ihren Anteil am Tran hier billiger anzunehmen, als es in England der Fall gewesen wäre.

Nur den Zimmermann und Böttcher brauchte das Schiff noch notwendig für die weitere Fahrt, und trotz des Ersten Harpuniers Bitte für Tom Burton, ihn in der Nähe seiner Heimat abzusetzen, wenn sie diese erreichen würden, erklärte der Kapitän, ihn notgedrungen mit nach Hause nehmen zu müssen, da er das Schiff nicht der Gefahr aussetzen dürfe, unterwegs bei schwerem Wetter und so tief geladen zu Schaden zu kommen. Was konnten sie dann ohne Zimmermann anfangen? - Der Harpunier schwieg. Der Kapitän hatte recht - und auch nicht; er selber aber mochte mit der Sache nichts weiter zu tun haben.

Sobald sie den Äquator wieder passiert hatten, bat übrigens Tom den Kapitän darum, Tubuai anzulaufen und sie beide ihren Familien zurückzugeben, der Kapitän gab ihm aber ganz aufrichtig dieselbe Antwort wie seinem Harpunier, und Tom war zu viel Zimmermann und Seemann, um nicht selber einzusehen, daß jener von

seinem Standpunkt nicht abrücken wollte. Aber zur Verzweiflung trieb es ihn beinahe, wenn er daran dachte, wie er jetzt vielleicht in einer Tagesreise Entfernung an dem kleinen Inselland vorbeischwamm, das seine Heimat geworden, und alle die Menschen in sich faßte, die ihm lieb und teuer waren, und daß trotzdem vielleicht noch Jahre vergehen müßten, ehe er den Boden wieder betreten konnte. Und doch sah er keine Möglichkeit zur Flucht.

Weiter und weiter verfolgte indessen das Schiff seine Bahn. Die Breite von Tubuai mußten sie jedenfalls schon passiert haben, und die Ungewißheit darüber fraß ihm nur noch mehr am Herzen. Der Kapitän nämlich, der die Beobachtung der Sonne selber nahm und berechnete, vermied stets, irgend jemand anderem ihre Bahn mitzuteilen. Die Leute durften auch gar nicht danach fragen, und die Harpuniere bekümmerten sich nicht darum. Das war eine Sache, die sie nichts anging. Sie hatten nur mit dem Fang zu tun; das Schiff in den richtigen Hafen zu bringen, war des Kapitäns Sache.

Mehrfach tauchten jetzt wieder einzelne Inselgruppen am Horizont auf, und Alohi hatte sie stets mit peinlichster Spannung beobachtet. Ihm allerdings hatte der Kapitän freigestellt, das Schiff zu verlassen oder zu bleiben, der treue Bursche aber wollte nicht von Tomo weichen. Wohin der ginge, ginge er mit, und wenn die Weißen schlecht genug waren, den noch einmal mit fortzuschleppen, sollten sie ihn auch mitnehmen.

So stand die Sache, als Tom Burton eines Morgens vorn an der Galerie beschäftigt war, die Stevenpumpe in Ordnung zu bringen. Aber die Arbeit ging ihm heute nicht vonstatten. Da drüben, leewärts, lag wieder Land, lagen die Spitzen zweier, wie es schien, ziemlich hoher Inseln, und er konnte die Augen nicht abwenden von dem teuren Boden - vielleicht dem letzten Palmengrund, den sie zu sehen bekamen, ehe sie die schwere, kalte Fahrt um Kap Hoorn antraten. Was es für Inseln seien, konnte er freilich nicht erraten. Er hatte den Ersten Harpunier, der immer noch am freundlichsten mit ihm gewesen, darum gefragt, aber dieser wußte es selber nicht oder wollte es nicht wissen.

»Tomo«, sagte da plötzlich eine leise scheue Stimme an seiner Seite - »weißt du, was das da drüben für Land ist?«

Tom fuhr, von einem plötzlichen Gedanken durchzuckt, nach ihm herum. »Tubuai?« rief er mit angstgepreßter und doch wild herausgestoßener Stimme. »Aber nein - nein«, setzte er dann leise und kopfschüttelnd hinzu, »das sind die heimischen Berge nicht; an deren Fuße wohnt nicht -«

»Halte dich ruhig«, flüsterte Alohi, »die andern brauchen nicht zu wissen, daß wir über das Land sprechen.«

»Und was hülfe es uns? Haben wir ein Boot, daß wir es erreichen könnten?«

»Dort liegt nicht Tubuai«, sprach Alohi vorsichtig. »Das ist Tahiti - die große Insel, auf der die Feranis wohnen. Die andere links davon ist Morea.«

»Aber woher kennst du die Inseln?«

»Als Knabe war ich mit dem Missionskutter einst auf Tahiti; ich habe den spitzen Gipfel nicht vergessen.«

»Und Tubuai? - Wo liegt das?«

»Gerade dort, wo die Sterne abends stehen, die ihr das Kreuz nennt - nur ein wenig mehr leewärts zu«, flüsterte der Eingeborene, ohne den Kopf nach der bezeichneten Richtung zu wenden. »Wir sind noch lange nicht an Tubuai vorbei. Wenn wir ein Boot freimachen könnten - ich fände jetzt leicht in die Richtung dorthin.«

»Es geht nicht - es geht nicht«, seufzte Tom. »Die Boote hängen zu nah am Steuerruder - und wenn ich selbst die Wacht dort hätte - einer der Harpuniere ist stets an Deck.«

»Und zwischen den Wachen, nachts, wenn sie unten im Buche schreiben?«

Tom schüttelte traurig den Kopf. »Das erste Reiben des Taus in den Blöcken müßten sie hören, und ehe wir nur das Boot auf dem Wasser hätten, wären wir verraten. Nein, armer Bursche, es bleibt uns jetzt schon keine andere Wahl, als geduldig auszuharren, die schwere Zeit - noch viele lange Monate.«

Alohi gab seinen Plan noch nicht auf. Das Land in Sicht, das ihm plötzlich die Richtung der eigenen Heimat zeigte, hatte die Sehnsucht stärker als je in ihm erweckt. Aber selbst die Elemente schienen ihm entgegen, denn der Wind legte sich fast ganz, und es wurde so still, daß eine Flucht im Boot, selbst wenn sie glücklich das Schiff damit verlassen hätten, unmöglich geworden wäre. Nur bei kräftiger Brise hätten sie hoffen können, mit Segeln zu entkommen.

Die Nacht brach an, und am nächsten Morgen, als die Sonne wieder im Osten emporstieg und das spiegelglatte Meer beschien, war das Land verschwunden. Bald nach Sonnenaufgang erhob sich aber der Wind auch wieder, und die »Lucy Evans« lief jetzt mit ziemlich kleinen Segeln etwa vier Knoten in der Stunde nach Süden nieder. In den letzten Tagen hatten sie kein Tier gefangen, und das Deck lag rein und sauber gescheuert. Zu arbeiten war dabei ebenfalls wenig, und der Böttcher war so ziemlich die einzige ununterbrochen tätige Person, da die mit dem heißen Tran gefüllten Fässer scharfes Aufpassen und mehrmaliges Nachtreiben der Reifen verlangten, wenn sie nicht leck werden sollten. Die Ausgucks wurden jedoch regelmäßig in den Topps der Masten gehalten, denn sie befanden sich hier noch im besten Spermfischrevier und hätten noch ein halbes Dutzend der fetten Burschen brauchen können, um ihr Schiff bis zum Deck zu füllen.

Vier volle Tage, nachts dabei nur wenig Fortgang machend, lagen sie so, dicht am Winde, um soviel wie möglich nach Osten anzuhalten. Daß sie Tubuai jetzt passiert hatten, war gar keine Frage mehr, und die weite öde See lag vor ihnen, ein traurig wildes Ziel. Am vierten Nachmittag war Tom oben in den Topp des Vormasts zum Ausguck gesandt und konnte die Blicke nicht abwenden von der Richtung, in der er die Heimat wußte. Er schaute so lange nach Westen, in die untergehende Sonne, bis ihn die Augen schmerzten, und wandte sich endlich in Pein und Unmut ab, damit seine Gedanken nicht über ihn Herr werden möchten.

Eine Zeitlang flimmerte es ihm vor den Augen, so hatten ihn die Strahlen der Sonne geblendet, und doch kam es ihm vor, als ob er dort drüben zu windwärts einen dunklen Punkt erkennen könne. War das ein Wal?

Er wäre der letzte gewesen, ihn auszurufen, denn jetzt, nachdem sie seine Insel im Rücken hatten, lag seine einzige Hoffnung auf einer schnellen Fahrt, der alten Heimat zu, um von dort dann mit dem ersten Schiff den Rückweg hierher zu finden. Das Einschneiden der Beute hätte die Fahrt nur verzögert.

Aber nein, das war kein Wal. Ein dunkler Gegenstand lag gar nicht so sehr weit entfernt ziemlich hoch aus dem Wasser. Was es war, konnte er nicht erkennen, rief aber das Schiff unten an und meldete mit dorthin ausgestreckter Hand, was er bemerkt. Er war selber neugierig geworden.

Einer der Harpuniere stieg rasch mit dem Fernglas nach oben

und erkannte bald in dem dunklen Gegenstand einen kleinen entmasteten Kutter, der dort, anscheinend herrenlos, auf dem Wasser trieb. Niemand auf der Welt hat aber besser Zeit, etwas derartiges zu untersuchen, als gerade ein Walfänger, da er nicht das mindeste dabei versäumt. Die Ausgucks bleiben natürlich fortwährend in den Masten, und während er beilegt oder gegen den Wind aufkreuzt, können ihm ebenso Wale in den Wurf laufen, als wenn er mit vollgeblähten Segeln vor dem Wind fortginge. Außerdem war hier eine Aussicht auf Gewinn - es konnte ein mit Perlmutterschalen oder Kokosöl beladener Kutter sein, der aus irgendeinem Grund von seiner Mannschaft verlassen worden. Jedenfalls lohnt es der Mühe, die Stunde daran zu wenden, ihn zu untersuchen, und die Sonne war eben noch hoch genug, um ihn wenigstens vor ihrem Untergang zu erreichen.

»Mr. Hobart!« rief der Kapitän, »nehmen Sie Ihr Boot und zugleich - oder lassen sie lieber Mr. Elgers gehen«, unterbrach er sich, »der hat den Zimmermann in seinem Boot. Tom mag sein Handwerkszeug mitnehmen. Meißel, Säge, Hammer und Beil; man weiß nicht, was da aufzuschlagen ist. Lohnt es der Mühe, so bleiben Sie dort liegen, bis wir dazu aufkreuzen können - Sie mögen sich auch eine Laterne mitnehmen, falls es zu dunkel werden sollte.«

Der Befehl wurde rasch ausgeführt und Tom vom Mast heruntergerufen. Hier blieb ihm auch wirklich kaum Zeit, sein notwendigstes Geschirr zusammenzuraffen und in das Boot zu springen. Das hatte die übrige Mannschaft indes mit allem Nötigen versorgt, und sie stießen gleich darauf von Bord ab, das Wrack zu untersuchen. Unten auf dem Wasser konnten sie es aber noch nicht erkennen, und von der großen Rahe des Schiffes aus gab ihnen ein dort hinaufgeschickter Matrose die Richtung an, in die sie steuern mußten, bis sie selber nah genug kamen, es von der blitzenden Flut, die ihren Horizont begrenzte, zu unterscheiden.

»Legt euch in die Riemen«, ermutigte der Harpunier die Leute, »es wird sonst dunkel, eh wir noch hinkommen; die Sonne geht ja schon unter. Regt ein bißchen die Knochen - wer weiß, ob nicht in dem Kasten da drüben mehr steckt, als zwei Wale wert sind.«

Das letztere war jedenfalls die beste Anregung für die Leute. Mit aller Macht legten sie sich in die Ruder, und das schlanke treffliche Boot sprang leicht über die kaum bewegten, aber von einer frischen

Brise dunkelgekräuselten Wellen der blauen See, sodaß sie bald das ersehnte Ziel erreichten.

Es war in der Tat ein kleiner, inländischer Kutter, wie ihn die Weißen hie und da für die Eingeborenen auf den Inseln bauen, und womit auch oft Europäer, besonders Franzosen, zwischen den verschiedenen Inselgruppen herumfahren und Perlmutterschalen, Kokosöl, Zitronensaft oder andere Produkte gegen europäische Waren, seltener gegen Geld, eintauschen. Jedenfalls hatte ein Sturm das kleine Fahrzeug erfaßt und die Mannschaft, wenn sie nicht verunglückt war, sich in ihrem Kanu zu retten gesucht. An Deck lagen nur einige Kokosnüsse, die Alohi, ohne weiter einen Befehl deshalb abzuwarten, in das Boot warf. Außerdem war aber von dem Takelwerk noch manches zu gebrauchen, der Anker z. B. war allein schon etwas wert, und der Harpunier ließ jetzt die Laterne anzünden, um in den inneren Raum, der nur teilweise mit Wasser gefüllt schien, hineinzusteigen und nach Papieren oder sonst wertvollen Sachen zu suchen. Die Mannschaft sprang indes sämtlich an Deck des kleinen Fahrzeugs, um soviel wie möglich wenigstens von dem Tauwerk zu bergen, falls sich die Ladung als wertvoll erweisen sollte. Die Sonne war allerdings schon untergegangen, und die Nacht fing an, sich von Osten her langsam über die weite, leise wogende See auszubreiten. Die Dämmerung ist in jenen Meeren ungemein kurz, und dem Tag folgt fast unmittelbar die Nacht.

»Hierher, Zimmermann; gebt einmal ein Beil herunter«, rief der Harpunier, der mit dem Bootssteuerer nach unten geklettert war, an Deck hinauf, »und bringt einen Meißel mit.«

Tom stieg in das Boot, das in Lee vom Kutter angebunden hing, das kleine Kästchen mit Handwerksgerät heraufzuholen, als plötzlich jemand zu ihm in das Boot sprang und dieses ein Stück vom Kutter abschoß. Er blickte überrascht auf und erkannte Alohi, der mit einem trotzigen Lächeln über den dunklen Zügen, ein Messer in der Hand, mit dem er eben das Tau durchschnitten hatte, einen Augenblick lang hoch aufgerichtet vorn im Boot stand. Es war aber auch wirklich nur ein Augenblick, denn im nächsten Moment schon warf er das Messer von sich und griff einen Riemen auf.

»Hallo - das Boot ist flott?« rief einer der zurückgebliebenen Leute. »Auf der anderen Seite, Kanaka, mußt du den Riemen einsetzen - du schiebst es ja noch weiter ab.«

»Was tust du, Alohi?« rief Tom erschrocken.

»Was ich tue, Tomo? Ich will nach Tubuai fahren - und nun Segel auf und fort, denn es dauert wenigstens eine Viertelstunde, ehe es vollkommen Nacht ist. Die anderen Boote werden bald hinter uns her sein.«

»Aber Alohi!« rief Tom, »mit diesem Boot sollen wir die Entfernung -«

»Und wenn's ein Kanu wäre«, antwortete der Insulaner, »besser hier zugrunde gehen als länger bei jenen weißen Teufeln ausharren. Alohi bleibt nicht mehr bei ihnen.«

»Nun denn mit Gott!« rief Tom laut aufjubelnd, indem er mit raschem Griff den kleinen Mast an den dazu bestimmten Platz setzte. »Land werden wir schon irgendwo treffen, und nun hinaus in See!«

»O Tom - Kanaka!« riefen indessen die beiden zurückgelassenen Matrosen erschrocken durcheinander. - »Hallo, Mr. Elgers, das Boot ist fort!«

»Den Teufel auch!« schrie dieser, indem er rasch nach oben sprang. Aber in die gotteslästerlichsten Verwünschungen brach er aus, als die beiden Flüchtlinge seinen Anrufen nicht gehorchten, sondern mit geblähtem Segel, scharf am Winde hin das Weite suchten. In wilder Hast und Wut schwang er dabei die Laterne hin und her, als einzig mögliches Zeichen für das Schiff, von dort so rasch wie möglich Hilfe herzuholen.

An Bord hatten sie indessen von oben aus ebenfalls, wenn auch nicht das Abstoßen des Bootes, denn dazu war es nach Osten hin zu dunkel geworden, aber doch das gesetzte Segel entdeckt. Der Mann, der als Ausguck oben saß, rief es an Deck hinunter. Nichtsdestoweniger zerbrach er sich den Kopf dabei, weshalb das Segel nicht gerade auf das Schiff zuhielt, und auf dem Wrack noch immer jemand die Laterne schwenkte. Seiner Pflicht nach rapportierte er das endlich ebenfalls, und der Erste Harpunier lief rasch an der Want hinauf, sich von dem Tatbestand zu überzeugen. Mr. Hobart brauchte indessen keine lange Zeit, den wahren Verlauf zu durchschauen.

»Mein Boot ins Wasser!« schrie er in dem nämlichen Augenblick an Deck hinab und glitt dann an einer von den Pardunen nieder.

»Was ist vorgefallen, Mr. Hobart!« rief der Kapitän, der unten neben dem Steuerrad stand, »ist das Boot verunglückt?«

»Halb und halb«, lachte der Harpunier mit einem derben Fluch zur Bekräftigung, »für uns hier wenigstens. Es geht mit vollgeblähtem Segel nach Lee zu, und ich müßte mich sehr irren, wenn Tom und der Kanaka nicht eine Vergnügungstour darin vorhätten.«

»Verdammnis!« schrie der Kapitän, das Deck stampfend.

»Sie hätten ihn sollen laufenlassen, als es noch Zeit war«, sagte der Harpunier, seinen dicken Rock, der, schon für die Nachtwache bestimmt, auf dem Gangspill lag, aufnehmend und anziehend. »Jetzt werden uns die Burschen wieder zu einer verteufelten Hetze zwingen und – verdenken kann ich's ihnen auch nicht –, ich täte dasselbe an ihrer Stelle.« Er war dabei auf die Bulwarks gesprungen und glitt an dem Tau draußen nieder in das hinuntergelassene Boot.

»Sehen Sie sich vor, Mr. Hobart, daß Sie das Schiff im Auge behalten«, ermahnte ihn der Kapitän, »ich werde Laternen an den Topps aufhängen lassen.«

»Ay, ay, Sir«, rief der Harpunier zurück, murmelte aber in den Bart: »Werde den Teufel tun und in Nacht und Nebel dem Schiff außer Sicht laufen – keine Furcht, Alter. Nur zu, Jungen, greift aus!« rief er den Leuten zu, und die vier Riemen tauchten zu gleicher Zeit in die Flut und machten das Boot rasch davonschießend.

Aber die beiden Flüchtlinge hatten, obgleich er rascheren Fortgang machte als sie, nicht viel von ihm zu fürchten. Es war nämlich während der Zeit so dunkel geworden, daß der Mann im Ausguck dem verfolgenden Boote nur noch die ungefähre Richtung des flüchtigen Segels angeben konnte, und der mußte es folgen, so gut es eben ging.

Zugleich mit ihm hatte Kapitän Rogers auch das zweite Boot – und zwar in Ermangelung eines Zweiten Harpuniers unter dem Befehl des Böttchers – nach dem Wrack abgeschickt, die noch dort befindlichen Leute abzuholen. Von oben war das Licht zu erkennen, und einen darüber befindlichen Stern annehmend, konnten sie dadurch leicht ihren Kurs halten.

Die »Lucy Evans« setzte jetzt alle Segel auf und lief eine Strecke hinter den Flüchtigen her.

Als jedoch der Schein der Laterne auf dem Wrack immer schwächer wurde und endlich ganz verschwand, blieb ihr nichts anderes übrig, als beizudrehen und auf ihre beiden Boote zu warten, die der

»Lucy« Lichter besser erkennen konnten. Im Westen zeigte sich außerdem eine aufsteigende Wolkenschicht, und der Kapitän durfte seine Mannschaft in den Booten draußen, die nicht einmal mit Proviant versehen waren, nicht der Gefahr aussetzen, verlorenzugehen.

Nach zwei Stunden etwa kehrte der Böttcher mit den Leuten vom Wrack zurück, und eine halbe Stunde später auch Mr. Hobart mit seinem Boot. Von den Flüchtlingen hatte er aber nichts mehr finden können, und als am nächsten Morgen die Sonne mit einer scharfen Brise, die ihre weißen Schaumwellen über die weite, blaue, aufgewühlte Fläche warf, dem Horizont entstieg, war nichts mehr von ihnen zu entdecken. Sie mußten die Verfolgung aufgeben - die Segel wurden wieder umgebraßt, und der Walfänger wandte seinen Bug aufs neue der Heimat zu.

Eine Nacht voll Todesangst verbrachten indessen die beiden Flüchtlinge, denn wohl wußten sie, daß das Schiff ihrer Bahn folgen würde, und zufällig konnte es ja doch immer dieselbe Richtung beibehalten wie sie. Befanden sie sich aber bei Tagesanbruch noch in Sicht und wurden sie entdeckt, so waren sie jedenfalls verloren.

Eine volle Stunde behielten sie nichtsdestoweniger ihren Kurs bei, um nur erst den Blicken der Nachsetzenden entzogen zu werden, dann aber kreuzten sie auf Toms Rat, so wenig Fortgang sie auch machten, gerade in den Wind auf. Dadurch behielten sie die Wahrscheinlichkeit für sich, daß sie das Schiff im Dunklen passieren würde, und an ein Wiederfinden war dann nicht leicht zu denken. Mit der Morgendämmerung, um keine Vorsicht außer acht zu lassen, nahmen sie das weiße Segel ein, das sie vielleicht hätte verraten können, und suchten sorgfältig den ganzen Horizont nach irgendeinem Schiffe ab. - Es war nichts zu sehen. Voll guten Mutes setzten sie in der frischen Brise das Segel wieder, das sie jetzt in vollem Flug nach Westen der Heimat entgegentrug.

Noch waren sie keineswegs außer Gefahr, denn wenn sie auch das Schiff nicht mehr zu fürchten hatten, befanden sie sich doch in einem dünnen, leicht zerbrechlichen Boot, ohne Proviant, nur mit dem kleinen Fäßchen voll Wasser, das in allen Walbooten liegt, mitten auf dem weiten Ozean und sollten ihr Ziel ohne Instrumente auf gut Glück nur finden.

So ganz ohne alle Hilfsmittel waren sie aber auch nicht. Da die

Boote oft in der Verfolgung eines Wales weit abgezogen werden oder auch halbe und ganze Tage draußen bei einem gefangenen Tier liegen müssen, bis das Schiff zu ihnen aufkreuzen kann, so befindet sich hinten im Spiegel bei allen ein kleiner Verschlag, zu dem der Harpunier den Schlüssel hat, und in dem meist immer ein kleiner Taschenkompaß, ein Feuerzeug, Fischangeln und Leinen, ein paar Dutzend Schiffszwieback und nicht selten auch einige Bücher weggestaut sind.

Diesen Verschlag brach jetzt Tom, während Alohi steuerte, mit seinem Handbeil auf und fand sich hier reichlicher versorgt, als er geglaubt hatte. Der Kompaß besonders konnte ihm die besten Dienste leisten. Das Wichtigste aber, was er neben dem Schiffszwieback in dem Verschlag fand, war ein kleines Buch über die Südseeinseln, das eine allerdings sehr unvollkommene Karte der Inseln enthielt. Wenn auch nur die Lage der einzelnen Gruppen darauf angegeben war, sah er doch, daß sie sich, seit sie Tahiti verlassen, gerade etwa westlich von ihren Inseln befinden müßten, und dadurch Alohis Meinung, der diesen Kurs genommen haben wollte, vollkommen bestätigt.

Drei Tage und Nächte fuhren sie so ihre lange, einsame Bahn und lebten von den Kokosnüssen, die Alohi von dem Kutter ins Boot geworfen, den paar Zwiebacken und einigen Bonitos, die sie unterwegs fingen. In Toms Seele begannen dabei schon Zweifel aufzusteigen, ob sie nicht am Ende gar südlich unter allen Gruppen wegsteuerten und nicht besser täten, mehr nördlich aufzuhalten. Alohi wollte davon nichts wissen – wenigstens noch nicht für diesen Tag. So brach der Abend herein, und als die Sonne im Westen sank und den Horizont dort mit durchsichtigem Licht erfüllte, hatte des Insulaners scharfes Auge einen Punkt südwestlich von ihnen entdeckt, der vielleicht ein Segel, möglicherweise aber auch eine Landspitze sein konnte. Ihr Plan war bald gefaßt. Da die Dunkelheit ihnen nur zu bald den Gegenstand entzog, hielten sie einige Stunden lang der Richtung zu und nahmen hierauf das Segel ein, ihr Boot bis zum nächsten Morgen treiben zu lassen. Fanden sie mit Tageslicht den dunklen Punkt nicht mehr, so war es ein Segel gewesen, und sie beschlossen dann weiter nach Norden aufzuhalten.

Wie aber die Sonne im Osten ihr erstes Licht sandte, schrie Tom mit freudigem Entzücken »Land – Land, Alohi! dort drüben liegt

Land«, und Freudentränen liefen dem starken Mann die sonnverbrannten Wangen nieder.

Noch war freilich weiter nichts zu erkennen als ein stumpfer, aus dem Wasser vorragender Bergkegel. Wie sie aber rasch das Segel gesetzt hatten und jetzt mit der frischen Brise darauf zuhielten, tauchte er auch schnell höher und höher empor, und »Vavilu!« rief da plötzlich Alohi, sein Steuerruder loslassend und von seinem Sitz emporspringend, »Vavilu!«

Es war die Nachbarinsel von Tubuai, nur etwa noch zwanzig Seemeilen von ihr entfernt, und ihre Richtung lag von hier fast ganz West. Nichtsdestoweniger hielten sie auf die Insel zu, wenn das auch ihre Rückkunft verzögerte, um sich dort erst wieder zu erholen und Früchte und Kokosnüsse an Bord zu nehmen.

Noch an demselben Morgen gewannen sie das Land - für sie der Freiheit Boden, aber nicht eine Nacht litt es sie unter den Palmen; ihre Rast war erst in der Heimat. Sowie die Sonne deshalb sank und die Luft kühler wurde, schifften sie sich, mit allem reichlich versehen, was sie jetzt brauchten, wieder ein, und mit der Morgendämmerung konnten sie auch in der Ferne schon das hohe, breite Land von Tubuai erkennen, das sie an demselben Nachmittag erreichten.

Das war ein Jubel, das ein Jauchzen auf der kleinen Insel, als die für immer verloren Geglaubten mit vollgeblähtem Segel in die Einfahrt der Riffe liefen und von weitem schon die Tücher schwenkten. Intaha sank jauchzend, wie das Boot nur den Sand berührt, an des Gatten Brust, und die Kleinen - nicht die seinigen allein, sondern fast die ganze kleine Bevölkerung der Insel, drängten herbei, umfaßten seine Knie und suchten ihn zu sich niederzuziehen.

Tom Burton war wieder in seiner Heimat, und nie im Leben schien es ihm, als ob die Palmen so traulich gerauscht, die Blüten so süß geduftet, der Himmel so blau und wonnig ausgesehen hätte wie an dem Tage. Aber er blieb dort und betrat nie wieder, bis zu jener Zeit, als ich ihn kennenlernte, ein europäisches Schiff.

Manche legten dort wieder an - eines sogar einmal mit seinem alten Freund, Mr. Hobart, an Bord, der ihn gefangengenommen hatte. Die beiden Männer schüttelten einander die Hände und lachten über jene Zeit, aber an Bord ging Tom doch nicht, so freundlich ihn Mr. Hobart, der jetzt selber Kapitän geworden, auch einlud, und so heilig er ihm das Versprechen gab, ihn nicht einmal mit einem Gedanken zurückzuhalten.

»Das ist alles recht schön und gut«, sagte Tom, »solange wir das hier auf festem Grund und Boden abmachen. Da seid ihr Seeleute auch ganz andere Menschen; auf dem Wasser aber, auf eurem eigenen Schiff - der Teufel trau euch, und ich, für meinen Teil, hab an der Spazierfahrt damals gerad genug gehabt.«

Guillaumet, jetzt muß ich einige Worte über dich sagen! Aber ich will dich nicht bedrücken, indem ich lange bei deinem Mut und bei deiner Berufstüchtigkeit verweile. Ich will etwas ganz anderes veranschaulichen, will von deinem schönsten Abenteuer erzählen.

Es gibt eine Eigenschaft, die noch keinen Namen hat. Manchmal nennt man sie »Besonnenheit«, aber das Wort ist ungenügend. Denn die Eigenschaft, wie ich sie meine, kann mit strahlender Fröhlichkeit zusammengehen. Es ist die Eigenschaft des Zimmermanns, der sich seinem Stück Holz gewissermaßen Mann gegen Mann stellt, der es betastet und abschätzt und ernst nimmt, um all seine Eignung in den Dienst des Werkes zu zwingen.

Ich bekam einmal einen Bericht deines Abenteuers zu lesen und habe mit dieser irreführenden Schilderung ein Hühnchen zu rupfen. Da sah man dich mit Gassenjungenwitzen um sich werfen, als ob Mut darin bestünde, sich im Angesicht größter Gefahren oder gar des Todes zu Schülerspäßen zu erniedrigen. Die Leute haben dich nicht gekannt, lieber Guillaumet, du hast nicht nötig, deine Gegner vor dem Kampf zu verhöhnen. Wenn du auf ein schweres Unwetter triffst, dann sagst du: »Das ist ein schweres Unwetter!« Als solches schätzt du es ein und als solches nimmst du es hin.

Ich bringe dir hier das Zeugnis meiner Erinnerungen. Seit fünfzig Stunden war Guillaumet überfällig. Es war Winter, und er hatte seinen Flug über die Anden angetreten. Ich kam gerade aus dem hintersten Patagonien zurück und traf den Flieger Deley in Mendoza. Wir beide durchsuchten fünf Tage lang im Flugzeug das Berggewirr, ohne etwas zu finden. Unsere zwei Flugzeuge reichten nicht aus. Es kam uns so vor, als würden hundert Geschwader in hundert Jahren die gewaltige Gebirgsmasse nicht zu Ende erforschen, deren Gipfel bis in die 7000 Meter ragen. Wir gaben jede Hoffnung auf. Sogar die Schmuggler, die Räuber, die dort für fünf Franken jedes Verbrechen wagen, lehnten es ab, sich als Rettungsgruppen auf die Vorberge zu wagen: »Wir setzen da nur unser Leben aufs Spiel«, erklärten sie, »im Winter geben die Anden keinen Menschen wieder heraus.«

Als Deley und ich in Santiago landeten, rieten uns die chilenischen Offiziere ihrerseits, die Suche lieber aufzugeben: »Es ist Winter. Ihr Kamerad hat die Nacht nicht überlebt, wenn er schon den Sturz überlebt hat. Die Nacht verwandelt jeden, über den sie kommt, in Eis.«

Als ich mich aufs neue zwischen die gewaltigen Mauern und Pfeiler der Anden verlor, da meinte ich weniger, Guillaumet zu suchen, als ihm im tiefen Schweigen eines Schneedoms die Totenwache zu halten.

Schließlich am siebenten Tage, als ich zwischen zwei Überfliegungen in einer Wirtschaft in Mendoza beim Essen saß, stieß ein Mann die Tür auf und rief nur zwei Worte: »Guillaumet lebt!«

Zehn Minuten später war ich in der Luft, nachdem ich zwei Monteure, Lefèvre und Abri, an Bord genommen hatte. Nach vierzig Minuten landete ich neben einer Straße, auf der ich, Gott weiß woran, den Wagen erkannt hatte, der Guillaumet auf San Raphael zuführte. War das ein Wiedersehen! Wir weinten alle, wir erdrückten ihn fast in unseren Armen. Und er lebte, er war auferstanden, er hatte sein eigenes Wunder gewirkt. Da sprach aus ihm, in dem ersten verständlichen Satz, den er herausbrachte, ein herrlicher Männerstolz: »Ich kann dir sagen: was ich getan habe, kein Tier hätte es fertiggebracht!«

Später hat er uns alles erzählt.

Ein Sturm, der in achtundvierzig Stunden den Osthang der Anden mit fünf Meter Schnee bedeckte und die ganze Front versperrte, hatte die Amerikaner der Pan-Air zum Umkehren gebracht. Guillaumet aber flog los und suchte ein Loch im Wolkenhimmel. Etwas nach Süden zu fand er es, stieg bis zu 6500 Metern und schwebte nun über den Wolken, die nicht über 5000 hoch waren. Nur die höchsten Gipfel ragten aus ihnen hervor, und Guillaumet nahm Kurs auf Argentinien.

Fallwinde bereiten dem Flieger oft höchst unbehagliche Augenblicke. Der Motor läuft volle Drehzahl, aber das Flugzeug sinkt. Der Führer nimmt die Spitze hoch, um zu steigen. Dadurch verliert das Flugzeug an Geschwindigkeit und Lenkbarkeit. Zu allem Überfluß

sinkt es trotzdem weiter. Da legt er die Maschine wieder waagerecht, denn er muß fürchten, schon zu steil in der Luft zu hängen. Er weicht rechts oder links vom Kurse ab und sucht sich im Aufwind einer Felswand emportragen zu lassen, die wie ein Sprungbrett die Winde abfängt. Aber er sinkt immer noch. Das ganze Luftmeer scheint in rasender Bewegung nach unten, der Flieger wird in einer Art Weltuntergang mitgerissen. Es gibt keinen Ausweg. Vergeblich versucht er zu wenden, um weiter hinten die Gegenden wieder zu erreichen, wo ihn die Luft noch trug, fest und sicher wie eine Säule. Aber die Säule steht nicht mehr. Alles löst sich auf, und in diesem allgemeinen Zusammenbruch sinkt er auf die Wolke zu, die weich und träge ansteigt, ihn erreicht, ihn verschlingt.

»Ein paarmal hatte es mich schon früher beinahe erwischt«, erzählte Guillaumet, »aber ich war noch nicht klug geworden. Über den Wolken trifft man nämlich auf Fallwinde, die stetig scheinen, bloß weil sie sich in gleicher Höhe ständig neu bilden. Oh, im Hochgebirge ist alles verrückt!«

Ja, und die Wolken!

»Wie ich erst drinnen war, ließ ich das Steuer los und hielt mich krampfhaft am Sitz fest. Sonst wäre ich herausgeflogen. Die Stöße waren so hart, daß mir die Schultergurte ins Fleisch schnitten. Hätte ich mich nicht festgehalten, sie wären gerissen. Alle Scheiben waren sofort beschlagen, ich konnte nicht einmal die Geräte ablesen. Wie ein Hut wurde ich von 6000 auf 3500 gerollt.

Bei dreieinhalb sah ich eine schwarze Masse und konnte das Flugzeug abfangen, weil sie waagerecht war. Es war ein See, und ich erkannte ihn: der Diamantsee, der in einem Felskessel liegt, dessen eine Wand, der Vulkan Maipu, bis 6900 Meter aufsteigt. Nun war ich ja die Wolke los, aber sehen konnte ich doch nichts vor dickem Schneetreiben.

Den See konnte ich nicht verlassen, ohne an einer der Wände des Kessels zu zerschellen. So flog ich über dem Teich meine Kreise in 30 Meter Höhe, bis mir der Treibstoff ausging. Nach zwei Stunden Zirkus landete ich und machte Bruch. Als ich ausstieg, warf mich der Sturm einfach um. Ich stand wieder auf. Er schmiß mich wieder um. Da blieb mir nichts übrig, als mich unter dem Rumpf zu bergen und mir einen Unterstand im Schnee zu bauen. Ich wickelte mich in Postsäcke ein und wartete zwei Tage.

Dann legte sich der Sturm, und ich zog los. Ich bin fünf Tage und vier Nächte gegangen.«

Ja, was war dabei von unserem Guillaumet übriggeblieben? Wir hatten ihn wieder, aber er sah aus wie seine eigene Mumie, geschrumpelt wie ein altes Weib. Am gleichen Tag noch flog ich ihn nach Mendoza, wo er in ein weiches Bett gesteckt wurde. Aber es konnte ihm nicht gleich helfen. Zu stark rebellierte der zerschlagene Körper. Guillaumet wälzte sich unruhig hin und her und fand weder die rechte Lage noch den Schlaf. Der Körper konnte die Felsen und den Schnee nicht vergessen; er war gezeichnet. Ich schaute in das schwarze, zerbeulte Gesicht, das einer überreifen, angefaulten Birne ähnlich sah. Er schien sehr häßlich und sehr, sehr elend. Die schönen Werkzeuge der Arbeit konnte er nicht gebrauchen: seine Hände waren steif, und wenn er sich auf den Rand seines Bettes setzte, um einmal frei atmen zu können, hingen seine erfrorenen Füße wie tot herunter.

Seine Wanderung war aber noch nicht zu Ende. Noch keuchte er weiter, und kaum hatte er den Kopf in die Kissen vergraben, um Frieden zu finden, da begann in seinem Geiste der Zug von Bildern. Sie waren nicht abzuschütteln, sie warteten ungeduldig darauf, ihre Walpurgisnacht zu beginnen. Zwanzigmal mußte er den Kampf gegen die Feinde neu aufnehmen, die aus der Asche auferstanden. Ich flößte ihm Mengen Tee ein: »Trink, Alter!«

»Und weißt du ... das Sonderbarste ... war doch ...«

So erlebte er sein einzigartiges Abenteuer wieder, aus dem er als Sieger hervorgegangen war, freilich gezeichnet von den schweren Schlägen, die er in diesem Kampf hatte einstecken müssen. Stück für Stück redete er es sich von der Seele, und ich erlebte seinen Marsch noch in der gleichen Nacht mit, so wie er ihn berichtete. Ohne Pickel, ohne Seile, ohne Lebensmittel ging er immer weiter, er erstieg Höhen von 4500 Metern, oder er bahnte sich einen Weg an senkrecht abfallenden Wänden entlang; Blut lief aus Füßen, Knien und Händen bei 40 Grad Kälte. Immer mehr schwanden Blut und Kraft und Denken, aber weiter ging es mit dem besessenen Eigensinn der Ameisen. Er kehrte um, wenn er ein Hindernis umgehen mußte, er stand nach jedem Sturz wieder auf und kletterte die Abhänge wieder hoch, die nur zum Abgrund führten. Er gönnte sich keine Ruhe, denn von dem Schneebett wäre er nie wieder aufgestanden. Tatsächlich, wenn er ausrutschte und hinfiel, mußte er sich schnell erheben, um nicht zu Fels zu werden. Die Kälte versteinerte ihn in wenigen Augenblicken. Wenn er sich nach einem Sturz nur eine Minute zu lang der Ruhe hingab, mußte er die abgestorbenen Muskeln mühsam in Tätigkeit versetzen, um überhaupt wieder hochzukommen.

Tapfer widerstand er allen Versuchungen. Er erzählte es so:

»Im Schnee, weißt du, stirbt der Selbsterhaltungstrieb. Nach zwei, drei, vier Tagen Marsch willst du nur noch schlafen. Aber ich sagte mir: Wenn meine Frau glaubt, daß ich lebe, dann glaubt sie, daß ich marschiere. Die Kameraden glauben auch, daß ich marschiere. Alle glauben an mich. Da wäre ich ein Schweinehund, wenn ich nicht marschierte.« Und er marschierte weiter. Jeden Tag mußte er mit dem Taschenmesser den Einschnitt in den Schuhen etwas verlängern, damit die erfrorenen und geschwollenen Füße noch Platz fanden.

Er erzählte überraschende Einzelheiten: »Vom zweiten Tage an war meine schwerste Arbeit, mich selbst am Denken zu hindern. Ich litt zu sehr, und meine Lage war hoffnungslos. Wenn ich da den Mut zum Weitergehen behalten wollte, durfte ich nicht nachdenken. Aber leider konnte ich mein Gehirn nur schlecht drosseln. Es arbeitete wie eine Turbine. Aber wenigstens konnte ich ihm vorschreiben, was es sich vorzustellen hatte. Ich brachte es auf einen Film oder auf ein Buch. Dann aber lief der Film oder das Buch mit großer Geschwindigkeit in mir ab, und schließlich führte mich alles wieder auf meine Lage zurück. Da half nichts. Dann steuerte ich das Denken von neuem auf andere Erinnerungen hin . . .«

Einmal freilich, als er ein größeres Stück auf dem Bauch durch den Schnee gerutscht war, gab er es auf. Es ging ihm wie dem Boxer, dem ein schwerer Schlag allen Kampfgeist ausgetrieben hat, sodaß er die Sekunden eine nach der anderen wie in eine fremde Welt fallen hört bis zur zehnten, letzten, unwiderruflichen.

»Ich habe getan, was ich konnte, und es gibt doch keine Hoffnung mehr - wozu soll ich mich weiter schinden?«

Es genügt ja, die Augen zufallen zu lassen, um Frieden fürs Leben zu schließen, um die Felsen, das Eis und den Schnee aus der Welt zu schaffen. Kaum waren die wundertätigen Lider geschlossen, und schon gab es keine harten Stöße mehr, keine wilden Stürze, keine zerrissenen Muskeln, keinen brennenden Frost. Da brauchte man das Leben nicht weiterzuschleppen, das einem schwer wie ein Lastwagen anhängt, wenn man stumpfsinnig wie ein Ochse weiterschreitet. Schon fühlte Guillaumet das Gift der Kälte, das wie Morphium ein Gefühl der Beseligung verbreitete. Alles, was ihm an Lebenskraft blieb, sammelte sich am Herzen, etwas sehr Liebes und sehr Kostbares barg sich in der Mitte seines Körpers. Langsam verließ das Bewußtsein die Glieder, und allmählich wurde er aus einem bis an die Grenze des Möglichen leidenden Tiere zum empfindungslosen Stein.

Sogar das Gewissen sprach leiser. Unsere Rufe erreichten ihn nicht mehr; es wurden Traumrufe aus ihnen. Beseligt folgte er ihnen in einem Traummarsch mit langen, leichten Schritten ohne alle Mühe, wie man im Flachland geht. Spielend leicht ging es über die Welt hin, die plötzlich so freundlich für ihn war. Kamerad Guillaumet, da wolltest du uns deine Wiederkehr versagen! Aber aus den Hintergründen des Gewissens kam plötzlich die Reue. Klare Bilder mischten sich in den Traum: »Ich dachte an meine Frau. Die Lebensversicherung schützte sie vor Not. Die Lebensversicherung aber . . .«

Ein Vermißter wird erst nach vier Jahren für tot erklärt! Dieser Satz verdrängte mit einschneidender Schärfe alle übrigen Bilder. Plötzlich wußte er wieder, daß er flach auf einem steilen Schneehang lag. Seine Leiche würde im Sommer mit dem schmelzenden Schnee in einer der vielen tausend Klüfte der Anden verschwinden. Aber er wußte auch, daß fünfzig Meter von ihm ein Fels aus dem Schnee aufragte.

»Da habe ich gedacht: Wenn ich aufstehe, komme ich vielleicht so weit, und dann hänge ich mich über den Stein, und im Sommer werde ich dann gefunden.«

Nachdem er aufgestanden war, ging er noch zwei Tage und drei Nächte.

Freilich glaubte er nicht weit zu kommen. »Mancherlei ließ mich das Ende ahnen. Ein Zeichen war, daß ich etwa alle zwei Stunden haltmachen mußte, um meine Schuhe etwas weiter aufzuschlitzen und meine anschwellenden Füße mit Schnee zu reiben, oder auch einfach um das Herz auszuruhen. Die letzten Tage verlor ich das Gedächtnis. Ich war jedesmal schon weit gegangen, ehe ich merkte, daß ich beim letzten Halt etwas hatte liegengelassen. Das erste Mal war es ein Handschuh, und das war bei der Kälte schlimm! Ich hatte ihn vor mich hingelegt und war weitergegangen, ohne ihn aufzuheben. Dann war es die Uhr. Dann das Messer. Dann der Kompaß. Nach jeder Rast war ich ärmer. Nur eins rettet: ein Schritt - und noch ein Schritt. Immer wieder tut man denselben Schritt.«

»Ich kann dir sagen: was ich getan habe, kein Tier hätte es fertiggebracht.« An diesen Ausspruch mußte ich denken. Konnte man es großartiger ausdrücken? In diesem Satz war der Mensch in seine königliche Stellung gesetzt; die wahre Rangordnung der Natur war wiederhergestellt.

Endlich schlief Guillaumet ein, und das Bewußtsein rastete. Aber in diesem abgewrackten, zerknitterten und zerdörrten Körper wurde es gleich beim Erwachen wieder lebendig und mächtig. Da ist der Körper wirklich nur ein gutes Werkzeug, nur ein Diener. Den Stolz, ein solches Werkzeug zu sein, auch den konnte Guillaumet so schön aussprechen: »Wo ich nichts zu essen hatte, kannst du dir denken, daß mein Herz am dritten Marschtag nicht mehr sehr gut ging. Hänge ich da einmal über dem Nichts; denn es ging gerade an einem Steilabfall entlang, wo ich mir Löcher machen mußte, um mich mit den Händen daran zu klammern. Da hat das Herz auf einmal Panne. Es setzt aus, dann springt es wieder an, es klopft verkehrt. Ich spüre: wenn es nur eine Sekunde zu lang aussetzt, dann lasse ich los. Ich halte ganz still und lausche in mich hinein. Niemals, hörst du, niemals solange ich fliege, habe ich mich so an meinen Motor gehalten wie in den paar Minuten damals an mein Herz. Ich sagte ihm: Feste! Noch mal! Laß nicht nach! Schlag zu! - Aber es war ein Herz erster Wahl, es setzte wohl aus, aber es ging immer wieder an. Du kannst dir gar nicht vorstellen, wie stolz ich auf mein Herz war.«

Endlich war Guillaumet in dem Zimmer zu Mendoza, wo ich bei ihm wachte, in den Schlaf der Erschöpfung gefallen. Ich dachte: Wenn man von seinem Mut reden wollte, er würde nur mit den Achseln zucken. Man würde ihm aber auch nicht gerecht, wenn

man seine Bescheidenheit hervorheben wollte. Er ist über diese mittelmäßige Eigenschaft hoch erhaben. Nur aus Klugheit gibt er das nicht zu, weil er weiß, daß die Menschen sich überhaupt nicht mehr fürchten, wenn sie erst in den Ereignissen drinstehen. Nur das Unbekannte ängstigt die Menschen. Sobald man ihm die Stirn bietet, ist es schon kein Unbekanntes mehr, besonders wenn man es mit hellsichtigem Ernst beobachtet. Guillaumets Mut besteht vor allem in seinem geraden und offenen Blick.

Aber das ist gar nicht seine besondere Größe; die fließt aus seinem Verantwortungsgefühl. Er fühlt sich verantwortlich für sich selbst, seine Post und die Kameraden, die auf ihn warten. An seiner Entscheidung liegt es, ob sie sich freuen dürfen oder sich sorgen müssen. Er trägt Mitverantwortung für alles, was lebt und was wird und woran er mitbauen soll, also im Rahmen seiner Arbeit für das Schicksal der Menschheit.

Er gehört zu den Wesen, die sich nicht scheuen, ihre Wurzeln und Zweige weit auszubreiten. Mensch sein heißt Verantwortung fühlen: sich schämen beim Anblick einer Not, auch wenn man offenbar keine Mitschuld an ihr hat; stolz sein über den Erfolg der Kameraden; seinen Stein beitragen im Bewußtsein, mitzuwirken am Bau der Welt.

Und solche Menschen will man mit Stierkämpfern und Spielern in eine Reihe bringen? Man preist ihre Todesverachtung. Ich pfeife auf Todesverachtung. Sie ist nur ein Zeichen geistiger Armut oder jugendlicher Unreife, wenn sie nicht in einer übernommenen Verantwortung wurzelt.

Ich habe einen Fall von Selbstmord erlebt. Irgendein Liebeskummer trieb den jungen Menschen dazu, sich mit größter Genauigkeit die Kugel mitten ins Herz zu jagen. Dazu hatte er, Gott weiß von welchem literarischen Vorbild verführt, weiße Handschuhe angezogen. Ich mußte daran denken, wie sehr ich diese traurige Schaustellung nicht als vornehm, sondern als erbärmlich empfand. Nichts, gar nichts hatte also hinter dieser Menschenstirn über dem freundlichen Gesicht gesteckt, nichts als das Bild eines albernen kleinen Mädchens, das nicht anders war als tausend andere auch.

Gegenüber diesem kläglichen Schicksal erinnere ich mich eines wirklichen Männertodes, des Sterbens eines Gärtners, der mir sagte: »Wissen Sie, manchmal habe ich beim Graben tüchtig geschwitzt,

und das Reißen im Bein war kaum auszuhalten, und ich habe über die Knechtschaft geflucht. Und heute, da möchte ich graben, das Land umgraben; nichts kommt mir schöner vor als Graben. Dabei ist man doch frei. Und wer wird nun meine Bäume verschneiden?«
Er ließ urbares Land zurück, eine urbare Welt. Denn allem Fruchtland und allen Fruchtbäumen der ganzen Welt war er in Liebe verbunden. Er war der Freigebige, er war der Verschwender, der große Herr. Er war - wie Guillaumet - der tapfere Ritter, als er im Namen seiner Schöpfung mit dem Tode rang.

Im letzten Kriegswinter reiste eine junge Frau mit ihrem dreijährigen Sohn aus Norddeutschland in ihre österreichische Heimat. Ihr ganzes Bestreben war, das Kind heil nach Hause zu bringen. Sie hatte nur das Notwendigste in ihrem Rucksack verstaut, denn sie mußte die Arme frei haben, um den kleinen Jungen, der zart und übermüdet war, tragen zu können.

Die Züge waren vollgestopft mit Militär und Flüchtlingen aus den zerbombten Städten. Es wurde sehr wenig gesprochen, und alles vollzog sich in grauer Gleichgültigkeit. Die junge Frau sah die Mütter kleiner Kinder besessen von dem Willen, ihr Kind zu retten, bereit, zehn fremde Kinder verhungern zu lassen, um das eigene füttern zu können. Sie sah es mit durch Erschöpfung gedämpftem Entsetzen und wußte, daß diese Wilden ihre Schwestern waren und daß sie selbst im Ernstfall nicht anders handeln würde. Schon jetzt hatte sie gelernt, sich ihren Weg mit vollkommener Rücksichtslosigkeit zu bahnen. Sie hatte immer als schüchtern gegolten; das Kind auf ihrem Arm ließ sie zu einer gereizten Löwin werden.

Übrigens ging es ihr besser als vielen anderen. Oft half ihr ein Soldat weiter oder überließ ihr seinen Platz. Einer schenkte ihr Traubenzucker, einer getrocknete Apfelschnitze, immer wieder zeigten sich Spuren von Ritterlichkeit bei den Männern, allerdings nicht allen Frauen gegenüber. Es war ein Glück für ihren kleinen Sohn, daß seine Mutter jung und anziehend war und schutzbedürftig wirkte. Und sie lächelte wie ein Automat in die fremden Männergesichter, schlug groß und hilflos die Augen auf und dachte nur daran, wie es ihrem Kind von Nutzen sein konnte. Manchmal versuchten die Soldaten, mit dem Kleinen zu scherzen, lachten dröhnend und kniffen ihn in die Wange. Er verzog keine Miene, lachte nicht, weinte nicht und sah nachdenklich und unbeteiligt in die fremden Gesichter. Er war ein sehr vernünftiges und angenehmes Kind und hatte begriffen, daß er still sein mußte.

Manchmal blieb ein Zug auf offener Strecke stecken, stundenlang, einen Tag, eine Nacht, nie erfuhr man, warum, oder nur in Gerüchten. Eine Stadt war nachts bombardiert worden, ein Militärtransport blockierte die Strecke. Einmal mußten sie nachts aussteigen und sich in ein Rübenfeld legen. Die Erde war kalt und feucht, der Himmel hing in der Ferne voll weiß gleißender Kugeln, und hin und wieder heulten Sirenen auf, erzitterte der Boden von Detonationen, Bombeneinschlägen und bellten Schüsse auf.

Trotz dieser Anstrengungen war etwas Anheimelndes an dieser Reise zu zweit. Sie waren Tag und Nacht beisammen, so eng waren sie noch nie verbunden gewesen, zumindest nicht seit seiner Geburt. Es war süß, ihn im Arm zu halten, seine Wangen an der Schulter zu spüren und den Geruch seiner Haare in der Nase zu haben. Sie mochte sich nicht an den spärlichen Gesprächen beteiligen und empfand alles, was um sie vorging, als Störung. Fremde Gesichter zogen an ihr vorüber, ein ständiger Menschenstrom, und sie mitten darin, den Rucksack auf den Schultern und den Kleinen auf dem Arm. Sie trug ihn fast immer, denn er konnte nicht so schnell laufen wie sie und wäre nur gestoßen und gequetscht worden. Die Menschen um sie herum redeten in verschiedenen Dialekten, sehr vieles verstand sie überhaupt nicht. Erst als sie weiter nach Süden kamen, konnte sie sich besser verständigen. Alles wurde vertrauter, und die Leute im Zug neigten jetzt eher dazu, laut zu fluchen, als mit steinernem Gesicht zu schweigen. Allgemein hieß es, daß der Krieg zu Ende gehe, es könne sich nur noch um kurze Zeit handeln. Darüber wurde gelegentlich heftig gestritten. Einmal schlug ein riesenhafter Feldwebel, dem der rechte Arm fehlte, einen Zivilisten mit der Faust auf den Mund. Etwas sprang klirrend auf den Boden, es war ein Zahn des Zivilisten, aber nur ein falscher Zahn, darüber brach rund um die Streitenden Gelächter aus. Jemand ließ Schnaps herumgehen, und die beiden mußten sich die Hände schütteln, was nicht gelingen wollte, weil der Zivilist immer mit seiner Rechten nach der nicht vorhandenen Rechten des Feldwebels griff.

Sie sah dies alles sehr deutlich und völlig unbeteiligt. Solange ihr Sohn schlief und nichts davon hören und sehen konnte, mochten sich die Leute um sie herum gegenseitig erschlagen. Aber obgleich sie unbeteiligt war, blieb sie immer auf der Hut. Sie trug in der Tasche ihres Rockes ein kleines, scharfes Messer, mit dem sie Brot oder andere Lebensmittel schnitt, das man aber bestimmt sehr gut zu anderen Zwecken verwenden konnte.

Wenn der Kleine schlief, fühlte sie sich manchmal verlassen und kraftlos. Da sie ihren Mann nicht bei sich haben konnte, er stand im Osten an der Front, und sie wußte seit Monaten nichts von ihm, war es ihr einziges Ziel, das Kind gesund nach Hause zu bringen. Wirkliche Sicherheit gab es ja keine mehr, aber sie kannte eine Gegend in ihrer Heimat, in der, nach allem, was sie jetzt gesehen hatte, beinahe Frieden herrschte. Dorthin mußte sie das Kind bringen, und dann, wenn es stimmte, was die Leute sagten, mußte dieser Krieg aufhören, und ihr Mann würde zu ihr zurückkommen. Niemals erlaubte sie sich, an diesem Gedanken zu zweifeln, aus irgendeinem unbewußten Aberglauben heraus. Während das Kind auf ihrem Schoß, unter dem Mantel geborgen, ruhig atmete, dachte sie an ihn. Er war ein paar Jahre älter als sie, ein schmaler Junge mit einem dunklen Haarschopf und einem Grübchen im Kinn. Und er war sehr leichtsinnig und verspielt und konnte nichts auf der Welt wirklich ernst nehmen. Dies war einer der Gründe gewesen, warum sie ihn sofort geheiratet hatte. Sie war allein aufgewachsen, ohne Geschwister und Freunde, und dieser junge Mann hatte die Freude in ihr Leben gebracht, und zum erstenmal hatte sie laut und herzlich gelacht. Sie liebte ihn sehr, er war ein wunderbares Wesen, mit dem man fröhlich sein konnte, das man aber immerzu vor seinem eigenen Leichtsinn beschützen mußte. Und sie haßte den Krieg und alle jene widerlichen alten Männer, die ihr den Spielgefährten genommen hatten. Aber keine Minute durfte sie daran zweifeln, daß er zu ihr zurückkommen würde.

Manchmal träumte sie von einer ganz bestimmten Scheune, die in der Nähe eines Wäldchens stand. Ihr Mann befand sich in dieser Scheune, und sie selbst stand vor dem Tor und wehrte mit einem Maschinengewehr einen Haufen bärtiger Soldaten ab, die in die Scheune eindringen und ihn holen wollten. Wenn sie sah, wie die Männer reihenweise ins Gras sanken, durchbohrt von ihren Kugeln, spürte sie wilden Triumph. Diesen Traum hatte sie ihrem Mann nie erzählt. Sie hatte überhaupt wenig Gelegenheit gehabt, ihm Träume zu erzählen, während ihrer Ehe waren sie nicht länger als ein halbes Jahr zusammen gewesen. Im übrigen hatte es nur seine Briefe gegeben, Briefe, in denen er immer versucht hatte, sie aufzuheitern

und zum Lachen zu bringen. Man hätte nach seinen Schilderungen glauben können, an der Front gehe es zu wie in einem Kabarett. Sie wußte, daß er diese Geschichten zum größten Teil erfunden hatte, er konnte einfach nicht aufhören zu spielen, nicht einmal im Krieg.

Sie dachte: Er und ich und der Kleine, wir werden leben und beisammen sein, und alles wird werden wie früher. Aber es blieb bei den Gedanken, es wurden keine Bilder daraus, und das war bestürzend für sie, die fast nur in Bildern dachte. Er, ich und der Kleine, versuchte sie es noch einmal, aber da war nichts als das Rattern des Zuges in ihren Ohren und, als sie die Augen schloß, schwarzrotes Nichts. Sie preßte erschrocken das Kind an sich, bis es im Schlaf zu murmeln begann, und beruhigte sich erst, als sie seine Stimme hörte. Sie wollte jetzt nicht mehr an später denken, nur an heute, morgen und übermorgen, höchstens drei Tage voraus.

Allmählich schien es ihr, als nehme diese Reise kein Ende. Sie wußte den Wochentag nicht mehr und auch kein Datum, und sie fragte auch nicht danach, es schien nicht mehr von Bedeutung zu sein. Graue Gesichter, schäbige Mäntel, Soldaten, einbeinige und einarmige Soldaten, Kindergeplärr, dicke schlechte Luft im Abteil und nasse Kälte auf den Bahnsteigen. Vielleicht mußte sie ewig so weiterfahren, in eine Ecke gedrückt, voll Ruß, das Kind an sich gepreßt unter dem weiten Mantel. Froh war sie, wenn sie einen Sitzplatz bekam und das Kind sich auf ihrem Schoß einrollen und schlafen konnte. Aber manchmal mußte sie stundenlang stehen. Dann saß der Kleine auf dem Rucksack und lehnte seine Wange gegen ihre Beine. Sie selber schlief sehr wenig, immer nur ein paar Minuten, und diese Schlaflosigkeit machte sie körperlich zerschlagen, aber unnatürlich gespannt und hellwach. Alles, was vorging, sah sie überdeutlich, dabei schien es ganz unwirklich.

Einmal, als sie sich der alten österreichischen Staatsgrenze näherten, sie nahm jedenfalls an, daß sie endlich so weit sein mußten, nickte sie ein und träumte von bärtigen Männern, die ins Abteil sprangen und das Kind von ihr wegreißen wollten. Sie schrie auf und blickte wild um sich nach den Eindringlingen. Das ganze Abteil schlief; nur eine alte Frau mit einem schwarzen Kopftuch, die an einer Brotkruste nagte, sah sie mißbilligend an und schüttelte den Kopf. Das Kind schlief ruhig, atmete aber lauter als sonst, und auf seiner Wange lag fiebernde Röte. Sie spürte, wie sie vor Angst ganz starr wurde. Vielleicht hätte sie die Reise doch nicht wagen sollen. Er war so zart und hatte im vergangenen Winter eine Bronchitis überstanden. Außerdem mußte er endlich besseres Essen bekommen. Sein rundes Gesicht wurde von Tag zu Tag eingefallener und blasser.

Der Zug rollte jetzt langsam dahin. Das konnte alles mögliche bedeuten, hoffentlich eine Station, an der sie ihr Eßgeschirr füllen und für das Kind eine warme Mahlzeit bekommen konnte. Ihr Reiseproviant war längst aufgebraucht.

Es war wirklich ein Bahnhof. Sie erhob sich steif von ihrem Sitz und ließ den Kleinen zur Seite gleiten. Er erwachte nicht, seufzte nur mit zurückgesunkenem Kopf. Seine Kehle war sehr weiß und klein. Sie schob die Hand unter sein Hemd und spürte die Feuchtigkeit. Es war unmöglich, ein fieberndes Kind auf den kalten Bahnsteig zu bringen. Sie legte ihren Mantel um ihn und bat die alte Frau im schwarzen Kopftuch, auf ihn zu achten. Die Alte, die eben noch mißbilligend gelächelt hatte, nickte ernst, und wer sie so sitzen sah, eine knochige, unfreundliche Person, wußte, daß sie kein Auge von dem Kind lassen würde. Immer waren die Unfreundlichen die Verläßlichen, das hatte die junge Frau auf dieser Reise erfahren.

Sie beeilte sich sehr, aus dem Zug zu kommen, wurde aber dauernd behindert, ohne Kind auf dem Arm nicht länger mit übernatürlichen Kräften ausgestattet; es dauerte eine ganze Weile, bis sie ihre Flasche und das Geschirr gefüllt bekam. Sie hatte sich den Waggon genau eingeprägt. Als sie auf den Bahnsteig trat, zählte sie automatisch bis acht, stieg ein und sah sich völlig fremden Gesichtern gegenüber. Schließlich stellte sich heraus, daß es sich um einen ganz anderen Zug handelte. Ihr Zug war aus unbekannter Ursache früher abgefahren, sie und noch ungefähr zehn Leute hatten ihn versäumt. Ein Beamter, der dem Zusammenbruch nahe schien, telephonierte mit einer anderen Station und gab Weisung, sich um das Kind und das Gepäck der anderen Reisenden zu kümmern. »Sie sehen, junge Frau«, sagte er, »ich tue, was ich kann, morgen wartet Ihr Kind schon auf Sie.« Sie sagte gar nichts, weil sie seine Worte nicht richtig begriff. In der Nacht, auf einer Bank im Wartesaal liegend, hörte sie das Dröhnen der Flugzeuge, fernes Grollen und Murren, und manchmal schien es ihr, als bebe die Erde in schwachen Stößen. Sie konnte nichts sehen, denn die Fenster waren verdunkelt. Und dann schlief sie ein, zum erstenmal nach vielen Tagen den Schlaf tiefer Erschöpfung. Es gab nichts, was sie auch im Schlaf noch beschützen mußte, und sie ließ sich fallen.

Sie sah ihren Sohn nie wieder. In der Nacht waren zwei Bahnhöfe bombardiert worden, von den Zügen war nicht viel übriggeblieben, und es ließ sich nicht einmal feststellen, ob jener bestimmte Zug getroffen worden war. Auch ihr Mann kam nicht zurück, er wurde als vermißt gemeldet. Nachdem sie sieben Jahre lang die beiden gesucht hatte, heiratete sie den Mann, der ihr bei dieser Suche sehr geholfen hatte. Sie heiratete ihn aus Dankbarkeit und weil sie müde und allein war. Er war ein Mensch, auf den man sich verlassen konnte, ein vollkommen erwachsener Mann. Sie achtete ihn, und die Ehe verlief ganz gut. Sie hatte einen Sohn und eine Tochter, und ihr Verhältnis zu den Kindern blieb gemäßigt. Das schien ihnen sehr gut zu tun, denn sie entwickelten sich erfreulich und wurden früh selbständig. Beide waren sie gesund und kräftig gebaut und ähnelten ihrem Vater.

Die ehedem junge Frau, jetzt in mittleren Jahren, wurde oft von sonderbaren Anwandlungen befallen und bildete sich für Minuten ein, bei ihrer Familie nur als Gast zu sein. Überhaupt konnte sie ein schwaches Gefühl der Unwirklichkeit nie mehr loswerden. Dies alles behielt sie natürlich für sich, sie wollte ihren Mann und die Kinder nicht kränken. Sie konnten ja nichts dafür, daß sie ihre wirkliche kleine Familie nicht vergessen konnte, jenen mageren jungen Mann mit dem schwarzen Haarschopf und dem Grübchen im Kinn, der das Leben an der Front so von der leichten Seite genommen hatte, und den kleinen Jungen, der nicht gelacht hatte zu den Späßen der Soldaten und so leicht gewesen war in ihren Armen; leicht wie eine Feder, ein Windhauch, und er war fortgeflogen.

Manchmal, wenn sie sah, wie ihre Kinder sich mit Schokolade, Bananen und Orangen vollstopften, dachte sie an ihn, der diese Dinge nie gekannt hatte und für den es nur Brot mit Margarine und Graupensuppe gegeben hatte. Und es fiel ihr ein, wie sie auf der Reise ihre gemeinsame Zukunft nicht hatte sehen können, wie hinter ihren geschlossenen Lidern kein Bild erschienen war, nur das schwarzrote Nichts.

Sehr oft sah sie aus dem Fenster auf einen bestimmten Baum im

Vorgarten, der in ständiger heimlicher Bewegung zu sein schien. Niemals war er ganz ruhig. Es war gut, ihm zuzusehen, aber nicht in Ordnung. Abends war sie dann immer besonders freundlich zu ihrem Mann und den Kindern, und es beruhigte sie, daß alle so zufrieden und glücklich schienen, freilich auf eine Weise glücklich, die in ihren Augen gar nichts mit Glück zu tun hatte.

Und immer noch träumte sie manchmal ihren alten Traum. Sie stand vor jener Scheune mit einem Maschinengewehr in den Händen und wehrte eine Horde bärtiger Soldaten ab, die auf sie losstürmten und reihenweise getroffen in den Schnee sanken. Alles geschah ganz lautlos, nur der Schnee färbte sich rot. Und sie durfte nicht müde werden, denn in der Scheune saßen an einem rohen Tisch ihr Mann und ihr kleiner Sohn und spielten mit einer Kindereisenbahn. Es kam noch immer vor, daß sie aufschreiend erwachte, wenn die bärtigen Gesichter ganz nahe kamen.

Ein fremder Mann legte dann seine breite Hand auf ihre Wange, streichelte sie und murmelte schlaftrunken tröstende Worte. Dann war sie nahe daran, zu einer neuen Wirklichkeit durchzubrechen, zu Wärme, Glück und dem Gefühl, endlich daheim zu sein. Aber es gelang ihr nie, diese Schwelle zu überschreiten und ihrer schrecklichen Treue zu entkommen.

Da sprang ein halbnackter Junge vor unseren Wagen. Der Junge sprang, obgleich er nur ein Bein hatte. Der Junge sprang in unsere Fahrbahn, hob seine knorrige Krücke und wirbelte damit vor unserer insektenverklebten Windschutzscheibe. Er redete hastig und zeigte schließlich mit der faserig abgestoßenen Krückenspitze seitwärts ins Gelände. So blieb er stehen, starr, wie ein Wegweiser. Er sagte nichts mehr. Wir blickten in die Richtung, die der Junge meinte. Aber wir sahen nur eine Palmengruppe - nein, mehr: eine Wolke, rauchfarben, löste sich zögernd aus den gebündelten, nach unten gekrümmten Blattsicheln.

»Was ist?« fragte Niklas den Taxifahrer. Der Wagen stand. Wir hatten das Bremsen nicht gespürt.

»Man braucht Hilfe, Sir«, sagte der Chauffeur. »Es ist ein Unglück geschehen, und es sind Leute zu Schaden gekommen.«

Er zeigte auf den Jungen. »Seine Leute.«

»In einer halben Stunde müssen wir am Flugplatz sein«, sagte Niklas. »Unsere Maschine . . .«

»Ich schaffe es in zehn Minuten, Sir«, sagte der Fahrer zur Windschutzscheibe. Und als Niklas nichts sagte, setzte der Chauffeur hinzu: »Seine Mutter verblutet.«

»Nehmen Sie den Jungen ins Auto«, sagte da Niklas sofort. »Er soll uns den Weg zeigen.«

Der Fahrer winkte mit dem Kopf. Der Junge humpelte an den Wagen. Ich rückte unsere Filmkisten zurecht und wies einladend auf die Deckelfläche. Der Junge setzte sich schnell und geschickt und legte seine Krücke über den heilen Schenkel. Auf der schweißnassen Brust, die vom roten Staub paniert war, glaubte ich sein Herz pochen zu sehen. Der Junge sah uns nicht an. Er schaute stumm auf den Hinterkopf des Fahrers, dessen Haare über den Hemdkragen fransten.

Das Auto bog rumpelnd von der Straße, deren Teerdecke unter der Hitze schlüpfrig geworden war, in einen ausgefahrenen

Sandweg hinein. Die tiefen Wagenspuren im Weg stimmten nicht mit dem Radabstand unseres Taxis überein. Der Fahrer mußte mit einem Rad in der Wegmitte und mit dem anderen auf der niedrigen Böschung steuern. Der Junge kam auf dem glatten Stahlblech der Filmkisten ins Rutschen. Ich hielt ihn um die Schultern fest. Als er mich scheu anschaute, grinste ich und zog eine lustige Fratze, um ihm Mut zu machen.

Aber er blieb ernst und traurig.

»Sind wir eigentlich noch in Kalkutta?« fragte Niklas. Er fragte wohl nur, weil ihn das Schweigen störte.

»Wir sind in Dum-Dum«, sagte der Fahrer.

»Dum-Dum?« fragte Niklas. Er dachte nach. »Hat das was mit den Kugeln zu tun, vor denen wir im Krieg besondere Angst hatten? Ich meine - du kennst sie doch auch, nicht?«

»Ja«, sagte ich. »Wenn ein Geschoß eine besonders gräßliche Wunde riß, sprachen alle von Dum-Dum. Kugeln mit abgeplatteten, angefeilten Bleikernen. Laut Genfer Konvention verboten. Und doch manchmal verwendet.«

»Und in diesem öden Vorort -«, begann Niklas.

»Stand im Ersten Weltkrieg eine Munitionsfabrik«, vollendete der Fahrer.

»Traurige Berühmtheit«, sagte Niklas.

Der Sandweg schlängelte sich in die Palmengruppe. Wir erkannten hinter dem vertikalen Gitterwerk der schlanken Stämme einige orangenfarbene Hausfassaden, groß und eindrucksvoll geschnitten, mit breiter Treppe und hohen Portalen. »Hier läßt sich's leben«, sagte Niklas. »Gutsbesitzer unter sich.«

Aber dann schwieg Niklas. Jetzt sahen wir nämlich, daß die Treppenaufgänge handbreite Risse hatten, in denen gelbes Gras nistete, daß die Türen faulten und die Fenster mit angelehntem Wellblech verschlossen waren.

Der Junge neben mir begann am ganzen Körper zu zittern. Er tippte dem Fahrer auf die Schulter und zeigte an seiner Schläfe vorbei auf einen Schutthaufen, aus dem sperriges, zerknicktes Gebälk ragte. Sonnenstrahlen flimmerten in einer trägen Staubschwade, die zwischen Niedersinken und Aufstieg schwankte. Neben den Trümmern lagen zwei Gestalten auf einer verschossenen Wolldecke.

Wir rannten zu den Verletzten. Der Junge mit der Krücke stürzte. Als ich ihm aufhelfen wollte, wehrte er ab.

Die Körper auf der Decke waren eine junge Frau und ein Kind, nicht älter als vier oder fünf Jahre. Die Frau trug einen ziegelroten Sari. Erst als wir uns herunterbeugten, sahen wir, daß das Rot an der Schulter der Frau dunkler war. Ich hob behutsam die verklebte Seide des Saris etwas an. Die Frau stöhnte. Neben mir sagte Niklas: »Der Fuß des Kindes ist zerquetscht. Ohnmächtig.«

Ich lief zum Auto zurück, zog den Reißverschluß unseres Materialkoffers auf und holte den Erste-Hilfe-Kasten heraus. Jetzt erst sah ich, daß auf dem Rand eines verfallenen Ziehbrunnens neben dem Auto reglos ein Greis saß, der einen violetten Turban trug und ein weißes Tuch um die Hüften geschlungen hatte. Der alte Mann schaute mich an und lächelte. Wieder bei den Verletzten, sah ich, daß der Blutfleck unter der roten Seide sich verstärkt hatte. Das Blut kam von der Halsseite her. Ich drehte die Frau vorsichtig um. Das Blut quoll stoßweise. Während ich um die Schulter der Frau einen festen und um den Hals einen lockeren Verband legte, hatte Niklas mit dem Chauffeur gesprochen. Der Mann klappte die Rückenpolster der Sitze nach hinten um.

Dann trug er das Kind heran. Im Wagen erwachte es aus seiner Bewußtlosigkeit und schrie laut.

Die Frau verbiß sich ein Wimmern, als wir sie zu ihrem Kind auf die Polster legten, um die der Fahrer eine ölfleckige Zeltbahn gebreitet hatte.

»Wie lange wird's dauern?« fragte Niklas.

»Das nächste Dispensarium ist zwei Meilen von hier«, sagte der Fahrer. Er setzte sich ans Lenkrad. Im Wagen war kein Platz mehr.

»Fahr schnell«, sagte Niklas. Dann, als ob er sich entschuldigen wollte, verbesserte er sich rasch. »Fahr vorsichtig!« Mit leichtem Schaukeln rollte das Taxi zwischen den Palmen davon.

»Den seht ihr nie wieder, Sahib«, sagte der Greis auf der Brunnenmauer. Er zischte beim Sprechen. Er hatte keine Zähne mehr.

»Was soll das?« fragte Niklas.

»Viele Kisten im Auto. Schöne Kisten. Wertvolle Kisten.« Der Alte lächelte.

»Unsere Kameras«, sagte Niklas verstört. »Der Fahrer wird doch nicht damit . . .«

»Oh, Kameras«, sagte der alte Mann und spielte mit dem Ziegelstaub. »Die Sahibs sind Touristen?«

Niklas drehte dem Greis verärgert den Rücken zu und ging in die Richtung des zusammengestürzten Hauses.

Der Alte schaute jetzt auf mich. Der feste Blick seiner großen Augen in den tiefen, bläulichen Höhlen stand in seltsamem Gegensatz zu dem nachsichtigen Lächeln. Die Frage des Greises war an mich weitergegebenen.

»Wir haben in Kalkutta gefilmt. Beruflich.«

»Ein schöner Beruf«, sagte der Alte. »Sie haben nette Aufnahmen gemacht. Tempel?«

»Weniger nette«, sagte ich. »Lepraviertel.«

Das Lächeln des Greises war wie weggewischt.

»Wozu machen Sie das?« fragte er.

»Damit man bei uns zu Hause sieht, daß die Menschen hier krank sind und Hunger haben«, sagte ich.

»Und warum sollen Ihre Landsleute das sehen?« fragte er.

»Damit sie helfen, daß die Menschen hier nicht mehr krank zu sein und keinen Hunger mehr zu haben brauchen.«

»So«, sagte der Alte und warf den Staub zur Erde. »Warum filmen Sie nicht diese sterbenden Häuser hier? Warum zeigen Sie nicht diese Villa, die vorhin zusammengebrochen ist und um ein Haar die Frau und das Kind erschlagen hätte?«

Ich sagte nichts. Der Alte stand vom Brunnenrand auf.

»Sie schweigen«, sagte er mit seinen wässerigen Zischlauten. »Ich will Ihnen sagen, warum Sie diese Häuser filmen müßten. Als die Villen hier in Dum-Dum gebaut wurden, für Leute, die im Gesicht so aussehen wie Sie, da wurde der Hunger in Kalkutta größer und die Lepra mächtiger. Und als hier die Fabrik gebaut wurde, als hier die Menschenzerreißer gemacht wurden, da bekam ganz Dum-Dum den Aussatz. Und dann zogt ihr weg, spät, viel zu spät, und ließet die Häuser hier zurück wie abgetragene Kleider. Und ihr ließet den Aussatz zurück und den Hunger. Und darum sind eure Häuser verflucht. Und wer von uns in eure verlassenen Häuser einzieht, zieht diesen Fluch auf sich. Und wer sich von uns nicht eine eigene Hütte baut – hören Sie, Sahib? eine eigene, und sei sie noch so winzig! –, der wird von dem, was ihr zurückgelassen habt, verschüttet. Eure Dinge sind böse!«

In das Gesicht des Alten war eine fleckige Röte gestiegen. Er setzte sich heftig zurück auf den zerbröckelnden Brunnenrand.

Der Junge mit der Krücke kam von irgendwoher auf mich zugehumpelt. Er stellte sich vor mich hin. Jetzt lächelte er. Im Auto vorhin hätte ich viel für dieses Lächeln gegeben. Nun aber, nach der Rede des Alten, konnte ich nichts damit anfangen. »Sahib«, sagte der Junge, nahm die Krücke unter die Achsel und griff nach meiner Hand. Ich gab sie ihm. Aber meine Hand war schlaff.

»Mensch, das Auto!« rief Niklas von der Hausruine her. »Der Alte hat mir vorhin doch einen mächtigen Schreck eingejagt! Gut, daß nichts von dem stimmt, was er sagt. Da!«

Unser Taxifahrer war wieder da. »Alles okay!« rief er vom Lenkrad her. »Die Frau liegt schon bei den Barmherzigen Schwestern auf dem Operationstisch. Um das Kind kümmert man sich auch. Steigen Sie ein! Wir schaffen es noch rechtzeitig bis zum Flugplatz, wenn wir sofort abfahren!«

Niklas sprang in den Wagen. Ich stand noch zwischen dem Alten und dem einbeinigen Jungen. Dem Alten wollte ich noch etwas sagen. Aber Niklas rief, und der Fahrer hupte, und das humpelnde Kind zog mich an der Hand zum Auto hin.

Ich stieg ein. Als wir an dem Alten vorbeifuhren, versuchte ich, sein Gesicht zu sehen, aber er hatte sein Gesicht von uns abgewendet.

Wir gingen zu einem Sängerwettstreit. Alle Jungen und Mädchen aus unserer Gegend würden in ihrer besten Kleidung erscheinen. Nicht in etwas Besonderem, aber immerhin so, daß man sie vorzeigen konnte. Was immer das bedeuten mochte. Gegen Schlipse hatte ich zwar etwas, aber mein Vater bestand nun einmal darauf, daß ein Schlips dazugehöre. Ich fühlte mich immer beengt von dieser Schlange um den Hals. Die Mutter machte mir stets Vorhaltungen, daß ich nicht wie die anderen Kinder sei, die einen Blazer und einen Schlips anhatten, wenn sie in die Kirche oder zu irgendeinem Wettkampf gingen. Darin setzte man in diesem Slumbezirk, in dem ich lebte, seinen ganzen Stolz - daß die Kandidaten Anzug und Schlips trugen oder was immer den Schiedsrichtern gefallen mochte. Es schien fast, als ob die Stimme und die Gestaltung der Lieder nur von zweitrangiger Bedeutung wären. Zumindest argwöhnten wir, daß all dies Schwindel sei, wie das Märchen, daß die Afrikaner so schön lächeln, weil sie so gute Zähne haben. Das ist der größte Schwindel. Sämtliche Schiedsrichter würden Weiße sein, und man erzählte uns, daß sie viel von Musik verstünden.

»Heute mußt du besonders gut singen«, schärfte meine Mutter mir ein, als ich versuchte, ganz besonders nett zu sein, das Geschirr spülte und bei anderen Hausarbeiten half.

»Aber Mammi, ich singe doch immer gut«, protestierte ich.

»Gewiß, aber heute ist ein besonderer Tag. Der Vater wird dir heute einen Anzug kaufen, den du mit einem Schlips tragen sollst . . .«

»Aber ich brauche doch keinen Anzug, um ein guter Sänger zu sein«, erhob ich nochmals Einspruch.

»Keine Widerworte! Ihr Kinder heutzutage wißt einfach nicht mehr, was sich gehört. Ihr redet zu euren Eltern, wie euch der Schnabel gewachsen ist . . .«, versetzte sie bissig.

Es war Samstag nachmittag. Bantam-Hühner und -Hähne gakkerten in der Nachbarschaft. Sie hatten Hunger. Sonto, unser grau-

haariger Nachbar, kam mit einer Schüssel heraus und fing an, dem Federvieh im Hühnerhof Körner hinzustreuen und dabei auf eine lustige Weise ihr Gegacker nachzumachen. Sie kamen flügelschlagend an den Zaun gelaufen und stießen einander dabei fast um.

Die Arme in die Seite gestützt, stand die Mutter unter der Tür. Ihr langer, brauner Kattunrock schwankte ihr um die Knöchel, als sie dem Nachbarn zuwinkte. Sie hielt nach den Wolken Ausschau, ob es nicht doch endlich regnen wollte, wie es schon den ganzen Nachmittag über ausgesehen hatte. Die Erde roch würzig nach Wasser und Staub. Ich scheuerte die Töpfe mit der feuchten Erde aus; auf diese Weise werden sie sauberer.

Sonto rief immer wieder sein »Put-put-put-put-put«, als er die Hühner fütterte. Dann hielt er eine Weile inne, blickte zu mir herüber und sagte mit seiner belegten alten Stimme: »Ich hoffe, du wirst Erster heute abend.«

Voller Ungeduld wartete ich darauf, daß mein Vater nach Hause kam. Es war Samstag, und wir alle wußten, daß er möglicherweise auf dem Heimweg seine Freunde traf und noch auf ein Glas selbstgebrauten Biers bei ihnen blieb, oder um sich zu unterhalten. Er war ein großer, gutgewachsener, schöner Mann. Wir liebten ihn, fürchteten jedoch seine rasch zuschlagende Hand. Immer, wenn ich etwas angestellt hatte, drohte meine Mutter, es ihm zu sagen, und dann wußte ich, daß es Hiebe setzte, bis ich nicht mehr schreien konnte. Er war sehr streng.

Ich wußte, daß er mutig war. Einst hatte er uns vor *Tsotsis* – einer Bande von Halbstarken – beschützt, deren Sinn, nachdem sie draußen getrunken hatten, danach stand, Schlimmes anzustellen, und die unser Haus überfallen hatten. Mit einer Peitsche hatte er sie vertrieben. Gleichzeitig war er jedoch sehr liebevoll und besaß viel Humor. Oft bezauberte er mich mit Geschichten aus seiner Jugend. Einmal erzählte er zum Beispiel, er sei am späten Abend mit dem Fahrrad über einen Friedhof von der Arbeit nach Hause gefahren, und dabei habe eine sonderbare, unbekannte Gestalt ihn angehalten und gebeten, ihr Geld zu wechseln. Er habe nicht genug bei sich gehabt, woraufhin die Gestalt, offenbar ein Gespenst, ihm sagte, das sei schade, denn sie wolle etwas Geld wechseln, das heute nicht mehr im Umlauf sei, weil es aus alten Zeiten stamme und das sie in ihrem Grabe habe. Dann sei die Gestalt verschwunden ...

Von einem Ende der Siedlung hörte ich Stimmen und Hundegebell, während Kinder bei ihren Spielen laute Rufe ausstießen. Von der Wand unserer Wellblechhütte kam unvermutet der kratzende Laut von etwas, was daran scheuerte. Es war das Fahrrad meines Vaters. Mammi bereitete das Abendessen.

»Beeil dich, sonst machen die Läden noch zu«, riet er ihr.

»Ich weiß nicht, was für einen Anzug wir kaufen sollen«, sagte ich.

»Ach, das findet sich schon«, sagte er voller Zuversicht.

»Wir sind bald zurück. Die Zeit rennt«, erklärte er meiner Mutter, als er wieder herauskam, nachdem er seinen Rock ausgezogen hatte.

In der Barber-Street wimmelte es von Jungen und Mädchen meines Alters, die mit einem flachen Stein Himmel und Hölle spielten, wobei es darum ging, den Stein mit den bloßen Füßen von einem Feld ins andere zu befördern. Andere spielten Baseball mit selbst erfundenen Regeln, und der Rest spielte mit einem Tennisball Fußball. Auf der Fensterbank des Ladens saß eine Gruppe älterer Jungen, die mit gedämpften Stimmen miteinander redeten und manchmal in lautes Lachen ausbrachen, vermutlich immer dann, wenn einer von ihnen etwas Komisches oder Blödes gesagt hatte. Dabei behielten sie die ganze Zeit über den Polizeiwagen im Auge, den sie unter sich *Kwela-kwela* nannten, »Kletter rein«, und der jeden Augenblick herangeglitten kommen konnte, wenn die Polizei die Ausweise kontrollierte oder an einer Straßenecke hielt, wenn die Polizisten ein Haus durchsuchen wollten, das sie im Verdacht hatten, eine geheime Schnapsbrennerei zu sein, oder daß dort unerlaubt selbstgebrannter Schnaps verkauft wurde.

Abdul, der indische Händler, hockte auf den Fersen, hielt dabei sein langes weißes Gewand zwischen den Beinen eingeklemmt und trug einen roten Fez. Unentwegt kaute er an einem roten Stengel, spie langgezogene, orangefarbene Speichelfäden auf die Straße und rief dabei den eintretenden oder seinen Laden verlassenden Kunden Grußworte zu. »*Tsena Mama, tsena Papa.* – Tritt ein, Mama, tritt ein, Papa«, rief er immer wieder.

An die Wand war ein Plakat gekleistert: *Kauf einen Anzug, nimm zwei umsonst mit* (für gewöhnlich sehr schlechte Ware, vielleicht auch Ausschußware der Fabriken).

Ich fühlte, wie die Hand meines Vaters sich fester um meine schloß. Als ich aufblickte, sah ich, daß sein Gesicht dunkler geworden war. Unruhig blitzten seine Augen. Wir waren nur noch wenige Meter von dem Laden entfernt. Ich wußte, daß mein Vater ein sehr strenger und aufrechter Mann war, der noch niemand auch nur einen Penny gestohlen hatte. Sein Charakter war makellos, er lebte nach den höchsten Grundsätzen - aber so hatte ich ihn noch nie gesehen. Manchmal hatte ich mitbekommen, wie seine Freunde entweder im Ernst, vielleicht aber auch nur im Scherz erklärten, er sei zu ehrlich für die Weißen, die ihm nie genug zahlten, damit er seine Familie gut ernähren konnte; trotzdem ließ er nie auch nur die kleinste Kleinigkeit mitgehen, um sein Einkommen aufzubessern. Stets erklärte er, Stehlen sei nicht gut, sondern Teufelswerk, und daß alle Diebe in die Hölle kämen. Immer warnte er mich, falls ich einmal lügen oder stehlen sollte, würde ich im ewigen Höllenfeuer schmoren, vor dem ein Mann mit einer großen Gabel stehe und die Leiber jener röste, die auf Erden schlecht gewesen seien. Welche Angst ich vor solchen Reden hatte! Ich liebte ihn. Ich fand, er sah würdevoll aus. Ich war damals zehn Jahre alt, und damals, wenn ich ihm und seinen Freunden etwas zu essen aus der Küche brachte, wenn sie ihm im Hof im Schatten des Baumes zuhörten, merkte ich, daß sie ihn achteten. Wiederholt hatte er ihnen erzählt, er spare Geld zusammen, um mir einen Anzug für das kommende Konzert zu kaufen.

Fast acht Monate hatte es ihn gekostet, die erforderliche Summe zusammenzubringen, und jetzt standen wir hier vor dem Laden. Unversehens packte er mich fester und noch fester, daß mich mein Arm schmerzte. Vergebens versuchte ich, mich loszureißen - er merkte gar nicht, wie weh er mir tat.

Ich spürte den Schweiß, als ich meine Hand in der seinen drehte und wand. Schweiß trat ihm auf die Stirn. Kalter Schweiß! Wieder rollte er mit den Augen. Er war verstört. Ihm war nicht wohl in seiner Haut. Doch ich hatte Angst, ihn zu fragen, was er habe.

»*»Tsena Mama, tsena Papa«*«, hörte ich undeutlich Abdul sagen.

»Eeeeeeeu, li-li-li-li-eeuu«, vernahm man eine kreischende weibliche Stimme in der Ferne an- und abschwellen. Vermutlich beschwor sie Glück und Segen für ein junges Paar, das heiratete. Die Stimme wurde schwächer, dann war sie ganz verstummt. Jetzt, so

vermutete ich, tanzte sie vor dem Paar, das im Begriff stand, sein eigenes Haus zu betreten, so wie es die Sitte verlangt bei einer solchen Gelegenheit. Der Vater beschleunigte den Schritt, doch plötzlich hielt zwischen uns und dem Laden ein geschlossener Wagen, und zwei weiße Polizeibeamte kamen heraus. Ihre schwarzen Uniformen mit den blitzenden Knöpfen und den Ordensspangen jagten mir einen Schauder über den Rücken.

»Ausweis, Kaffer!« rief einer der beiden meinem Vater zu, der wie versteinert dastand.

Mit fahrigen Bewegungen und in der schwachen Hoffnung, den Personalausweis doch noch zu finden, suchte mein Vater in seinen Taschen herum. Roh stieß der Polizist ihm den Gummiknüppel zwischen die Rippen.

»Mach schnell, du vergeudest meine Zeit«, befahl er ungeduldig.

»Ich wohne dort drüben, *Baas*«, sagte mein Vater und wies auf unsere Hütte, die nur wenige hundert Meter von der Stelle entfernt stand, wo wir abgefangen worden waren. »Mein Junge kann hinlaufen und ihn holen.«

»Halt 's Maul! Du lügst, fauler Kaffer. Wo hast du dies Geld gestohlen?« beschuldigte ihn der zweite, der bereits die Taschen meines Vaters durchsucht hatte. Ich sah, wie hilflos und bar jeder Würde er vor einem solchen Mann wirkte.

»Ich hab nicht gestohlen, *Baas.*«

»Lügner! Kein Kaffer verdient so viel Geld!«

»Ich habe es gespart, um meinem Sohn einen Anzug ...«

Seine letzten Worte gingen in ihrem brüllenden Gelächter unter, und einer sagte spöttisch: »Hast du das gehört, Gert? Er wollte einen Anzug für diesen Nigger kaufen. Das ist bestimmt einer von diesen rotzfrechen Kaffern, die sich einbilden, sie wären wie Weiße. Die tragen Anzug und Schlips!«

Inzwischen war ich längst zu Hause, um meine Mutter zu bitten, mir den Ausweis zu geben, damit ich ihn ihnen vorweisen könne. Sie suchte in seinem Rock, der an einem Nagel an der Wand hing. Küchenschaben, die darunter Schutz gesucht hatten, stoben in alle Richtungen auseinander und verschwanden in den Rissen der Wand. Wir fanden den Paß. Ich rannte, so schnell ich konnte, doch als ich an die Stelle kam, wo sie uns gestellt hatten, waren sie nicht mehr dort ...

Ich wollte weglaufen ... weinen ... in die Luft fahren ... irgendetwas tun. Mir fiel ein, wie sein Gesicht sich verändert hatte, wie der kalte Schweiß ihm heruntergelaufen war, es nicht mehr die Würde besaß ... Angst ausdrückte ... Niedergeschlagen schlich ich nach Hause zurück.

Neun Monate später saßen die Mutter und ich an seinem Bett. Sie weinte. Ich forschte in seinem Gesicht. Blaß war es, und der Schweiß war wieder da. Er rang nach Atem. Seine Augen waren blaß, seine Lippen zitterten, und abgerissen vernahm man seine schwache Stimme. Er brach in ein tiefes, dröhnendes Husten aus, sodaß unsere ganze Hütte schepperte.

»Möchtest du Wasser?« fragte die Mutter schluchzend.

Schweigen.

Er stieß einen tiefen Seufzer aus und fing wieder stotternd an zu reden. Immer noch war es unverständlich.

Vom unteren Teil seiner Brust an war er bis zu den Füßen mit einer Wolldecke zugedeckt, oben war er nackt. Schweißperlen sammelten sich auf seinem Gesicht wie Wasser auf Blütenblättern nach einem Regen. Seine Augen wanderten über die Wand. Und dann ...

»Du ... du ... hast gesung ...« kam endlich der ganze Satz.

»Ja, Papa«, und mir war danach, all meinen Gefühlen mit einem Schwall freien Lauf zu lassen, als meine Mutter mich unterbrach.

»Es war schwer auf der F ... Farm. Schwerarbeit. Sch ... schinderei. Und nichts zu ... essen.«

Er weinte jetzt lauter als zuvor. Feierlicher Ernst herrschte im Raum. Ich saugte an meinen Fingern. Seine Augen blickten immer noch wie gebannt auf die Wand, wo neben seinem Rock mein Anzug hing. Ich überlegte, ob der Personalausweis wohl noch in seiner Tasche war und ob die Küchenschaben sich immer noch darunter versteckten.

»Ich hab' den Ausweis ja hingebracht, Papa, aber du warst nicht mehr da«, sagte ich mit einem Schuldgefühl, als ob ich ihn im Stich gelassen hätte. Ich hatte ihn nicht zu retten vermocht. Dieses Gefühl war wie ein Alpdruck für mich. Seit damals suchte das Bild meines Vaters mich unentwegt heim, ließ mich keinen Augenblick in Ruhe.

Die Mutter schickte mich um Wasser. Der Gemeindewasserhahn befand sich an der Straßenecke, wo die Einwohner bestimmter

Straßen davor Schlange standen. Frauen warteten darauf, daß sie mit ihren großen Wasserkannen an die Reihe kamen. Dann war ich dran.

Als ich in unsere Baracke zurückkam, stand meine Mutter immer noch neben dem Bett und rang nervös die Hände.

Abduls Stimme drang durchs Fenster, wie er werbend die Vorübergehenden aufforderte: »Tritt ein, Papa«, um einen Anzug zu kaufen und zwei umsonst zu bekommen. Ich bin überzeugt, er kaut immer noch auf dem roten Stengel und spuckt auf die Straße ...

Der Vater lag wie versteinert auf dem Bett, während die Mutter neben ihm stand. Seine Augen bewegten sich nicht, es herrschte Stille im Raum. Es hustete auch nicht mehr. Seine Lippen waren geöffnet. Mir wurde aufgetragen, die in der Nachbarschaft wohnenden Verwandten herbeizuholen.

Bei der Beerdigung hielt die Hand der Mutter die meine umklammert, freilich nicht mit so hartem Griff. Sie weinte. Ich empfand nichts, fühlte mich ganz leer. Ich blickte dem Sarg nach, als er hinabgelassen wurde, und überlegte, ob dem Vater der kalte Schweiß wohl noch auf der Stirn stand. Ich trug meinen Anzug. Großartig sah er aus.

Bertolt Brecht

Der verwundete Sokrates

Sokrates, der Sohn der Hebamme, der in seinen Zwiegesprächen so gut und leicht und unter so kräftigen Scherzen seine Freunde wohlgestalter Gedanken entbinden konnte und sie so mit eigenen Kindern versorgte, anstatt wie andere Lehrer ihnen Bastarde aufzuhängen, galt nicht nur als der klügste aller Griechen, sondern auch als einer der tapfersten. Der Ruf der Tapferkeit scheint uns ganz gerechtfertigt, wenn wir beim Platon lesen, wie frisch und unverdrossen er den Schierlingsbecher leerte, den ihm die Obrigkeit für die seinen Mitbürgern geleisteten Dienste am Ende reichen ließ. Einige seiner Bewunderer aber haben es für nötig gehalten, auch noch von seiner Tapferkeit im Felde zu reden. Tatsächlich kämpfte er in der Schlacht bei Delion mit, und zwar bei den leichtbewaffneten Fußtruppen, da er weder seinem Ansehen nach, er war Schuster, noch seinem Einkommen nach, er war Philosoph, zu den vornehmeren und teueren Waffengattungen eingezogen wurde. Jedoch war, wie man sich denken kann, seine Tapferkeit von besonderer Art.

Sokrates hatte sich am Morgen der Schlacht so gut wie möglich auf das blutige Geschäft vorbereitet, indem er Zwiebeln kaute, was nach Ansicht der Soldaten Mut erzeugte. Seine Skepsis auf vielen Gebieten veranlaßte ihn zur Leichtgläubigkeit auf vielen anderen Gebieten; er war gegen die Spekulation und für die praktische Erfahrung, und so glaubte er nicht an die Götter, wohl aber an die Zwiebeln. Leider verspürte er keine eigentliche Wirkung, jedenfalls keine sofortige, und so trottete er düster in einer Abteilung von Schwertkämpfern, die im Gänsemarsch in ihre Stellung auf irgendeinem Stoppelfeld einrückte. Hinter und vor ihm stolperten Athener Jungens aus den Vorstädten, die ihn darauf aufmerksam machten, daß die Schilde der Athenischen Zeughäuser für dicke Leute wie ihn zu klein geschnitten seien. Er hatte denselben Gedanken gehabt, nur waren es bei ihm breite Leute gewesen, die durch die lächerlich schmalen Schilde nicht halbwegs gedeckt wurden.

Der Gedankenaustausch zwischen seinem Vorder- und seinem Hintermann über die Profite der großen Waffenschmieden aus zu kleinen Schilden wurde abgebrochen durch das Kommando »Lagern!«.

Man ließ sich auf den Stoppelboden nieder, und ein Hauptmann wies Sokrates zurecht, weil er versucht hatte, sich auf seinen Schild zu setzen. Mehr als der Anschnauzer selbst beunruhigte ihn die gedämpfte Stimme, mit der er erfolgte. Der Feind schien in der Nähe vermutet zu werden.

Der milchige Morgennebel verhinderte alle Aussicht. Jedoch zeigten die Laute von Tritten und klirrenden Waffen an, daß die Ebene besetzt war.

Sokrates erinnerte sich mit großer Unlust an ein Gespräch, das er am Abend vorher mit einem jungen, vornehmen Mann geführt hatte, den er hinter den Kulissen einmal getroffen hatte und der Offizier bei der Reiterei war.

»Ein kapitaler Plan!« hatte der junge Laffe erklärt. »Das Fußvolk steht ganz einfach, treu und bieder aufgestellt da und fängt den Stoß des Feindes auf. Und inzwischen geht die Reiterei in der Niederung vor und kommt ihm in den Rücken.«

Die Niederung mußte ziemlich weit nach rechts, irgendwo im Nebel liegen. Da ging wohl jetzt also die Reiterei vor.

Der Plan hatte Sokrates gut geschienen, oder jedenfalls nicht schlecht. Es wurden ja immer Pläne gemacht, besonders wenn man dem Feind unterlegen an Stärke war. In Wirklichkeit wurde dann einfach gekämpft, das heißt zugehauen. Und man ging nicht da vor, wo der Plan es vorschrieb, sondern da, wo der Feind es zuließ.

Jetzt, im grauen Morgenlicht, kam der Plan Sokrates ganz und gar miserabel vor. Was hieß das: Das Fußvolk fängt den Stoß des Feindes auf!? Im allgemeinen war man froh, wenn man einem Stoß ausweichen konnte, und jetzt sollte die Kunst darin bestehen, ihn aufzufangen! Es war sehr schlimm, daß der Feldherr selbst ein Reiter war.

So viele Zwiebeln gab es gar nicht auf dem Markt, als für den einfachen Mann nötig waren.

Und wie unnatürlich war es, so früh am Morgen, statt im Bett zu liegen, hier mitten in einem Feld auf dem nackten Boden zu sitzen, mit mindestens zehn Pfund Eisen auf dem Leib und einem Schlacht-

messer in der Hand! Es war richtig, daß man die Stadt verteidigen mußte, wenn sie angegriffen wurde, da man sonst dort großen Ungelegenheiten ausgesetzt war, aber warum wurde die Stadt angegriffen? Weil die Reeder, Weinbergbesitzer und Sklavenhändler in Kleinasien den persischen Reedern, Weinbergbesitzern und Sklavenhändlern ins Gehege gekommen waren! Ein schöner Grund!

Plötzlich saßen alle wie erstarrt.

Von links aus dem Nebel kam ein dumpfes Gebrüll, begleitet von einem metallenen Schallen. Es pflanzte sich ziemlich rasch fort. Der Angriff des Feindes hatte begonnen.

Die Abteilung stand auf. Mit herausgewälzten Augen stierte man in den Nebel vorn. Zehn Schritt zur Seite fiel ein Mann in die Knie und rief lallend die Götter an. Zu spät, schien es Sokrates.

Plötzlich, wie eine Antwort, erfolgte ein schreckliches Gebrüll weiter rechts. Der Hilfeschrei schien in einen Todesschrei übergegangen zu sein. Aus dem Nebel sah Sokrates eine kleine Eisenstange geflogen kommen. Ein Wurfspeer!

Und dann tauchten, undeutlich im Dunst, vorn massive Gestalten auf: die Feinde.

Sokrates, unter dem überwältigenden Eindruck, daß er vielleicht schon zu lange gewartet hatte, wandte sich schwerfällig um und begann zu laufen. Der Brustpanzer und die schweren Beinschienen hinderten ihn beträchtlich. Sie waren viel gefährlicher als Schilde, da man sie nicht wegwerfen konnte.

Keuchend lief der Philosoph über das Stoppelfeld. Alles hing davon ab, ob er genügend Vorsprung gewann. Hoffentlich fingen die braven Jungen hinter ihm den Stoß für eine Zeit auf.

Plötzlich durchfuhr ihn ein höllischer Schmerz. Seine linke Sohle brannte, daß er meinte, es überhaupt nicht aushalten zu können. Er ließ sich stöhnend zu Boden sinken, ging aber mit einem neuen Schmerzensschrei wieder hoch. Mit irren Augen blickte er um sich und begriff alles. Er war in ein Dornenfeld geraten!

Es war ein Gewirr niedriger Hecken mit sehr scharfen Dornen. Auch im Fuß mußte ein Dorn stecken. Vorsichtig, mit tränenden Augen, suchte er eine Stelle am Boden, wo er sitzen konnte. Auf dem gesunden Fuß humpelte er ein paar Schritte im Kreise, bevor er sich zum zweitenmal niederließ. Er mußte sofort den Dorn ausziehen.

Gespannt horchte er nach dem Schlachtlärm: Er zog sich nach beiden Seiten ziemlich weit hin, jedoch war er nach vorn mindestens hundert Schritt entfernt. Immerhin schien er sich zu nähern, langsam, aber unverkennbar.

Sokrates konnte die Sandale nicht herunterbekommen. Der Dorn hatte die dünne Ledersohle durchbohrt und stak tief im Fleisch. Wie konnte man den Soldaten, die die Heimat gegen den Feind verteidigen sollten, so dünne Schuhe liefern! Jeder Ruck an der Sandale war von einem brennenden Schmerz gefolgt. Ermattet ließ der Arme die massigen Schultern vorsinken. Was tun?

Sein trübes Auge fiel auf das Schwert neben ihm. Ein Gedanke durchzuckte sein Gehirn, willkommener als je einer in einem Streitgespräch. Konnte man das Schwert als ein Messer benutzen? Er griff danach.

In diesem Augenblick hörte er dumpfe Tritte. Ein kleiner Trupp brach durch das Gestrüpp. Den Göttern sei Dank, es waren Eigene! Sie blieben einige Sekunden stehen, als sie ihn sahen. »Das ist der Schuster«, hörte er sie sagen. Dann gingen sie weiter.

Aber links von ihnen kam jetzt auch Lärm. Und dort ertönten Kommandos in einer fremden Sprache. Die Perser!

Sokrates versuchte, wieder auf die Beine zu kommen, das heißt auf das rechte Bein. Er stützte sich auf das Schwert, das nur um wenig zu kurz war. Und dann sah er links, in der kleinen Lichtung, einen Knäuel Kämpfender auftauchen. Er hörte Ächzen und das Aufschlagen stumpfen Eisens auf Eisen oder Leder.

Verzweifelt hüpfte er auf dem gesunden Fuß rückwärts. Umknackend kam er wieder auf den verwundeten Fuß zu stehen und sank stöhnend zusammen. Als der kämpfende Knäuel, der nicht groß war, es handelte sich vielleicht um zwanzig oder dreißig Mann, sich auf wenige Schritte genähert hatte, saß der Philosoph auf dem Hintern zwischen zwei Dornsträuchern, hilflos dem Feind entgegenblickend.

Es war unmöglich für ihn, sich zu bewegen. Alles war besser, als diesen Schmerz im Fußballen noch ein einziges Mal zu spüren. Er wußte nicht, was machen, und plötzlich fing er an zu brüllen.

Genau beschrieben war es so: Er hörte sich brüllen. Er hörte sich aus seinem mächtigen Brustkasten brüllen wie eine Röhre: »Hieher, dritte Abteilung! Gebt ihnen Saures, Kinder!«

Und gleichzeitig sah er sich, wie er das Schwert faßte und es im Kreis um sich schwang, denn vor ihm stand, aus dem Gestrüpp aufgetaucht, ein persischer Soldat mit einem Spieß. Der Spieß flog zur Seite und riß den Mann mit.

Und Sokrates hörte sich zum zweiten Male brüllen und sagen: »Keinen Fußbreit mehr zurück, Kinder! Jetzt haben wir sie, wo wir sie haben wollen, die Hundesöhne! Krapolus, vor mit der sechsten! Nullos, nach rechts! Zu Fetzen zerreiße ich, wer zurückgeht!«

Neben sich sah er zu seinem Erstaunen zwei von den Eigenen, die ihn entsetzt anglotzten. »Brüllt«, sagte er leise, »brüllt um Himmels willen!« Der eine ließ die Kinnlade fallen vor Schreck, aber der andere fing wirklich an zu brüllen, irgendwas. Und der Perser vor ihnen stand mühsam auf und lief ins Gestrüpp.

Von der Lichtung her stolperten ein Dutzend Erschöpfte. Die Perser hatten sich auf das Gebrüll hin zur Flucht gewandt. Sie fürchteten einen Hinterhalt.

»Was ist hier?« fragte einer der Landsleute Sokrates, der immer noch auf dem Boden saß.

»Nichts«, sagte dieser. »Steht nicht so dumm herum und glotzt nicht auf mich! Lauft lieber hin und her und gebt Kommandos, damit man drüben nicht merkt, wie wenige wir sind.«

»Besser, wir gehen zurück«, sagte ein Mann zögernd.

»Keinen Schritt«, protestierte Sokrates. »Seid ihr Hasenfüße?«

Und da es für den Soldaten nicht genügt, wenn er Furcht hat, sondern er auch Glück haben muß, hörte man plötzlich von weit her, aber ganz deutlich, Pferdegetrappel und wilde Schreie, und sie waren in griechischer Sprache! Jedermann weiß, wie vernichtend die Niederlage der Perser an diesem Tage war. Sie beendete den Krieg.

Als Alkibiades an der Spitze der Reiterei an das Dornenfeld kam, sah er, wie eine Rotte von Fußsoldaten einen dicken Mann auf den Schultern trug.

Sein Pferd anhaltend, erkannte er Sokrates in ihm, und die Soldaten klärten ihn darüber auf, daß er die wankende Schlachtreihe durch seinen unerschütterlichen Widerstand zum Stehen gebracht hatte.

Sie trugen ihn im Triumph bis zum Train. Dort wurde er trotz seines Protestes auf einen Fouragewagen gesetzt, und umgeben von schweißübergossenen, aufgeregt schreienden Soldaten gelangte er nach der Hauptstadt zurück.

Man trug ihn auf den Schultern in sein kleines Haus.

Xanthippe, seine Frau, kochte ihm eine Bohnensuppe. Vor dem Herd kniend und mit vollen Backen das Feuer anblasend, schaute sie ab und zu nach ihm hin. Er saß noch auf dem Stuhl, in den ihn seine Kameraden gesetzt hatten.

»Was ist mit dir passiert?« fragte sie argwöhnisch.

»Mit mir?« murmelte er, »nichts.«

»Was ist denn das für ein Gerede von deinen Heldentaten?« wollte sie wissen.

»Übertreibungen«, sagte er, »sie riecht ausgezeichnet.«

»Wie kann sie riechen, wenn ich das Feuer noch nicht anhabe? Du hast dich wieder zum Narren gemacht, wie?« sagte sie zornig. »Morgen kann ich dann wieder das Gelächter haben, wenn ich einen Wecken holen gehe.«

»Ich habe keineswegs einen Narren aus mir gemacht. Ich habe mich geschlagen.«

»Warst du betrunken?«

»Nein. Ich habe sie zum Stehen gebracht, als sie zurückwichen.«

»Du kannst nicht einmal dich zum Stehen bringen«, sagte sie aufstehend, denn das Feuer brannte. »Gib mir das Salzfaß vom Tisch.«

»Ich weiß nicht«, sagte er langsam und nachdenklich, »ich weiß nicht, ob ich nicht am allerliebsten überhaupt nichts zu mir nehme. Ich habe mir den Magen ein wenig verdorben.«

»Ich sagte dir ja, besoffen bist du. Versuch einmal, aufzustehen und durchs Zimmer zu gehen, dann werden wir ja sehen.«

Ihre Ungerechtigkeit erbitterte ihn. Aber er wollte unter keinen Umständen aufstehen und ihr zeigen, daß er nicht auftreten konnte. Sie war unheimlich klug, wenn es galt, etwas Ungünstiges über ihn herauszubekommen. Und es war ungünstig, wenn der tiefere Grund seiner Standhaftigkeit in der Schlacht offenbar wurde.

Sie hantierte weiter mit dem Kessel auf dem Herd herum, und dazwischen teilte sie ihm mit, was sie sich dachte.

»Ich bin überzeugt, deine feinen Freunde haben dir wieder einen Druckposten ganz hinten, bei der Feldküche verschafft. Da ist ja nichts als Schiebung.«

Er sah gequält durch die Fensterluke auf die Gasse hinaus, wo viele Leute mit weißen Laternen herumzogen, da der Sieg gefeiert wurde.

Seine vornehmen Freunde hatten nichts dergleichen versucht, und er würde es auch nicht angenommen haben, jedenfalls nicht so ohne weiteres.

»Oder haben sie es ganz in der Ordnung gefunden, daß der Schuster mitmarschiert? Nicht den kleinen Finger rühren sie für dich. Er ist Schuster, sagen sie, und Schuster soll er bleiben. Wie können wir sonst zu ihm in sein Dreckloch kommen und stundenlang mit ihm schwatzen und alle Welt sagen hören: Sieh mal an, ob er Schuster ist oder nicht, diese feinen Leute setzen sich doch zu ihm und reden mit ihm über Philersophie. Dreckiges Pack.«

»Es heißt Philerphobie«, sagte er gleichmütig.

Sie warf ihm einen unfreundlichen Blick zu.

»Belehr mich nicht immer. Ich weiß, daß ich ungebildet bin. Wenn ich es nicht wäre, hättest du niemand, der dir ab und zu ein Schaff Wasser zum Füßewaschen hinstellt.«

Er zuckte zusammen und hoffte, sie habe es nicht bemerkt. Es durfte heute auf keinen Fall zum Füßewaschen kommen. Den Göttern sei Dank fuhr sie schon in ihrer Ansprache fort.

»Also betrunken warst du nicht, und einen Druckposten haben sie dir auch nicht verschafft. Also mußt du dich wie ein Schlächter aufgeführt haben. Blut hast du an deiner Hand, wie? Aber wenn ich eine Spinne zertrete, brüllst du los. Nicht als ob ich glaubte, daß du wirklich deinen Mann gestanden hättest, aber irgend etwas Schlaues, so etwas hintenrum, mußt du doch wohl gemacht haben, daß sie dir so auf die Schulter klopfen. Aber ich bringe es schon noch heraus, verlaß dich drauf.«

Die Suppe war jetzt fertig. Sie roch verführerisch. Die Frau nahm den Kessel, stellte ihn, mit ihrem Rock die Henkel anfassend, auf den Tisch und begann ihn auszulöffeln.

Er überlegte, ob er nicht doch noch seinen Appetit wiedergewinnen sollte. Der Gedanke, daß er dann wohl an den Tisch mußte, hielt ihn rechtzeitig ab.

Es war ihm nicht wohl zumute. Er fühlte deutlich, daß die Sache noch nicht vorüber war. Sicher würde es in der nächsten Zeit allerhand Unangenehmes geben. Man entschied nicht eine Schlacht gegen die Perser und blieb ungeschoren. Jetzt, im ersten Siegesjubel, dachte man natürlich nicht an den, der das Verdienst hatte. Man war vollauf beschäftigt, seine eigenen Ruhmestaten herumzuposaunen. Aber morgen oder übermorgen würde jeder sehen, daß sein Kollege allen Ruhm für sich in Anspruch nahm, und dann würde man ihn hervorziehen wollen. Viele konnten zu vielen damit etwas am Zeug flicken, wenn sie den Schuster als den eigentlichen Haupthelden erklärten. Dem Alkibiades war man sowieso nicht grün. Mit Wonne würde man ihm zurufen: Du hast die Schlacht gewonnen, aber ein Schuster hat sie ausgekämpft.

Und der Dorn schmerzte wilder denn je. Wenn er die Sandale nicht bald ausbekam, konnte es eine Blutvergiftung werden.

»Schmatz nicht so«, sagte er geistesabwesend.

Der Frau blieb der Löffel im Mund stecken. »Was tue ich?«

»Nichts«, beeilte er sich erschrocken zu versichern. »Ich war gerade in Gedanken.«

Sie stand außer sich auf, feuerte den Kessel auf den Herd und lief hinaus.

Er seufzte tief auf vor Erleichterung. Hastig arbeitete er sich aus dem Stuhl hoch und hüpfte, sich scheu umblickend, zu seinem Lager hinten. Als sie wieder hereinkam, um ihren Schal zum Ausgehen zu holen, sah sie mißtrauisch, wie er unbeweglich auf der lederbezogenen Hängematte lag. Einen Augenblick dachte sie, es fehle ihm doch etwas. Sie erwog sogar, ihn danach zu fragen, denn sie war ihm sehr ergeben. Aber sie besann sich eines Besseren und verließ maulend die Stube, sich mit der Nachbarin die Festlichkeiten anzusehen.

Sokrates schlief schlecht und unruhig und erwachte sorgenvoll. Die Sandale hatte er herunter, aber den Dorn hatte er nicht zu fassen bekommen. Der Fuß war stark geschwollen.

Seine Frau war heute morgen weniger heftig.

Sie hatte am Abend die ganze Stadt von ihrem Mann reden hören. Es mußte tatsächlich irgend etwas stattgefunden haben, was den Leuten so imponiert hatte. Daß er eine ganze persische Schlachtreihe aufgehalten haben sollte, wollte ihr allerdings nicht in den Kopf. Nicht er, dachte sie. Eine ganze Versammlung aufhalten mit seinen Fragen, ja, das konnte er. Aber nicht eine Schlachtreihe. Was war also vorgegangen?

Sie war so unsicher, daß sie ihm die Ziegenmilch ans Lager brachte.

Er traf keine Anstalten aufzustehen.

»Willst du nicht raus?« fragte sie.

»Keine Lust«, brummte er.

So antwortete man seiner Frau nicht auf eine höfliche Frage, aber sie dachte sich, daß er vielleicht nur vermeiden wollte, sich den Blicken der Leute auszusetzen, und ließ die Antwort passieren.

Plötzlich sagte sie leise: »Also was steckt dahinter?«

Er fuhr zusammen. Unsicher schaute er sie an.

Sie war ein abgearbeitetes Wesen, mit einer Brust wie ein Brett und traurigen Augen. Er wußte, daß er sich auf sie verlassen konnte. Sie würde ihm noch die Stange halten, wenn seine Schüler schon sagen würden: »Sokrates? Ist das nicht dieser üble Schuster, der die Götter leugnet?« Sie hatte es schlecht mit ihm getroffen, aber sie beklagte sich nicht, außer zu ihm hin. Und es hatte noch keinen Abend gegeben, wo nicht ein Brot und ein Stück Speck für ihn auf dem Sims gestanden hatte, wenn er hungrig heimgekommen war von seinen wohlhabenden Schülern.

Er fragte sich, ob er ihr alles sagen sollte. Aber dann dachte er daran, daß er in der nächsten Zeit in ihrer Gegenwart eine ganze Menge Unwahres und Heuchlerisches würde sagen müssen, wenn Leute kamen und von seinen Heldentaten redeten, und das konnte er nicht, wenn sie die Wahrheit wußte, denn er achtete sie.

So ließ er es sein und sagte nur: »Die kalte Bohnensuppe von gestern abend stinkt wieder die ganze Stube aus.«

Sie schickte ihm nur einen neuen mißtrauischen Blick zu.

Natürlich waren sie nicht in der Lage, Essen wegzuschütten. Er suchte nur etwas, was sie ablenken konnte. In ihr wuchs die Überzeugung, daß etwas mit ihm los war. Warum stand er nicht auf? Er stand immer spät auf, aber nur, weil er immer spät zu Bett ging. Gestern war es sehr früh gewesen. Und heute war die ganze Stadt auf den Beinen, der Siegesfeiern wegen. In der Gasse waren alle Läden geschlossen. Ein Teil der Reiterei war früh fünf Uhr von der Verfolgung des Feindes zurückgekommen, man hatte das Pferdegetrappel gehört. Menschenaufläufe waren eine Leidenschaft von ihm. Er lief an solchen Tagen von früh bis spät herum und knüpfte Gespräche an. Warum stand er also nicht auf?

Die Tür verdunkelte sich, und herein kamen vier Magistratspersonen. Sie blieben mitten in der Stube stehen, und einer sagte in geschäftsmäßigem, aber überaus höflichem Ton, er habe den Auftrag, Sokrates in den Areopag zu bringen. Der Feldherr Alkibiades selber habe den Antrag gestellt, es solle ihm für seine kriegerischen Leistungen eine Ehrung bereitet werden.

Ein Gemurmel von der Gasse her zeigte an, daß sich die Nachbarn vor dem Haus versammelten.

Sokrates fühlte, wie ihm der Schweiß ausbrach. Er wußte, daß er jetzt aufstehen und, wenn er schon mitzugehen ablehnte, doch wenigstens stehen und etwas Höfliches sagen und die Leute zur Tür geleiten mußte. Und er wußte, daß er nicht weiter kommen würde als höchstens zwei Schritt weit. Dann würden sie nach seinem Fuß schauen und Bescheid wissen. Und das große Gelächter würde seinen Anfang nehmen, hier und jetzt.

Er ließ sich also, anstatt aufzustehen, auf sein hartes Polster zurücksinken und sagte mißmutig:

»Ich brauche keine Ehrung. Sagt dem Areopag, daß ich mich mit einigen Freunden für elf Uhr verabredet habe, um eine philosophische Frage, die uns interessiert, durchzusprechen, und also zu meinem Bedauern nicht kommen kann. Ich eigne mich durchaus nicht für öffentliche Veranstaltungen und bin viel zu müde.«

Das letztere fügte er hinzu, weil es ihn ärgerte, daß er die Philosophie hereingezogen hatte, und das erstere sagte er, weil er sie mit Grobheit am leichtesten loszuwerden hoffte.

Die Magistratspersonen verstanden denn auch diese Sprache. Sie drehten sich auf den Hacken um und gingen weg, dem Volk, das draußen stand, auf die Füße tretend.

»Dir werden sie die Höflichkeit zu Amtspersonen noch beibringen«, sagte seine Frau verärgert und ging in die Küche.

Sokrates wartete, bis sie draußen war, dann drehte er seinen schweren Körper schnell im Bett herum, setzte sich, nach der Tür schielend, auf die Bettkante und versuchte mit unendlicher Vorsicht, mit dem kranken Fuß aufzutreten. Es schien aussichtslos.

Schweißüberströmt legte er sich zurück.

Eine halbe Stunde verging. Er nahm ein Buch und las. Wenn er den Fuß ruhig hielt, merkte er fast nichts.

Dann kam sein Freund Antisthenes.

Er zog seinen dicken Überrock nicht aus, blieb am Fußende des Lagers stehen, hustete etwas krampfhaft und kratzte sich seinen struppigen Bart am Hals, auf Sokrates schauend.

»Liegst du noch? Ich dachte, ich treffe nur Xanthippe. Ich bin eigens aufgestanden, um mich nach dir zu erkundigen. Ich war stark erkältet und konnte darum gestern nicht dabei sein.«

»Setz dich«, sagte Sokrates einsilbig.

Antisthenes holte sich einen Stuhl aus der Ecke und setzte sich zu seinem Freund.

»Ich beginne heute abend wieder mit dem Unterricht. Kein Grund, länger auszusetzen.«

»Nein.«

»Ich fragte mich natürlich, ob sie kommen würden. Heute sind die großen Essen. Aber auf dem Weg hierher begegnete ich dem jungen Pheston, und als ich ihm sagte, daß ich abends Algebra gebe, war er einfach begeistert. Ich sagte, er könne im Helm kommen. Der Protagoras und die anderen werden vor Ärger hochgehen, wenn es heißt: Bei dem Antisthenes haben sie am Abend nach der Schlacht weiter Algebra studiert.« Sokrates schaukelte sich ganz leicht in seiner Hängematte, indem er sich mit der flachen Hand an der etwas schiefen Wand abstieß. Mit seinen heraussstehenden Augen sah er forschend auf den Freund.

»Hast du sonst noch jemand getroffen?«

»Menge Leute.«

Sokrates sah schlecht gelaunt nach der Decke. Er hatte nachts, gegen Morgen zu, gedacht, er könne vielleicht die ganze Sache als ein Experiment drehen und sagen, er habe sehen wollen, wie groß die Leichtgläubigkeit aller sei. »Zwanzig Jahre habe ich auf allen Gassen Pazifismus gelehrt, und ein Gerücht genügte, daß mich meine eigenen Schüler für einen Berserker hielten« usw., usw. Aber da hätte die Schlacht nicht gewonnen werden dürfen. Offenkundig war jetzt eine schlechte Zeit für Pazifismus. Nach einer Niederlage waren sogar die Oberen eine Zeitlang Pazifisten, nach dem Sieg sogar die Unteren Kriegsanhänger, wenigstens eine Zeitlang, bis sie merkten, daß für sie Sieg und Niederlage nicht so verschieden waren. Nein, mit Pazifismus konnte er jetzt nicht Staat machen.

Von der Gasse kam Pferdegetrappel. Reiter hielten vor dem Haus, und herein trat, mit seinem beschwingten Schritt, Alkibiades.

»Guten Morgen, Antisthenes, wie geht das Philosophiegeschäft? Sie sind außer sich«, rief er strahlend. »Sie toben auf dem Areopag über deine Antwort, Sokrates. Um einen Witz zu machen, habe ich meinen Antrag, dir den Lorbeerkranz zu verleihen, abgeändert in den Antrag, dir fünfzig Stockschläge zu verleihen. Das hat sie natürlich verschnupft, weil es genau ihrer Stimmung entsprach. Aber du mußt doch mitkommen. Wir werden zu zweit hingehen, zu Fuß.«

Sokrates seufzte. Er stand sich sehr gut mit dem jungen Alkibiades. Sie hatten oftmals miteinander getrunken. Es war freundlich von ihm, ihn aufzusuchen. Es war sicher nicht nur der Wunsch, den Areopag vor den Kopf zu stoßen. Und auch dieser letzte Wunsch war ehrenvoll und mußte unterstützt werden.

Bedächtig sagte er endlich, sich weiterschaukelnd in seiner Hängematte: »Eile heißt der Wind, der das Baugerüst umwirft. Setz dich.«

Alkibiades lachte und zog einen Stuhl heran. Bevor er sich setzte, verbeugte er sich höflich vor Xanthippe, die in der Küchentür stand, sich die nassen Hände am Rock abwischend.

»Ihr Philosophen seid komische Leute«, sagte er ein wenig ungeduldig. »Vielleicht tut es dir schon wieder leid, daß du uns hast die Schlacht gewinnen helfen. Antisthenes hat dich wohl darauf aufmerksam gemacht, daß nicht genügend viele Gründe dafür vorlagen?«

»Wir haben von Algebra gesprochen«, sagte Antisthenes schnell und hustete wieder.

Alkibiades grinste.

»Ich habe nichts anderes erwartet. Nur kein Aufhebens machen von so was, nicht? Nun, meiner Meinung nach war es einfach Tapferkeit. Wenn ihr wollt, nichts Besonderes, aber was sollen eine Handvoll Lorbeerblätter Besonderes sein? Beiß die Zähne zusammen und laß es über dich ergehen, Alter. Es ist schnell herum und schmerzt nicht. Und dann gehen wir einen heben.« Neugierig blickte er auf die breite, kräftige Figur, die jetzt ziemlich stark ins Schaukeln geraten war.

Sokrates überlegte schnell. Es war ihm etwas eingefallen, was er sagen konnte. Er konnte sagen, daß er sich gestern nacht oder heute morgen den Fuß verstaucht hatte. Zum Beispiel als ihn die Soldaten von ihren Schultern heruntergelassen hatten. Da war sogar eine

Pointe drin. Der Fall zeigte, wie leicht man durch Ehrungen seiner Mitbürger zu Schaden kommen konnte.

Ohne aufzuhören sich zu wiegen, beugte er sich nach vorn, sodaß er aufrecht saß, rieb sich mit der rechten Hand den nackten linken Arm und sagte langsam: »Die Sache ist so. Mein Fuß . . .«

Bei diesem Wort fiel sein Blick, der nicht ganz stetig war, denn jetzt hieß es, die erste wirkliche Lüge in dieser Angelegenheit auszusprechen, bisher hatte er nur geschwiegen, auf Xanthippe in der Küchentür.

Sokrates versagte die Sprache. Er hatte plötzlich keine Lust mehr, seine Geschichte vorzubringen. Sein Fuß war nicht verstaucht.

Die Hängematte kam zum Stillstand.

»Höre, Alkibiades«, sagte er energisch und mit ganz frischer Stimme, »es kann in diesem Fall nicht von Tapferkeit geredet werden. Ich bin sofort, als die Schlacht begann, daß heißt, als ich die ersten Perser auftauchen sah, davongelaufen, und zwar in der richtigen Richtung, nach hinten. Aber da war ein Distelfeld. Ich habe mir einen Dorn in den Fuß getreten und konnte nicht weiter. Ich habe dann wie ein Wilder um mich gehauen und hätte beinahe einige von den Eigenen getroffen. In der Verzweiflung schrie ich irgendwas von anderen Abteilungen, damit die Perser glauben sollten, da seien welche, was Unsinn war, denn sie verstehen natürlich nicht Griechisch. Andrerseits scheinen sie aber ebenfalls ziemlich nervös gewesen zu sein. Sie konnten wohl das Gebrüll einfach nicht mehr ertragen, nach allem, was sie bei dem Vormarsch hatten durchmachen müssen. Sie stockten einen Augenblick, und dann kam schon unsere Reiterei. Das ist alles.«

Einige Sekunden war es still. Alkibiades sah ihn starr an. Antisthenes hustete hinter der vorgehaltenen Hand, diesmal ganz natürlich. Von der Küchentür her, wo Xanthippe stand, kam ein schallendes Gelächter.

Dann sagte Antisthenes trocken: »Und da konntest du natürlich nicht in den Areopag gehen und die Treppen hinaufhinken, um den Lorbeerkranz in Empfang zu nehmen. Das verstehe ich.«

Alkibiades legte sich in den Stuhl zurück und betrachtete mit zusammengekniffenen Augen den Philosophen auf dem Lager. Weder Sokrates noch Antisthenes sahen nach ihm hin.

Er beugte sich wieder vor und umschlang mit den Händen sein

eigenes Knie. Sein schmales Knabengesicht zuckte ein wenig, aber es verriet nichts von seinen Gedanken oder Gefühlen.

»Warum hast du nicht gesagt, du hast irgendeine andere Wunde?« fragte er.

»Weil ich einen Dorn im Fuß habe«, sagte Sokrates grob.

»Oh, deshalb?« sagte Alkibiades. »Ich verstehe.« Er stand schnell auf und trat an das Bett.

»Schade, daß ich meinen eigenen Kranz nicht mit her gebracht habe. Ich habe ihn meinem Mann zum Halten gegeben. Sonst würde ich ihn jetzt dir dalassen. Du kannst mir glauben, daß ich dich für tapfer genug halte. Ich kenne niemand, der unter diesen Umständen erzählt hätte, was du erzählt hast.«

Und er ging rasch hinaus.

Als dann Xanthippe den Fuß badete und den Dorn auszog, sagte sie übellaunig:

»Es hätte eine Blutvergiftung werden können.«

»Mindestens«, sagte der Philosoph.

Erläuterungen

Zu: Nagenda, Kabana und die wilden Hunde

Die *Kochbanane.* Die grünen, nicht süßen Früchte der Kochbanane sind dreimal so groß wie die bei uns bekannten süßen Früchte. Matoke, das Nationalgericht Ugandas, ist ein Bananenbrei, der als Beilage gegessen wird. Kochbananen werden auch über offenem Feuer geröstet. Auf dem Markt erzielen sie höhere Preise als süße Bananen.

Der *Kraal,* Bezeichnung für ein rund angelegtes afrikanisches Dorf mit dem oft gleich bezeichneten Viehgehege in der Mitte. Das Wort bezeichnete ursprünglich die Umzäunung eines Dorfes oder mehrerer Hütten einer Familie. Wohlhabende Männer in traditionellen afrikanischen Gesellschaften haben oft mehrere Frauen, wobei jede Frau ihre eigene Hütte besitzt und ihren eigenen Haushalt führt. Der Mann verbringt der Reihe nach die gleiche Anzahl Tage bei jeder seiner Ehefrauen. Jede ist während dieser Zeit für sein Essen und sein Wohlergehen verantwortlich. In anderen Gesellschaften bereitet jede Frau für den Mann an jedem Tag die Hauptmahlzeit, und der Mann ißt gleich viel von jedem Gericht.
Der Mann muß für alles aufkommen, was Geld kostet; die Frau baut die Grundnahrungsmittel an und betreut sie.
Die erste Ehefrau nimmt einen besonderen Platz ein; sie wählt die jüngeren Frauen für ihren Mann aus und führt sie in ihre Aufgaben ein. Die Kinder aller Frauen eines Mannes gelten als Geschwister. Unter dem Einfluß der Europäer und aus finanziellen Gründen werden heute in Afrika immer mehr Einehen geschlossen.

Der *Mangobaum.* Der ursprünglich in Ostindien beheimatete Baum liefert eßbare Früchte.

Der *Mzungo,* Europäer, Weißer.

Fort Portal, Ort im Westen Ugandas.

Das *Ruwenzorigebirge,* vergletschertes Gebirge in Ostafrika mit Gipfeln bis 5127 Meter Höhe.

Wilde Hunde. Die Wildhunde sind keine verwilderten Haushunde wie beispielsweise die australischen Dingos. Wegen ihrer Fellzeichnung werden sie auch Hyänenhunde genannt. Sie leben in den Gras- und Baumsteppen Afrikas südlich der Wüste Sahara. Ein solcher Wildhund wird bis zu 45 kg schwer; das kurzhaarige glatte Fell zeigt große braune, gelbe und weiße Flecke; die Ohren sind groß und rund; die Schnauze kurz und kräftig. Wildhunde jagen im Pack, das in der Regel 6 bis 50 Tiere umfaßt, manchmal aber auch nur zu dritt, am liebsten in der Morgen- und Abenddämmerung. Sie greifen auch Großwild an. Ihr Gemeinschaftsleben ist hochentwickelt. Weibchen mit Jungen werden bevorzugt gefüttert; die Beute wird an die langsameren und schwächeren Glieder der Meute weitergegeben. Untereinander sind diese Tiere sehr verträglich.

»Eine europäische Ausbildung ist gut - aber allein reicht sie nicht, wenn jemand ein richtiger Afrikaner werden will. Du mußt auch lernen, Aufgaben in unserem Dorf zu lösen - und zwar auf unsere Weise.« Kabanas Vater hat recht, wenn er seinen Sohn immer wieder daran erinnert. Sosehr nämlich einerseits europäische Wissenschaft und Technik nötig sind, um die Probleme Ostafrikas zu lösen, sosehr besteht anderseits die Gefahr, daß die Fehler der Weißen kritiklos nachgemacht werden. Auch das Hauptproblem des Landes ist importiert: Die aus der Kolonialzeit stammende Orientierung auf die Produktion von Exportgütern blockiert die Anbauflächen für Lebensmittel; die Folgen sind Nahrungsmittelmangel und Hunger, vor allem in den Elendsvierteln am Rande der ständig wachsenden Städte. Kabana will die Verwurzelung in den afrikanischen Traditionen bewahren; er beherrscht die Trommelsprache; er bemüht sich, den Erwartungen seiner Eltern zu entsprechen. In seinem Dorf spielt der Medizinmann noch eine wichtige Rolle. Über den Medizinmann haben Europäer oft falsche Vorstellungen; er ist eine Art einheimischer Arzt, der umfassende Kenntnisse traditioneller Heilungsmöglichkeiten besitzt; in manchen Kulturen hat er rein religiöse Funktionen: er tritt als Mittler zwischen den Lebenden und den Ahnen auf. Betrüger und Scharlatane in der Rolle des Medizinmanns traten erst unter dem Einfluß der Weißen auf.
Mulangu bezeichnet Kabana als »schwach und dumm wie ein Mädchen«. Das ist eine unangebrachte Redensart; denn im Leben traditioneller afrikanischer Gesellschaften haben die Frauen zwar andere, aber gleichfalls hochgeachtete und wichtige Funktionen. Mädchen und Knaben werden sorgfältig auf ihre zukünftigen Rollen vorbereitet. Die Mädchen lernen kochen, den Haushalt führen, Kinder- und Krankenpflege, die Betreuung der Pflanzungen für den eigenen täglichen Bedarf, das Handeln auf dem Markt. Die Knaben lernen den Anbau von Produkten für den Export wie Kaffee, Kakao, Baumwolle, Früchte; sie lernen das Jagen und Fischen, die Tierzucht, den Hausbau oder ein Handwerk, zum Beispiel das des Schmiedes.
Zur Ausbildung gehört auch die Einführung in die Sitten, Gebräuche und Überlieferungen des Stammes. Abgeschlossen wird die Ausbildung durch das Fest der Initiation der Einführung in die Gesellschaft der Erwachsenen. Unterricht und Initiationsbräuche sind von Stamm zu Stamm sehr verschieden. In manchen Stämmen verbringen Knaben und Mädchen vor der Initiation, die als besonderes rituelles Fest meist nur mit den Knaben veranstaltet wird, einige Zeit als Gruppe allein im Busch. Bei vielen Stämmen müssen die Knaben vor dem Fest Mut- und Geschicklichkeitsproben ablegen, manchmal bekommen sie dann auch die Stammeszeichen in Gesicht und Körper eingebrannt. Ist die Initiation abgeschlossen, sind die Jugendlichen heiratsfähig. Stammeszeichen werden heute nur selten eingebrannt, viele Afrikaner betrachten heute das Tragen von Stammeszeichen als rückständig.

Musa NAGENDA, lebt als Lehrer in Kampala, der Hauptstadt Ugandas; er wurde in Großbritannien und in den USA ausgebildet.

Zu: Mérimée, Tamango

Das *Achterdeck,* Hinterdeck.

Die *Austernhökerin,* Austernverkäuferin.

Das *Balafo,* ein von den Eingeborenen der Goldküste verwendetes, dem Xylophon ähnliches Musikinstrument.

Die *Brigg,* ein Segelschiff mit zwei Masten.

Die *Bussole,* der Kompaß.

Der *Butzemann,* Kobold, Kinderschreck.

Coriolan, römischer Feldherr, der an der Spitze eines feindlichen Heeres gegen seine Heimatstadt zog und sich erst durch die Bitten seiner Mutter zur Umkehr bewegen ließ.

Der *Fetisch,* ein Gegenstand, dem übernatürliche Kräfte zugeschrieben werden und der im Rahmen einer Naturreligion verehrt wird.

Der *Fuß,* altes Längenmaß, 25–40 cm.

Das *Gangspill,* die Ankerwinde.

Der *Grenadier,* ein Fußsoldat.

Jersey, die südlichste und größte der Normannischen Inseln. Die Inseln liegen nahe der französischen Küste, sind aber Teil Großbritanniens.

Der *Kaper,* ein bewaffnetes Privatschiff, das auf der Grundlage einer staatlichen Erlaubnis (Kaperbrief) feindliche Handelsschiffe überfiel und einen Teil der Beute an den Staat ablieferte. Die Pariser Seerechtsdeklaration von 1865 verbot die Ausstellung von Kaperbriefen.

Die *Kartätsche,* dünnwandiges Hohlgeschoß, mit Bleikugeln gefüllt.

Kingston, Hauptstadt der Insel Jamaika, der drittgrößten Insel der Großen Antillen. Die Insel kam 1655 in englischen Besitz.

Korporalstressen, streifenförmige Rangabzeichen des untersten Unteroffiziersranges.

Der *Krakeel,* lauter Streit, Lärm, Unruhe.

Der *Logger,* ein Schiffstyp.

Martinique, zweitgrößte Insel der Kleinen Antillen, seit 1635 von Franzosen besiedelt, die viele Negersklaven auf die Insel brachten.

Die *Prise,* Beute.

Die *Rahe,* Querstange am Mast, an der das Segel befestigt wird.

Der *Recke,* ein starker Kämpfer.

Der *Reeder,* Schiffseigentümer.

Die *Ruderpinne,* Hebelarm des Steuerruders.

Der *Saffian,* feines Ziegenleder.

Die *Schaluppe,* ein größeres Boot.

Senegal, Fluß im Nordwesten Afrikas.

Die *Sizilianische Vesper,* Oper von Giuseppe Verdi.

Die *Spake,* ein Hebebaum.

Der *Steuermannsmaat,* Schiffs-Unteroffizier.

Trafalgar, Kap an der Südküste Spaniens westlich der Meerenge von Gibraltar. In der Seeschlacht bei Trafalgar vernichtete 1805 die englische Flotte unter Admiral

Nelson die französische Flotte; Nelson wurde in dieser Schlacht tödlich verwundet. Sein Sieg sicherte die britische Seeherrschaft im Kampf gegen Napoleon.

Bei den Menschen, die als Sklaven aus Afrika nach Nord- und Südamerika gebracht wurden, handelte es sich keinesfalls um »barbarische Wilde«, sondern um geschickte Handwerker und Viehzüchter, die aus wohlorganisierten Dörfern stammten. Die Legende von der »Kulturlosigkeit« Afrikas und seiner »primitiven staatlichen Organisation« sollte das Vorgehen der Europäer beschönigen.
Im 17. Jahrhundert hatten nahezu alle bedeutenderen europäischen Staaten Handelsniederlassungen an der afrikanischen Küste errichtet. Der Bedarf an Sklaven war so groß geworden, daß sie von weit her, zuletzt aus ganz Afrika, zur Küste getrieben und in Strandnähe bis zur Ankunft des nächsten Schiffes gefangengehalten wurden. Man schätzt, daß bis 1865 (Ende der Sklaverei in den USA) zwischen 30 und 100 Millionen Menschen aus Afrika deportiert worden sind. Als im ersten Viertel des 19. Jahrhunderts die USA und die meisten europäischen Staaten den Sklavenhandel verboten, trat an seine Stelle der Menschenschmuggel, den die britische Marine einzudämmen versuchte. Beim Auftauchen eines Patrouillenbootes wurden die Gefangenen oft kurzerhand über Bord geworfen. Die Sterblichkeit auf den Sklavenschiffen war groß, von zehn Sklaven überlebten in der Regel nur sieben die Passage.
Der Sklavenhandel war die Quelle des Reichtums vieler europäischer Küstenstädte. Als sogenannter »Dreieckshandel« brachte er hohen Gewinn: Waren die Sklaven ausgeladen, wurden die Schiffe mit Produkten der karibischen Inseln gefüllt (Zucker, Tabak, Baumwolle, Rum). In Europa wurden diese Waren verkauft und billige Tauschwaren für den Sklavenhandel erworben.

Prosper MÉRIMÉE wurde 1803 als Sohn eines Malerehepaares in Paris geboren. Er studierte Rechtswissenschaft und Archäologie, begann aber bald unter verschiedenen Decknamen schriftstellerische Arbeiten zu veröffentlichen. Seit 1831 war er Generalinspektor für historische Bauten; in dieser Funktion setzte er sich erfolgreich für die Erhaltung wertvoller Baudenkmäler ein. Seine Freundschaft zur Schwiegermutter Napoleons III. sicherte ihm auch politischen Einfluß. Seine Briefe sind wertvolle Zeitdokumente über das Frankreich vor 1870. Als Übersetzer machte er die russischen Schriftsteller Puschkin, Gogol und Turgenjew in Frankreich bekannt. Von seinen mit einem Unterton leiser Ironie gestalteten Erzählungen wurde »Carmen« am bekanntesten; sie war die Grundlage für die Oper von Georges Bizet. Prosper Mérimée starb 1870 in Cannes, Südfrankreich.

Zu: Hetmann, Terror in Wyoming

County, Bezirk.

Creek (engl.) kleiner Fluß.

Homestead-Act (Heimstätten-Gesetz), US-amerikanisches Gesetz von 1862, nach dem Farmen auf Regierungsland kostenlos in den Besitz dessen übergingen, der das

Land 5 Jahre hindurch bebaut hatte. Jede Familie hatte Anrecht auf 160 Acres Land (1 Acre = 0,405 Hektar). Auf diese Weise wurden in kurzer Zeit mehr als eine Million Bauernbetriebe geschaffen. 1893 gab die Regierung bekannt, daß nun kein Land mehr zu vergeben sei.

Lincoln, Abraham (1809-1865). Der 16. Präsident der USA kam aus einfachsten Verhältnissen. Unter seiner Präsidentschaft wurde der amerikanische Bürgerkrieg zwischen Nordstaaten und Südstaaten geführt und die Sklaverei abgeschafft.

Das *Round-up,* Zusammentreiben.

Das *Syndikat,* Verein, Gesellschaft.

Der *Sixshooter,* Sechsschüssiger Revolver.

Wyoming, dünn besiedelter Staat im Felsengebirge der USA, der im Nordosten mit etwa einem Fünftel seines Staatsgebietes Anteil an der Zone der weiten Grasebenen (Prärien) hat. Im Nordwesten liegt der Yellowstone-Nationalpark, ein weites Naturschutzgebiet. Landeshauptstadt ist Cheyenne.

Yard, 0,914 Meter.

Die erste Volkszählung der Vereinigten Staaten ergab 1790 eine Einwohnerzahl von 4 Millionen Weißen. Der Erwerb der französischen Kolonie Louisiana 1803 und die 1848 erfolgte Abtretung Kaliforniens, Neu-Mexikos, Arizonas und Texas' durch Mexiko an die Vereinigten Staaten machten weite Räume für den Landhunger der Bewohner des amerikanischen Ostens frei. Im Gegensatz etwa zu spanischen Kolonisten war der amerikanische Pionier in der Regel auf eigene Faust und Gefahr unterwegs. Sein Antrieb war: unabhängig zu sein, genug zu essen zu haben und ein eigenes Haus zu besitzen. Die ersten Wohnstätten waren meist dürftig, oft winzige Holz- oder Erdhütten. Viele Siedler schreckten nicht davor zurück, indianische oder allenfalls auch weiße Vorbesitzer notfalls mit Waffengewalt zu vertreiben. Was die Indianer betraf, lag das durchaus im Sinne der Regierungspolitik; 1830 und 1838/39 wurden großangelegte Vertreibungsaktionen über den Mississippi veranstaltet, von denen auch Stämme betroffen waren, die durchaus bereit waren, sich den Lebensgewohnheiten der Weißen anzupassen.

Wirtschaftliche Schwierigkeiten im Osten von 1837 an und die Goldfunde in Kalifornien ab 1848 lösten eine Wanderungswelle von bisher unvorstellbarem Ausmaß aus. In den auf die Goldfunde folgenden Jahren kamen zu Land und per Schiff 80.000 Menschen nach Kalifornien. Immer mehr von Ochsen gezogene Planwagen überquerten die Prärie und legten dabei täglich eine Strecke von 12 bis 15 Meilen zurück. Die immer größere Zahl der Einwanderer führte zu einer Zunahme der Konflikte mit den Indianern, umsomehr, als nach der Erschöpfung der Goldfelder Kaliforniens die Goldsucher immer weiter in Indianerterritorien vordrangen. 1850 hatte die Einwohnerzahl der Vereinigten Staaten 23 Millionen Weiße erreicht.

Von 1870 an bildete sich eine neue Art »Grenze«. Hatten früher die Wagenzüge die großen Grasebenen und das Felsengebirge nur auf schnellstem Wege durchquert, setzte nun eine Erschließung dieser Gebiete vom entwickelten Osten und vom entwickelten Westen her ein. Der Fleischmangel nach dem Bürgerkrieg hatte den »Cattlemen« große Profitmöglichkeiten eröffnet. 1865 waren die großen Schlachthäuser von Chicago fertiggestellt worden; Longhorn-Vieh wurde in großen Trails sogar von Texas her nach den Endpunkten der Eisenbahn getrieben. Der Trail mußte dabei immer weiter nach Westen verlegt werden, um den neuen Ansiedlungen auszuweichen. Die Viehzüchter fühlten sich durch die Büffelherden gestört, die in der Folge massenhafter Vernichtung zum Opfer fielen; der Widerstand der Indianer wurde durch Massaker der Armee gebrochen. Den Viehzüchtern folgten aber die Siedler, die - angelockt durch geschäftstüchtige Agenten und von der Eisenbahn in großer Zahl herbeigeschafft - jetzt begannen, ihren Besitz mittels des neuerfundenen Stacheldrahts einzufrieden und damit die Bewegungsfreiheit der Herden in immer größerem Maße einzuschränken.

Frederik HETMANN (Hans Christian KIRSCH) wurde 1934 in Breslau (Schlesien) geboren; seine Kindheit verbrachte er in Schlesien und Thüringen, seit 1949 lebt Hans Christian Kirsch in der Bundesrepublik Deutschland. Er hat Pädagogik, Anglistik, Romanistik, Volkswirtschaft und politische Wissenschaften studiert, war Lehrer, Übersetzer, Lektor in einem pädagogischen Verlag und ist nun freier Schriftsteller und Mitarbeiter von Rundfunkanstalten. Er verfaßt Hörbilder über politische Krisengebiete und Sendungen über Jugendliteratur und Pädagogik. Reisen führten ihn in viele Länder Europas, nach Afrika und in die USA, wo er die Gettos der Schwarzen in den Großstädten und die Indianerreservate besuchte, um über die Zustände dort zu berichten. Hans Christian Kirsch lebt mit seiner Familie in Nomborn, einem Dorf mit 500 Einwohnern im Westerwald.

Zu: Stevenson, Die Teufelsflasche

Hawaii-Inseln, eine vulkanische Inselgruppe im nördlichen Stillen Ozean, seit 1959 50. Staat der USA. Heute leben dort 865.000 Menschen.

Honululu, der auf der Insel Oahu gelegene Haupthafen der Hawaii-Inseln; er ist die Hauptstadt des Staates Hawaii.

Molokai, eine der Hawaii-Inseln. Auf diese Insel wurden früher die Aussätzigen verbannt.

Papaias, Melonenbäume.

Der *Schoner,* ein Segelschiffstyp.

Tahiti, Hauptinsel der 1880 von Frankreich annektierten Gesellschafts-Inseln. In den Küstengebieten werden tropische Früchte angebaut; das Innere ist unbewohnt.

Vier Jahre nach seinem Tod würde er vergessen sein, mutmaßte Robert Louis STEVENSON. Der schottische Schriftsteller wurde 1850 in Edinburgh geboren. Sein Vater baute Leuchttürme. Der von früher Kindheit an kränkelnde Robert Louis führte das Leben eines verwöhnten Sprößlings aus vornehmer Familie. Zwei Jahre lang studierte er Ingenieurwissenschaften wie sein Vater, dann Rechtskunde; nur kurze Zeit jedoch war er als Advokat tätig, verbrachte dann viele Jahre auf Reisen, vor allem im Süden Frankreichs, zur Heilung seiner Tuberkulose.

Während der Studienjahre entwickelte Stevenson so etwas wie ein soziales Gewissen. Er beschrieb die »Lands«, jene alten bis zu zehn Stock hohen Gebäude im

Armenviertel Edinburghs, in denen bis zu 24 Familien hausten, und schilderte, wie eines davon des Nachts einstürzt und die Bewohner unter sich begräbt. Seine sozialen Ansichten und die Heirat mit einer älteren, geschiedenen Frau entfremdeten ihn seiner Familie.

Zu den ersten Eindrücken des Knaben gehörten blutrünstige Erzählungen aus der leidvollen Geschichte der schottischen Presbyterianer (so nennt man die Anhänger des Reformators Calvin in Schottland). Ein gewisser Hang zum Grausamen, Erschreckenden, Rätselhaften findet sich immer wieder in seinen Werken. Oft sind seine Helden zwiespältige Menschen; berühmt wurde die Geschichte von Dr. Jekyll, der sich zu bestimmten Zeiten in das Ungeheuer Mr. Hyde verwandelt.

Die Lektüre von abenteuerlichen Geschichten, meinte Stevenson 1882, habe für Erwachsene dieselbe Bedeutung wie für Kinder das Spiel. Kinderbücher verfaßte Stevenson in erster Linie zum Geldverdienen. Sein bekanntestes Buch für Kinder, »Die Schatzinsel«, war allerdings zuerst von Stevenson und seinem Vater als Fortsetzungsgeschichte für seinen Stiefsohn Lloyd erzählt und erst nachträglich zu Papier gebracht worden. Als man Stevenson berichtete, sogar der Premierminister Gladstone habe dieses Buch gelesen und sei davon so gefesselt gewesen, daß er es nicht aus der Hand habe legen können, spöttelte er, daß sich Gladstone in der dafür aufgewandten Zeit besser um das Britische Empire hätte kümmern sollen.

1887 ließ sich Stevenson auf der Südseeinsel Samoa nieder; hier verfaßte er 1893, ein Jahr vor seinem Tod, eine Reihe von Märchen nach Samoa-Überlieferungen, darunter die Geschichte von der Teufelsflasche.

Zu: Ramos, Das Nest der Sittiche

Der *Caboclo,* ein Kleinbauer im Inneren Brasiliens.
Die *Embirafaser,* eine Art Hanffaser.
Die *Kalebasse,* ein Gefäß aus der Schale eines Kürbisses.
Der *Matuto,* Siedler.
Der *Sertao,* die Busch- und Trockenwaldgebiete im Nordosten Brasiliens.
Der *Urutu,* eine Schlangenart.

Der brasilianische Erzähler Carvalho RAMOS lebte von 1895 bis 1921.

Zu: London, Demetrios Contos

Das *Achterliek,* Leine an der hinteren Seiten des Bootes.
Der *Belegnagel* dient zum Festbinden einer Leine am Boot; ein Boot belegen heißt, es an Land festmachen.
Die *Bilge,* der Kielraum des Bootes.
Die *Ducht,* Sitzbank im Boot.
Die *Großschot,* Leine für das Großsegel.
Die *Halse,* ein Haltetau für das Segel.

Das *Kabbelwasser,* eine Bewegung der See, die durch das Zusammenkommen zweier verschiedener Meeresströmungen bewirkt wird.

killen, im Wind flattern.

Das *laufende Gut* überholen, die Leinen überprüfen.

Die *Lee,* die dem Wind abgekehrte Seite des Bootes.

Die *Luv,* die dem Wind zugekehrte Seite des Bootes.

Die *Piek,* unterster enger Raum an der Spitze des Bootes.

Der *Pier,* Anlegestelle für Schiffe; sie ist - im Gegensatz zum Kai - im rechten Winkel zum Ufer ins Meer hinausgebaut.

Die *Pinne,* Hebel, mit dem das Steuerruder bedient wird.

pönen, blankreiben.

Das *Schandeck,* der obere Abschluß der Bordwand.

Die *Schot,* Leine, mit der das Segel in die richtige Stellung zum Wind gebracht wird.

Die *Schot fieren,* die Leine locker lassen, ablaufen lassen.

Das *Sprietsegel,* ein viereckiges Segel im Vorderteil des Bootes.

Der *Stropp,* eine Tauschlinge.

Der *Tidenstrom,* Gezeitenstrom, hier: Ebbstrom.

Der *Törn,* eine Umwicklung.

Die *Tyrannei,* Gewaltherrschaft, Unterdrückung.

Der *Vorsteven,* Bauteil, der den Kiel des Bootes vorne verlängert.

Das *Wattengebiet,* seichtes Küstengewässer, bei Ebbe läuft das Wasser ab.

Der Mitarbeiter der Fischereischutzbehörde in der Bucht von San Francisco hat Verständnis für seine Gegner, schließlich hat er doch selbst eben erst auf die Seite des Gesetzes übergewechselt. Mit dreizehn Jahren ist Jack London stolzer Besitzer eines durch Gelegenheitsarbeiten erworbenen Bootes. Mit fünfzehn Jahren leiht er sich Geld und kauft ein Piratenboot, mit dem er sich als Austernräuber versucht. Von den Erträgen seiner nächtlichen Raubzüge kann er den Kredit abzahlen, seine Familie unterstützen und mit Freunden wilde Gelage feiern. Ein griechischer Fischer rettet Jack in dieser Zeit einmal das Leben, als der Junge betrunken und hilflos aus der Bucht zu treiben droht. Dem jungen Piratenkapitän kann man aber auch in der Stadtbücherei von Oakland begegnen, wo er lange Gespräche mit der Bibliothekarin führt und von wo er stapelweise Bücher aufs Boot schleppt. Als Jack eines Tages geschnappt wird, steht er vor der Wahl, ins Gefängnis zu gehen oder für den Fischereischutz zu segeln. Das Abenteuer lockt auch hier, ein Anteil an den Strafgeldern sichert sein Auskommen, Jack zögert nicht lange.

Jack LONDON wurde 1876 in San Francisco als Sohn eines wandernden Astrologen geboren. Als Jack acht Monate alt war, heiratete seine Mutter den Witwer John London. In der Familie London erlebt der Junge eine wechselvolle Kindheit. Jedesmal, wenn es dem Vater gelungen ist, durch Zähigkeit und Fleiß ein sicheres Auskommen und eine Bleibe für die Familie zu schaffen, setzt die Mutter durch abenteuerliche geschäftliche Unternehmungen alles wieder aufs Spiel. Zuletzt leben die Londons in großer Armut in Oakland, einem Vorort von San Francisco.

Auf die Episode beim Fischereischutz folgt eine Zeit als Matrose auf einem Robbenfänger und als Heizer in einem Kraftwerk. Dann durchstreift Jack die Vereinigten Staaten und Kanada als Landstreicher. Er läuft ständig Gefahr, vom Zugpersonal vom Wagen geworfen zu werden; er schlägt sich bettelnd und hungernd durch, verbringt zuletzt einen Monat im Gefängnis.
Als Jack wieder nach Oakland zurückkehrt, hat er zwei Dinge gelernt: daß diese Art von Leben auf die Dauer für ihn nicht taugt - und daß mit einem Staat und einer Wirtschaft etwas nicht in Ordnung sein muß, wenn so viele Menschen in Schmutz, Hunger und Elend leben müssen, damit einige wenige Reichtümer aufhäufen können. Jack wird Sozialist, damals ein Wagnis, das gesellschaftliche Ächtung und die Verdächtigung nach sich zieht, ein Bombenwerfer und Anarchist zu sein. Damals faßt er auch erstmals den Entschluß, Schriftsteller zu werden.
Was ihm dazu fehlt, ist vor allem Bildung und Wissen. So setzt er sich mit neunzehn Jahren in die Anfängerklasse des Oaklander Gymnasiums; in einer Schülerzeitschrift veröffentlicht er die ersten Geschichten aus seiner Vergangenheit. Bald verläßt er das Gymnasium wieder, um sich selbständig auf die Aufnahmsprüfung der Universität vorzubereiten. Als seine Familie in Not gerät, bricht er sein Studium ab. Um sie unterstützen zu können, arbeitet er in einer Wäscherei.
Als in Alaska Gold gefunden wird, ist Jack nicht mehr zu halten. Versehen mit Ausrüstung und Büchern, bricht er auf. Er kehrt zwar ohne einen einzigen Dollar aus Alaska zurück, hat dort auch kein einziges Mal nach Gold gegraben, was er aber gesammelt hat, sind Erfahrungen, Erzählungen, Erlebnisse.
Jack versucht jetzt, von der Schriftstellerei zu leben; ein Manuskript nach dem anderen schickt er an Zeitschriften. Er schwankt, ob er eine Stelle als Postbeamter annehmen soll. Mit dem ersten Honorar für eine Geschichte kann Jack Fahrrad, Uhr und Mantel im Pfandhaus auslösen.
In den folgenden Jahren verdient Jack London zeitweise mit dem Schreiben viel Geld. In der Regel muß er es gleich dazu verwenden, um Schulden zu bezahlen. Sonst aber gibt er Geld mit beiden Händen aus, vor allem für seine Freunde, für die er immer ein offenes Haus hat, ganz gleich, ob es sich um berühmte Schriftsteller und Gelehrte handelt oder um Kumpane aus seiner Landstreicherzeit. Jack unterstützt junge Schriftsteller, spricht ohne Honorar auf sozialistischen Massenversammlungen und beschäftigt auf seiner Musterfarm Sträflinge, um damit ihre Entlassung auf Bewährung zu erreichen. Jack London geht weiterhin viel auf Reisen. In seinen Romanen und Erzählungen bleibt er, wie in seinem persönlichen Leben, den Armen, Unterdrückten, Ausgebeuteten verbunden.
Im November 1916 stirbt der Schriftsteller nach schwerer Krankheit in Glen Ellen, Kalifornien.

Zu: Traven, Der Banditendoktor

Das *Ammoniak,* Ammoniumsalz.
Der *Añejo* (span.), ein Hinzugefügter, hier scherzhaft für den Schnaps gebraucht.

Der *Boll-Weevil*, ein Schädling, der die Samenkapseln der Baumwolle vernichtet.

Caballero (span.), Anrede: mein Herr.

Carqy! Caramba (span.), Ausruf des Erstaunens, Erschreckens.

Der *Chicle*, Kaugummi aus dem Saft des Vapotillbaumes.

Cómo no (span.), warum nicht!

Diaz Porfirio, 1830–1915, General unter dem Präsidenten Benito Juarez, der die Unabhängigkeit Mexikos gegen den Versuch Frankreichs verteidigte, ein Kaiserreich unter dem Habsburger Maximilian zu errichten. Porfirio Diaz wurde später Staatspräsident Mexikos.

Dias mío (span.), mein Gott.

Die *Federalregierung*, die Bundesregierung.

First Aid (engl.), Erste Hilfe.

flimsig, dünn, dürftig.

Guadelupe, berühmter Wallfahrtsort nahe der Hauptstadt Mexico City.

Hidalgo, Miguel Hidalgo y Costilla, (1753–1811), Priester, der einen Indioaufstand gegen die Großgrundbesitzer anführte; gilt als mexikanischer Nationalheld.

Hombre (span.), Mann.

Der *Kampfer*, aus Terpentin hergestelltes Desinfektionsmittel.

Lohengrin, Hauptfigur einer Oper von Richard Wagner.

Die *Machete*, ein Haumesser.

Oiga (span.), he, hallo.

Othello, Hauptfigur einer Oper von Giuseppe Verdi.

Petates (span.), geflochtene Fußbodenmatten, auch Bettmatten.

Probablemente (span.), möglicherweise.

provisionell, vorsorglich.

Die *Rattel*, die Rassel, Klapper einer Klapperschlange.

Der *Rebozo* (span.), Umhang.

Salud (span.), Gesundheit!

Schuffeln, mit schleifenden Schritten gehen.

Tequila (span.), nach dem gleichnamigen Ort in Mexiko benannter Branntwein, aus dem Saft einer Agavenart gewonnen.

Traven macht in seiner Erzählung kein Hehl daraus, wen er für die eigentlichen Banditen hält: »die großen Ölmagnaten und die Minenkompanien und die Chiclekompanien und die großen Bankiers, die einen mexikanischen Staat nach dem anderen annektieren wollen.« Die skeptischen Bemerkungen des Autors über die mexikanische Verwaltung und Justiz im »Banditendoktor« sind für Travens Einstellung nicht ganz typisch. Traven weist in seiner Erzählung aber auch ausdrücklich darauf hin, daß es sich um einen Einzelfall handelt. An vielen Stellen seiner Romane und Erzählungen stellt Traven nämlich mexikanische Einrichtungen als nachahmenswert dar. Die Verfassung Mexikos von 1917 enthielt die für die damalige Zeit fortschrittlichsten arbeitsrechtlichen Bestimmungen der Welt. Auch war das Gemeindeland nach der Absetzung des von den USA gestützten Präsidenten Huerta 1914 den indianischen Kleinbauern zurückerstattet worden, die damit ihre Abhängigkeit von den Großgrundbesitzern verringern konnten. Im Mexiko der

Zwischenkriegszeit erlebten die Gewerkschaften einen beispiellosen Aufschwung, es wurde mit der Aufteilung des Großgrundbesitzes begonnen, und 1938 - im selben Jahr, in dem Mexiko als einer von nur fünf Staaten gegen die Besetzung Österreichs durch Hitlerdeutschland protestierte - wurden die ausländischen Erdölgesellschaften verstaatlicht.

B. TRAVEN. Nicht einmal der Vorname des Schriftstellers ist bekannt. Traven hat alle Vorsichtsmaßnahmen getroffen, um seine Identität zu verbergen. Er war der Auffassung, daß seine Werke für sich sprechen sollten; er schrieb dazu: »Wenn der Mensch in seinen Werken nicht zu erkennen ist, dann ist entweder der Mensch nichts wert oder seine Werke sind nichts wert.«
B. Traven ist ein Pseudonym, ein selbstgewählter Deckname. Travens Bücher wurden seit 1924 im deutschen Sprachraum von der Büchergilde Gutenberg verbreitet. Auch dem Verleger war Traven nicht persönlich bekannt; der Briefwechsel ging über ein Postfach in Mexiko.
Die Traven-Forschung konnte keine Klarheit über die Herkunft des Schriftstellers schaffen. Eine Auffassung besagt, daß Traven Amerikaner war, Sohn skandinavischer Einwanderer, geboren 1890 in Chicago. Eine andere geht dahin, daß es sich um den 1882 in Schwiebus nahe Frankfurt an der Oder geborenen Otto Feige handelt. Sein erster Roman, »Das Totenschiff«, gibt zu der Vermutung Anlaß, daß Traven als Europaflüchtling den Ozean überquert hat. Seine Frau hielt ihn für einen Amerikaner. Ob Traven tatsächlich mit »Ret Marut«, dem Herausgeber der revolutionären Zeitschrift »Der Ziegelbrenner« in der Periode der Münchner Räterepublik identisch ist, wie mehrfach behauptet wurde, wird wohl nie eindeutig zu beantworten sein.
Als Schriftsteller setzte sich Traven für die Unterdrückten und Verfolgten ein, für die Armen, die Indios, die Wanderarbeiter. Es wird angenommen, daß Traven 1969 in Acapulco, Mexiko, gestorben ist.

Zu: Gerstäcker, Der Schiffszimmermann

Die *Barten.* Vom Oberkiefer der Bartenwale herabhängende, zerfaserte Hornplatten. Sie lieferten das begehrte Fischbein, das zur Herstellung von Miedern gebraucht wurde.

Das *Binnenwasser.* Die meisten Inseln des Stillen Ozeans sind von kreisförmigen Korallenriffen umschlossen; zwischen Riff und Insel liegt das Binnenwasser - die Lagune.

Bonitos, eine Fischart.

brassen, mit Hilfe der Brasse, eines Haltetaus, die Segel anziehen oder wenden.

Bulwarks (engl.), Reling.

Das *Chronometer,* eine genau gehende Uhr, die zur Bestimmung des Standorts des Schiffes erforderlich ist.

Feranis, Bezeichnung für Franzosen.

Die *Gaffel,* mit einem Ende den Mast gabelförmig umspannende, schräg nach oben ragende Segelstange, an der das Segel aufgezogen wird.

Der *Kansaka* (Kanake), Bezeichnung für einen Bewohner der Sandwich-Inseln, die später für alle Eingeborenen der Südseeinseln verwendet wurde.

Kap Hoorn, die Südspitze Südamerikas.

Die *Kasuarine,* ein Baum, hat ihren Namen wegen der Ähnlichkeit ihrer Zweige mit den Federn des Kasuars, einer Straußenart. Die Kasuarine ist in Australien und auf den Inseln des Stillen Ozeans verbreitet, sie liefert ein besonders hartes Holz (Eisenholz) für die Herstellung von Waffen und Werkzeugen sowie Gerbrinde.

Der *Kattun,* ein Baumwollstoff.

Der *Klafter,* ein altes Längenmaß; 1,896 Meter.

Oahu, Hawaii-Insel mit dem Haupthafen Honululu.

Die *Observation,* hier: Bestimmung der geographischen Länge und Breite.

Die *Pardune,* Tau, mit dem der Mast in seiner Stellung gehalten wird.

reffen, die Segel durch Aufrollen verkürzen.

Die *Schanzkleidung,* feste Schutzwand um das Oberdeck eines Schiffes.

Der *Skorbut,* Vitaminmangelkrankheit, führt zu Blutungen des Zahnfleisches und zu Zahnausfall.

Der *Spermfisch,* Pottwal.

Der *Spiegel,* Bezeichnung für das platte Heck eines Bootes.

Der *Steven,* ein Bauteil, der den Kiel des Bootes vorne oder hinten verlängert.

Die *Subordination,* Unterordnung.

Die *Tapa,* Bezeichnung für aus Baumbastfasern gefertigte Stoffe. Durch Klopfen mit einem Holzschlegel wurden die Fasern miteinander verfilzt.

Der *Topp,* oberes Ende des Mastes.

Die *Tubuai-Inseln,* auch Austral-Inseln genannt, sind eine kleine Inselgruppe im Südlichen Pazifischen Ozean. Sie sind Teil Französisch-Polynesiens. Die Hauptinsel ist Tubuai. Die Inseln wurden 1777 von James Cook entdeckt; sie sind seit 1889 französischer Besitz.

Die *Want,* ein starkes Tau, das den Mast hält.

Die *Yams,* Bezeichnung für die Wurzeln einer tropischen Kletterstaude; sie liefert eßbare, den Kartoffeln ähnliche Knollen, die ein Gewicht bis zu 5 kg erreichen.

Polynesien, das Vielinselland, so nennt man die Inseln im Ostteil des Stillen Ozeans. Sie sind vulkanischen Ursprungs bzw. Koralleninseln. Ihre Abgelegenheit und der geringe wirtschaftliche Wert der meisten Inseln hatten zur Folge, daß die europäischen Mächte und die USA sich erst spät für diese Region zu interessieren begannen. Die Berichte der Entdecker und Forscher regten Begeisterung für die »glücklichen Wilden«, zuweilen auch kühne Börsenspekulationen an, die dann meist in Pleiten endeten. Dem Europäer, der nach monatelangen Entbehrungen auf wenig komfortablen Schiffen seinen Fuß auf diese Inseln mit ihrem angenehmen Klima, ihren bizarren landschaftlichen Formen und ihrer üppigen Vegetation setzte, mußte diese Umgebung auch einfach märchenhaft vorkommen. Er traf Einwonner auf einer hohen Stufe kultureller Entwicklung – auf einzelnen Inseln hatten sie eine Schrift und die Kunst der Herstellung monumentaler Bildwerke aus

Stein entwickelt –, die ungemein gastfreundlich waren. Aber es entging den Berichterstattern meist, daß auch hier nicht alle Menschen in gleicher Weise an den Gütern der Erde Anteil hatten; es herrschte eine strenge Ordnung, in deren Rahmen eine kleine Gruppe bevorrechteter Häuptlinge über freie Untertanen und rechtlose Sklaven herrschte.

Die Inseln dienten in der Folge Koprahändlern, Walfängern und Piraten als Stützpunkte, desertierte Seeleute ließen sich auf ihnen nieder; sie gaben den Schauplatz vieler erlebter und noch mehr erfundener Abenteuer ab. An die Stelle der Autorität der Häuptlinge trat die Macht der Missionare. Vereinzelt kam es zu Zusammenschlüssen einiger Inseln unter einem einheimischen König nach dem Vorbild der Staaten der Europäer. Gegen Ende des 19. Jahrhunderts hatten sich die Mächte die übrige Welt aufgeteilt, und ihr Zugriff ereilte auch die Inseln. Die Besitznahme durch Kolonialmächte brachte zwar politische Stabilität, zerstörte aber gleichzeitig die letzten Reste der alten Ordnung, brachte Not, Krankheiten und Entvölkerung. Heute dienen die Inseln vor allem als Stützpunkte für Schiffahrt und Luftverkehr. Was ihnen an eigenständigem Gepräge geblieben ist, zerstört der Fremdenverkehr.

Friedrich GERSTÄCKER wurde 1816 in Hamburg als Sohn eines berühmten Sängers geboren. Nach dem frühen Tod seines Vaters sollte er Kaufmann werden, gab diese Tätigkeit jedoch bald auf, arbeitete zwei Jahre lang auf einem Bauernhof und reiste dann nach Amerika. Dort versuchte er sich in den verschiedensten Berufen: als Matrose, Heizer auf einem Schiff, Holzhauer, Pfeifenmacher, Pillenschachtelfabrikant, Jäger, Farmer, Silberschmied und Gastwirt. Was er beobachtete, schrieb er sorgfältig auf. Die Berichte sandte er in regelmäßiger Folge an seine Mutter. So verfügte er nach seiner Rückkehr nach Deutschland im Jahre 1843 über reiches Material. Zunächst erschienen Jagdgeschichten in deutschen Zeitschriften, dann Romane und Geschichtensammlungen, die ihn rasch berühmt machten. Er bekam sogar staatliche Unterstützung, um weitere Reisen zu finanzieren. Seine zweite große Reise führte ihn nach Südamerika und über die Inseln des Stillen Ozeans nach Australien und Java. Er war noch einmal in Südamerika und begleitete später den Herzog von Sachsen-Coburg-Gotha nach Afrika. Friedrich Gerstäcker starb 1872 in Braunschweig.

Gerstäcker hat das Gesehene und Erlebte teils als Reiseschilderungen, teils als Kulisse für spannende Romanhandlungen und Erzählungen verarbeitet. Er ist dabei mit großer Gewissenhaftigkeit und Genauigkeit vorgegangen, so daß seine Berichte heute als zuverlässige historische und geographische Quellen gelten.

Zu: Saint-Exupéry, Mein Kamerad Guillaumet

Mendoza, Provinzhauptstadt in Argentinien.

Patagonien, Landschaft im südlichen Südamerika.

Santiago, Hauptstadt Chiles.

Die *Walpurgisnacht* ist die Nacht vor dem 1. Mai. In früheren Zeiten glaubten viele Menschen, daß in dieser Nacht Hexen und Geister wilde Feste feiern.

Antoine de SAINT-EXUPÉRY wurde 1900 in Lyon geboren. Er studierte zwei Jahre lang Bauwesen, trat dann aber als Flieger in die französische Luftwaffe ein. Später flog er auf zivilen Strecken, zunächst als Verkehrsflieger auf der Linie Toulouse (Südfrankreich) - Casablanca (Marokko), dann wurde er in Argentinien Direktor der argentinischen Luftpostgesellschaft; seit 1934 flog er für die Air France.
Die Episode über Guillaumet entstammt dem Buch »Wind, Sand und Sterne«, das Saint-Exupéry 1939 verfaßte. Im Zweiten Weltkrieg war er wieder als Aufklärungsflieger tätig und kehrte 1944 von einem Flug in die Nähe Korsikas nicht mehr zurück.
Große Beachtung fanden seine Werke auch im deutschen Sprachraum. Sein modernes Märchen »Der kleine Prinz« beeindruckte Kinder und Erwachsene. In seinen Büchern zeichnet der Autor die Vorstellung einer Welt, in der der Mensch die Technik aus dem Bewußtsein seiner Verantwortung heraus beherrscht.

Zu: Haushofer, Schreckliche Treue

Der Zweite Weltkrieg hat mehr als 55 Millionen Tote gefordert. Allein die Sowjetunion verlor 20 Millionen Menschen, davon 7 Millionen Zivilisten; Deutschland, zu dem damals auch Österreich gehörte, verlor 4 Millionen Menschen, davon 500.000 Zivilisten. Der Bombenkrieg gegen nichtmilitärische Ziele begann im Jahre 1940 mit deutschen Flächenbombardements englischer Großstädte. Von 1943 an wurde die Zivilbevölkerung in Deutschland durch Bombardierungen der Alliierten in größerem Ausmaß betroffen. Bombenangriffe auf Berlin forderten beispielsweise zwischen dem 18. 11. und dem 3. 12. 1943 27.000 Todesopfer und machten 250.000 Menschen obdachlos.
Eine weitere Not, die durch den Krieg verursacht wurde, war das Elend der Flüchtlinge. Im letzten Kriegswinter - das ist die Zeit, in der die Handlung dieser Erzählung beginnt - mischte sich in die Wanderzüge der Bombengeschädigten, die bei Verwandten, Freunden oder auf Grund amtlicher Zuweisung ein Unterkommen suchten, bereits eine größere Zahl von Flüchtlingen aus dem Osten des »Reiches«. So begann im Jänner 1945 die Evakuierung von 2 Millionen Menschen aus Ostpreußen; im Februar 1945 kosteten drei Angriffe britischer und amerikanischer Bomberverbände auf die mit vorwiegend schlesischen Flüchtlingen überfüllte Stadt Dresden 60.000 Menschen das Leben.
Auch mit Kriegsende fanden die Flüchtlingsströme kein Ende. Die Potsdamer Konferenz der Alliierten hatte zu der Aussiedlung der deutschen Bevölkerung aus Polen, der Tschechoslowakei und Ungarn ihre Zustimmung gegeben. In der Folge wurden 10 Millionen Menschen aus ihrer Heimat vertrieben.

Marlen HAUSHOFER wurde 1920 als Marie Helene Frauendorfer in Frauenstein, Oberösterreich, geboren. Ihr Vater war Revierförster. Sie studierte deutsche Sprachwissenschaft in Wien und Graz. Mit dem Ende des Zweiten Weltkrieges brach sie ihr Studium ab. Ihre ersten Kurzgeschichten erschienen 1946 in Zeitungen und Zeitschriften. Seit 1945 lebte Marlen Haushofer als Frau eines Arztes in Steyr, Ober-

österreich. Sie verfaßte Erzählungen, Romane und einige Kinderbücher. Marlen Haushofer starb 1970 in Wien.
Was in ihren Büchern auffällt, ist der hohe Grad von »Wirklichkeit«, mit dem die Betroffenen das erleben, was sie innerlich empfinden. Die junge Frau in »Schreckliche Treue« fühlt sich »bei ihrer Familie als Gast«, sie kann ein »schwaches Gefühl der Unwirklichkeit«, ihr wirkliches Leben betreffend, nicht loswerden.
Leidenschaftlich nimmt die Autorin in ihren Romanen und Erzählungen gegen die Ansicht vieler Erwachsener Stellung, daß es immer etwas Schönes und Angenehmes sei, ein Kind zu sein. Kindheit ist für sie auch »Schauplatz wilder, erbitterter Kämpfe unter der Maske rosiger Wangen«, und manche dieser Kämpfe erschienen ihr so schrecklich, daß »die meisten Menschen sie entsetzt zu vergessen suchten und sich einbildeten, sie seien nach Jahren oberflächlicher Spiele und leicht gestillter Tränen erst zum wahren Leben erwacht«.

Zu: Reding, Aufenthalt in Dum-Dum

Das *Dispensarium,* eine Stelle, die Arzneien abgibt.
Genfer Konvention. Auf Betreiben des »Internationalen Roten Kreuzes« wurden seit 1864 Abkommen zum Schutz der Verwundeten und Kranken im Krieg, über die Behandlung von Kriegsgefangenen und über den Schutz der Zivilbevölkerung geschlossen. Fast alle Staaten der Welt haben sich der Genfer Konvention angeschlossen.
Der *Sahib,* arabisch: Herr, in Indien Anrede für Europäer.
Der *Sari,* kunstvoll gewickeltes indisches Frauengewand.
vertikal, senkrecht.

In Dum-Dum liegt der Internationale Flugplatz Kalkuttas, der zweitgrößten Stadt Indiens. Industrielle Regionen, wie Kalkutta, ziehen von weither Menschen an, die nach Mißernten oder Naturkatastrophen hoffen, hier Nahrung und Arbeit zu finden. In vielen Fällen werden diese Erwartungen enttäuscht; die Arbeitslosen bauen sich Hütten aus Abfällen, bewohnen verfallene Häuser oder schlafen auf der Straße. Die Ärmsten in Indien sind durch Mangelernährung völlig geschwächt. Unterernährung ist aber immer auch eine Folge ungleicher Verteilung; die Gruppe der Reichen verbraucht pro Kopf dreimal so viel Kalorien wie die Armen und steht damit auf dem Niveau der Industrieländer.
Dafür, daß die Armen arm bleiben, sorgen die reichen Länder, auch wenn sie, wie dies multinationale Konzerne tun, in den armen Ländern Fabriken errichten. Diese Produktionsanlagen werden nämlich mit teuren Maschinen ausgestattet, deren Kosten das Land tragen muß, dem geholfen werden soll. Oft machen die neuerrichteten Anlagen mehr Handwerker arbeitslos, als Menschen in ihnen Beschäftigung finden können. Die dabei abgeschlossenen Verträge verbieten dann beispielsweise den Export der erzeugten Güter in die Nachbarländer und verstärken so die Abhängigkeit von den Industriestaaten. Fast die Hälfte aller Verträge über die Errichtung ausländischer Betriebe in Indien enthält solche Bestimmungen.

Josef REDING wurde 1929 als Sohn eines Betonarbeiters und Filmvorführers in Castrop-Rauxel, Deutschland, geboren. Reding studierte in Deutschland und in den USA deutsche Sprachwissenschaft; längere Zeit hielt er sich zu Studienzwecken im Durchgangslager für Ostflüchtlinge »Friedland« auf; besuchte Hunger- und Aussatzgebiete in Asien, Afrika und Lateinamerika.
Reding ist Mitglied der Gruppe 61, einer Vereinigung von Schriftstellern, die sich das Ziel gesetzt hat, über die Arbeits- und Lebensbedingungen der Bevölkerungsmehrheit zu schreiben und damit zu deren Verbesserung beizutragen.

Zu: Matsele, Ein Anzug fürs Konzert

Baas, (niederländisch) Herr; den Afrikanern in Südafrika vorgeschriebene Anrede gegenüber weißen Autoritätspersonen.

Kaffer, von den Weißen in Südafrika gegenüber Afrikanern gebrauchte Anrede, die von diesen als herabsetzend empfunden wird.

Die Paßgesetze in der Republik Südafrika bilden ein wirksames Mittel zur Unterdrückung der afrikanischen Bevölkerungsmehrheit durch die weiße Minderheit. Jeder Afrikaner über sechzehn Jahre muß ständig seinen Paß bei sich tragen. Der Paß enthält die Personaldaten, ein Foto, Fingerabdrücke, den Arbeitsvertrag, die Arbeitsbewilligung, die Aufenthaltsbewilligung und die Steuerquittung. Er ist dermaßen kompliziert, daß es für den Inhaber fast unmöglich ist, ihn immer ganz in Ordnung zu haben. Wer den Paß vergessen hat oder wem eines der genannten Papiere fehlt, kann sofort verhaftet und zu Zwangsarbeit verurteilt werden. Mehr als eine halbe Million Afrikaner kommen jährlich auf diese Weise in Gefängnisse und Arbeitslager Südafrikas. Das System dient einerseits zur Einschüchterung der Afrikaner, anderseits liefert es billige Arbeitskraft. Den Landarbeitern in Südafrika geht es nicht viel besser als den Verurteilten; die Arbeitszeit beträgt bis zu 14 Stunden, ein Mindestlohn ist nicht vorgeschrieben, Kinder dürfen ab 8 Jahren zur Feldarbeit herangezogen werden.
Der Vater unseres Jungen gehört einer der bevorzugten Gruppen unter den Afrikanern an: er darf mit seiner Familie in einer der „schwarzen Townships" innerhalb eines „weißen" Gebietes leben. Die südafrikanische Regierung hat nämlich das Land aufgeteilt. Auf 12,5 Prozent der Fläche liegen, über das ganze Land verstreut, die meist unwirtlichen »Bantustans«, die »Homelands« für 71 Prozent der Bevölkerung, nämlich die Afrikaner. 87,5 Prozent des Landes sind als »weiße Gebiete« für die 17 Prozent der weißen Bewohner vorgesehen. Diese Gebiete sind reich an Bodenschätzen und guten Ackerflächen. Ganze Stammesverbände wurden gewaltsam in die »Homelands« umgesiedelt. Die dort auf engem Raum zusammengedrängten Menschen finden keine Arbeit; die Männer müssen als billige Arbeitskräfte in die »weißen Gebiete" gehen; Frauen, Kinder und Alte bleiben zurück. Die Säuglingssterblichkeit erreicht in diesen Hungergebieten bis zu 50%. Darüber hinaus will die Regierung alle noch in den weißen Gebieten wohnenden amerikanischen Staatsbürger zu Bewohnern der »Homelands« erklären, also die Mehrheit der Staats-

bürger, die seit Generationen ihre Heimat bewohnt, ihrer Rechte berauben und sie in den Status von unerwünschten Ausländern bringen.
Die weißen Bewohner der Republik Südafrika haben den höchsten Lebensstandard der Welt. Quellen dieses Reichtums sind die überaus reichen Bodenschätze und die Ausbeutung der Afrikaner, die beispielsweise in den Bergwerken für dieselbe Arbeit nur ein Achtel des Lohnes der Weißen erhalten. Eine Änderung dieser Zustände auf politischem Weg wird gewaltsam verhindert. Den Afrikanern ist es untersagt, Gewerkschaften zu bilden; an den Wahlen dürfen sie nicht teilnehmen. Ihre politischen Parteien sind verboten; deren Führer eingekerkert oder ins Ausland geflüchtet. Weiße Kritiker des Regimes werden des »Kommunismus« bezichtigt; solche Maßnahmen treffen in zunehmendem Maße auch die Vertreter kirchlicher Organisationen, die sich für die Gleichstellung aller Bewohner des Landes einsetzen.

Robinson MATSELE stammt aus Südafrika; er lebte zum Zeitpunkt, als er seine Geschichte veröffentlichte, als politischer Flüchtling in Schweden.

Zu: Brecht, Der verwundete Sokrates

Alkibiades, hochbegabter, aber leichtsinniger und unverläßlicher athenischer Staatsmann und Feldherr.

Antisthenes, Schüler des Sokrates, Begründer der kynischen Philosophenschule.

Der *Areopag,* ältester Rat von Athen; nach Beseitigung der Königswürde Regierung, zuletzt nur noch Blutgerichtshof.

Der *Bastard,* uneheliches Kind, ursprünglich von Eltern verschiedener Gesellschaftsschichten stammendes Kind.

Der *Fóuragewagen,* Wagen für Lebensmittel und Pferdefutter.

Die *Hacken,* Fersen.

Der *Laffe,* ein eitler junger Mann.

Der *Pazifismus,* die Ablehnung des Krieges und des Kriegsdienstes.

Platon, griechischer Philosoph, acht Jahre lang Schüler des Sokrates.

Der *Profit,* Gewinn.

Protagoras, Bedeutendster Philosoph aus der Schule der Sophisten.

Der *Reeder,* Schiffseigentümer.

Der *Schierlingsbecher,* war mit Gift aus der Schierlingspflanze gefüllt.

Schlacht bei Delion. In dieser Schlacht erlitten die Athener 424 vor Christi Geburt eine vernichtende Niederlage durch die Böoter; sie errangen aber nicht, wie Brecht es darstellt, einen Sieg über die Perser.

Die *Skepsis,* Zweifel, Bedenken.

Zehn Pfund, fünf Kilogramm.

Das *Zeughaus.* Hier wurden in Friedenszeiten die Waffen aufbewahrt.

Nach Aussage seines Schülers Platon mußte Sokrates an drei Feldzügen teilnehmen, sicherlich nicht leichten Herzens, denn er hat die Stadt Athen sonst nie

verlassen. Platon berichtet, daß Sokrates bei Potideia (432-429 vor Christi Geburt) dem Feldherrn Alkibiades Leben und Waffen gerettet haben soll. Im übrigen mag Brechts Darstellung stimmen; Sokrates war gewiß kein Bewunderer kriegerischer Taten, wenn er sich auch staatsbürgerlichen Verpflichtungen nicht entzog. Seinen Mut bewies er im zivilen Leben vor allem dadurch, daß er seinen Mitbürgern entschieden entgegentrat, wenn er das, was die Mehrheit von ihnen forderte, für schädlich und unvernünftig hielt. Bei solchen Gelegenheiten konnte er in Worten und Handlungen sogar recht ausfällig werden. Als er 406 der regierenden Behörde Athens angehörte, widersetzte er sich - freilich erfolglos - der Entscheidung, die in der Schlacht bei den Argenusen unterlegenen Feldherren zum Tode zu verurteilen. Sokrates wurde 470 vor Christi Geburt in Athen geboren. Als Sohn eines Bildhauers betrieb er eine Zeitlang dieses Gewerbe, war also nicht Schuster, wie Brecht schreibt, verbrachte aber dann seine Tage damit, auf den Straßen Gespräche zu führen und, wenn er dazu eingeladen wurde, die vornehme Jugend zu unterrichten. Die Sophisten (Weisheitslehrer), die zu dieser Zeit mit großem Gepränge auftraten und viel Geld für ihren Unterricht verlangten, reizte er durch seinen Lebensstil und sein Auftreten; er verlangte kein Geld, sprach mit jedermann auf dem Markt und behauptete, mit der Weisheit sei es gar keine so große Sache, sie liege schon in jedem Menschen von Geburt an drinnen, und es bedürfe nur des Geschickes des Gesprächspartners, sie nach Art einer Hebamme zum Vorschein zu bringen. Sokrates rühmte sich zu wissen, daß er nichts wisse. Dieser Ausspruch ist oft als Zeichen von Bescheidenheit mißverstanden worden; er aber meinte damit wohl, daß er mehr wisse als alle anderen, die nicht einmal dies wüßten.
Sokrates wurde zu einer Art athenischer Attraktion; Fremde reisten eigens in die Stadt, um ihn zu sehen. Seine Verurteilung ist eher versehentlich erfolgt. Sie war ein Akt der Vergangenheitsbewältigung. Als nach der Wiederherstellung der Demokratie alle Schuldigen sich in Sicherheit gebracht hatten und die Volkswut ein Opfer forderte, machte man einfach Sokrates für die Politik seiner Schüler Alkibiades und Kritias verantwortlich und klagte ihn unter dem Vorwand der Gottlosigkeit an. Daß das verhängte Todesurteil auch vollzogen wurde, hat Sokrates richtiggehend provoziert. Im Athen dieser Tage war die Flucht des Verurteilten fast schon Teil der Strafprozeßordnung. Sokrates aber wies die mehrmals angebotenen Gelegenheiten zur Flucht zurück. Er starb 399 vor Christus, seinen Richtern dadurch noch eine letzte Lehre erteilend.
Da Sokrates keinerlei Schriften hinterlassen hat, sind wir, was sein Leben und seine Ansichten betrifft, auf die Auskünfte seiner Schüler angewiesen.

Bertolt BRECHT wurde 1898 in Augsburg als Sohn eines Papierfabrikanten geboren. Als Student wird er im Ersten Weltkrieg als Krankenpfleger in ein Militärlazarett dienstverpflichtet. Nach dem Krieg beteiligt sich Brecht vorübergehend am Augsburger Soldatenrat. Als Verfasser von Theaterkritiken für den „Augsburger Volkswillen", eine Zeitung der Unabhängigen Sozialistischen Partei Deutschlands, entwickelt Brecht seine Beziehung zum Theater. Er wird Regisseur und geht 1924 nach Berlin, wo er als Dramaturg arbeitet. (Ein Dramaturg prüft Stücke und schlägt sie zur Aufführung vor.) Zugleich studiert Brecht die Theorie des Marxismus. (Die

Lehren der Philosophen Karl Marx und Friedrich Engels sind die Grundlage sowohl sozialdemokratischer wie auch kommunistischer politischer Bestrebungen.) 1933 verläßt Brecht Deutschland, seine Werke fallen der nationalsozialistischen Bücherverbrennung zum Opfer. Von 1941 bis 1947 lebt er in Santa Monica (Kalifornien). Er schreibt für den deutschen Freiheitssender und ist Mitherausgeber einer Emigrantenzeitschrift. 1947 wird Brecht vom »Komitee zur Untersuchung unamerikanischen Verhaltens« über seine Beziehungen zum Kommunismus verhört; 24 Stunden später verläßt er die USA. Er kehrt nach Europa zurück und erwirbt die österreichische Staatsbürgerschaft. Zur geplanten Übersiedlung nach Österreich kommt es jedoch nicht: zu gut sind die gebotenen Arbeitsmöglichkeiten in Ostberlin. Zusammen mit seiner Frau gründet Brecht das »Berliner Ensemble«. Er findet hier Anerkennung und Ehrungen (Nationalpreis der DDR, Internationaler Stalin-Friedenspreis). Brecht betont, »daß er sich nur als Dichter fühle und keiner bestimmten politischen Ideologie dienen oder gar als deren Exponent angesehen werden möchte«.
Brecht entwickelte die Theorie des epischen Theaters, das zwar unterhalten, aber nicht satt und zufrieden machen soll. Der Zuschauer soll zu Entscheidungen gezwungen, zum Mitdenken und Fragestellen angeregt werden.
1956 stirbt Bertolt Brecht in Berlin.

Herausgeber: *Peter Schneck*, geboren 1943 in Wien, war zuerst Lehrer an Volks- und Hauptschulen, studierte Pädagogik und Politikwissenschaft und ist seit 1975 am Pädagogischen Institut der Stadt Wien wissenschaftlich tätig. Publikationen: Zeitgeschichte als Auftrag politischer Bildung (gemeinsam mit K. Sretenovic), Lesen in den Schulen der Zehn- bis Vierzehnjährigen (gemeinsam mit L. Binder), Konzentration ist lernbar (gemeinsam mit J. Juna und F. K. Schwarzmann), die Dritte Welt im Kinder- und Jugendbuch, Rezensionssammlung (gemeinsam mit Ellbogen und Kramer).

Illustrator: *Georg Eisler*, geboren 1928 in Wien als Sohn des Komponisten, Schönberg-Schülers und Brecht-Mitarbeiters Hanns Eisler. Er ist Porträtist, Maler der Gegenstände und Menschen seines Alltags, aber ohne Idyllik, sondern mit dem Ziel der Vermittlung von Bedrohtheit und Unrast unserer Zeit. Die beiden von ihm illustrierten Werke: Joseph Roth, *Die Kapuzinergruft*, und Dashiell Hammett, *Das große Umlegen*, wurden durch die Aufnahme in die Reihe der »Fünfzig schönsten Bücher Deutschlands« ausgezeichnet.

Quellenverzeichnis

Bertolt Brecht, *Der verwundete Sokrates*
aus: Gesammelte Werke, Kalendergeschichten, © Suhrkamp Verlag, Frankfurt 1967, S. 286–303.

Marlen Haushofer, *Schreckliche Treue*
aus: Schreckliche Treue, Claassen Verlag GmbH, Düsseldorf 1968.

Frederik Hetmann, *Terror in Wyoming*
aus: Mustangs, Rinder, Schienenstrang, Arena Verlag 1969, entnommen aus der TB-Ausgabe 1976.

Jack London, *Demetrios Contos*
aus: Fischpiraten, Übers.: Friedgard und Horst Fischer, Universitas Verlag.

Robinson Matsele, *Ein Anzug fürs Konzert*
aus: Sklave im eigenen Land, hg. von Kay-Michael Schriner, Peter Hammer Verlag GmbH, Wuppertal 1974. Übersetzung aus dem Englischen von Werner Peterich. Urspr. Quelle: Nr. 70 von »Review Présence Aricaine«, Paris, 2nd Quarterly, 1969.

Prosper Mérimee, *Tamango*
aus: Bd. 135 der Sammlung »Auserlesene Novellen«, Übers.: Helmut Bartuschek, Dietrich'sche Verlagsbuchhandlung, Leipzig 1952; entnommen aus: Abenteuer aus aller Welt 1.

Musa Nagenda, *Kabana und die wilden Hunde*
aus: Wer sagt denn, daß ich weine, Lenos, Basel 1977.

Carvalho Ramos, *Das Nest der Sittiche*
aus: Die Reiher und andere brasilianische Erzählungen, hg. von Curt Meyer-Claeson, Übers.: C. Meyer-Claeson (Erdmann-Verlag).

Josef Reding, *Aufenthalt in Dum-Dum*
aus: Die eine Welt – Sammlung entwicklungspolitischer Texte, Jugenddienst-Verlag, Wuppertal 1975.

Antoine de Saint-Exupéry, *Mein Kamerad Guillaumet*
aus: Romane und Dokumente, Karl Rauch Verlag KG, Düsseldorf 1966, S. 159–170.

Robert Louis Stevenson, *Die Teufelsflasche*
aus: Abenteuer und Schicksal, hg. von R. Bamberger, Übers.: Erika Ziha, Verlag Sebastien Lux, Murnau 1958.

B. Traven, *Der Banditendoktor*
aus: Abenteuergeschichten, Diogenes 1974, Lizenzausgabe mit Genehmigung der Pinkus Genossenschaft, Zürich.